DIE CHINESEN IN EUROPA

J&V

J&V *antworten*

Schriftenreihe für Information und Aufklärung, herausgegeben von Karl Bednarik

WILFRIED DAIM

Die Chinesen in Europa

JUGEND UND VOLK WIEN MÜNCHEN

ISBN 3-7141-7405-2 Jugend und Volk Wien
ISBN 3-8113-7405-2 Jugend und Volk München

Umschlaggestaltung: Rosi Bednarik

Druck: Mally & Co., Gesellschaft m. b. H.

INHALTSVERZEICHNIS

VORBEMERKUNG

Dieses Buch entstand auf Anregung meines Freundes Friedrich Heer. Er meinte, es müsse einmal die Tatsache bewußt gemacht werden, daß die Chinesen endgültig in die Geschichte Europas eingedrungen sind. Nicht mehr passiv, wie sie es lange Zeit als bloße Objekte des europäischen Einflusses waren, sondern nunmehr auch umgekehrt, als handelnde Subjekte, nehmen die Chinesen in immer stärkerem Maße Einfluß auf Europa. Und dieser Einfluß ist im Wachsen begriffen. Um die ganze Bedeutung des Einbruches Chinas in unsere Welt zum Bewußtsein zu bringen und dazu beizutragen, das europäozentrische Weltbild zu relativieren, ist dieses Buch geschrieben worden.

Für die Transkription chinesischer Namen wurde im wesentlichen das international am weitesten verbreitete System von Wade-Giles benützt, in dem die Vokale ungefähr der kontinentaleuropäischen Aussprache, die Konsonanten ungefähr der englischen Aussprache entsprechen. Allgemein bekannte Namen wurden jedoch in der üblichen Form wiedergegeben.

Diese Arbeit zielt darauf ab, die chinesischen „Einflüsse" auf Europa darzustellen. Daher ist es zunächst notwendig, das oft leichtfertig und selbstverständlich gebrauchte Wort „Einfluß" auf seine vielfältigen Bedeutungsschattierungen zu untersuchen. Denn Einflüsse gibt es verschiedenster Art. Es ist möglich, daß eine Nation oder daß Gruppen in einer Nation, in einem Volk oder in einer Volksgruppe sich von etwas bestimmen oder modifizieren lassen, das von anderswo herkommt, aber das Übernommene bleibt nicht in seiner ursprünglichen Form. Es trifft ja auf eine andere Atmosphäre, auf andere Voraussetzungen. Es kann zum Beispiel modifizierend wirken, wenn es Ablehnung provoziert. Es kann, in neue Zusammenhänge eingeordnet, auch ganz andere Wirkungen ausüben als in seinem Ursprungsgebiet.

Das Wort „Einfluß" aber bringt für die Hereinnahme oder das Eindringen von Kulturelementen eines Kulturstammes oder Volkes folgende Modellvorstellungen ins Spiel: Der Strom, der Fluß oder der Bach dient als Symbol der Entwicklung einer Kultur. Der Einfluß kommt gleichsam von der Seite, fließt ein. Ein solcher Zufluß führt bei einem wirklichen Fluß, wenn das Wasser nicht entschei-

dend verändert wird, nur zu einer quantitativen Vermehrung. Der Strom wird durch Zu- und Einflüsse breiter, jedoch verändert er normalerweise deshalb nicht seine Richtung.
Damit erweist sich das durch die Sprache gebrauchte Modell als nur von begrenztem Symbolwert für das, was es im vollen Umfang meint.
Wir haben demgegenüber schon zur Erklärung des Wortes Einfluß zwei andere Worte gebraucht. Wir sprachen von „Hereinnahme" und vom „Eindringen" fremder Kulturelemente. Wir können auch noch von „Übernahme" sprechen.
Im Falle von Hereinnahme ist jener Teil, auf den ein Einfluß „ausgeübt" wird, der aktive Teil. Im Falle von „Übernahme" erscheint zumindest ein aktives Element auf der beeinflußten und ebenso ein aktives auf der beeinflussenden Seite. Im Falle von „Eindringen" — so erleben Konservative alles von außen Kommende, Neue — ist der Fremde, Gebende der Akteur und das Beeinflußte passiv.
Aber auch mit diesen Worten werden wir dem ebenso umfänglichen wie komplizierten Geschehen nicht gerecht. Wenn wir uns den konkreten Problemen zuwenden, die mit diesen Worten aufgeworfen werden, dann bemerken wir zunächst, daß außerordentlich viele und höchst verschiedene Inhalte mit erheblich verschiedenen Bedeutungen und allen möglichen Gewichten damit umfaßt werden. Es ist im Rahmen unseres Themas leider nicht möglich, das umfangreiche Problem, das hinter dem Wort Einfluß liegt, auch nur einigermaßen auszuschöpfen. Der kurze Hinweis auf die Komplexität und Differenziertheit dieses Themas soll zumindest verhindern, dieses Wort völlig unreflektiert zu gebrauchen. Auf diese Weise verliert der Leser jene Naivität, die ihn veranlassen könnte, ohne viel zu denken, zu bagatellisieren oder zu übertreiben.
Was nun die Einflüsse Chinas auf Europa betrifft, so liegt bislang keine Untersuchung vor, die wenigstens ein großes Netz über all die Tatsachen würfe. Es ist auch wohl noch zu früh, eine wirklich ins Detail gehende Untersuchung darüber anzustellen. Aber jeder Gebildete sollte heute ein zumindest grobes Bild des chinesischen Einflusses auf Europa haben. Es sollte dies heute zur Weltorientierung gehören, ebenso wie es zur Weltorientierung gehört, daß man sich geographisch in der Welt auskennt, daß man die Kugelgestalt der Erde erfaßt etc. Ich hoffe, daß dies am Ende unserer Untersuchungen klar wird, wo ich Forderungen an unser Bildungssystem und unser Bildungsgut erhebe. Denn, was wäre das für eine Erkenntnis, die keine Konsequenzen hätte?
Und letztlich, um jener Konsequenzen willen ist dieses Buch geschrieben worden. Ich bin weder Sinologe noch Historiker, sondern Psychologe und politischer Wissenschaftler. Ich hoffe, daß sich diese Bildungsbasis auch als sinnvoll erweist und vielleicht da und

dort Erkenntnisse zutage fördert, die Personen mit anderen Voraussetzungen versagt geblieben wären.
Ohne in Verstiegenheit und Überschwenglichkeit verfallen zu wollen, versuche ich doch zu zeigen, daß der Einfluß Chinas auf Europa ungleich größer ist, als man in breiten Kreisen angenommen hat. Daß dieser Einfluß weiter außerordentlich fruchtbar war und keineswegs vorwiegend negativ — wie man etwa von der Rolle des Schießpulvers her schließen könnte —, versuche ich ebenfalls bewußt zu machen. Ich möchte aufzeigen, daß der europäische Geist einen ganz erheblichen „Schuß" Chinesentum enthält, das uns demnach keineswegs so fremdartig scheinen müßte, wie es oft der Fall ist.
Sollte es gelingen, einen Beitrag zur Relativierung des europäozentrischen Weltbildes zu liefern und sogar Konsequenzen auf dem Bildungssektor unserer Gesellschaft anzuregen, hat das Buch seinen Zweck erfüllt.
Denn wenn es gelingt, durch geistige Produktionen gesellschaftliche Dynamik zu erzeugen, geistige Impulse, Bewegungen hervorzurufen, hat man nicht vergeblich gearbeitet.

A. DAS PROBLEM DES HISTORISCHEN EINFLUSSES

Schon die vom kaiserlichen Rom aus China importierte Seide beeinflußte sicherlich das römische Geschmacksempfinden. Viel mehr und auf ganz andere Weise beeinflußte doch wohl das Papier das Abendland und erst recht die Revolutionslehre des Mencius (Meng-tzu) die französische Aufklärung.

Dabei ist es außerordentlich schwierig, im einzelnen Falle abzuschätzen, wie intensiv sich ein Einfluß auswirkte und welche Veränderungen er jeweils hervorrief. Im Falle des Papiers kann wohl kein Zweifel bestehen, daß es für die Bildungsexplosion in der Zeit der Reformation und Renaissance von enormer Bedeutung war. Sicherlich war demgegenüber das Porzellan ungleich weniger wichtig, ähnlich wie etwa die Seide.

Es empfiehlt sich daher, wenn wir uns mit der Bedeutung von Einflüssen als solchen beschäftigen, einige Ordnungsprinzipien zu beachten. Wir müssen unterscheiden; denn verschiedene Arten von Einflüssen bringen ja auch verschiedenartige Wirkungen hervor.

Dabei behalten nur wenige Einflüsse auf die Dauer etwas von ihrem ursprünglichen Charakter. Niemand kennt den Raketen oder dem Papier noch an, daß sie aus dem Reich der Mitte stammen. Diese technischen Dinge trafen auf verschiedenste gesellschaftliche Verhältnisse und spielten dabei oft eine jeweils ganz andere Rolle. Es scheint den künstlerischen Einflüssen vorbehalten zu sein, noch sehr lange von ihrem Ursprung zu zeugen. Aber auch hier sind es gerade die Techniken, die sehr bald ihren Ursprungscharakter verlieren. Am längsten zeugen Stilelemente von ihrer Quelle. Nachdem es etwa in Europa gelungen war, das Porzellan nachzumachen, machte man anfänglich auch den mit ihm verbundenen chinesischen Stil nach. So wurde das Granatapfelmuster imitiert. Da man den Granatapfel nicht kannte und ihn unverstanden imitierte, wurde er schließlich zu dem bekannten Meißener Zwiebelmuster umgeformt, das man in vielen Haushalten heute noch findet.

Bevor wir uns mit den einzelnen Inhalten näher beschäftigen und die Gebiete abgrenzen, auf denen „beeinflußt“ wird, wollen wir uns noch mit dem historischen Problem auseinandersetzen, das mit der Frage des Einflusses verbunden ist.

Es ist manchmal nicht leicht festzustellen, wer wen beeinflußt. Es liegt natürlich die Annahme nahe, daß ein Einfluß von dort ausging, wo der beeinflussende Inhalt zum ersten Mal auftrat. Aber gerade das ist oft nicht mit Sicherheit festzustellen. Vor allem für prähistorische Zeiten ist dies besonders schwierig, und es lassen sich oft nur Vermutungen anstellen, selbst wenn es fast sichere Methoden gibt, um die Ausbreitungsrichtungen und damit auch die ursprünglichen Zentren von Inhalten festzustellen. Man kann sie jedoch nur dort anwenden, wo man genügend gesicherte Informationen (vor allem Funde) besitzt.

Man muß aber auch damit rechnen, daß an verschiedenen Orten fast gleichzeitig Kulturinhalte völlig unabhängig voneinander auftauchen. So wurde etwa das Gesetz von den fruchtbaren und unfruchtbaren Tagen der Frau gleichzeitig von Knaus in Wien und Ogino in Japan entdeckt, und ebenso tauchten auch in der Vergangenheit verschiedene Ideen, Techniken, Formen unabhängig voneinander auf. Es wäre daher falsch, unter allen Umständen einen Einfluß konstruieren zu wollen, nur weil man zwei gleiche Inhalte an zwei verschiedenen Orten der Erde feststellt.

Needham bringt jedenfalls interessante Beispiele von Ideen, die ungefähr gleichzeitig in Europa und China auftauchten:

In dem Taoistischen Buch Kuan Tzu, das Kuan Chung, der im siebenten vorchristlichen Jahrhundert lebte, zugeschrieben wird, das jedoch etwa im dritten vorchristlichen Jahrhundert zusammengestellt wurde, finden wir beschrieben, daß einige Meerestiere analog dem Mondeszyklus wachsen, wenn der Mond zunimmt, und wieder kleiner werden, wenn der Mond abnimmt. Aristoteles, der zwischen 384 und 322 v. Chr. lebte, sagt dasselbe. Nun wäre es natürlich prinzipiell denkbar, daß diese These von Griechenland innerhalb eines Jahrhunderts nach China gelangt ist.[1]) Da zu diesem Zeitpunkt jedoch für die Übermittlung nur der Landweg in Frage kommt, wäre diese Ansicht von Völkern vermittelt worden, die zu einem großen Teil in ihrem Leben nie ein Meer gesehen hatten. So wird hier eine Übermittlung höchst unwahrscheinlich, und es ist naheliegend, einen voneinander unabhängigen Ursprung anzunehmen.

Ähnlich liegt die Sache mit den ersten Sektionen menschlicher Körper. So hat der griechische Arzt Galen im zweiten Jahrhundert n. Chr. noch keine Sektion vorgenommen. Diese sind jedoch bereits von den alexandrinischen Ärzten Herophilus und Erasistratus in der ersten Hälfte des dritten nachchristlichen Jahrhunderts bezeugt. Es gibt zwar später einige Ansätze, doch wird die Sektion in Europa erst wieder in der Renaissance aufgenommen. Ein ähnliches Auf und Ab der anatomischen Forschung gab es in China. Sehr zeitig begann das Sezieren mit Pien Ch'io, der, gut dokumentiert, in der Zeit des Wang Mang (9 n. Chr.) lebte. Damals gab es in China ein Interregnum zwischen der früheren (zwei Jahrhunderte v. Chr.) und der späteren (zwei Jahrhunderte n. Chr.) Han-Dynastie.

Das Sezieren wird jedoch erst in der San Kuo Periode (+ 240) fortgesetzt, also in der Zeit der „drei Reiche", die der Han-Zeit folgte.

Sehr interessant ist auch ein Vergleich der atomistischen Denkabläufe. Leukipp und Demokrit lebten im fünften Jahrhundert vor Christus. Sie waren die Begründer des Atomismus in Griechenland und damit in Europa. In China finden wir zwar keinen ausgesprochenen Atomismus, den wir damit vergleichen könnten. Doch im Mohistischen Kanon — die Mohisten waren Anhänger der Lehre des Philosophen Mo Ti, der etwa zwischen 479 und 381 vor Chr. lebte —, der um 370 vor entstand und den Namen Mo Ching trägt, findet sich die Definition des Punktes. Er stellt danach eine Linie dar, die so lange geteilt wurde, bis man sie nicht mehr teilen kann.[2]) Auch hier liegt es nahe, anzunehmen, daß diese Gedanken unabhängig voneinander gefaßt wurden. Aber auch die aristotelische Schichtung und Hierarchie der Seelen finden wir im zeitgenössischen China. Aristoteles unterschied zwischen der anorganischen, vegetativen, sensitiven und mentalen Schicht. Anorganisch war die unbelebte Natur, vegetativ die pflanzliche, sensitiv die spezifisch tierische und mental die spezifisch menschliche Natur. Dabei fußt immer eine Schicht auf der anderen, so daß schließlich der Mensch alle diese Seinsschichten umgreift. Aristoteles lebte von 384 bis 322 v. Chr. Die analoge Erkenntnis findet sich bei Hsün Ch'ing. (298 bis 238 v. Chr.)[3])

Bei Plutarch, der zwischen 45 und 125 n. Chr. lebte, finden wir schließlich eine ähnlich arrogante Geschichte wie bei Lieh Tzu, der vor 400 v. Chr. lebte: Ein Grieche (Chinese) bedankt sich bei den Göttern und preist sich glücklich, weil er a) als Mensch und nicht als Tier, b) als Mann und nicht als Frau und schließlich c) als Grieche (Chinese) und nicht als Barbar geboren wurde. Solch geistreichelnde Überheblichkeit konnte wohl auch ganz unabhängig voneinander aus ähnlicher Ausgangssituation entstanden sein.[4])

Betrachten wir die Abbildung der Schwerter[5]) (S. 15), so ist der technische Zusammenhang zwischen den ersten beiden Schwertern aus Dänemark und China evident. Das dänische Schwert ist aus der Hallstatt-Zeit und das chinesische aus der gleichzeitigen Chou-Zeit. Ähnliches gilt von dem Schwert aus dem Kuban-Gebiet des europäischen Rußland und dem nebenstehenden chinesischen Schwert. Neben Einflüssen von der einen in die andere oder von der anderen in die eine Richtung kann es also auch wohl ein unabhängiges Entstehen geben. Und schließlich könnten beide Seiten gleicherweise von dritter Seite einen Einfluß erfahren haben.

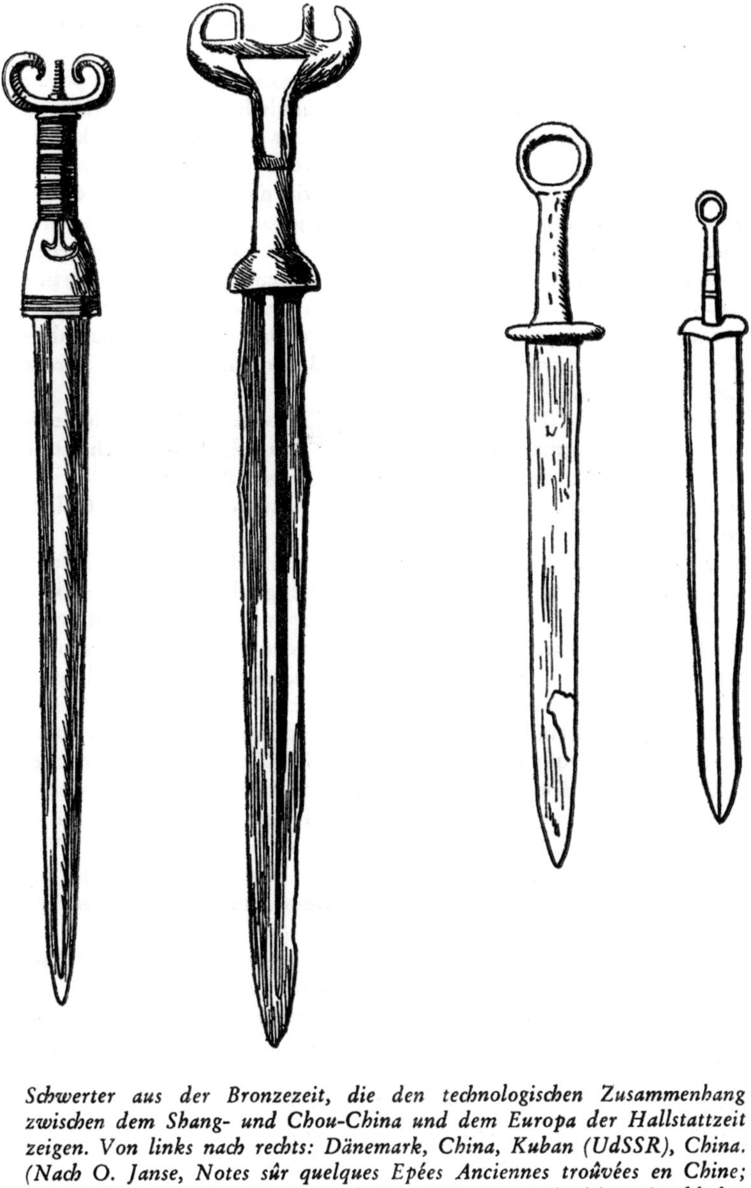

Schwerter aus der Bronzezeit, die den technologischen Zusammenhang zwischen dem Shang- und Chou-China und dem Europa der Hallstattzeit zeigen. Von links nach rechts: Dänemark, China, Kuban (UdSSR), China. (Nach O. Janse, Notes sûr quelques Epées Anciennes troûvées en Chine; in: Bulletin of the Museum of Far Eastern Antiquities, Stockholm, 1930, 2, 177.)

So ist es wahrscheinlich mit der außerordentlich wichtigen Erfindung der Metalläxte mit Löchern für Holzschäfte bestellt. Diese Hacken gestatten die Rodung von Wäldern, wodurch sich wiederum die Möglichkeit eröffnete, die gemäßigte Zone landwirtschaftlich zu nutzen. Um den Ursprung dieser Äxte gab es eine recht typische Kontroverse. Seligmann meinte[6]) ursprünglich, daß eine Ausbreitung von Westen — wo sie im Rahmen der frühen Hallstattkultur schon im 13. Jahrhundert v. Chr. nachweisbar waren — nach dem Osten evident sei. Nach China kamen sie danach etwa im 6. Jh. v. Chr. oder später. Bald stellte es sich jedoch heraus, daß es hier solche Hacken mit Löchern schon im 12. Jh. v. Chr. gegeben hatte. Shiah[7]) führte aus, daß die frühesten europäischen Typen kaum älter als die chinesischen waren und daß es daher außerordentlich fragwürdig wäre, die Ausbreitung einer für damalige Zeit so schwierigen Technologie der Beilerzeugung in so kurzer Zeit anzunehmen.

Wenn jedoch die Erfindung solcher Beile zwischen beiden Kulturkreisen angenommen wird, erklärt sich das ungefähr gleichzeitige Auftauchen. Man sieht, wie kompliziert dieses Problem ist.

Wenden wir uns nun den verschiedenen Arten der Einflüsse Chinas auf Europa zu.

Wir wollen unterscheiden zwischen technischen, künstlerischen, wissenschaftlichen, philosophischen, ideologischen und religiösen Einflüssen und solchen der Sozialstruktur mit ihren Institutionen, Rechtsnormen etc. Natürlich überschneidet sich hier vieles, und wir müßten, wollten wir tatsächlich zu ganz reinlichen Unterschieden gelangen, Anstrengungen unternehmen, die uns für unsere Zwecke kaum dienlich wären. Überschneidungen sind ja auch darin begründet, daß zum Beispiel technische Gebilde etwas Künstlerisches oder zumindest Kunstgewerbliches an sich haben und künstlerische Produkte wiederum philosophische und bzw. oder religiöse Elemente widerspiegeln. Unsere Trennung ist daher künstlich. Wir differenzieren nur, weil wir an Hand recht unterschiedlicher Gegenstände die Problematik des Einflusses akzentuierter darstellen können.

So bringen wir vorerst Beispiele aus der Technik. Unbestritten ist, daß technische Neuerungen sehr weitreichende Folgen für die gesellschaftliche Entwicklung haben können. Andererseits ist es möglich — und die chinesische Geschichte bietet selbst solche Beispiele —, daß gewisse gesellschaftliche Verhältnisse die Einführung technischer Neuerungen nicht zulassen. Dies gilt für die Kriegstechnik vielleicht in besonderem Maße, doch kann es auch auf anderen Gebieten zutreffen.

So war es vor dem Ersten Weltkrieg aus soziologischen Gründen unmöglich, bei den Mittelmächten die Kavallerie abzuschaffen, obwohl Militärattachés beider Mächte 1905 vom russisch-japanischen Kriegsschauplatz Berichte schrieben (es ging vor allem um die japanische Erfindung des Schützengrabens und des Drahtverhaues), die eine solche Maßnahme nahelegten. Obwohl die Oberbefehlshaber beider Heere auch die Absicht hatten, die Kavallerie zumindest zu reduzieren, stießen sie auf harten Widerstand. Denn die Kavallerie war die vornehmste der Waffengattungen, und hier war die „Blüte“ des Adels versammelt. Dieser wiederum war von weitgehend archaischen Ehr- und Wehrvorstellungen geprägt, von Rittertraditionen, schließlich entspricht ja das „Hoch-zu-Roß“ in besonderer Weise den herrenmenschlichen Überwertigkeitsvorstellungen. Diese Vorschläge hatten also keinerlei Chance auf Berücksichtigung, und erst Tausende von Toten am Beginn des Ersten Weltkrieges belehrten diese Kaste eines Besseren.

Umgekehrt jedoch können technische Neuerungen einen ansatzweise vorhandenen gesellschaftlichen Wandel intensiv stimulieren und ihn entsprechend fördern.

Ein gutes Beispiel hiefür sind das Papier und die beweglichen Drucklettern.

Es kann nämlich kein Zweifel bestehen, daß eine Bildungsexplosion erst möglich war, als es Papier gab. Denn wenn auch z. B. das hebräische Schulwesen zur Zeit um Christi Geburt demonstrierte, daß auch ohne Papier eine außerordentlich hohe Bildung einer ganzen Nation möglich war, so hat zweifellos erst das gedruckte Buch eine wirklich breite Bildung ermöglicht und eine sehr große Zahl von Begabungen erschließen können.

Das Pergament mit der nötigen komplizierten Vorbehandlung und das Schreiben, das ja dem Wert des Pergaments durchaus adäquat war, machten ein Buch so unerhört teuer, daß es einfach nicht zum selbstverständlichen Besitz aller Menschen werden konnte.

Das Papier provozierte überall, wo es auftrat und sich durchsetzte, die beweglichen Lettern. Das Papier ist also die wichtigere Erfindung. Nachdem die Chinesen das Papier erfunden hatten — wir werden noch ausführlich auf den Weg zu sprechen kommen, den es nach Europa genommen hat —, erfanden sie auch die beweglichen Lettern. Doch vermochten das Papier und der Druck mit beweglichen Lettern in China — und das ist eine sehr wichtige Feststellung — nicht jene Breitenwirkung der Bildung hervorzurufen wie später in Europa. Der Grund liegt darin, daß die chinesische Schrift, die Tausende von Begriffssymbolen besitzt, ungleich schwerer zu erlernen ist als die europäische Lautschrift. Dort handelt es sich um Tausende von Zeichen, hier um etliche zwanzig, so große Vorteile sie auch in anderer Hinsicht hatte.

Diese Umstände bewirkten, daß das Papier sowohl bei den Arabern als auch bei den Europäern einen anderen kulturellen Stellenwert einnehmen konnte. Das Beispiel zeigt, daß ein technisches Hilfsmittel, wie das Papier, in seinem Ursprungsland eine geringere Bedeutung haben konnte als in jenen Ländern, die es beeinflußte. Europa hat im übrigen lange gebraucht, bis es Papier selbst herstellen konnte. Es erlangte erst in der Reformation eine außerordentliche Bedeutung. Gutenbergs Erfindung der beweglichen Lettern, die das Papier voraussetzte, vermochte die abendländische Entwicklung entscheidend zu stimulieren, jedenfalls mehr als die entsprechende chinesische Erfindung.

Dieses Modell gilt für viele andere Erfindungen auch. Die Hereinnahme einer fremden Erfindung vermag in der durch sie bereicherten Gesellschaft jedenfalls eine erheblich andere — geringere oder auch größere — Bedeutung zu erlangen als in der ursprünglichen. Um nun ein Beispiel aus dem Bereich der Kunst zu bringen: Sparten der chinesischen Kunst — die Gartenkunst, die Malerei, Lack- und Einlegearbeiten etc. — haben das Rokoko intensiv beeinflußt. So wurde sicherlich das Gefühl für Feinheiten, so es vorhanden war, kultiviert, so es noch nicht vorhanden war, geweckt.[8]) Doch hat sich dieser Einfluß auf längere Zeit nie als Hauptströmung in Europa durchgesetzt. Die chinesische Musik hat nur sehr geringe Einflüsse ausgeübt und harrt heute noch ihrer umfassenden Entdeckung.

Das Porzellan, dessen Erfindung, besser Nacherfindung, durch das chinesische Porzellan herausgefordert worden war, hat schon wegen seiner Materialqualitäten zu einer gewissen Verfeinerung der Sitten beigetragen. Da das ursprünglich chinesische Porzellan, von den Briten „China“ genannt, natürlich auch immer mehr oder weniger künstlerische Qualitäten aufwies, wurde es auch für die europäische Porzellangestaltung richtungweisend.

Solche Momente haben die europäische Gesellschaft aber nur am Rande beeinflußt.

Die chinesische Wissenschaft dürfte nur dort die europäische beeinflußt haben, wo sie sich technisch niederschlug. So die Militärwissenschaft durch das über die Araber nach Europa gelangte Schießpulver, das zum Unterschied vom Papier in geradezu blitzartigem Tempo übernommen wurde, wie Sigrid Hunke ausführt. Erst im 20. Jahrhundert tauchte in der Medizin die sogenannte Akupunktur auf. Sie ist bisher von der Schulmedizin noch nicht anerkannt, doch nach den jüngsten Entwicklungen zu schließen, wird dies nicht mehr allzu lange auf sich warten lassen.

Was nun die philosophisch-ideologischen Elemente betrifft, so hängt ihre Wirksamkeit in Europa natürlich sehr eng mit jenen staatlichen Institutionen zusammen, die man aus China geschildert bekam. Ihre Bedeutung für die Aufklärung und für die Französische Revolution ist außerordentlich groß, ja es gibt Historiker, die

meinen, daß die Aufklärung und die Französische Revolution ohne den chinesischen Einfluß gar nicht möglich gewesen wären.
Aber hier wird unser Problem sehr kompliziert. Denn was für die Technik gilt, gilt umso mehr für Institutionsvorbilder oder ideologische und philosophische Gegebenheiten. Sie stoßen auf eine andere gesellschaftliche Situation und erleiden dort eine starke Umformung. Sie werden deshalb, weil es eben eine vorgeformte Situation gibt, gar nicht als das empfunden, was sie sind, sondern in einer verschiedenen Weise erfaßt. So befanden sich während der inneren Auseinandersetzung der französischen Klassen im 17. und 18. Jahrhundert große Teile der Intellektuellen, sowohl feudaler als auch bürgerlicher Herkunft, in Opposition zum König. Nun konnte man den König und das Regime auf die verschiedenste Weise kritisieren. Man konnte offen dagegen auftreten, man konnte jedoch, der Zensur und der Repression Rechnung tragend, die Aggression gegen den König verschleiert vortragen.
Es gibt ja verschiedene Möglichkeiten, die Repression zu umgehen. Thomas Morus entwarf eine Utopie, in die er seine Kritiken an Staat und Kirche verpackte. Er schilderte das Staatswesen Utopia und verlieh ihm jene Züge, die er im konkreten Staatswesen und in der Kirche nicht vorfand. Ein solches kritisches Utopia muß jedoch nicht nur in der Phantasie angesiedelt sein. Die Chinesen projizierten es meist um einen historischen Kern in der Vergangenheit. So hat Konfuzius (etwa 551—479 v. Chr.) die beiden Kaiser Yao und Shun als älteste Herrscherfiguren gekannt, die sich jedoch bei dem Historiker Ssu-ma Ch'ien (100 v. Chr.) bereits auf fünf vermehrt hatten. Diese fünf sollen, wie es später hieß, zwischen 2700 und 2200 v. Chr. gelebt haben. Nun mögen diese Figuren vielleicht tatsächlich historisch sein, doch ist das meiste, was über sie gesagt wurde, sicher rein mythologisch aufzufassen. Diese mythischen Figuren gaben, wie man heute im Journalismus sagen würde, die „Aufhänger“ ab, um sie mit jenen vorbildlichen Tugenden auszustatten, die der konkrete Herrscher nicht aufwies. Indirekt wurde dieser jedoch damit kritisiert, ohne daß gegen ihn Stellung genommen wurde. Auf diese Weise kann man natürlich auch ganze Institutionen angreifen. Was hier besonders bemerkenswert ist, ist das Interesse des Kritisierenden an der Idealisierung seines Darstellungsgegenstandes. Bewußt, manchmal auch nur unbewußt, wird so der Darstellungsgegenstand aufgewertet bzw. mit Zügen ausgestattet, die er in Wahrheit nicht besitzt. So wird an der historischen Realität herummodelliert, um sie dem eigenen Interesse anzupassen. Vom Wertgesichtspunkt des Darstellenden werden Negativa bagatellisiert, Positiva aufgebauscht, Motive verändert etc. Auf Realitätswahrnehmungen ausgehende historische Forschung muß sich dann mühsam durch solche Deformationen hindurch zur Wirklichkeit

vorarbeiten. Es wird also idealisiert, um die Gegenwart dadurch zu kritisieren.

Schließlich kann — und das ist für unser Thema entscheidend — ein fernes Land die Rolle von Utopia spielen. Ein nahe gelegenes ist deshalb nicht brauchbar, weil es genügend Menschen kennen und sie bestreiten könnten, was von diesem Land behauptet wird. Ein so fernes Land wie China, das außerdem noch riesig groß und schwer zu bereisen war, konnte jedoch zur Zeit der Aufklärung, ja selbst heute noch, wie verschiedene Formen des europäischen Maoismus erkennen lassen, Anlaß zu den unterschiedlichsten Vorstellungen sein. Im Falle Chinas gab es schon bei den ausführlichen und wirklich informierenden Berichterstattern, nämlich den Jesuiten am Ende des 16. und 17. Jahrhunderts, ein echtes Interesse an einer Idealisierung.

Die Jesuiten, die damals eine hervorragende Missionsmethode hatten, wollten die konfuzianische Ahnenverehrung in die christlichen Riten einbauen, ja den Chinesen überhaupt weitgehend liturgisch entgegenkommen. Dem widersetzten sich konkurrierende Orden. Hier zeigt sich bereits eine europäische Hybris, die sich dann im 19. Jahrhundert voll entfaltet und die Beziehungen zu China grundlegend vergiftet hat. Der Ritenstreit veranlaßte die Jesuiten — sie wollten ja chinesische Elemente übernehmen und mußten so deren Wert beweisen — zu einer besonders günstigen Darstellung der Chinesen.

Ihre Berichte fanden besonders in Frankreich weite Verbreitung und erreichten alle führenden Intellektuellen der Aufklärung. Diese wiederum, in Opposition zum Regime stehend, verwendeten nun Hinweise auf chinesische Institutionen, Denkweisen, ideologische Elemente etc. dazu, das französische Regime zu kritisieren. Dabei gingen sie sicherlich von chinesischen Fakten aus — die Jesuitenberichte waren ja nicht einfach erlogen, sondern nur gefärbt —, doch waren die Aufklärer eben nicht primär an einer sachlich objektiven Darstellung interessiert, sondern in erster Linie an der Kritik des Ancien régime.

Chinesische Institutionen erhielten erst recht eine oft völlig andere Bedeutung, wenn sie gegen die bestehenden französischen ausgespielt wurden. Es war vor allem das Statut der chinesischen Beamtenschaft, das von großer Bedeutung für Frankreich wurde. Dabei ging es um folgendes: Ein chinesischer Beamter erhielt seine Funktion nicht auf Grund seiner Geburt, sondern auf Grund von bestandenen Prüfungen — so zumindest der Idee nach. Daß es das gab, was man marxistisch Bildungsprivileg nennt, ist sicher, doch konnte es auch einem relativ armen Familienclan durchaus gelingen, das Studium eines begabten Kindes zu finanzieren und dieses dann auch in die entsprechende Position zu bringen.

Obwohl es einem höheren Beamten natürlich leichter gelang, seinem Kind den Weg zum Beamtentum zu ebnen, so galt doch ein entschieden anderes Prinzip als im Ancien régime, dessen Zustände Beaumarchais im „Tollen Tag“ (dann von Mozart als „Hochzeit des Figaro“ vertont) entsprechend karikiert hat. Erblich war in China lediglich der Kaiserthron, und hier gab es, wie wir noch sehen werden, entscheidende ideologische Auflagen.
Die Institutionen des Prüfungswesens für die chinesische Berufsbeamtenschaft konnten nun im Ancien régime von den intellektuellen Ideologen der Bourgeoisie gegen die Aristokratie ausgespielt werden. Schließlich wurde das chinesische System Vorbild für die Beamtenprüfungen in Frankreich.
Sicherlich hätte sich auch ein auf einer Prüfungsordnung erstelltes Beamtentum in Frankreich mit einer konstitutionellen Monarchie vertragen. Aber in der damaligen Situation des Ancien régime trug das chinesische Beispiel doch eher zur Vernichtung als zu einer bloßen Umwandlung in eine konstitutionelle Monarchie bei.
Die Institution des Beamtentums erfuhr in Frankreich natürlich Modifikationen. In China maß man die Gelehrtheit eines Mannes unter anderem nach der Zahl der Zeichen, die er kannte. Um statt 4000 Zeichen etwa 40 000 zu kennen, mußte man erheblich länger studieren, was wiederum ein Anrecht auf eine höhere Position verlieh. Das wiederum bedeutete jedoch eine größere Abhängigkeit von den Financiers bzw. mußten diese, um jemandem ein sehr ausgedehntes Studium zu ermöglichen, über größere Mittel verfügen.
Auch in Frankreich konnte man sich natürlich eine umfassende oder eine geringere Bildung aneignen, doch um Lesen und Schreiben zu lernen, brauchte man nicht so lange wie in China. Die Konstituierung einer solchen Beamtenschaft bedeutete daher in Frankreich eine viel größere Dynamisierung der gesellschaftlichen Mobilität als in China.
Auch an diesem Beispiel zeigt sich die Komplexität, die im Wort „Einfluß“ liegt. Einfluß kann Entwicklungen forcieren, hemmen, modifizieren, zu Reaktionsbildungen Anlaß geben, und die ursprünglichen Impulse können die verschiedenartigsten Modifikationen erfahren. Das Problem des sogenannten Kulturaustausches ist sehr kompliziert. Von dem allzu einfachen Strommodell, das im Wort Einfluß nahegelegt wird, werden wir daher nur sehr kritisch Gebrauch machen dürfen.
In den folgenden Kapiteln soll versucht werden, einen Überblick über die Vergangenheit Chinas zu gewinnen, um auf dieser Grundlage ein adäquates Verhältnis zur Gegenwart zu erhalten. Selbstverständlich kann im gegebenen Rahmen auch nicht im entferntesten der Anspruch auf Vollständigkeit erhoben werden.

B. DIE VERGANGENHEIT

1. Indirekte Kontakte

Vor der Entstehung der großen Seidenstraße kam — unserem heutigen Wissen entsprechend — kein Chinese bis ins Römerreich und kein Römer nach China. Es gab auch lange nach Eröffnung der Seidenstraße nur indirekte Kontakte zwischen Europa und China. Immerhin waren die Chinesen etwas besser über Europa orientiert als die Europäer über China. Aber es gibt zumindest in einzelnen klassischen Werken Hinweise auf die Existenz Chinas. Weder in China noch in Europa hatte jedoch die Kenntnis von der Existenz des anderen entscheidende Folgen für das Kulturbewußtsein.
Wie die erwähnte Erzählung über das Glück, als Chinese (bzw. Grieche) geboren worden zu sein, zeigt, herrschte ein unangefochtener völkischer Narzißmus, der durch nichts relativiert wurde.
Die Gerüchte und Mären, die Europa erreichten, enthielten sicherlich wahre Kerne, ermöglichten aber auch ein fast ungehemmtes Wuchern der Phantasie. Um diese Gerüchte überhaupt einem bestimmten Volk zuordnen zu können, ist es notwendig, daß wir näher auf die alten europäischen Namen Chinas eingehen.
Der antike Name Seres hat eine umgekehrte Entstehung wie das Wort „China" im Englischen. Denn die Wurzel von Seres ist das chinesische Wort „Ssu" = Seide. Auch das deutsche Wort Seide, althochdeutsch sida, englisch silk, kommt ursprünglich vom lateinischen serica.[9]) Es wurde das Ursprungsland eines so hochgeschätzten Produktes nach dem Produkt genannt: Seidenland. Umgekehrt nannten später die Briten ein Produkt, das Porzellan, nach dem Land, so daß es im Englischen „china" heißt.
Nach Tarn[10]) kommt das Wort Seres zum ersten Mal bei Apollodorus von Artemita vor, der zwischen 130 und 87 v. Chr. lebte. Er erzählt, daß der König Euthydemus von Griechisch-Baktrien Eroberungen machte und dabei bis Seres gelangt sei. Baktrien war eine im Altertum von den Baktriern bewohnte Landschaft, und zwar nördlich vom Hindukusch. Sie umfaßte vor allem nördliche Landesteile des heutigen Afghanistan und der heutigen Taschkidi-

→

Handelswege zwischen Europa und China nach G. F. Hudson (Europe and China, London 1931) und J. Weedham (Science and Civilization in China, Cambridge 1954)

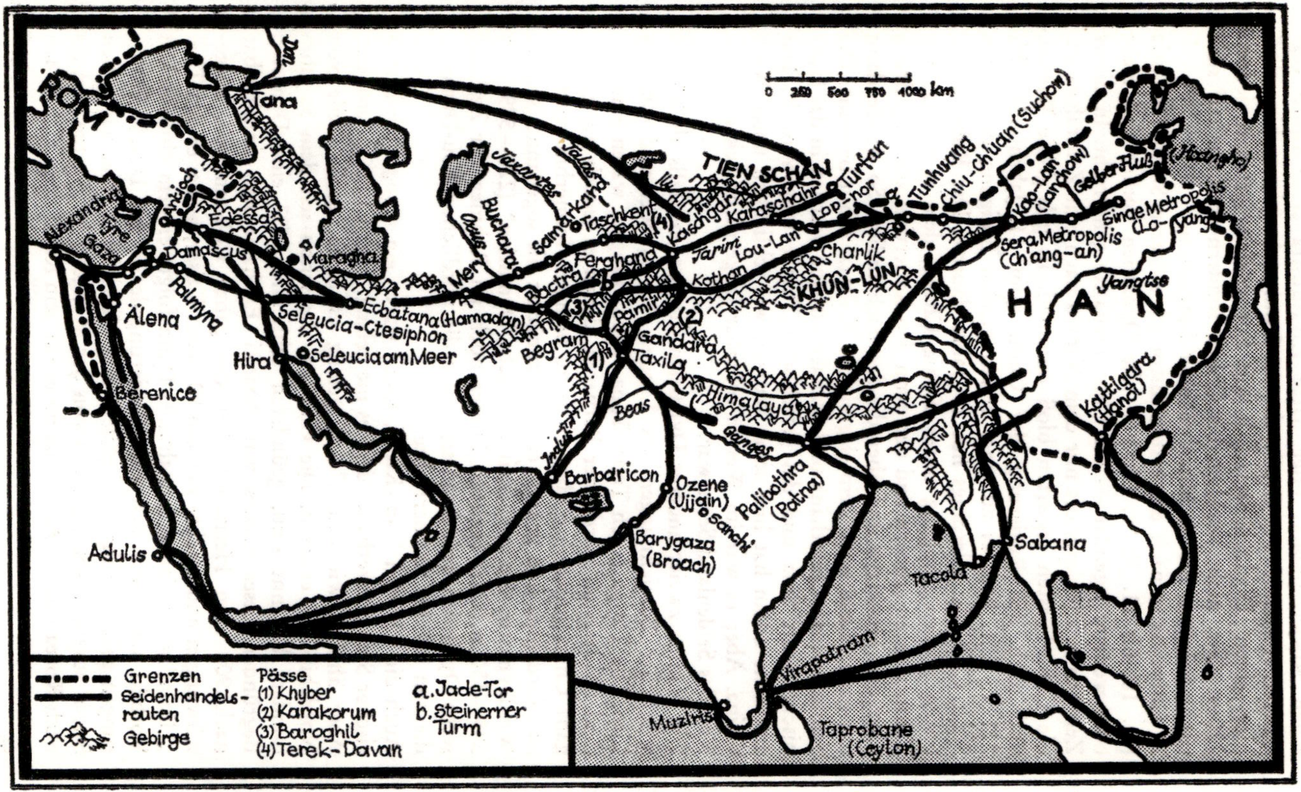

ROM
Tana
Don
Alexandria
Tyre
Gaza
Antioch
Edessa
Maragha
Damascus
Palmyra
Alena
Berenice
Adulis
Hira
Seleucia am Meer
Seleucia-Ctesiphon
Ecbatana (Hamadan)
Merv
Buchara
Oxus
Jaxartes
Talas
Samarkand
Taschkent
Ferghana
Bactra
Begram
Pamir
Gandara
Taxila
Indus
Beas
Barbaricon
Ozene
(Ujjain)
Sanchi
Barygaza
(Broach)
Muziris
Virapatnam
Taprobane
(Ceylon)
Tacola
Sabana
Palibothra
(Patna)
Ganges
Himalaya
Kothan
KHUN-LUN
Charlik
Lou-Lan
Tarim
Kaschgar
Karaschahr
TIEN SCHAN
Ili
Turfan
Lop-nor
Tunhuang
Chiu-Ch'uan (Suchow)
Kao-Lan
(Lanchow)
Gelber Fluß
(Hoangho)
Sera Metropolis
(Ch'ang-an)
Singe Metropolis
(Lo-yang)
H A N
Yangtse
Kattigara
(Hanoi)
0 250 500 750 1000 km
Grenzen
Seidenhandelsrouten
Gebirge
Pässe
(1) Khyber
(2) Karakorum
(3) Baroghil
(4) Terek-Davan
a. Jade-Tor
b. Steinerner Turm

schen Sowjetrepublik. Hier hatte Zarathustra seine Lehre verkündet. Alexander der Große, der das Land erobert hatte, hinterließ hier einen Diadochenstaat. König Euthydemus gelangte jedoch 220 v. Chr. nicht wirklich bis China, sondern traf nur auf sibirische Stämme, die als Mittelsmänner fungierten.

In China hatte nach der ersten historisch sicheren Shang-Dynastie (ca. 18. bis 11. Jh. v. Chr.) — die Dynastien vorher sind mehr oder weniger legendär — die Chou-Dynastie geherrscht. In dieser Zeit gab es allerdings oft nur dem Namen nach eine Zentralgewalt, die Chou-Fürsten regierten bloß nominell. Es gab große Wirren, und nach der Regierung der Chou vom 11. Jahrhundert bis 221 v. Chr. kam es zu einer ersten großen Einigung durch den Staat Chin, die allerdings nur 15 Jahre dauerte. Der Ruhm dieser ersten großen Einigung unter König Cheng, dem es gelang, alle Teilstaaten zu erobern und der dann den Kaisertitel annahm, drang über den Himalaya und über die See nach Indien. So wurde dann das ganze Land nach dem siegreichen Teilstaat Chin benannt. Die Sanskritworte Cinasthana und Mahacinasthana wurden in das lateinische Wort Sina und das griechische Thinae umgewandelt. Das arabische al-Sin hat hier seine Wurzel, wie schließlich unser Wort China. Aber es war im Westen offenbar lange nicht bekannt, daß Sina das Seidenland Seres war.

Die Namen zweier anderer Dynastien dienten ebenfalls als Wurzel westlicher Bezeichnungen des Landes, T'o-pa Wei und Ch'i-tan Liao. Die T'o-pa (auch Toba, Topa, Taho, Tabgac) waren eine Nomadenföderation nördlicher Barbaren, denen es jedoch nie gelang, ganz China unter ihre Herrschaft zu bringen. Immerhin eroberten sie Nordchina und gründeten dort zunächst die sogenannte spätere Wei-Dynastie, die zur „Zeit der sechs Dynastien" (220—589) von 385—550 n. Chr. regierte. Immer noch im Rahmen der Zeit der sechs Dynastien gründeten sie später die nördliche Chou-Dynastie, die von 557 bis 580 herrschte.

Auch die Ch'i-tan Liao (Kitan, Kitai) waren ein mongolisch barbarischer Stammesverband, dem es nie gelang, ganz China zu erobern. Aber ähnlich wie den T'o-pa gelang es ihnen, große Teile von Nordchina zu erobern. Die Ch'i-tan, die schon seit dem 5. Jahrhundert bekannt sind, gründeten schließlich 907 eine Dynastie. Begründer dieses Staates war Apaoki. Er hatte sich unmittelbar nach 900 zum Herrscher über das ganze Ch'i-tan-Volk aufgeschwungen und machte sich um 907 zum Kaiser, wobei er den Titel „Himmlischer Kaiser" annahm.[11]) Dann folgte er dem chinesischen Vorbild und legte sich eine Regierungsdevise zu. Durch Eroberungen gelang es ihm schließlich, sein Herrschaftsgebiet nach allen Seiten auszudehnen, das dann von der Mongolei im Westen und bis nach Korea reichte. Ab 937 nahm er für sein Reich den chinesischen

Namen Liao an. Dieses existierte bis zum Anfang des 12. Jahrhunderts.

Wie so oft in der Geschichte, faszinierte der chinesische Staat die nördlichen Nachbarn, so daß es kein Wunder ist, daß Apaoki das chinesische Kaiserreich sich zum Vorbild nahm. So führte er auch das chinesische Hofzeremoniell ein und verlieh seinem Reich einzelne Züge des chinesischen Beamtenstaates.

Dieser Staat existierte neben dem chinesischen Sung-Reich im Süden, bis er selbst von Norden, von den Dschurdschen (oder Juchen bzw. Jurchen), einem anderen Nomadenvolk, erobert wurde.

Sowohl das Wort T'o-pa als auch das Wort Ch'i-tan wanderte westwärts. Ch'i-tan wurde zum russischen Khitai, ein Wort, das heute noch benützt wird, später wurde es zu dem in Europa dann sehr verbreiteten Namen Cathay.

Wie schon zur Römerzeit nicht bekannt war, daß Sina und Seres dasselbe meinten, so gab es im Mittelalter eine große Unsicherheit hinsichtlich der Worte China und Cathay. Interessant ist nun, daß die Worte Sina und China über den Seeweg nach Europa kamen (mit Landbrücken dazwischen), während Seres und Cathay über die Landroute Europa erreichten.

Nun traf die Landroute im Norden, sobald sie chinesisches Gebiet verließ, zunächst auf die nördlichen Barbaren und ihre eroberten chinesischen Gebiete, während für die Seeroute die südchinesischen Häfen näher lagen.[12]) So kann man schließlich mit einer gewissen Berechtigung davon sprechen, daß es sich bei den genannten Bezeichnungen nicht vollständig um dasselbe Land handelte, obwohl sich sowohl die Ch'i-tan als auch die südliche Sung-Dynastie als die Repräsentanten von ganz China betrachteten.

Erst nach der Entdeckung der Kap-Route durch Vasco da Gama im Jahre 1497 wurde die Frage endgültig geklärt, so daß eine sichere Zuordnung der oben wiedergegebenen Namen zu dem damit gemeinten Land möglich wurde.

Neben der oben zitierten Erwähnung des Namens Seres bei Apollodorus von Artemita gibt es noch eine Reihe anderer antiker Autoren, die über dieses Land berichten.

Der Syrer Bardesanes, der am Ende des zweiten und Anfang des dritten nachchristlichen Jahrhunderts lebte, lobte Seres sehr, wobei er durchaus pädagogische Absichten gehabt haben mag, wie ja auch Tacitus bei der Schilderung der Germanen indirekt an den Römern Kritik übte. Bardesanes erklärt, daß bei den Seres das Gesetz Mord, Prostitution, Raub und die Anbetung von Bildern verbiete. Es gebe in diesem ungeheuren Land keine Tempel, keine Prostitution, keine Ehebrecherinnen, keine Räuber. Die Beamten seien gerecht, und es gebe weder Mörder noch Opfer von Mördern.

„Der glühende Mars, der den Meridian kreuzt, hat nicht die Macht, den Willen zu binden . . . Und Venus in Konjunktion mit dem Mars erzwingt keinen Verkehr mit eines anderen Frau."[13])
Eine ähnliche Argumentation unter Einbeziehung der Astrologie finden wir bei Pseudoclementinus: „Entzündeter Mars (der hier astrologisch verstanden wird) hat bei ihnen (den Seres-Leuten) — anders als bei uns — keine Macht über den freien Willen der Menschen."[14]) Der Respekt vor dem Gesetz ist bei ihnen stärker als die Konstellation, unter welcher das Individuum geboren ist.
Der Bruder Gregor von Nyssas, Caesarius († 368), machte eine sehr wichtige und richtige Feststellung, als er erklärte, daß man in China Bräuchen — also nicht niedergeschriebenen Gesetzen, sondern der Gesellschaftsmoral — lieber gehorche als den Gesetzen: „In jedem Land, unter anderen Völkern als unserem, existieren Gesetze von Fürsten, seien sie nun niedergeschrieben oder nicht. An einigen Orten sind sie niedergeschrieben, während man anderswo Bräuchen folgt, welche die Macht von Gesetzen haben. Bei jenen, die keine Gesetzesbücher haben, herrschen Bräuche der Vorfahren. Unter solchen Völkern, bei welchen die Bräuche vorherrschen, sind besonders die Seres erwähnenswert, welche den fernsten Osten der Erde bewohnen — sie haben statt Gesetzen Bräuche der Väter, die Prostitution, Raub, Ehebruch, die Anbetung von Bildern und die Beschwörung von Göttern verbieten... Unter den Seres sind die Regeln ihrer Vorfahren mächtiger als die Schicksale, welche von den Sternen auferlegt wurden."[15])
Sehr interessant ist es, daß auch ein Gerücht über den Konfuzianischen „Atheismus" Europa erreichte. Dem berühmten heidnischen Kritiker des Christentums, Celsus um 178, wurde von Origines (185—254) geantwortet. Dabei erwähnt Origines mehrmals den Atheismus der Chinesen. All das zeigt, daß über die alte Seidenstraße, aber auch über den Seeweg Kunde über China nach Europa gelangte. Sie reichte jedoch nicht im entferntesten aus, um das narzißtische Zentrumsbewußtsein der alten Welt zu erschüttern oder auch nur in Frage zu stellen. Wir wissen aber auch, daß die Kunde von den westlichen Hochkulturen in China zunächst keinen entscheidenden Einfluß ausübte und die Vorstellung vom Reich der Mitte kaum je berührte.
Ehe wir nun über die alte Seidenstraße und über die späteren Seewege sprechen, sind noch die vorhergehenden Versuche von Ost-West-Kontakten zu erwähnen.
Im Industal, also im westlichen Indien, war schon 2500 vor Christus ein Hochkulturvolk ansässig. Von dieser erstaunlich entwickelten Stadtkultur des vorindogermanischen Indien wissen wir vor allem durch die Ausgrabungen von Harappa und Mohenjo Daro aus dem Jahre 1921. Wahrscheinlich handelt es sich bei den beiden Ausgra-

bungsstätten um die Zentren eines ausgedehnten Reiches. Sicher ist jedoch, das beweisen die Ausgrabungsfunde, daß dieses Kulturvolk weitverbreitete Handelsbeziehungen hatte. Der Handel erstreckte sich auch auf überseeische Gebiete. So ist gewiß, daß die Bahrain-Inseln vor der ostarabischen Küste ein wichtiger Umschlagplatz für den Handel zwischen Mesopotamien und dem Indus waren.[16])

Sicher ist weiter, daß es Kontakte zwischen den sumerischen Städten des Irak und dem Industal gegeben hat. Auf welche Weise, ist dabei nicht klar. Man vermutet, daß die Wege entlang der Küste entweder zu Lande oder zu Wasser verliefen. Sicherlich handelt es sich hier schon um systematisch und planmäßig verlaufende Kontakte, zwischen verschiedenen Kulturkreisen, die wohl zu den ältesten uns bekannten ihrer Art gehören.

Aus dem fünften Jahrhundert v. Chr. erhalten wir von Herodot Nachrichten über die sogenannten Skythen, wobei dieses Wort sehr verschiedene Völker bezeichnete. Die Griechen stießen auf Nomadenstämme, als sie sich an den Küsten des Schwarzen Meeres, vor allem auf der Halbinsel Krim, festsetzten. Die Bewohner der südrussischen Steppen bezeichneten sich nun selbst als Skoloten, und von daher stammt wohl das griechische Wort.

Da für die Griechen die Skythen als die nördlichsten Menschen galten und sie von anderen nur aus zweiter Hand wußten, gab es keine rechte Abgrenzung des Begriffes, so daß Herodot zehn Stämme der Skythen anführt, von denen einer nicht ohne Grund sogar mit den Chinesen identifiziert werden könnte.

So meint Hudson,[17]) daß die von Herodot als vierte Gruppe genannte südlich des Uralgebirges gewohnt habe und die als achte bezeichnete irgendwo östlich des Tien Schan zu lokalisieren sei. Die neunte Gruppe, mit dem Namen Arimaspi, habe zwischen dem Tarim-Becken und der Wüste Gobi gelebt, so daß schließlich die bei Herodot Hyperboreans genannten als Chinesen zu identifizieren wären, die im Gebiet des unteren Hoangho (oder Hwang-ho) lebten. Natürlich sind all diese Feststellungen hypothetisch.

Erst Ptolemäus (2. Jh. n. Chr.) konnte auf Informationen aufbauen, die er von Marinus von Tyre, aber auch von Angestellten des Seidenhändlers Mae Titianus erhalten hatte. Er lieferte die erste gute Beschreibung des Landes zwischen dem Kaspischen See und China. Denn zu dieser Zeit war die „alte Seidenstraße" bereits eröffnet und reichlich benützt worden.

Die älteste von Herodot beschriebene Route führte durch skythische Länder — skythisch im engeren Sinne. Sie führte von der Krim bzw. dem Asowschen Meer, zwischen dem südlichen Ende des Uralgebirges und dem nördlichen der Kaspischen See, nördlich des Aralsees nach dem Osten zum Tien Schan, jenem Gebirge, das

den nördlichen Rand des Tarim-Beckens bildet. Herodot wußte nichts von den Ländern östlich von Persien.
Den Griechen war auch das Pamirplateau und der größte Teil des Himalaya weitgehend unbekannt. Alexander der Große marschierte bis an die östliche Grenze des Perserreiches und eroberte Baktrien und Sogdiana. Er stoppte jedenfalls seinen Vormarsch vor dem Pamirplateau. Er heiratete die sogdianische Prinzessin Roxane und gründete im äußersten Nordosten seines eroberten Gebietes die Stadt Alexandria-Eschate, Alexandria die Vierte, sie lag an den Ufern des Jaxartes, der heute Syr Darya heißt und in den Aralsee von Osten her einmündet. Heute heißt die Stadt Kokand. Dann schwenkte Alexander nach Süden ab, um das westliche Indien anzugreifen. Sinkiang, Sibirien und das übrige Indien blieben von ihm unberührt. Aber die Eroberung von Sogdiana und Baktrien führte zunächst zu einer Art Brückenkopf Europas, der sich später zu einer entscheidenden Brücke entwickeln sollte. Nach Alexanders Tod brach sein Reich auseinander, es kam zu den berühmten Diadochenkämpfen um seine Nachfolge, doch keiner seiner Nachfolger konnte das Reich als Ganzes erhalten. Im nördlichen Raum — in Baktrien und Sogdiana — hielten sich immerhin zweihundert Jahre lang griechische Herrscher. Zunächst war es Provinz der Seleukiden, jenes Diadochengeschlechtes, das den östlichen Teil von Alexanders Reich für sich gewinnen konnte. Später, ab 239 v. Chr., gab es ein selbständiges baktrisches Reich mit der Hauptstadt Baktra. Seleukos I. hatte 302 v. Chr. Alexanders indische Eroberungen an den indischen Herrscher Tschandragupta gegen Lieferung von 500 Kriegselefanten abgetreten, die er für seine Auseinandersetzungen mit den Diadochen Antigonos und Demetrios benötigte. Die Griechen hielten jedoch so wichtige alte persische Zentren, wie Samarkand und Buchara. Und die Griechen Baktriens gaben auf Grund ihrer eigenen Kunsttradition den Anstoß zur Ausbildung der griechisch-buddhistischen Gandhara-Schule. Diese verschmolz griechische und indische Motive zu einer faszinierenden Einheit.
Weit im Osten, jenseits der Grenze, gab es die Seres, von denen man zwar immer wieder hörte, zu denen man aber keinen direkten Kontakt hatte. Um 200 v. Chr. machte der König von Baktrien, Euthydemus, den Versuch, zu den Seres durchzustoßen, um dem Mangel an Gold abzuhelfen, da seine sibirischen Quellen versiegt waren. Er wählte eine nördliche Route, und zwar entlang des Tien Schan, doch der Versuch mißlang. Da die Expedition dabei auf eine blauäugige und rothaarige Rasse gestoßen war, blieb die Kunde, daß die Seres blauäugig und rothaarig seien.[18])
Etwa siebzig Jahre später hatten die Chinesen bei einem ähnlichen Vorhaben mehr Glück. Die Hunnen — die Hsiung-nu — hatten

sich schon vor dem Beginn der Han-Zeit (206 v. Chr. bis 220 n. Chr.) im Norden unangenehm bemerkbar gemacht. Dieses Hsiung-nu-Reich wurde durch verschiedene Eroberungen langsam ein Großreich, das auch viele Chinesen als Handwerker, Beamte etc. aufgenommen hatte. Der zweite Herrscher der Hsiung-nu, Mao-tun, und seine Nachfolger hatten ursprünglich offensichtlich die Absicht, ganz China zu erobern.[19]) Die Nomaden im Norden stellten für China eine große Gefahr dar. Sie waren vielfach auf Importe von Nahrungsmitteln aus dem Süden angewiesen, wofür sie ihrerseits bereit waren, Pelze etc. zu liefern, die für die Chinesen zu den Luxusgütern gehörten. Wenn nun ökonomische Schwierigkeiten in China die Menschen zwangen, sich einzuschränken, importierten sie keine oder entscheidend weniger Luxusgüter, wodurch die Nomaden jedoch empfindlichst getroffen wurden, da sie ja die Importe aus China zum Leben brauchten. Sie mußten sich dann mit Gewalt holen, was sie auf friedlichem Weg nicht bekommen konnten. So kam es zu Raubzügen auf chinesisches Gebiet während der Regentschaft des ersten Han-Kaisers Kao-tsu (Hoher Ahnherr), der bis 195 v. Chr. regierte. Es handelt sich hier um den berühmten ersten großen Bauernrevolutionär Liu Pang, der dann Kao-tsu genannt wurde. Ihm war es gelungen, das Reich zu einigen. Er konnte die Hunnen abwehren.

Später machte der zweite Kaiser, Wen Ti, den Versuch, die nördlichen Grenzen durch Lieferung von Getreide und Seide an die Hunnen zu sichern. Das hatte zur Folge, daß die Hsiung-nu einen Teil der Seide nach dem Westen weiterverkauften, was den Seidenhandel wahrscheinlich überhaupt eröffnete. Aber sowohl für die chinesischen wie für die westlichen, also etwa die baktrischen Kaufleute war es ärgerlich, daß die Hunnen als Zwischenhändler dabei am meisten verdienten. Es lag deshalb nahe, zu einem direkten Kontakt zu kommen, wie es später für die Europäer nahelag, den arabischen Zwischenhandel zu umgehen, der zwischen Indien und Europa vermittelte und daran verdiente. Der Anstoß für die Chinesen, nach dem Westen zu gelangen, war jedoch ein anderer. Die Hunnen hatten kurz nach 175 v. Chr. ein altes Volk mit indogermanischer Sprache, die Yüe-chi (wahrscheinlich im Westen als Tocharer bekannt), die ihre westlichen Nachbarn gewesen waren, angegriffen und von ihren Wohnsitzen vertrieben. Die Yüe-chi bewegten sich westwärts entlang des Tien Schan Gebirges und fielen in das Becken des Ili ein, der den Balchaschsee speist. Sie siedelten sich jedoch nicht endgültig an, vielmehr überrannten sie 130 v. Chr. das griechische Königreich Baktrien, wo sie schließlich blieben. Später fielen sie auch noch in das Industal ein und gründeten die „Indo-Skythische“ Dynastie.

Mittlerweile hatte in China jedoch der Kaiser Wu (141—86 v. Chr.)

den Thron bestiegen. Er betrieb eine entschieden andere Außenpolitik als sein Vorgänger und ging gegen die Hunnen zur Offensive über. Denn die Hunnen oder Hsiung-nu gefährdeten durch ihre Einfälle oftmals auch die Hauptstadt Chinas. Nord-Shansi besteht zum Großteil aus Bergland, wo ein großes Reiterheer sehr weit nach Süden vordringen konnte, ehe man es bemerkte. Nord-Shensi, das im Westen vor Shansi liegt, ist wiederum Steppengebiet, durch das ein Reiterheer sehr schnell vorrücken konnte. Wu wollte nun die Hunnen so weit zurückdrängen, daß sie keine unmittelbare Bedrohung mehr darstellten. Weiter wollte man die Hsiung-nu aus Nord-Kansu im Nordwesten schlagen und sie so von den Tibetern trennen, deren Gebiet dort mit dem der Hunnen zusammentraf. Denn es bestand die Gefahr, daß sich beide verbinden könnten. Für die Chinesen war es nun sehr wichtig, die Karawanenwege nach dem Westen, wenn schon nicht in die Hand zu bekommen, so wenigstens abzusichern. Denn die Hunnen beherrschten den Weg nach Turkestan (Sinkiang). Bevor es zu entscheidenden Angriffen ab 133 v. Chr. kam, versuchte Wu, die nunmehr in Griechisch-Baktrien befindlichen Yüe-chi zu einem gemeinsamen Feldzug gegen die Hsiung-nu zu bewegen. Zu diesem Zweck schickte er eine Art von bewaffnetem Spähtrupp unter dem Kommando des Offiziers bzw. Beamten Chang Ch'ien. Die große Schwierigkeit dieses Auftrages bestand darin, daß er durch Hunnenland mußte, um die Yüe-chi zu erreichen. Wie schon erwähnt, hatten diese 130 v. Chr. Griechisch-Baktrien erobert. Chang Ch'ien brach nun 138 v. Chr. auf, wurde jedoch von den Hunnen gefangengenommen und zehn Jahre lang festgehalten. Er konnte die Yüe-chi also nicht mehr an ihrem Zwischensitz im Ili-Becken erreichen, wo sie der Sohn des großen Hsiung-nu-Khans noch einmal angegriffen und geschlagen hatte. Sie waren am Südufer des Issyk-kul vorbeigezogen und dann nach Griechisch-Baktrien vorgestoßen. Chang Ch'ien mußte also nach seiner Haftentlassung weiter nach Westen. Etwa zwei Jahre nach der Eroberung Griechisch-Baktriens durch die Yüe-chi langte er dort an. Hier war auch unter den neuen Herren die Erinnerung an den Versuch, zu den Chinesen vorzustoßen, lebendig geblieben. Daher wurde der chinesische Gesandte in Baktrien mit größter Freundlichkeit empfangen. Auch die neuen Herren waren den Chinesen keineswegs feindlich gesinnt, im Gegenteil, sie hatten für sie schon deshalb Sympathie entwickelt, weil sie den gleichen Feind, nämlich die Hsiung-nu, hatten. Andererseits hatten sie nunmehr den Gedanken an einen Revanchekrieg gegen die Hsiung-nu aufgegeben, so daß der Hauptzweck der Reise Chang Ch'iens eigentlich als gescheitert angesehen werden muß. Trotzdem hatte sie große historische Folgen.

Die Chinesen unter Wu hatten nun ihrerseits nicht mehr mit einem

Erfolg der Expedition des Chang Ch'ien gerechnet, vielmehr entsandte Wu seit 133 v. Chr. mehrere Heere in die Steppe, um die Hsiung-nu in ihren eigenen Weidegründen zu einer Entscheidungsschlacht zu stellen. Dabei gelang es 127 v. Chr., das Ordosgebiet, ein großes Gebiet in einem Viereck, das von drei Seiten vom Hoangho umflossen wird, zu erobern und zu sichern.

Nachdem Chang Ch'ien etwa 128 v. Chr. Baktrien erreicht hatte, blieb er ein Jahr dort und sah sich genau um. Er konnte dann nach seiner Rückkehr über die griechische Hochkultur berichten. Vorher war er aber auf dem Rückweg neuerlich von den Hsiung-nu gefaßt und ein Jahr gefangengehalten worden. Erst dann gelang ihm die Heimkehr (126 v. Chr.). Er brachte eine tatarische Frau und einen tatarischen Diener mit.

Die Bedeutung der Reise lag nun nicht in der geplanten militärischen Koalition der Chinesen mit den Yüe-chi — dieser Plan war ja mißlungen —, sondern in den Informationen, die er mitbrachte. Denn nunmehr wußten die Chinesen, wohin ihre Waren nach dem Westen gingen und woher viele ihrer importierten Waren kamen. Denn bisher hatte man nur ungenaue Berichte aus den Ländern des fernen Westens durch einzelne Kaufleute bekommen. Mit der besseren Kenntnis wuchs der Wunsch, mit diesen Ländern in direkte und auch sichere Handelsverbindungen zu treten. Denn das dazwischenliegende Hsiung-nu-Gebiet bedeutete insoferne einen Unsicherheitsfaktor, als die Hunnen jederzeit die Möglichkeit hatten, die Route zu blockieren. Eine Sicherung der Handelsstraße konnte nur dann erfolgen, wenn es gelang, das dazwischenliegende Gebiet zu erobern oder zumindest tributpflichtig zu machen. Die chinesische Regierung mußte also selbst daran denken, den Weg und den Handel in die Hände zu bekommen.

Die Berichte Chang Ch'iens veranlaßten nun Kaiser Wu, nach gewissen Erfolgen im Krieg gegen die Hsiung-nu eine intensive Zentralasien-Politik zu betreiben. Chang-Ch'ien selbst wurde zunächst befördert, doch wegen Unfähigkeit als Offizier, wie man nach einem mißglückten Feldzug gegen die Hunnen behauptete, wieder degradiert. Er war ein Mann, dessen Nebenerfolg sich als wichtiger erwies als sein Mißerfolg in der Hauptsache. Er konnte nicht nur über Baktrien berichten, sondern brachte auch Informationen über die weiter westlich liegenden Länder mit. So hatte er Kenntnis von Parthien, das seleukidische Medien und Syrien, möglicherweise sogar von Ägypten und Babylonien. Das griechisch-iranische Baktrien hat er sicherlich besonders ausführlich geschildert, wie auch Ferghana und Sogdiana. In seinem Baktrien-Bericht erzählte er von einem Stück Bambus, das aus Szechuan stammte, und von einem Tuch, das ebenfalls aus Szechuan stammte. Es war nach den Auskünften der Besitzer in Indien gekauft worden, woher

es über eine Route über den Himalaya nach Baktrien gekommen sein konnte.
Wu sandte nach allen Seiten Gesandtschaften aus, um andere Völker zu überreden, Vasallen Chinas zu werden, um durch „Tribute" Waren einzutauschen, teilweise um ganz besondere Waren einzukaufen, wie etwa die sogenannten „blutschwitzenden Pferde" aus Ferghana. Selbstverständlich spielte hier die Fiktion vom Kaiser Chinas als Kaiser im Zentrum der Welt eine entscheidende Rolle. Die jährlich einlaufenden Tributgesandtschaften können als eine idealistisch-verklärte Form von staatlichem Handelsaustausch angesehen werden.
Chang Ch'iens Berichte legten als Angriffsziel also das Tarimbecken nahe. Dort gab es eine Reihe kleiner Staaten, die unter die Oberhoheit der Hsiung-nu gefallen waren. 121 stieß der General Ho Ch'u-ping nach Nordwesten vor, und es gelang ihm, den sogenannten „Korridor" von Kansu zu besetzen. Es wurden damals bereits Teile der Chinesischen Mauer gegen die nördlichen Nomaden geschaffen, die eine ähnliche Funktion wie der römische Limes hatten.
Den Höhepunkt dieser Kriege bildeten die Feldzüge des Generals Li Kuang-Li nach Ferghana 104 und 102 v. Chr. Die Chinesen, die selten dazu neigten, militärische Aktion zu überschätzen, hatten durch diplomatische Aktionen Aufstände gegen die Hsiung-nu erzeugt und sie auf diese Weise geschwächt, obwohl es andererseits den Hsiung-nu noch 104 v. Chr. gelang, den Chinesen Niederlagen beizubringen. Es wurden aber doch alle kleinen Staaten des Tarimbeckens tributpflichtig gemacht und der Oberhoheit der Hsiung-nu entrissen. Damit war der Weg für die große Seidenstraße freigekämpft.
Daß ab 106 v. Chr. durchgehende Karawanen von China nach Persien zogen und damit der Seidenhandel im großen Stil begann, darf als weltgeschichtlich bedeutender Nebenerfolg von Chang Ch'iens Mission und damit wieder als ungeheuer wichtige Folge von Kaiser Wus energischer militärischer und diplomatischer Politik in Zentralasien angesehen werden.
Im ersten Jahrhundert v. Chr. begann das Hsiung-nu-Reich langsam zu zerfallen. 53 v. Chr. unterwarf sich der Herrscher der südlichen Gruppe den Chinesen, und ein neuer chinesischer Vorstoß nach Westasien bewirkte, daß sich Mitte des ersten Jahrhunderts das ganze Tarimbecken unter chinesischer Militärverwaltung befand, obwohl die alten Kleinkönigtümer weiterbestanden. Aber es gab ein Netz von chinesischen Garnisonen, die das Land beherrschten.
Die chinesische Expansion ins Tarimbecken weist den Weg künftiger Expansionen. (Wie etwa nach Sinkiang, das eine Zeitlang auch

von der Sowjetunion als Interessengebiet angesehen wurde.) Es darf als chinesischer Erfolg angesehen werden, daß es China siebzig Jahre nach dem vergeblichen Anlauf des baktrischen Königs Euthydemus gelang, nach Zentralasien vorzustoßen.
So wurde also die große Seidenstraße eröffnet, deren umkämpftestes Gebiet Zentralasien war. Von Baktrien gab es über das Seleukidenreich eingefahrene und wohlbekannte Routen nach Antiochien, ja bis nach Alexandria.
Bevor wir uns jedoch näher mit der Seidenstraße befassen, wollen wir uns mit den Meereswegen beschäftigen, die auf andere Weise China mit Europa verbanden. Für einen direkten Seeweg nach China erwies sich Afrika bzw. die schmale Landbrücke zwischen Afrika und Asien als das größte Hindernis. Erst Vasco da Gama umschiffte Afrika. Aber schon im Altertum hat man versucht, das Rote Meer mit dem Mittelmeer zu verbinden, und zeitweise bestanden solche künstliche Verbindungen.
Sicherlich hat es schon sehr früh Seefahrt im Mittelmeer, im Roten Meer, an der südarabischen Küste, im Persischen Golf und an den Küsten Indiens gegeben. Aber diese Schiffahrt war zunächst nur Küstenschiffahrt und überbrückte jeweils nur kurze Distanzen. Das verlängerte natürlich die Seewege beträchtlich.
Waren aus nördlichen Orten des Mittelmeeres wurden z. B. nach Alexandrien gebracht. Sollten sie dann über das Rote Meer weiter nach dem Süden, so mußten sie erst über Land zu einem Hafen am Roten Meer geschafft werden. Das zweimalige Umladen legte Zwischenhandel nahe. Die Waren gingen durch mehrere Hände und wurden dadurch verteuert, so daß nur sehr wertvolle Luxusgüter auf diese Weise ihren Weg fanden.
Es waren hauptsächlich Kaufleute aus dem östlichen Mittelmeer, die diesen Handel in der vorislamischen Zeit betrieben, meist Syrer, Graeco-Ägypter oder Araber. Einer der wichtigsten, mit sehr großem Sachverstand geschriebenen Berichte ist der „Periplus des Erythräischen Meeres“ (Persischer Golf, Indischer Ozean und Rotes Meer). Er wurde etwa 70 n. Chr. von einem griechisch-ägyptischen Kaufmann verfaßt, dessen Heimathafen Berenice, ein wichtiger Umschlagplatz am Roten Meer, war. Von hier gab es zu Lande einen Karawanenweg nach Alexandrien und Seefahrtswege nach dem Süden und Osten.
Der Autor hatte also Erfahrungen nach zwei Richtungen, zum Lande wie zu dem im Westen liegenden Mittelmeer und zum Indischen Ozean hin. Er verstand viel von seinem Metier, von den Schiffahrtslinien, Häfen, notwendigen Werkzeugen, von Kauf und Verkauf, von Währungen. Er spricht mit der Versiertheit eines Mannes darüber, der das, worüber er schreibt, aus einem lebensnahen Umgang kennt. Die Entwicklung des Handels zwischen

Indien und Rom war beträchtlich. Vor der Mitte des ersten Jahrhunderts v. Chr. waren ägyptische Schiffe einfach der Küste entlang gefahren, also entlang der Küsten Arabiens, dann an der Südküste Baluchistans und gelangten schließlich nach Barbaricon an der Indus-Mündung und Barygaza.

Spätestens um 13 v. Chr. — vielleicht schon einige Jahrzehnte früher, etwa 85 v. Chr.[20]) — wurde der Vorteil entdeckt, den die Nutzung des Monsunwindes mit sich brachte. Dieser weht im Sommerhalbjahr in Richtung Indien, im Winterhalbjahr von Indien nach Arabien. Man konnte, wenn man ihn entsprechend ausnützte, viel Zeit ersparen.

Es gab damals noch keinen Kompaß, obwohl die Chinesen bereits wußten, daß ein Magnetstein nach Norden zeigt. Man hatte daher mit Orientierungsschwierigkeiten zu kämpfen, und eine Schiffahrt auf dem freien Meer brachte erhebliche Risiken mit sich.

Die Ausnützung des Sommermonsuns erlaubte nun die direkte Passage von der Straße Bâb el-Mandeb an der Südspitze des Roten Meeres zu einem der Häfen an der Westseite Indiens oder direkt zur Südspitze. An der Westseite lagen Häfen wie Barygaza und Muziris, das schon nahe der Südspitze lag. Von der Südspitze war es dann nicht weit nach Ceylon (Taprobane), und man brauchte hiezu auch nicht mehr auf das offene Meer hinauszufahren. Schließlich fuhr man auch über den Golf von Bengalen.

Vom ersten bis zur Mitte des dritten nachchristlichen Jahrhunderts fuhren sogenannte römische Schiffe, das heißt, daß die Schiffe Personen gehörten und von ihnen auch gesteuert wurden, die aus Ländern des Römischen Imperiums stammten. Es handelte sich vor allem um griechisch-ägyptische Seeleute. Zunächst erreichten die Schiffe alle Häfen an der indischen Küste, also auch die der Ostküste, und im 3. Jh. n. Chr. kamen einige von ihnen bis Kattigara. Nun sind sich die Historiker nicht darüber einig, welcher Hafen mit diesem Kattigara gemeint ist. Überwiegend ist man der Ansicht, daß es sich dabei um Hanoi am Roten Fluß, der heutigen Hauptstadt Nordvietnams, gehandelt habe. Es wird jedoch auch vermutet, daß Kuantung, also ein chinesischer Hafen, gemeint sei. Sicherlich waren jene Schiffe aus dem Römerreich, die so weit nach dem Osten fuhren, nicht sehr zahlreich. Die Fahrt kam teuer, war gefährlich und stieß auf Konkurrenz, die sich den Zwischenhandel nicht gerne entgehen ließ. So fuhren indische und singhalesische Schiffe auf den gleichen Routen. Es gibt gute Gründe, die eine „römische" Schiffahrt in die Südsee oder auf dem Pazifik für nicht wahrscheinlich annehmen lassen. Andererseits erreichte im zweiten nachchristlichen Jahrhundert die indische Kolonialexpansion nach Java, Sumatra und Kambodscha ihren Höhepunkt. Es liegt nahe, anzunehmen, daß gerade damals die indischen Schiffe gegenüber ausländischer Konkurrenz sich nicht

gerade freundlich verhielten. Nun konnten sich natürlich die „römischen“ Kaufleute so weit von ihren Heimathäfen auf keine Konflikte einlassen, sie waren ja auf den guten Willen fremder Staaten angewiesen. Und dieser gute Wille pflegt umso effektiver zu werden, je mehr er durch eigene Interessen gestützt wird. An einem Handel mit anderen Ländern waren die indischen Staaten sicherlich interessiert, nicht jedoch an einer Konkurrenz der eigenen Schiffe im Handel mit Drittländern.
Wie steht es nun mit der chinesischen Schiffahrt? Zunächst war China im Kern eine Landmacht, deren Seeinteressen gering waren. Dieses Interesse wuchs allerdings mit der Vergrößerung der Küsten. Die chinesischen Kernlande lagen am Hoangho, also im Norden, und breiteten sich nach dem Süden aus, aber diese Expansion ging relativ langsam vor sich. Im Süden hatten die Chinesen, im Gegensatz zu den bis ins 17. Jahrhundert hinein bedrohlichen Nomaden im Norden, keine gefährlichen Feinde. So erreichte 111 v. Chr. ein chinesisches Heer Kanton (Kwangchow), und das umliegende Land, einschließlich des heutigen Nordvietnam, wurde zur chinesischen Provinz deklariert. Allerdings war die Abhängigkeit auf Grund der weiten Entfernung von der Hauptstadt im Norden Chinas nur sehr lose. Auch brauchte die Durchdringung und Sinisierung des Landes seine Zeit.
Die ersten seetüchtigen chinesischen Dschunken tauchten nach dem dritten Jahrhundert n. Chr. auf. Sie wendeten sich zunächst nach dem Süden, umfuhren die malaiische Halbinsel, durchfuhren die Straße von Malakka, erreichten den Hafen Penang, womit sie sich der Andamanen-See näherten. Gegen Ende des vierten Jahrhunderts erreichten sie Ceylon. Von dort fuhren sie in das Arabische Meer und im fünften Jahrhundert wahrscheinlich bis zum Persischen Golf und zu den Mündungen von Euphrat und Tigris im Irak. Zur selben Zeit erreichten sie auch die Südspitze Arabiens, nämlich den Hafen von Aden. Wir nehmen einen eher späten Zeitpunkt an, denn Ammianus Marcellinus berichtet, daß auf dem jährlich stattfindenden Markt von Batanea am Euphrat um 360 n. Chr. chinesische Händler auftauchten. Die chinesische Handelsfahrt nach dem Westen entwickelte sich bis etwa 900 n. Chr. Dann übernahmen die Araber immer mehr den Ost-West-Handel auf dem Meer und dem dazwischenliegenden Festland.
751 fand am Talas-Fluß eine sehr wichtige Schlacht statt, sie wird auch die Schlacht bei Samarkand genannt. Der Talas fließt zwischem dem Syr-Darja, der in den Aralsee, und dem Ili, der in den Balchaschsee mündet, in die Steppe, wo er schließlich versandet. Die arabische Dynastie der Umaiyaden (auch Omaijaden geschrieben) übernahm 29 Jahre nach Mohammeds Tod und nach den großen Eroberungen des Islams unter den ersten vier Kalifen im Jahre 661 die

Macht. Das arabisch-muselmanische Reich reichte vom Amu-Darja (dem großen Fluß, der in der jetzigen Turkmenisch-Usbekischen Sowjetrepublik nach Norden fließt und an der Südseite des Aralsees mündet) bis nach Tripolis. Ihr Versuch, es durchzuorganisieren und zu konsolidieren, mißglückte jedoch, die Umaiyaden erwiesen sich als unfähig, mit den inneren Problemen ihres Riesenreiches fertig zu werden. Uns interessiert jedoch, daß auch die Umaiyaden die Expansion fortsetzten. Nicht nur griffen sie — allerdings vergeblich — Konstantinopel an, sondern eroberten auch den größten Teil Spaniens und drangen bis nach Frankreich vor, von wo sie sich jedoch wieder zurückziehen mußten. Sie stießen auch im Nordosten vor, eroberten Buchara und Samarkand, erreichten den Jaxartes (heute Syr Darja) und standen schließlich den Chinesen gegenüber. Schon 713 war es den Arabern gelungen, bis Westturkestan vorzudringen und — allerdings für ganz kurze Zeit — Kaschgar zu nehmen. 715 schlugen die arabischen Verbände am Talas Fluß die Truppen des chinesischen Generals Kao Hsien-chih, der 747 Pamir und Hindukusch mit seinen Truppen überstiegen hatte, um tibetische Einfälle in chinesische Gebiete zurückzuschlagen. Dieses Treffen am Talas wurde nun keineswegs zu einer welthistorischen Entscheidungsschlacht. Zwei Supermächte streckten gegeneinander nur Fühler aus, ohne daß eine der beiden die Absicht gehabt hätte, die andere entscheidend anzugreifen. Ein solches Unternehmen wäre viel zu kostspielig gewesen und hätte die Kräfte beider Seiten weit überstiegen. Damals war in China die Tang-Dynastie (618—906) auf dem Höhepunkt ihrer Macht. Sie hatte, wie schon die frühere Han-Dynastie, das Tarimbecken und so die Seidenstraße nach dem Westen abgesichert. So führte das Treffen am Talas, das ein Jahr nach dem Sturz der Umaiyaden stattfand, zur Bildung einer Demarkationslinie zwischen den Einflußbereichen beider Reiche, die jahrhundertelang respektiert wurde.

Diese Schlacht hatte zwar keine militärischen, aber kulturelle Folgen. Die Araber hatten am Talas Fluß chinesische Gefangene gemacht und zogen sie ihren Fähigkeiten gemäß zu Arbeiten heran. Unter diesen Männern befanden sich auch solche, die Papier erzeugen konnten. So kam es zur Gründung der ersten Papiermühlen des arabischen Reiches in Samarkand.

Das Zusammentreffen von Arabern und Chinesen 751 signalisiert den ungeheuren Machtanstieg der inzwischen zur Supermacht gewordenen Araber. Für unser Thema ist dabei wichtig, daß dieses arabische Großreich, was die Seerouten betrifft, zwischen Europa im Westen und Indien und China im Osten lag. Es beherrschte die Küsten des Roten Meeres und des Persischen Golfes. Es gab keinen Schiffsweg, der nicht an Arabien vorbeiführte. Mohammed, der von 570—632 lebte, hatte Arabien geeint. Vier Kalifen (=Nachfolger) nach Mohammed erweiterten das Reich, bis es sich dann unter den Umaiyaden konsolidierte, wenn es auch nicht im gleichen Maß weiter vergrößert wurde. Dabei nahm die islamische Kultur einen unerhörten Aufstieg. Die Schiffsbaukunst stand in ihrer Blüte. Arabische Schiffe stießen in den Malaiischen Archipel vor, nach China, Korea (Sila) und Japan (Wakwak). Im Westen befuhren sie das ganze Mittelmeer und gelangten weit über Gibraltar hinaus. Die Araber waren 758 so stark, daß sie es wagten, Kanton anzugreifen und anzuzünden, etwa ein Jahrhundert, nachdem der erste arabische Gesandte (651) nach China gekommen war. Sie besuchten häufig die Provinz Kuantung und gründeten in Kanton (Khanfu) und Hanghow (Khanzai) Faktoreien.

Die Gründung solcher Faktoreien war naheliegend, schon die Griechen, Syrer und Ägypter hatten das getan. Eine solche Niederlassung lag im Interesse beider Handelspartner. Der Staat, auf dessen Boden sie sich befanden, räumte Angehörigen der fremden schiffahrenden Nation ein, in einem abgeschlossenen Gebiet bzw. Viertel zu wohnen, wobei in diesem Raum die Gesetze der Gastnation galten. Der Vorteil für die mit ihren Schiffen ankommenden Kaufleute war evident. Sie fanden Personen vor, die ihre Sprache kannten, die um die Art der Ware, die sie brachten, Bescheid wußten, diese also richtig lagern konnten etc. Sie kannten — zumindest einige von ihnen — auch die Sprache der Einheimischen, hatten Kontakte sowohl mit Import- wie mit Exportkaufleuten, kannten die Gesetze und Gebräuche der Wirtsnation, kurz, sie waren individuelle Vermittler und konnten die Interessen der Schiffs- bzw. Ladungseigentümer gut vertreten.

Auch die Wirtsnation hatte ein Interesse an einem möglichst reibungslosen Ablauf des Handelsgeschehens. Deshalb räumte sie den Gastnationen solche Sonderrechte ein. Komplikationen hätten ja unter Umständen zum Abbruch des Handels führen können. Ähnliche Erwägungen führten später zu den Handelsniederlassungen der Hanse und anderer Handelsgesellschaften. Natürlich bargen diese Faktoreien auch Gefahren. Denn war jene Nation, die hier ihre Niederlassung gegründet hatte, sehr mächtig, so konnte sie diesen Stützpunkt zu kolonialistischen Expansionen und Ausbeutungen benutzen. Dies ist später durch die Europäer geschehen, und das Anzünden Kantons durch die Araber weist in eine ähnliche Richtung.

Es gibt sehr ausführliche Darstellungen des arabischen Handels. Huzzayin[21]) und Hourani[22]) haben diese Beziehungen sehr gründlich untersucht. Darüber hinaus gibt es Sammlungen arabischer Texte von Kaufleuten und Reisenden, die im östlichen und südlichen Asien entstanden sind, von Ferrand[23]). Aus der Zeit zwischen dem zehnten und dreizehnten Jahrhundert stammen die gründlichsten chinesischen Angaben über Navigation und Seehandel. Mit dem Aufstieg Dschingis Khans im dreizehnten Jahrhundert wurden die Landrouten für den Handel zunächst unterbrochen, so daß es zu einer Verlagerung auf den arabischen Seehandel kam. Andererseits schwächten die Angriffe der Mongolen im dreizehnten und vierzehnten Jahrhundert die Araber in ihren Kernlanden. Zwar gelang es den Söldnersklaven aus dem Schwarzmeergebiet, den sogenannten Mameluken, die eine Militärherrschaft über Ägypten ausübten, den Vorstoß der Mongolen bei Ain Galut in Palästina im Jahre 1260 abzustoppen und eine mongolische Einheit vernichtend zu schlagen. Aber die Mongolen hatten unter der Führung Dschingis Khans in wenigen Jahren die Gebiete östlich des Kaspischen Meeres eingenommen und Persien überflutet. Sie eroberten den Kaukasus und Georgien, durchquerten Rußland und Polen, eroberten Ungarn und drangen bis Deutschland vor. Sie waren ausgezeichnet organisiert, ungeheuer beweglich, hatten ein exzellentes Spionagenetz, wodurch sie bestehende Spannungen, wie etwa den Konflikt zwischen Moslems und Christen, ausnützen konnten. Terror war für sie ein Kriegsmittel, mit dem sie lähmendes Entsetzen verbreiteten. Die „Geißel Gottes" verwüstete die Länder und mordete in schrecklicher Weise. Für die Islamiten war dies umso ärger, als in zentralen Ländern des Islams eine Herrschaft von Ungläubigen errichtet wurde. Die Seldschuken in Kleinasien etwa wurden in der Schlacht am Köse-Dag in wenigen Stunden so geschlagen, daß ihre Unabhängigkeit für immer vorbei war.

In Ägypten hatten die Mameluken, die zunächst in großer Zahl vom Fürsten as-Salih Ayyub gekauft worden waren, nach dessen Tod die Macht übernommen. Diese Militärherren rüsteten sich zum Krieg gegen die Mongolen. Als es ihnen gelang, sie in einer relativ unwichtigen Schlacht zu schlagen, war der Mythos von der Unbesiegbarkeit der Mongolen zerstört. Die Mameluken eroberten Syrien zurück, und der mittlere Euphrat wurde zur Grenze der arabischen und mongolischen Länder. Konnte sich somit Ägypten halten, so bedeutete der Mongolensturm doch eine unerhörte Schwächung der arabischen bzw. islamischen Welt. Zwar fällt in diese Zeit die endgültige Abwehr der abendländischen Kreuzritter, deren sechster Kreuzzug unter Ludwig IX., dem Heiligen, etwa zehn Jahre vor der Schlacht bei Ain Galut bei Mansura zusammenbrach, doch war der Niedergang der arabischen Welt nicht aufzuhalten. Dieser Niedergang mag auch ein Grund dafür sein, daß nach dem 13. Jh., vor allem dann im 15., die chinesische Schiffahrt nach dem Westen eine große Blüte erlebte. Die Kenntnisse und Fähigkeiten der in den Faktoreien angesiedelten Araber, von denen sich manche überhaupt in China niederließen, waren dabei von größtem Nutzen.

Die nationale Dynastie der Ming (1368—1644) förderte eine Zeitlang See-Expeditionen, und chinesische Schiffe fuhren nach Borneo, zu den Philippinen und nach Ceylon, Malabar und sogar bis Ostafrika.

1405 fuhr der Admiral Cheng Ho — ein Eunuch — mit einer Flotte von 63 Ozeandschunken und 27 000 Seeleuten aus und brachte unter anderem einen König von Ceylon und einen aus Sumatra in die Hauptstadt zurück. Sieben solcher Expeditionen fanden im Laufe der nächsten dreißig Jahre statt, und jedesmal kehrten die Dschunken mit neuen Berichten und neuen Informationen über Seerouten und geographische Details zurück. Sie brachten auch verschiedene Produkte, neue Tiere und Pflanzen mit. Es gelang ihnen auch, von so westlichen Teilen der Welt, wie dem Persischen Golf, Tribute für den Kaiser zu erhalten. Möglicherweise sollte der auf der Landseite stagnierende Handel, den ja auch die arabische Schiffahrt kompensiert hatte, durch die chinesische Schiffahrt ersetzt werden.

Ende des 15. Jh., wenige Jahre nach der Entdeckung Amerikas durch Columbus, gelang den Portugiesen die Fahrt von Portugal um das Kap der Guten Hoffnung nach Indien. Damit traten die Europäer auf den Plan. Die Portugiesen wollten nunmehr endlich den arabischen Zwischenhandel nach Indien und China umgehen. Die Voraussetzung dafür war Vasco da Gamas Afrikaumseglung. Schon 1509 kamen die Portugiesen bis Malakka. Der Führer des portugiesischen Geschwaders hatte dabei den Auftrag seines Königs, nach den „Chijns" zu forschen. 1513 oder 1514 kam als erster Portugiese schließlich Jorge Alvarez[24]) in China an. Damit war die direkte Brücke von Europa nach China zur See hergestellt.

Wenden wir uns jedoch noch einmal der alten Seidenstraße zu. Etwa um 106 v. Chr.[25]) wurde die transsibirische Seidenstraße regelmäßig benützt. Die frühen westlichen Quellen kannten zwei chinesische Hauptstädte: Sera Metropolis (möglicherweise Ch'ang-an) und Sinae Metropolis (Loyang). Nach Hudson[26]) erklärt sich dies daraus, daß die Kontakte mit der frühen Han Dynastie (208 v. Chr. — 9. n. Chr. über Land hergestellt wurden, während die Hauptkontakte mit der späteren Han-Dynastie (25—220 n. Chr.) hauptsächlich über die Seeroute liefen. Die spätere Han-Dynastie hatte nun die Hauptstadt nach Loyang verlegt, das über den Hoangho von der See her erreichbar war. Wie wir schon ausführten, gab es daher auch die erst sehr spät endgültig gelösten Zweifel, ob die Worte Seres und Sinae das gleiche Land bezeichneten. Jedenfalls mußte die Seide, sobald sie außerhalb Chinas geschafft war, zunächst entlang des Nan-Schan über diverse Oasenstädte, wie Lanchow, Chiu-Ch'uan (Suchow), nach Tunhuang transportiert werden, wo sich kurz vor einer Befestigung, dem sogenannten Jade Tor, der Weg gabelte. Die eine Straße nach Westnordwest führte nach Turfan, an dem östlichsten Ausläufer des Tien-Schan Gebirges vorbei, von wo die Route nördlich des Balchaschsees, des Aralsees und des Kaspisees verlief und in Tana am Asowschen Meer endete. Von dort konnten Städte am

Schwarzen Meer und an der Küste des Mittelmeeres durch Schiffe beliefert werden.

Die andere nach Needham im Jahre 5 n. Chr. eröffnete Route ging von Tunhuang aus nach Turfan und von dort nach Südwesten, erreichte dann Karaschahr und schließlich Kaschgar, wo auch zwei weitere Routen zusammentrafen. So ging eine von Tunhuang nach dem Westsüdwesten, am See Lop-nor, wo die Stadt Lou-lan lag, vorbei und erreichte wiederum Karaschahr. Diese Route wurde jedoch nach 400 nicht mehr benützt, da der See austrocknete und die Stadt verlassen wurde. Am weitesten südlich verlief eine Route über Charlik nach Khotan und von dort nach Kaschgar. Von Khotan aus zweigten ebenfalls Routen nach Süden ab.

Kaschgar war ein besonders wichtiges Karawanenzentrum. Hier gab es zwei Möglichkeiten, weiter nach dem Westen zu gelangen. Eine Route führte in das Pferdeland Ferghana über Samarkand und Buchara nach Merv in Margiana, vor dem Kopet-Dag Gebirge, das heute die Grenze Persiens bildet. In Merv traf auch die andere Route, die von Kaschgar aus weiter nach dem Süden ausging, wieder mit der ersten zusammen. Das vorläufige Ziel der letzteren Route war nach Kaschgar Bactra in Griechisch-Baktrien und dann Merv. An der Grenze Baktriens berührte diese Route den Steinernen Turm, eine damals weltbekannte Befestigungsanlage.

Nach Merv stellt die Straße keine allzu großen Probleme mehr, sie war ungleich weniger gefährlich als vorher. Nachdem sie Persien über die alte parthische Hauptstadt Hecatompylos und Ecbatana, das heutige Hamadan, passierte, erreichte sie den Tigris in der Nähe des heutigen Bagdad. Hudson[27]) teilte die Route in vier Teile. Der östliche Teil reicht bis an die Grenze des heutigen Sinkiang, also bis zum Pamir-Plateau, der zweite Teil von hier bis nach Merv, der dritte umfaßt die persische Strecke bis zum Irak und die vierte von hier bis an die römischen Grenzen. Die erste und die letzte Teilstrecke waren die schwierigsten, da große Wüstenstrecken zu überwinden waren, die zu dieser Zeit sehr schwer zu bewältigen waren.

Die politischen Verhältnisse in diesen Gebieten waren für den Handel von ausschlaggebender Bedeutung. So herrschten in Sogdien und Baktrien von 140 v. Chr. bis 560 n. Chr. relativ stabile Verhältnisse, was dem Handel nur zuträglich war.

Die dritte Teilstrecke verlief im wesentlichen über persisches Gebiet. Hier herrschten von 129 v. Chr. bis 224 n. Chr. die Parther und dann die Sassaniden, bis schließlich die Araber Persien eroberten, wobei die Schlacht bei Nihawand 642 n. Chr. wohl als das wichtigste Ereignis anzusehen ist. Das persische Heer wurde entscheidend geschlagen und danach das ganze Land unterworfen.

Gegenüber diesen doch relativ stabilen Verhältnissen waren die beiden Endabschnitte der Seidenstraße politisch instabile Gebiete.

Zwischen dem Nordwesten Chinas (Kansu) und Kaschgar lebten oft die verschiedensten nomadischen Stämme. Ihre Lebensweise — sie wechselten oftmals die Weidegründe — gewährleistete keine politische Stabilität. Diese Stämme betrieben Tauschhandel untereinander, aber auch mit einzelnen Oasenstädten.
Die Situation war nur dann stabil, wenn in diesem Raum, wie zeitweise unter den Han oder den Tang, die Chinesen präsent waren. Dabei muß man unterscheiden zwischen einer wirklich realen Herrschaftsausübung und einer losen Herrschaft, die den Handel nicht ausreichend sichern konnte. Das Tarimbecken und damit der „Korridor" nach Ferghana bzw. Baktrien wurde, wie schon erwähnt, von General Ho Ch'ü-ping 121 v. Chr. erobert. Militärisch entscheidend waren jedoch schließlich die Züge des Generals Li Kuang-li 104 und 102 v. Chr. nach Ferghana. So war schließlich das Tarimbecken in chinesischer Hand, doch mit wechselnder Intensität, so daß dieser Abschnitt der Seidenstraße verwundbar blieb. Ähnliches gilt für die am weitesten westlich gelegene Endstrecke der Seidenstraße. Verschiedene kleine Pufferstaaten zwischen Rom und Parthien, wie etwa das berühmte Zentrum der Malerei Palmyra, machten als Zwischenhändler gute Geschäfte. Wie schon anderweitig ausgeführt, wurde dadurch die Ware stark verteuert und so die Aktivität zur See stets ermutigt. Daher kam es auch zu Kombinationen von See- und Landrouten. Schiffe konnten, um die westlichen Pufferstaaten zu umgehen, mit den bis zum Euphrat gelangten Waren den Fluß hinunterfahren, Arabien umschiffen und dann im Roten Meer ihre Ladung löschen. Ungleich rentabler war es jedoch, die Waren auf dem Landweg nach Barbaricon oder Barygaza zu bringen und von dort aus das Rote Meer anzusteuern. Das setzte natürlich voraus, daß vom Tarimbecken aus andere Routen begangen wurden. So wurde die Seide auch über den Khyber-Paß oder das Karakorum-Gebirge nach Taxila gebracht und von dort mit dem Schiff den Indus hinunter bis Barbaricon. Die Route über den Khyber-Paß war längere Zeit wahrscheinlich deshalb möglich, weil die Kushan-Könige vom frühen 1. Jahrhundert an sowohl Sogdien und Baktrien wie auch Nordwestindien kontrollierten. Diese Kushan-Könige stammen aus einem der fünf Stämme der Yüe-chi, nämlich dem der Kushan. Dieser riß unter seinem Führer Kujula Kadphises (Kadphises I.) die Macht an sich. Die Yüe-chi begegneten uns bereits als jenes Volk, das von den Hunnen von seinem ursprünglichen Wohnsitz vertrieben worden war, dann nach Westen ging und Griechisch-Baktrien eroberte. Nachdem nun Kadphises sich zum König aller Yüe-chi aufgeschwungen hatte, versuchte er, seinen Machtbereich durch Eroberungen im südlichen Afghanistan und im nordwestlichen Teil des indischen Subkontinents auszudehnen. Dies glückte ihm zum Teil, und seinem Sohn Kadphises (Kadphises II.) gelang es, sich Gebiete

östlich des Indus zu unterwerfen. Wenn dieses Kushanreich auch später in zwei Teile zerfiel (nach einer umstrittenen Datierung um 325), so stellte die Einheit dieses Reiches doch lange Zeit eine große Sicherung des oben beschriebenen Handelsweges zwischen dem Tarimbecken und Barbaricon dar.

Die Umsegelung Arabiens verkürzte den Landweg beträchtlich. Und zwischen Barbaricon und Berenice bzw. Aelana gab es keinen Zwischenhandel. Die Umsegelung der arabischen Halbinsel hatte somit einen ähnlichen Zweck wie die spätere Umsegelung Afrikas durch die Portugiesen.

Die anderen von China aus nach dem Süden verlaufenden Landrouten waren weitaus ungünstiger, als daß sie Anschlußpunkte für Schiffsrouten zur Welt des Mittelmeeres darstellen hätten können. Ein Weg führte über das tibetische Plateau und einen Himalayapaß zum Ganges und ein anderer vom Yunnan aus nach Birma und dann den Irawadi hinunter nach Sabana. Von hier aus brauchte es jedoch nur die Umsegelung von Malaya, und man war chinesischem Territorium sehr nahe. So gab es eine Reihe von Möglichkeiten, Land- und Seewege zu kombinieren, und manche Waren gingen auch zufällig einen komplizierteren Weg als notwendig. Es wurde aber nicht nur Seide transportiert, jedoch waren die anderen Artikel von geringerer Bedeutung, so z. B. das Gewürz Zimt. Es gab im übrigen wenig, was aus Europa und Vorderasien nach China exportiert werden konnte und dort auch genügend Interesse fand. Am besten war noch Glas geeignet, dessen Erzeugung im phönizischen Libanongebiet, seiner Urheimat, und in Ägypten bereits hoch entwickelt war. Auch dürften Wolle und Leinen, jedoch in geringeren Mengen, nach dem Osten exportiert worden sein. Aber solche Güter konnten niemals den Handel ausgleichen, vielmehr wurde die Handelsbilanz durch Goldbarren oder anderes Metallgeld ausgeglichen. Doch kam von diesem Geld nur ein geringer Teil nach China. Es blieb meist im Zwischenhandel stecken, und es wurden statt dessen andere Güter von den Zwischenhändlern nach China geliefert.

Für das Römische Reich stellte dieser Goldabfluß für das Luxusgut Seide ein ernstes Problem dar. So vermutet eine Reihe von Forschern, daß dieser Goldabfluß ein wesentlicher, wenn nicht der entscheidende Faktor des ökonomischen Niederganges der römischen Welt war. Der chinesische Luxus wirkte sich also negativ auf die westliche Welt aus. Die andere Möglichkeit, nämlich auf den Luxus und damit auf Prestigewerte zu verzichten, konnte auf Grund der gesellschaftlichen Verhältnisse nicht gewählt werden. Eine ähnliche Situation entstand später, im 17. Jahrhundert, durch die sogenannten Ost-Indien-Gesellschaften, deren Chinahandel zu einseitig war und zu Geld-, Gold- und Silberabfluß aus Europa führte. Hier liegt auch

die entscheidende Wurzel für die Opiumkriege des 19. Jahrhunderts gegen China.
Der Zweck unserer Darstellung der Reiserouten ist nun die Demonstration der effektiven Möglichkeiten des Kulturaustausches auf diesen Wegen. Ideen konnten relativ rasch wandern, wenn direkte Kontakte über längere Zeit bestanden. Sie wanderten dann langsamer, wenn sie gleichsam durch Zwischenhändler weitergereicht wurden.
Wir erinnern an die Geschichte der Yüe-chi. Sie waren von den Hunnen aus ihren ursprünglichen Wohngebieten vertrieben worden und hatten, nachdem sie die Wu-sun im Ili-Gebiet geschlagen hatten, Griechisch-Baktrien erobert. Solche Invasionsschocks wurden wie Stöße auf Billardkugeln weitergegeben.
Herodot beschreibt, wie von den „skythischen" Stämmen einer den anderen vorwärtsstieß und dies sich über ganz Asien auswirkte. Während des ganzen ersten nachchristlichen Jahrhunderts gab es während der Zeit der späteren Han-Dynastie Kämpfe mit den Hunnen in der Mongolei und Sinkiang. Diesen Kriegen an den chinesischen Nord- und Nordwestgrenzen folgten regelmäßig Störungen an der Donau und am Rhein, also an den römischen Grenzen. Auch folgten ihnen, wie Needham[28]) ebenfalls zeigt, Konflikte zwischen den Römern und den Parthern in Syrien oder Armenien. Diese Feststellungen legen nahe, die Völkerwanderung, die das Römische Imperium letztlich zerschlug, in solchen Zusammenhängen zu sehen. Die Goten waren Steppenvölker wie die Mongolen, und ihre Wanderungen sollten erklärt werden, ohne zu Romantizismen, wie Abenteuerlust, faustischer Drang etc., Zuflucht zu nehmen. Der sicherlich rationale Versuch, in einer Überbevölkerung die Ursache zu suchen, wirkt nicht sehr überzeugend. Eine andere Deutung, die fortschreitende oder periodische Austrocknung der Wüste Gobi, dürfte noch am ehesten zutreffen, denn es war für Nomadenvölker sicherlich naheliegender, einen Krieg zu riskieren, als ihre Lebensgrundlage zu verlieren. Sicher ist, daß die erfolgreiche Abwehr der Hunnen durch die chinesischen Festungsanlagen entlang der Nordgrenze Chinas zwischen 230 und 300 n. Chr. ein wesentlicher Grund für den Drang der Hunnen nach dem Westen war und zu einer Kettenreaktion von Wanderungen nach dem Westen geführt hat. Nach der ersten Völkerwanderungswelle hatte Europa während des frühen Mittelalters relativ Ruhe, weil der Weg nach China für die Nomaden leichter begehbar war. Erst im 13. Jahrhundert lief Europa wieder Gefahr, überrannt zu werden, diesmal von den Mongolen.
Alle diese Wanderungen blockierten den Handel auf der Seidenstraße nicht vollständig, als Ausweichlösung bot sich außerdem immer noch die Seeroute an. Als jedoch die römische Macht abnahm, wurde

die Seeroute zeitweise durch das wenig bekannte abessinische Königreich Axum unterbrochen, das sich mit seinem Hafen Adulis an der Westseite des unteren Roten Meeres als Zwischenhandelsreich eine ähnliche Position schaffen konnte wie Persien auf der Landroute.
Die gesamte Problematik der Seidenstraße wurde jedoch durch ein entscheidendes Ereignis aufgerollt, nämlich durch die Einführung der Seidenraupe im Vorderen Orient durch Byzanz. Denn damit (552 n. Chr.) wurde eine neue ökonomische Situation geschaffen. Der wichtigste Zweck der Seidenstraße war damit in Frage gestellt. Der äußerst komplizierte Prozeß der Seidenraupenzucht sowie die Gewinnung der Seide aus den Kokonfäden und deren Verarbeitung ist eine chinesische Erfindung. Zunächst muß der Seidenspinner gezüchtet werden. Bei der Verpuppung der Raupe des Seidenspinners entsteht der 3—4000 m lange Faden als Drüsensekret der Raupe, dabei werden drei Schichten von Fäden gebildet. Die äußerste Schicht des Kokons liefert Flockenseide, die nächste Schicht einen gleichmäßigen Faden (etwa 900 m), der sich am besten verwerten läßt, und die innerste Schicht wiederum einen ungleichmäßigen Faden. Schon allein daran läßt sich erkennen, welche Probleme die damalige Technologie zu meistern hatte. Erst nachdem die Puppe in einem Dörrofen abgetötet wurde, läßt sich der Seidenfaden ablösen. Der Ofen muß dabei eine bestimmte Temperatur haben. Ist er zu heiß, wird die Seide zerstört, ist er zuwenig heiß, wird die Puppe nicht abgetötet. Bevor tatsächlich der Faden abgelöst wird, muß der Kokon noch in heißem Wasser eingeweicht und abgebürstet werden, um die Flockenseide zu entfernen. Dann erst wird der Seidenfaden abgewickelt.
Nach verschiedenen Quellen heißt es, daß im Jahre 552 indische Mönche die Eier der Seidenspinner in ausgehöhlten Reisestöcken nach Byzanz gebracht hätten, nach anderen Angaben war es ein Perser. Es bleiben jedoch entscheidende Fragen offen. Mit der Einfuhr der Seidenraupe allein war es nicht getan. Züchtung und Verarbeitung mußten schließlich auch übermittelt werden, und das war sicherlich schwieriger als der Schmuggel einiger Puppen des Seidenraupenspinners. Hudson[29]) suchte die Diskrepanz zwischen den verschiedenen Quellen, die einerseits indischen, andererseits persischen Mönchen den Schmuggel der Seidenraupen zuschreiben, zu überbrücken, indem er ihn persisch-nestorianischen Mönchen zuschreibt, die vorher in Indien gewesen wären. Sie hätten auch die Seide nicht aus China, sondern aus Kambodscha nach dem Westen gebracht. Wie dem auch sei, die entscheidende Frage, wie die Kenntnis der Verarbeitung übermittelt wurde, bleibt offen.
Damit war das erste und wichtigste Gut, das man von China her kannte, im Abendland, wenn auch noch nicht in Europa selbst, herstellbar. Die Seidenstraße verlor an Bedeutung, wurde aber nicht völlig

überflüssig, denn die Chinesen hatten in der Produktion von Seidenstoffen nicht nur eine größere Erfahrung und waren daher den abendländischen Produzenten lange Zeit überlegen, sie hatten auch höchst eigenartige Designs, die immer etwas Besonderes blieben. Es ist in diesem Rahmen nicht möglich, über alle Details der kulturellen Beziehungen Chinas zu jenen Ländern zu berichten, die dann ihrerseits wieder Beziehungen zu Europa hatten. Diese Länder wurden zu Mittlern, wobei vieles Übernommene natürlich abgeschwächt oder verstärkt, jedenfalls modifiziert wurde. Bei dem Terminus „Mittler" besteht Gefahr, daß die schöpferischen Beiträge, die mit diesem Vermittlungsdienst verbunden sind, unterschätzt werden. So ist es z. B., bedingt durch das antiislamische Ressentiment Europas, mit der arabischen Kulturwelt geschehen, wie dies Sigrid Hunke[30]) überzeugend dargestellt hat.

In den folgenden Abschnitten soll die Bedeutung aufgezeigt werden, welche die einzelnen aus China importierten Kulturgüter in Europa erhielten.

2. Materielle Gaben Chinas an Europa

a) Die Seide

Die Seide war für den Westen ein so begehrtes Kulturgut, anderseits für die Chinesen ein so bedeutender Exportartikel, daß sie als entscheidendes Stimulans für die Suche nach direkten Kontakten anzusehen ist. Beide Seiten versuchten den Zwischenhandel auszuschalten und dessen Gewinn selbst einzunehmen. Über die historischen Folgen dieser Kontaktsuche wurde bereits im vorangehenden Kapitel berichtet. Es stellt sich nun die Frage, welche Bedeutung die Seide im Westen erlangt hat bzw. welche Konsequenzen ihr Import nach sich zog. Negative Auswirkungen zeigten sich im Römischen Reich, weil die Oberschicht an der Seide als Luxusgut so sehr interessiert war, daß sie darüber grundlegende ökonomische Fakten außer acht ließ. Man hätte nur so viel Seide einführen dürfen, als man Waren für den Export hatte. Da nun der Westen nichts entsprechend Gleichwertiges zu bieten hatte, kam es zu einem Edelmetallabfluß, so daß Gold und Silber knapp wurden.

In anderer Hinsicht — und das ist ein durchaus positiver Faktor — ist die Seide das erste Glied einer Kette von chinesischen Kulturgütern, die zu einer Verfeinerung des europäischen Geschmackes beitrugen. Neben der Seide sind es später vor allem das Porzellan und der Lack, Farben, Arbeiten aus Jade und die chinesische Maltechnik, die in Europa, besonders im Rokoko, größte Wertschätzung erfuhren.

Mit Seidengewändern mußte man sich subtiler benehmen, man mußte vorsichtig damit umgehen, denn sie waren empfindlich und sehr teuer. Auch hier ist es schwer, die Folgen präzise abzuschätzen. Direkt beeinflußte die Seide zwar nur das Verhalten einer dünnen Oberschichte, aber diese war in vielem beispielgebend, sie setzte die kulturellen Normen, die Künstler arbeiteten für sie, und so kam es, zumindest innerhalb dieser Schicht, zu einer Verfeinerung der Sitten. Wie weit allerdings die Breitenwirkung einer solchen Verfeinerung reichte, ist schwer abzuschätzen. Es ist auch nicht erfaßbar, wie weit die Seide auch die Künste beeinflußte, z.B. einen Maler dazu brachte, subtile Farbtöne zu verwenden. Wir müssen uns begnügen, ihre grundsätzliche Bedeutung festzustellen, wie weit sich diese dann tatsächlich erstreckte, muß in Frage gestellt bleiben.

b) Das Papier und der Buchdruck

Norbert Wiener[31]), der „Vater der Kybernetik", sagte einmal, das industrielle Zeitalter habe mit dem Kompaß, dem Schießpulver und der Buchdruckerkunst begonnen. Alle drei Erfindungen wurden in China ungleich früher gemacht als in Europa. Das ist jedoch der Beweis, daß diese Erfindungen allein nicht das industrielle Zeitalter verursacht haben können, sonst hätte dieses Zeitalter in China ungleich früher beginnen müssen. Es waren vielmehr völlig andersgeartete kulturelle Voraussetzungen und gesellschaftliche Kräfte, die es den Europäern ermöglichten, die neuen Erfindungen zu nützen. Die aufsteigende bürgerliche Welt, repräsentiert durch die lombardischen Städte, verstand es, die Erfindungen als Mittel zur Expansion einzusetzen. Es wäre jedoch falsch, die Bedeutung der Erfindungen zu verkleinern und nur der gesellschaftlichen Dynamik alles Verdienst zuzuspielen. Sie waren im Klassenkampf gegen den Feudalismus von enormer, ja grundlegender Bedeutung. Zwar versuchte schließlich auch die Aristokratie, sich dieser Errungenschaften zu ihrer eigenen Verteidigung und Expansion zu bedienen, doch erwiesen sie sich in den Händen der rationaleren und realitätsnäheren Klassen als ungleich wirkungsvoller. Dies gilt vor allem für das Papier. Norbert Wiener hätte statt der Buchdruckerkunst besser das Papier erwähnen sollen, denn die entscheidende Voraussetzung für den Druck und wohl auch die ingeniösere Erfindung ist das Papier. Nur wenn es Papier gibt, ist die Voraussetzung geschaffen, zunächst den Wiegen- und Plattendruck und schließlich die beweglichen Lettern zu erfinden. Die Erfindung von Papier und beweglichen Lettern war für Europa, aber auch für die arabische Welt, von ungleich größerer Bedeutung als für die Chinesen.
Dies mag der Grund dafür gewesen sein, daß der Abstand zwischen jenen historischen Zeitpunkten, zu welchen die Chinesen eine der genannten Erfindungen machten, und jenen, zu welchen diese in Europa zur Geltung kamen oder nacherfunden wurden, von Mal zu Mal geringer wurde. Zwischen der Erfindung des Papiers in China und der ersten Papierproduktion in Europa verging mehr als ein Jahrtausend, es war die Zeitspanne von 100—1100 n. Chr. Zwischen der Erfindung des Block- oder Wiegendruckes, der im Rahmen der chinesischen Schrift die gleiche Bedeutung besitzt wie in Europa, vergingen noch sechs, zwischen der Erfindung der beweglichen Typen in China und in Europa vergingen immerhin noch vier Jahrhunderte. Die beweglichen Metallettern wurden in China schließlich nur noch ein Jahrhundert früher erfunden, als sie Gutenberg in Europa erfand.[32])
Das Papier wurde in China um 105 n. Chr. von dem Minister Tshai Lun zur Zeit der späteren Han-Dynastie erfunden. So will es jedenfalls die chinesische Überlieferung, nach welcher Tshai Lun dem

Kaiser Ho mitgeteilt habe, daß er imstande sei, einen Stoff herzustellen, der beschrieben werden könne. Er mache zu diesem Zweck einen Brei aus Baumrinde, Lumpen und Hanf und gieße diesen über ein geflochtenes Sieb. Da es jedoch ein Dokument aus Papier gibt, das in Kansu gefunden wurde und das Datum 98 n. Chr. trägt, sind Zweifel an der Richtigkeit der chinesischen Tradition aufgetaucht. Sicher ist jedoch, daß um diese Zeit das Papier in China erfunden wurde und sich bis ins siebente Jahrhundert nach Korea und Japan ausbreitete.

Die politisch so wenig bedeutsame Schlacht am Talas-Fluß zwischen Arabern und Chinesen hatte, wie schon erwähnt, kulturell weitreichende Folgen, da die Araber chinesischen Gefangenen die Möglichkeit gaben, sich aus der Gefangenschaft freizukaufen, wenn sie ein Handwerk ausübten. So entstand in Samarkand die erste Papiermühle auf islamischem Boden. Die Araber verfeinerten die Herstellungsmethoden, und da der Kalif al-Manssur, 754—775, die unerhörte Bedeutung des neuen Schreibmaterials erfaßte, verbreitete sich die Papierproduktion rasch über dessen gesamten Herrschaftsbereich. Unter Harun al-Raschid hatte sich das Papier schon so weit durchgesetzt, daß der Barmakidenwesir Jachja ben Fadl 794 in Bagdad die erste Papiermühle bauen ließ. Als erstes europäisches Land lernte das teilweise islamische Spanien das Papier kennen. Echte Zeugnisse für eine Papierproduktion in Spanien gibt es allerdings erst aus der Mitte des 12. Jahrhunderts. Doch war das Papier in Europa schon früher bekannt. Papierdokumente gibt es aus Sizilien aus dem Jahr 1109, aus Italien und Frankreich aus den Jahren 1154 und 1207 — doch handelt es sich dabei um aus dem arabischen Raum importiertes Papier. In Italien gab es seit der Mitte des 13. Jahrhunderts eine eigene Papierproduktion in Fabriano, Frankreich, folgte in der ersten Hälfte des vierzehnten Jahrhunderts, und in Deutschland entstand die erste nachweisbare Papiermühle Ende des vierzehnten Jahrhunderts bei Nürnberg. Nur wenige Jahrzehnte später erfand Gutenberg den Buchdruck mit beweglichen Lettern. Vorher war aus Italien und Frankreich Papier in den deutschen Raum importiert worden, und lange Zeit galt auch das italienische Papier als dem deutschen überlegen. Sigrid Hunke nennt mit Recht das Papier „einen der wichtigsten Bausteine der Kultur“ und „den unersetzlichen Tragbalken der Kultur“. Es ist die Voraussetzung der Bildungsexplosion: Wissenschaft und auch das schriftlich niedergelegte religiöse Wissen waren nun nicht mehr Vorrecht einer Kaste.

Nachdem das Papier in Europa bekannt war, wurde die Buchdruckerkunst den Chinesen nacherfunden. Zunächst schnitzte man ganze Platten oder Wiegen in Holz, das ergab den Wiegendruck. Dieses Verfahren war sehr mühsam, und so wurden bewegliche Typen erfunden, die zunächst auch aus Holz hergestellt wurden. Sie ermöglichten aber nur verhältnismäßig kleine Auflagen. Der europäische Erfinder des Buchdruckes mit gegossenen beweglichen Metallettern, Johannes Gutenberg, ist daher mit Recht als Schlüsselfigur für die Entwicklung des Buchdruckes anzusehen. Denn erst mit seiner Erfindung war es möglich, große Auflagen von Büchern herzustellen und so den Vorteil des Papiers, seinen niedrigen Preis, voll zu nützen. Das Datum 1468, das Jahr der Erfindung des Buchdruckes, ist sicherlich von außerordentlicher Wichtigkeit für die geistige Entwicklung Europas, doch kommt dem Papier wohl die entscheidendere Bedeutung zu.

Es wurde vermutet, daß Gutenberg ein chinesisches Buch zur Verfügung stand und er also eine direkte chinesische Anregung gehabt habe. Selbst wenn dies der Fall gewesen wäre, so hat Gutenberg das chinesische oder auch das arabische Druckverfahren nicht gekannt. Er wäre in einer ähnlichen Lage gewesen wie Böttger, der natürlich chinesisches Porzellan gekannt hatte, aber nicht das Erzeugungsverfahren. Der Vergleich soll aufzeigen, daß die Erfindung des Buchdrucks mit beweglichen Metallettern auch dann noch als bedeutende schöpferische Leistung zu werten ist, wenn Gutenberg ein entsprechend gedrucktes chinesisches Buch als Vorlage zur Hand gehabt haben sollte.

Mit dem Druck der Bibel durch Gutenberg war der große und entscheidende Schritt zur Bildungsexplosion getan. Ohne diese Tat und ihre Folgen wären die raschen Veränderungen des europäischen Kontinents und in der Folge der ganzen Erde undenkbar gewesen. Die chinesische Erfindung des Papiers stand also mit an der Wiege der europäischen Neuzeit.

So wichtig das Papier als Buchdruckmaterial auch war, so diente es auch anderen Zwecken. Die Chinesen erfanden die Papiertapeten, die ursprünglich handbemalt waren. Sie wurden im 16. Jahrhundert durch die ostindischen Handelskompanien nach Europa importiert, und um 1750 übertrug man in England und Frankreich das technisch hochstehende Stoffdruckverfahren auf das Papier. Diese Erfindung ermöglichte es auch relativ breiten Schichten, ihre Räume zu tapezieren. Die chinesischen Tapeten sollten dann im Rokoko ähnlich dem Porzellan und anderen kunstgewerblichen Artikeln eine erhebliche Rolle bei der Verfeinerung des Geschmackes und der Lebensführung spielen.

c) Das Schießpulver und die Raketen

Das Schießpulver und die mit ihm verbundenen Waffen waren für die Expansion Europas, aber auch für den inneren Strukturwandel des Kontinents von großer Wichtigkeit. Die Kanonen relativierten die Burgen und bereiteten dem Feudalismus ein Ende. Die außenpolitische Expansion Europas war mit kanonenbestückten Schiffen ungleich leichter möglich, als es ohne sie gewesen wäre. Und die koloniale Expansion der Spanier und der Portugiesen, später der Holländer, Briten und Franzosen machte Europa reich und stellte ein ökonomisches Stimulans erster Ordnung dar. Insoferne ist die Entwicklung der europäischen Kriegstechnik ein entscheidender Faktor. Das Schießpulver als erster bekannter Explosivstoff wurde nicht allein zu Kriegszwecken verwendet. Sein wichtigstes anderes Anwendungsgebiet war der Bergbau. Man konnte durch das Schießpulver effektiver Stollen vortreiben und dadurch eine größere Menge an Erzen gewinnen. Das Pulver wurde auch für Raketen und Feuerwerke, die sich in China großer Beliebtheit erfreuten, verwendet. Der entscheidende Schritt lag nicht in der Herstellung von Kanonen, sondern in der ersten von Menschenhand erzeugten Explosion.

In China wurde Alchimie und somit Chemie in taoistischen Tempeln betrieben, wobei die merkwürdigsten Experimente angestellt wurden. Die erste Explosion dürfte schon etwa 900 n. Chr. stattgefunden haben.

Die Verwendung von Schießpulver zu kriegerischen Zwecken erfolgte um 1000 n. Chr. Damals wurden in China die ersten explosiven Granaten und Bomben durch Katapulte verschossen. In dem großen Werk Wu Ching Tsung Yao[33]) findet sich der chinesische Name für Schießpulver. Er bedeutet, wörtlich übersetzt, „chemisches Feuer". Dieses Buch berichtet überdies über die extrem schnelle Entwicklung von weittragenden Waffen. In diesem Zusammenhang ist zu erwähnen, daß die Chinesen die Armbrust etwa dreizehnhundert Jahre vor deren Gebrauch in Europa erfunden haben. Die Bedeutung der Armbrust darf nicht unterschätzt werden, gab es doch sogar eine päpstliche Friedensenzyklika gegen diese uns heute freilich als relativ harmlos anmutende „Vernichtungs"-Waffe.

Sigrid Hunke deutet in ihrem Buch „Allahs Sonne über dem Abendland"[34]) an, daß die Erfindung der Raketenwaffen von arabischen Ingenieuren stamme, die sich in Pien-King aufhielten.[35])

Es ist jedoch falsch, daß die Chinesen erstmals in der Schlacht um Pien-King 1232 im Verzweiflungskampf gegen die Mongolen Pfeile verwendeten, die mit Hilfe eines salpeterhaltigen Brandsatzes abgeschossen wurden. Die Chinesen kannten die Raketen und Raketengeschosse schon erheblich länger, nämlich seit dem 12. Jahrhundert. Sicherlich richtig ist jedoch Hunkes Bemerkung, daß um 1270 die Mongolen zum ersten Mal die Sprengwirkung des Salpeters einsetzten. Khubilai Khan brach mit Hilfe von Pulverschußwaffen bei der Belagerung von Fan-ching den letzten Widerstand des alten China. Zum ersten Mal waren diese Pulverwaffen kriegsentscheidend. Hunke

ist der Ansicht, daß Araber hier den Mongolen bei der Verwendung der chinesischen Raketen halfen.
Sicherlich haben die Araber von den Chinesen das Pulvermachen gelernt, und so gelangte das Schießpulver einerseits über die Mongolen, andererseits über die Araber nach Europa. Den Hauptanteil bei dieser „Vermittlung" hatten wieder die Araber. Sie waren es, die eigenständig Pulverwaffen und wohl auch Kanonen entwickelt hatten.[36]) Die Araber kannten im 12. Jahrhundert bereits die Formel des Schießpulvers, und in der zweiten Hälfte des 13. Jahrhunderts vermochten sie schon Treibsätze für Raketen zu entwickeln. Es gab auch um diese Zeit bereits raketengetriebene Torpedos.
Die Araber in Spanien waren die ersten, die in Europa Pulvergeschütze zu Kriegszwecken einsetzten. 1325 bei Baza, 1331 bei Alicante und 1342 bei Algeciras verbreiteten die arabischen Geschütze Weltuntergangsstimmung in den Reihen der christlichen Soldaten. Aber während das christliche Europa recht lange brauchte, um das Papier zu übernehmen, genügten bei den Kanonen nur wenige Jahre, bis man mit ihnen umgehen konnte. Schon bei der Schlacht von Crécy en Ponthieu im Norden Frankreichs setzten die Engländer unter ihrem König Edward III. gegen die Franzosen arabische Geschütze ein und erfochten damit einen überwältigenden Sieg. Waren die Briten 1342 in der Schlacht bei Algeciras, nahe Gibraltar, noch von den Kanonen erschreckt, erkämpften sie bereits vier Jahre später mit Hilfe der Kanonen einen entscheidenden Sieg. Wie wir sehen, wurde jedoch von all den Möglichkeiten, die das Pulver bot, vor allem die Schußwaffe — Gewehr, Pistole und Kanone — entwickelt. Die Rakete als Waffe wurde längere Zeit vernachlässigt. Doch muß man bedenken, daß die ursprünglich schwachen Treibsätze und das Schießpulver als Antrieb nur geringe Anfangsgeschwindigkeiten ermöglichten. Auch wurde eine Kurskorrektur während des Fluges erst Mitte des zwanzigsten Jahrhunderts infolge der Entwicklung elektronischer Steuerungen möglich. Dementsprechend war die Treffsicherheit gering. Die Rakete war durch Wind leicht ablenkbar und deshalb für größere Entfernungen schlecht geeignet. Daher entwickelte man zunächst die Kanone als schwere Waffe. Sie vermochte dem Geschoß eine größere Anfangsgeschwindigkeit zu geben, man konnte mit ihr daher präziser zielen und weiter schießen. Die Rakete wurde, wenn man von der Signalrakete absieht, die in Kriegen Verwendung fand, vor allem zu Feuerwerken verwendet, in Europa seit dem 16. Jahrhundert. Feuerwerke sind bei den Chinesen bis heute außerordentlich beliebt. Sie spielen bei Festen eine wichtige Rolle.
Mit der Rakete ging es ähnlich wie mit anderen technischen Errungenschaften, die anfänglich nur einen Entwicklungsansatz zeigten, weil flankierende Erfindungen noch ausstanden. Heute sind Raketen zu Schlüsselwaffen geworden, ohne die ein modernes Heer nicht mehr

denkbar ist. Flug- und Panzerabwehrraketen, Antiraketen-Raketen, Raketen mit Atomsprengköpfen und mit konventionellen Sprengsätzen, die von U-Booten unter Wasser abgeschossen werden können, Raketen als Sprungvorrichtung für Infanteristen, all das zeigt, wie universell diese Waffe wurde. Innerhalb von etwa drei Jahrzehnten wurde die Rakete von einer unbedeutenden Waffe zum Rückgrat der Bewaffnung und zum Mittel der Eroberung des Weltraumes.
Eingeleitet hat diese Entwicklung das chinesische Schießpulver.

d) Der Kompaß

Wie der ersten Kanone und dem ersten Druck mit beweglichen Lettern eine Reihe von Entwicklungsstufen voranging, so auch dem für die Navigation so wichtigen Kompaß. Erst der Druck mit beweglichen Lettern ermöglichte den entscheidenden Durchbruch der Bildungsexplosion. In ähnlicher Weise war die Verwendung der Magnetnadel für die Orientierung zur See jener Schritt, der zur Eroberung der Weltmeere führte, ermöglichte doch der Schiffskompaß die Orientierung auf dem freien Meer auch bei Nacht und bedecktem Himmel. Damit begann die eigentliche Hochseefahrt, die Umsegelung Afrikas und die Entdeckung Amerikas wurden möglich.
So stellt der Kompaß zwar den entscheidenden Schritt in die Neuzeit dar, doch wäre auch er nicht ohne die entsprechenden Vorstufen denkbar. Eine Vorstufe ist die Entdeckung der magnetischen Eigenschaften des Magneteisensteines, des Magnetits. Es handelt sich dabei um ein Eisenoxyd, genauer Eisenoxyduloxyd (Fe_3O_4), das in Oktaedern kristallisiert. Es ist gleichsam „natürlich“ magnetisch. Das bedeutet,

1. daß es Eisen und Stahl anzieht,
2. daß es die Fähigkeit besitzt, Eisen und Stahl zu magnetisieren,
3. daß ihm die Tendenz innewohnt, sich nach der Nord-Süd-Richtung — mit einer leichten Abweichung — auszurichten.

Da Stahl bekanntlich erst später erfunden wurde, war ursprünglich die erstgenannte Eigenschaft nur an Hand von Weicheisen zu erfahren. Das gleiche gilt von der zweiten Eigenschaft. Für die Erfindung des Kompasses war schließlich die dritte Eigenschaft ausschlaggebend. Sie war sicherlich nicht leicht zu entdecken, denn die Tendenz, sich nach der Nord-Süd-Richtung auszurichten, ist ungleich schwächer als die Reibung eines Magnetsteines, der irgendwo aufliegt. Sein Gewicht beeinflußt die Intensität der Reibungswiderstände. Ein magnetischer

Gegenstand richtet sich also nur dann nach Norden, wenn die übrigen, normalerweise auf den Gegenstand wirkenden Kräfte stark verringert werden. Erst dann kann diese Eigenschaft überhaupt entdeckt werden. Entweder es balanciert der magnetische Gegenstand auf einem Punkt, oder er hängt an einem Faden. Schließlich vermag er auch zu schwimmen. Wenn er auf einem Punkt balanciert, beschränkt sich der Reibungswiderstand auf eben jenen Punkt. Hängt er an einem Faden, so beschränkt sich der Widerstand auf jenen, den der Faden gegen eine Drehung um maximal 180 Grad leistet. Schließlich ist auch der Widerstand des Wassers gegen eine Drehung gering. All das setzt voraus, daß erstens die Unterlage, Wasser bzw. die Aufhängung, ruhig bleibt und nicht bewegt wird, was z. B. bei einem Schiff fast nie der Fall ist. Schließlich darf auch kein stärkerer Luftzug bestehen, da ja wegen der geringen Reibung auch dieser die Gegenstände zu bewegen vermag und daher ihre Tendenz, sich nach Nord-Süd auszurichten, stört.

Der Weg zum Kompaß, der zu navigatorischen Zwecken verwendet werden konnte, ist also sehr lang. Wenn wir dessen Entwicklung und die seiner Vorstufen in China verfolgen, so fällt auf, daß dort schon früh der Begriff „Südweiser“ in metaphorischer Weise in Gebrauch war.

Wenn etwa Chang Heng in einer Ode sagte: „Du warst mein Südweiser gewesen“,[37]) so weist dieser symbolische Sprachgebrauch auf die Tatsache hin, daß zu dieser Zeit — spätere Han-Dynastie 107 n. Chr. — die Fähigkeit magnetischer oder magnetisierter Gegenstände, sich nach der Nord-Süd-Richtung einzustellen, bereits bekannt sein mußte. Es kann aber hier nur ein Kompaß gemeint gewesen sein — wenn man dieses Wort schon gebrauchen darf —, der auf Magneteisen, nicht jedoch einer, der auf magnetisiertem Eisen beruhte.

Wie konnte man nun Magneteisensteine zu Kompaßzwecken benutzen? Die Verringerung der Reibung wurde auf verschiedene Weise erreicht. Eine der ältesten Formen war eine Art Löffel aus Magneteisen, dessen Schale so geformt war, daß der Stiel nicht auflag. Er balancierte auf einem Punkt auf der Unterlage, der Stiel zeigte nach dem Süden, die Schale nach Norden. Dadurch, daß die Schale so schwer war, daß sie den Stiel ausbalancierte, ruhte der Löffel eben nur auf einem Punkt, wodurch ein sehr geringer Reibungswiderstand entstand, der eine Bewegung des Löffels auf Grund seiner Magnetisierung ermöglichte. Darunter befand sich eine Platte, auf der die verschiedenen Himmelsrichtungen eingezeichnet waren. Solche Löffel gab es bereits zur Han-Zeit. Wir besitzen einen Bericht von Wang Ch'ung aus 83 n. Chr., wo ein solcher Löffel erwähnt wird.

Zwischen dem vierten und zehnten Jahrhundert wurde der Löffel

durch eine Nadel ersetzt, wobei nicht feststeht, zu welcher Zeit die Nadel sich durchsetzte. Erste Hinweise lassen auf das vierte Jahrhundert schließen. Eine wirklich klare erste Beschreibung der Magnetnadel finden wir im Meng Ch'i Pi Than des Shen Kua aus dem Jahre 1088, immerhin mehr als hundert Jahre vor der ersten Erwähnung in Europa durch Alexander Neckham (1190 n. Chr.). Shen Kua's beweiskräftiger Text lautet: „Magier reiben den Punkt einer Nadel mit Magneteisen; dann sind sie fähig, den Südpunkt auszumachen. Aber immer neigt sie dazu, nach dem Osten auszuschlagen, und richtet sich nicht genau nach dem Süden. Sie kann auf der Oberfläche eines Wassers schwimmen, aber sie ist dann ziemlich unruhig. Sie kann auf einem Fingernagel oder auf dem Rand einer Schale, wo sie sich leichter drehen kann, balancieren. Aber solche Unterstützungen, seien sie hart oder weich, neigen dazu, sie herunterfallen zu lassen. Am besten ist es, sie an einen einfachen Seidenfaden aufzuhängen, der in der Mitte der Nadel mit Hilfe eines Stückes Wachs festgemacht wird, das etwa die Größe eines Senfkorns besitzt. Hängt man sie dann an einem windstillen Ort auf, wird sie immer nach dem Süden zeigen."[38]) Diese Stelle beweist, daß in China bereits im elften Jahrhundert die Deklination der Magnetnadel — die Abweichung — bekannt war. Ihre Entdeckung wurde in Europa lange Zeit Christoph Columbus zugeschrieben, der diese Erkenntnis auf seiner Fahrt nach Amerika gewonnen haben soll.
Die Versuchsanordnung, wie sie hier Shen Kua beschreibt, setzt bereits großes Wissen und sorgfältige Beobachtung voraus. Das zeigt besonders die Problematik der schwimmenden Nadel. Da sie und erst recht Magneteisensteine nicht schwimmen können, mußte man eine Verbindung der Nadel bzw. des Magneteisensteines mit schwimmendem Material herstellen. Einerseits gab es die Möglichkeit, den Magneteisenstein mit Holz zu kombinieren, das ihn tragen konnte, also als Schwimmer diente, andererseits konnte man Eisen, das magnetisiert werden mußte, hohl treiben, so daß es dann auf Grund seiner Wasserverdrängung schwimmen konnte. Beide Wege wurden beschritten. Im Shi' Liu Kuang Chi, das etwa um 1150 erschienen war, wurde der schwimmende Fisch beschrieben, der wohl schon lange existierte. Ein hölzerner Fisch wurde in seinem Unterbauchteil so ausgehöhlt, daß er ein Magneteisenstück aufnehmen konnte. Von diesem ausgehend war ein Stück Eisendraht — eine Art Nadel — nach oben entlang der Kopfspitze des Fisches hochgebogen. Da das schwere Magneteisen den unteren Teil des Fisches nach unten drückte, stand der Fisch im Wasser aufrecht und wies mit seiner Nadel nach Norden bzw. nach Süden.
Die andere Art von Wasserkompaß wurde in dem militärtechnologischen Werk von Tseng Kung-liang (beendet 1044 n. Chr.) beschrieben, und es kann kein Zweifel bestehen, daß der Autor von einer

seit längerem bekannten Tatsache berichtet: „Wenn Truppen in ein düsteres Wetter geraten oder in dunkle Nacht und die Himmelsrichtung nicht festgestellt werden konnte, lassen sie ein altes Pferd laufen, um sich von ihm führen zu lassen, oder ... sie nützen den nach Süden zeigenden Fisch, um die Richtung festzustellen ... Bei der Fisch-Methode benützt man ein kleines Stück Blech, das man in Form eines Fisches treibt, 5 cm lang und 1,3 cm breit, mit einem zugespitzten Kopf und einem Schwanz. Dann erhitzt man ihn in einem Holzkohlenfeuer, und wenn er rotglühend geworden ist, faßt man ihn am Kopf mit eisernen Zangen und richtet ihn so, daß er mit dem Schwanzpunkt nach dem Norden zeigt. In dieser Lage taucht man ihn in ein Gefäß mit Wasser, um ihn plötzlich abzukühlen."[39])
Diese Möglichkeit, Eisen magnetisch zu machen, war also auch schon den Chinesen zu jener Zeit bekannt. Die Chinesen waren, entgegen der Meinung älterer Forscher, auch die ersten, die den Kompaß zur Navigation auf See benützten. Den Nachweis dafür erbringt ein Text aus dem Werk Ping-Chou K'o Than von Chu Yü, das zwischen 1111 und 1117 n. Chr. geschrieben wurde, sich jedoch auf Geschehnisse ab 1086 n. Chr. bezieht. Der Vater des Autors war von 1094 an ein hoher Beamter im Hafen von Kanton und Gouverneur von 1099—1102 n. Chr. Insoferne hatte der Autor Gelegenheit, sich über Dinge, die mit der Seefahrt zusammenhingen, aus erster Hand zu informieren. Er schrieb: „Den Schiffskapitänen ist die Beschaffenheit der Küste bekannt. In der Nacht steuern sie nach den Sternen und während des Tages nach der Sonne. In finsterem Wetter sehen sie auf die nach dem Süden weisende Nadel."[40]) Dieser Passus wurde oft falsch übersetzt[41]) und führte zu Irrtümern.
Sigrid Hunke[42]) sind die ältesten abendländischen Quellen unbekannt. Nicht Petrus, der Kreuzfahrer, hat 1269 zum ersten Mal Kenntnisse des Kompasses gezeigt, sondern schon Alexander Neckham 1190 n. Chr. Er sagte wörtlich: „Die Segler ferner, so sie über das Meer segeln, in nebeliges Wetter geraten und so sich nicht mehr nach der Sonne orientieren können, oder wenn die Erde im Dunkel der Nacht eingehüllt ist und sie nicht wissen, welchen Kurs sie haben, dann berühren sie eine Nadel mit einem Magneten. Diese läuft dann im Kreis herum und weist schließlich, wenn sie ihre Bewegung beendet hat, genau nach Norden."
Die bekannt gewordenen arabischen Erwähnungen sind durchwegs später als die europäischen. Trotzdem kommen praktisch nur die Araber als Vermittler des chinesischen Kompasses in Frage, doch fehlen uns entsprechende Berichte, die dafür den Beweis erbringen könnten.

e) Andere technische Errungenschaften

Neben den bisher behandelten Schlüsselerfindungen gab es eine ganze Reihe anderer, die von China den Ausgang nahmen. Manche von ihnen waren für China ungleich wichtiger als für Europa, so vor allem jene, die mit der Wasserverteilung zu tun hatten. Der natürliche Wasserreichtum Europas machte solche Erfindungen nicht so notwendig wie für den Großteil der islamitischen Welt. So entstand die primitivste Art von Pumpen in China fünfzehn Jahrhunderte früher als in Europa. Die Mühle, zunächst durch Mensch und Tier angetrieben, war dreizehn Jahrhunderte früher in China anzutreffen und ihre Adaption auf Wasserkraft neun Jahrhunderte früher. Auch die für das chinesische Kanalsystem so wichtigen Schleusentore sind siebzehn Jahrhunderte früher in China gebaut worden als in Europa. Selbstverständlich fanden sich auch jene Maschinen, die mit der Seidenverarbeitung zu tun hatten, zum Teil dreizehn, zum anderen Teil wenigstens bis drei Jahrhunderte früher in China als in Europa. Der für die spätere Entwicklung der Flugtechnik wichtige Drache existierte etwa zwölf Jahrhunderte vor Europa in China.
In der Metallbearbeitung gab es eine Reihe chinesischer Erfindungen, unter anderem den so wichtigen Blasebalg, der nach Needham in China vierzehn Jahrhunderte früher verwendet wurde als in Europa. Außerordentlich wichtig für die Entwicklung der gesamten Bautechnik war die chinesische Erfindung des Schubkarrens. Der Transport von Gütern konnte mit seiner Hilfe bei gleichem menschlichem Kraftaufwand bedeutend erhöht werden, oder, wenn man will, der Aufwand an menschlicher Arbeitskraft konnte für die gleiche Transportleistung entscheidend verringert werden. Solche Schubkarren hatten die Chinesen neun bis zehn Jahrhunderte vor den Europäern. Überdies haben die Chinesen sowohl den Schubkarren als auch die vierrädrigen, von Menschen oder Tieren gezogenen Karren mit Segeln versehen, was natürlich nur bei längeren Transporten sinnvoll war. Den vierrädrigen, mit Segeln bestückten Karren gab es in China etwa ein Jahrtausend früher als in Europa. Auch die für die Verwendung von Zugtieren so wichtigen Geschirre sind in China erfunden worden. Das Brustblatt oder das Sielengeschirr finden wir in China acht Jahrhunderte vor der Zeit, in der es in Europa auftaucht. Bei diesem Geschirr zieht das Pferd (eventuell auch der Hund) mit Hilfe eines Brustbandes die hinter ihm befindliche Last. Das komplizierte Kummetgeschirr stellt eine Art von Kragen dar, der dem Pferd um den Hals gelegt wird. Das Kummet liegt auf einer größeren Fläche auf als das Brustblatt. Es findet sich in China sechs Jahrhunderte früher als in Europa. Alle diese technischen Einrichtungen waren für die damalige Zeit von eminenter Bedeutung.

Die Kardanwelle, die bei uns nach dem Erfinder, dem italienischen Philosophen und Mathematiker Geronimo Cardano (1501—1576), benannt ist, wurde ursprünglich in China, etwa im siebenten nachchristlichen Jahrhundert, erfunden. Sie war die Voraussetzung für die kardanische Aufhängung, die es ermöglichte, Kompasse, Uhren etc. lageunabhängig aufzuhängen. Dies war besonders wichtig für die Schiffahrt, da die damals wesentlich kleineren Schiffe bei stärkerem Seegang heftig schlingerten. Wir möchten in diesem Zusammenhang darauf hinweisen, daß die Chinesen auch im Hinblick auf Schiffskonstruktionen in manchen Belangen um etwa tausend Jahre voraus waren.

Auch in der Gußeisentechnik waren die Chinesen den Europäern um mehr als tausend Jahre voraus. Hängebrücken mit Verwendung von Eisenketten gab es in China mehr als tausend Jahre früher als in Europa. Der Bericht Marco Polos über die Benützung von Kohle erregte Empörung. Daß schwarze Steine zum Brennen verwendet werden sollten, erschien so unglaublich, daß man es für bewußte Lüge hielt. Sein Bericht bewirkte keineswegs, daß man etwa auch in Europa damit begonnen hätte, Kohle zu benützen. Es brauchte vier Jahrhunderte, bis man sich doch dazu entschließen konnte. Ähnliches gilt schließlich auch für die Verwendung des Papiergeldes. Selbstverständlich erheben diese Erwähnungen keinen Anspruch auf Vollständigkeit. Wer Detailinformationen sucht, sei auf das Riesenwerk Josef Needhams verwiesen, auf das wir uns hier im wesentlichen stützen. Der Gerechtigkeit halber soll vermerkt werden, daß es natürlich auch Erfindungen gab, die vom Westen nach dem Osten wanderten. Als Vermittler fungierten im wesentlichen die Jesuiten, die meisten westlichen Einflüsse gab es daher im 17. Jahrhundert.

Die wichtigste westliche Erfindung dürfte wohl die Schraube sein. Die Schraube in ihrer primitiven Form kam schon über die Araber nach China. Die Jesuiten brachten jedoch auch die sogenannte archimedische Schraube oder Wasserschnecke nach dem Fernen Osten. Solche Förderschnecken bestehen aus einem Rohr und einer darin sich drehenden Schnecke, mit deren Hilfe dann das Wasser nach oben gehoben wird. Diese für China sehr wichtige Erfindung fand bei der Wasserverteilung Verwendung.

Die Jesuiten brachten auch die Zylinderpumpe für Flüssigkeiten nach China. Die Schraube war in Europa vierzehn Jahrhunderte früher bekannt als in China und die Zylinderpumpe für Flüssigkeiten achtzehn Jahrhunderte.

Die Kurbelwelle war immerhin noch drei Jahrhunderte früher in Europa bekannt, und auch das Uhrwerk wurde, nachdem es in Europa erfunden worden war, von den Jesuiten drei Jahrhunderte später nach China gebracht.

f) Das Porzellan

Die Bezeichnung Porzellan stammt von Marco Polo. Er verglich jene durchscheinende Töpferware, die er in China zu sehen bekam, mit der Perlmutter einer kleinen Muschel, italienisch „porcella“ genannt.[43]) Daraus entwickelte sich dann das Wort Porzellan. Keine Erfindung der Chinesen, wenn man von der Seide absieht, erweckte so sehr das Interesse der Öffentlichkeit Europas wie das Porzellan. Während Schießpulver oder auch ein Kompaß vergleichsweise leicht herstellbar waren, stellte die Erzeugung von Porzellan eine besondere Kunst dar. Man brauchte das nicht überall leicht erhältliche Grundmaterial Kaolin, und man mußte die komplizierte Herstellungsmethode genau kennen, um Porzellan nachmachen zu können.

Auch Porzellan trug zur Verfeinerung der Sitten bei, weil es eine subtilere Behandlung verlangte. Es mag sicher auch etwas zum Charakter des Rokoko beigetragen haben. Über die Herstellung von Porzellan erzählte man sich die merkwürdigsten Geschichten.[44])

Am Anfang schrieb man ihm auch magische Eigenschaften zu. So sollte es beigemischte Gifte erkennbar machen, indem es seine Farbe änderte. Porzellan war zeitweise teurer als gleichschwere Silbergefäße, und es dauerte Jahrhunderte, bis es den Europäern gelang, ein dem chinesischen gleichwertiges Porzellan herzustellen.

An sich gab es bei den Chinesen nicht wie in Europa einen qualitativen Sprung vom Steingut zum Porzellan, vielmehr eine kontinuierliche Entwicklung, bei ständiger Steigerung der Qualität. Denn in China verwendete man seit Jahrtausenden mehr oder weniger kaolinhältigen Ton. Kaolin ist das Zersetzungsprodukt des Feldspats, Granits und Pegmatits. Es hat seinen Namen nach dem chinesischen Berg Kanling. Es besteht überwiegend aus dem Mineral Kaolinit, mit etwas Quarz, Muskovit, Rutil, Zirkon, Magnetit und Resten unverwitterten Feldspats. Kaolinit ist kieselsaure Tonerde und entsteht hauptsächlich durch Verwitterung von Feldspaten. Das Wesentliche am Kaolin ist, daß es im Gegensatz zu anderen Tonarten beim Brand weiß wird. Mit Wasser vermischt ist es formbar und verändert beim Brand nicht die Form. Unmerklich war es in China zu einem Übergang von Terrakotta zu Steingut und dann zu Porzellan gekommen, das man bereits im siebenten Jahrhundert herstellte. Die Chinesen nennen Porzellan glasartige, klingende, jedoch nicht unbedingt weiße und durchscheinende Hartkeramik. Das europäische Porzellan hat dagegen grundsätzlich auch die beiden letzten Eigenschaften.

Dem Feldspat kommt bei der Porzellanerzeugung eine wichtige Rolle zu. Er ist der schmelzbare Anteil, während das Kaolin das Gerüst der Masse darstellt. Der Feldspat verwandelt sich in der Hitze in eine Art von Zement, der die feuerbeständigen Teile des Kaolins bindet. Die Glasur besteht aus Feldspat, der mit Asche und Kalk vermischt ist. Sie verbindet sich während des Brandes mit dem sogenannten Scherben. Beim sogenannten Biskuit-Porzellan fehlt die Glasur. Die Glasur kann gefärbt werden, allerdings müssen die Farben große Temperaturen aushalten. Daher gibt es nur wenige für die Porzellanfärbung geeignete Farben, was auch für die Glasfarben zutrifft. Es gibt verschiedene Techniken der Färbung, das blaue Mingporzellan ist z. B. mit Unterglasurfarben behandelt, daneben gibt es auch Aufglasurmalerei.

All das zeigt, daß die Beherrschung der verschiedenen Techniken nicht leicht ist. Andererseits gab es freilich in Europa schon eine Reihe von Vorstufen des Porzellans, zunächst Terrakotta, das im wesentlichen verarbeiteter und gebrannter Ton ist. Und es gab Fayencen, die aus dem arabischen Raum kamen. Im 9. Jahrhundert n. Chr. wurden im Irak Versuche gemacht, das aus China importierte Porzellan nachzuahmen. Im Raum des Islams blühte dann die Kunst der Fayencen und kam mit dem Islam nach Spanien. Von hier gelangte sie nach Italien, wo es Anfänge von Fayenceerzeugung schon im 14. Jahrhundert gab. Die italienische Fayence (nach Faenza) nennt man Majolika. Die Fayence besteht aus gebranntem naturfarbigem Ton (in der Keramikerfachsprache heißt es „Scherben"), dessen poröses Material mit der wasserundurchlässigen, undurchsichtigen Zinnglasur bedeckt ist.

Und es gab in Europa das Steinzeug, bei dem es sich um Tonwaren mit dichtem, verglastem, aber nicht durchscheinendem Material handelt. Auch dieses kam aus China, wo es die Urform des Porzellans war. Es war besonders während der Sung-Dynastie in China verbreitet und wurde in Europa während des 16. Jahrhunderts hergestellt. Das Steingut jedoch, Tonwaren mit porösem, weißem, nichtverglastem Material und durchsichtiger Glasur, wurde erst kurz nach dem Porzellan entwickelt. 1720 gelang es in England, Steingut herzustellen, während Böttger schon 1708 die Herstellung von Porzellan gelang. Chinesisches Porzellan kam über die Araber schon im 13. Jahrhundert nach Europa. Aber erst zu Beginn des 18. Jahrhunderts konnte es auch in Europa hergestellt werden. Fast fünf Jahrhunderte lang bemühte man sich in Europa vergeblich, ein dem chinesischen gleichwertiges Porzellan zu erzeugen. Es wurde zunächst das sogenannte Frittenporzellan entwickelt, das dem echten Porzellan sehr ähnlich sieht, jedoch in seiner Zusammensetzung dem Glas viel näher steht. Alchimisten und Handwerker wurden vielfach von ihren Landesfürsten angeregt, finanziert oder doch finanziell unterstützt. So wurden schon um 1500 in Venedig Versuche gemacht, Porzellan zu erzeugen. Dann gründete Franz I. von Medici im Palast von Cassino eine Manufaktur. Den Medicis gelang es zuerst, eine weiße, homogene, klingende Masse herstellen zu lassen. Sie wurde aus

geschmolzenem Bleikristall und Sand gebrannt. Diese Art von Keramik war zwar durchsichtig und hart, jedoch schwer zu modellieren, denn sie veränderte während des Brandes ihre Form. Die Medicis wahrten das Geheimnis dieses „Porzellans“ so erfolgreich, daß es schließlich verlorenging.
Diese Hinweise haben hier nur den Zweck, zu zeigen, wie dornig der Weg zum eigentlichen Porzellan war. Die europäische Bemühung um das Porzellan mutet merkwürdig an, war es doch nicht einmal so nützlich wie etwa der Schubkarren, sondern ein Luxusgut. Es ersparte und erleichterte niemandem Arbeit und steigerte auch nicht die Produktivität. Aber es kam als Luxusgut den feudalen Lebensformen entgegen.
Es heißt, daß die Entdeckung des Kaolins auf einem Zufall beruhte. Ein Schneidermeister sei auf die Idee gekommen, den weißen Schlamm des Auetales im Vogtland zum Pudern der Perücken zu verwenden. Auch die Diener des im Dienst des Kurfürsten von Sachsen stehenden Alchimisten Böttger hätten diesen Puder benützt. Weil Böttger sich über das durch den eigenartigen Puder verursachte Gewicht seiner Perücke wunderte, untersuchte er es und verwendete es als plastischen Ton — es war Kaolin!
Das Geheimnis der Porzellanerzeugung wurde damals so gewahrt wie heute das der Atombombe. So wurde Böttgers Laboratorium in eine Festung verwandelt, und den Arbeitern wurden lebenslange Gefängnisstrafen angedroht, wenn sie Außenstehenden nur das geringste Detail verrieten. Aber neun Jahre später produzierte man auch in Wien Porzellan — die Produktionsstätte ist die heutige Augarten-Manufaktur. Nach der Ausbreitung des europäischen Porzellans, das sich anfangs auch im Design an chinesische Vorbilder hielt, wurde der Import chinesischen Porzellans stark reduziert.
Der Import dieses Porzellans hat eine sehr interessante Geschichte. Zu Beginn wurde chinesisches Porzellan mit originalchinesischem Design nach Europa exportiert. Nachdem jedoch der direkte Seeverkehr zwischen China und Europa so gesteigert werden konnte, daß sich ein immer intensiverer Kontakt entwickelte, bemühten sich die Chinesen, auf den Geschmack ihrer Kunden einzugehen. Es wurden von Europa Bestellungen aufgegeben und zum Teil auch Designs mitgeschickt, nach denen die Chinesen Porzellan herstellen sollten. Das Zentrum der chinesischen Porzellanherstellung war King-teh't-chen. Der französische Missionar d'Entrecolles schrieb darüber: „Die Hauptstadt des Porzellans liegt, umgeben von hohen Bergen, in einer Ebene der Provinz Kiangsi. Zwei Flüsse durchströmen sie. Am größeren der beiden befindet sich ein Hafen von mehr als einer Meile Länge. Manchmal sieht man dort die Schiffe in zwei und drei Reihen hintereinander liegen. Tag und Nacht brennen dreitausend Öfen. Nachts meint man, die Stadt sei von einer gigantischen Feuers-

brunst erhellt. Die Stadt hat keine Befestigungsmauer, wodurch sie sich nach allen Seiten ausdehnen und ausbreiten kann; es erleichtert auch die Beförderung der Rohstoffe und Fertigwaren von den Schiffen zu den Werkstätten und umgekehrt. Bei einer Gesamtbevölkerung von ungefähr einer Million Seelen zählt man achtzehntausend Töpferfamilien. Jeden Tag werden zehntausend Tonnen Getreide und tausend Schweine verzehrt, vom Pferde- und Hundefleisch ganz zu schweigen."[45])

Von dort wurde das Porzellan auf kompliziertem Weg nach Kanton befördert, lange Zeit der einzige Platz, der für Europäer zugänglich war. Umgekehrt kamen die europäischen Aufträge über Kanton nach King-teh't-chen.

Man kann sich vorstellen, welche Schwierigkeiten, vor allem sprachlicher Natur, zu überwinden waren. Trotzdem schufen die Chinesen oft interessante Kombinationen aus europäischen und chinesischen Elementen, wobei es auch zu einem europäischen Kultureinfluß auf China kam. So wurde chinesisches Porzellan mit zum Teil europäischen Vorlagen dem Kaiser Chinas als etwas ganz Besonderes gezeigt.

Die Chinesen nannten diese Produkte „Yang K'i", auf deutsch: „Gegenstände für das Ausland". Diese kulturelle Überlappung und Überlagerung erzeugte neben problematischen, unsynthetischen Mischungen auch faszinierende Kostbarkeiten, die heute teuer bezahlt werden. Darin zeigt sich, wie produktiv solch ein Kulturaustausch sein kann. Es spricht vieles dafür, daß die Einflüsse chinesischen Geschmacks zu einem erheblichen Teil die Entstehung des Rokokos anregten. Gewiß haben diese Einflüsse das Rokoko nicht allein geschaffen, aber es ist durchaus möglich, daß es ohne sie nicht zu dieser Kunstrichtung gekommen wäre.

g) *Andere ästhetische Elemente*

Wenn ich von ästhetischen Einflüssen spreche, so meine ich solche mit dem Hauptakzent auf dem ästhetischen Element. Denn natürlich hatte das Porzellan neben den ästhetischen Werten, die es vermittelte, auch technische und andere Aspekte. Umgekehrt hat ein so entscheidend technisches Produkt wie Papier auch ästhetische Bedeutung. Nicht nur die Möglichkeit, darauf zu zeichnen und zu malen, ist dabei zu beachten, sondern auch Produkte wie etwa die Papiertapete. Es ist in diesem Rahmen auch gerechtfertigt, die Sänften zu erwähnen, auf deren Gestaltung und Hierarchisierung die Chinesen Einfluß nahmen. Diesen kam in einer feudalen Welt besondere Bedeutung zu. Sie dienten der Bequemlichkeit „besserer" Leute auf Kosten größerer

Unbequemlichkeit anderer. In Japan war man dazu übergegangen, Sänften auf Räder zu montieren und sie von Pferden ziehen zu lassen. Die Droschken, die in der ersten Hälfte des 18. Jahrhunderts in Frankreich auch im Anschluß an die von Menschen getragenen Sänften auftauchten, sind wahrscheinlich die ersten gelungenen Nachbildungen dieser japanischen Droschken.[46])

Die geschlossenen Tragsänften wurden zu Beginn des 17. Jahrhunderts in Frankreich und dann im übrigen Europa nach chinesischem Vorbild eingeführt. Ja, man übernahm aus China auch den Gedanken einer speziellen „Sänftenordnung". In Wien wurde zum Beispiel verordnet, „weder Kranke, noch Laquais- und Livree-Personen, am allerwenigsten aber Juden hineinzunehmen".[47]) Man unterschied in Wien, entsprechend dem chinesischen Vorbild, die Sänften nach Form und Farbe, um daran den Stand des Getragenen zu erkennen. Nur der Kaiser durfte eine gelbe Sänfte benützen, alle anderen Sänften mußten schwarz sein. In Nürnberg erließ der Magistrat noch 1861, wie Reichwein anführt, eine Sänftenordnung, obwohl, wie er meint, damals die meisten Sänften längst verstaubt waren. Es gab einen speziellen Sänftenluxus, wobei eine andere chinesische Erfindung reichlich Verwendung fand, nämlich der Lack. Auch dieser hat natürlich eine praktische Seite. Nachdem sich die Europäer vom chinesischen Vorbild unabhängig gemacht hatten, gewann dieses Produkt eine immer größere Bedeutung als Oberflächenschutz. Doch zunächst war die ästhetische Wirkung wichtiger.

Die Chinesen verarbeiteten Lacke auf verschiedenste Weise. Die naheliegende Methode, einfach Gegenstände mit einer Lackschichte — verschiedener Farben — zu überziehen, ergänzten sie durch die Verwendung geschnittener Lacke und durch in Lack eingearbeiteter Stücke von Gold, Perlmutter oder Silber. In Europa haben sich die geschnittenen Lacke zu Schmuckzwecken, wie es in China üblich war, nicht durchgesetzt. Anders verhielt es sich mit den Lackierungen von Holz. Später — in der zweiten Hälfte des 18. Jahrhunderts — wurde auch die Technik, Gegenstände aus Papiermasse herzustellen und nachher zu lackieren, angewendet.

In China fand man die frühesten Lacke in Gräbern der früheren Han-Zeit (um 200 v. Chr.). In der Tang-Zeit, zwischen 600 und 900 n. Chr., existierten bereits feinste Lackarbeiten. Nach Europa kamen jedoch erst die Lackarbeiten der späteren Ming-Zeit.

Hatten im 16. Jahrhundert die Portugiesen — ich erinnere an ihre erste Landung in China 1515 — vor allem den Chinahandel in Händen, so beherrschten im 17. Jahrhundert die Holländer den ostasiatischen Markt. In der ersten Hälfte des 17. Jahrhunderts hatten sie bereits 300 portugiesische Schiffe gekapert. Im 18. Jahrhundert schließlich verdrängten die Briten die Holländer. Die holländische sogenannte „Ostindische Kompanie" importierte von 1603 bis 1693 vor allem aus China — denn die in Ostindien eingekauften Waren stammten zum Teil auch aus China — jährlich für 60—120 Millionen Livres Waren, und später sogar das Zwei- und Dreifache. Von dieser „Ostindischen Kompanie" bekam schließlich auch das chinesische Exportporzellan seinen französischen Namen: „Companie des Indes", hier verdrängte der Name des Transporteurs den des Erzeugers. 1653 hatte die Kompanie 51 Millionen Livres Reingewinn und 1693 fast 100 Millionen. Man sieht, wie sehr der Handel im 17. Jahrhundert anwuchs, und damit stieg natürlich auch der Einfluß Chinas auf den europäischen Geschmack.

Obwohl die Zahl der Lackarbeiten aus China immer mehr anstieg, galten noch im 17. und Anfang des 18. Jahrhunderts die chinesischen Lackarbeiten als Kostbarkeit. Zwar wurden schon im Verlauf des 17. Jahrhunderts ganze chinesische Lackkabinette aus China nach Europa importiert — besonders an den französischen Hof —, doch handelte es sich dabei um einen sehr teuren Luxus, wie er für die Zeit Ludwigs XIV., des Sonnenkönigs, typisch war. Durch diesen Import wurden die Franzosen angeregt, den sehr kostbaren Lack nachzuahmen, und es gelang ihnen tatsächlich, gegen Ende des 17. Jahrhunderts, also noch unter dem Sonnenkönig, sehr gute Lacke herzustellen. Die französische Lackindustrie war alsbald führend in Europa, und 1730 konnten die französischen Lacke bereits mit den ostasiatischen erfolgreich konkurrieren. Aber auch die Briten, die Holländer und die Venezianer waren bemüht, Lack selbst herzustellen, und bald hatten sie die Franzosen in dieser Kunst eingeholt. Von 1757 an war es auch in Deutschland möglich, sehr gute Lacke zu erzeugen. 1763 wurde in Braunschweig eine Lackfabrik gegründet, deren Schnupftabakdosen aus lackierter Papiermasse unter dem Namen Stobwassersche Schnupftabakdosen (Name des Gründers) weltberühmt wurden.

So hat dieses eigentümliche Produkt aus dem Lackbaum (Sumach) das Kunstempfinden einer bestimmten Epoche der europäischen Kunst mitgeprägt.

3. Ein Schock: Marco Polo relativiert Europa

Wir haben unsere historische Exkursion unterbrochen, um die materiellen Gaben der Chinesen an Europa im einzelnen zu behandeln. Dabei war es unvermeidlich, daß wir wiederholt auf historische Zusammenhänge hinwiesen. Bevor wir uns den direkten Kontakten Europas über das Meer zuwenden, wollen wir jener ersten Europäer gedenken, die nach China vorstießen und von diesem Land Informationen brachten. Hier ist Marco Polo als wichtigster zu nennen. Er war nicht etwa der erste Europäer, der nach China kam, jedoch war er es, der zum ersten Mal ausführlich über China berichtete und so den damaligen Europäozentrismus ins Wanken brachte.

Es war die Pax Mongolia, die es im 13. Jahrhundert ermöglichte, mit geringen Risiken weite Strecken zurückzulegen und unbehelligt zu reisen. Nachdem China 1279 ein Teil des mongolischen Reiches geworden war, wurde es möglich, innerhalb des mongolischen Herrschaftsgebietes von der Ukraine bis nach China zu gelangen. Den sicheren Handelswegen entsprachen auch sichere Informationskanäle. So konnte Papst Innozenz IV. 1245 einen Gesandten an den Hof des Mongolen-Khans senden. Damit beginnt ein interessantes Kapitel päpstlicher politischer Geschichte. Die päpstliche Diplomatie wußte um den permanenten russisch-tatarischen Konflikt. Waren die Russen zwar tributpflichtige Untertanen der Tataren, so waren sie über diesen Zustand nicht glücklich, und ein Aufbegehren lag im Bereich des Möglichen.

Zwar war 1227 Dschingis Khan gestorben. Die Politik seiner Söhne und Enkel zeichnete sich jedoch noch mehr als ein halbes Jahrhundert durch die gleiche Stoßkraft aus, wie sie die ersten Eroberungen des Reichsgründers aufwiesen.

Dschingis Khan hatte die eroberten Gebiete unter seine vier Söhne aufgeteilt. Die westlich des Irtysch gelegenen Gebiete sprach er seinem Sohn Dschotschi zu; dieser starb jedoch vor seinem Vater, so daß sie der Enkel Batu erhielt. Er expandierte nach Westen hin und schuf die Herrschaft der „Goldenen Horde". Nach dem Willen Dschingis Khans sollte das Reich als Ganzes erhalten werden. Er hatte auf Familiensolidarität unter einem Großkhan, „Khanqan", gehofft und seinen zweiten Sohn Ögödei dazu ernannt. Dieser regierte von 1229 bis

1241. Nach dessen Tod regierte zuerst seine Witwe provisorisch bis 1246, dann wurde sein Sohn Güyük zum Khanqan gewählt, der jedoch nur 2 Jahre, also bis 1248, regierte.[48])

Der päpstliche Gesandte, Johann de Piano Carpini, machte sich auf die Reise nach Karakorum, der Hauptstadt des mongolischen Reiches, wo er noch rechtzeitig zur Thronbesteigung Ögödeis ankam. Welche näheren und ferneren Ziele hatte diese Mission? — An sich folgte die vatikanische Politik einer alten Tradition. Der Khan sollte Christ werden. Es gab die Kunde von nestorianischen Christen unter den Mongolen, und man hoffte, den Khan für das Christentum gewinnen zu können. Man kann darüber streiten, ob diese Hoffnung wirklich so utopisch war, wie dies zunächst scheinen mag.[49]) Denn nicht nur gab es am Hofe des Khanqans jene eben erwähnten nestorianischen Christen, die nicht ohne Einfluß waren, es war damals auch noch völlig offen, welcher Hochreligion sich die Tataren anschließen würden. Für die Tataren war eine solche Entscheidung machtpolitisch interessant, denn ihr Schamanismus war für Staatsgebilde ihrer Größenordnung nicht mehr tragfähig genug. Für die Tataren war nun jene Weltreligion am interessantesten, die ihnen die Welteroberung erleichterte und befestigte. Außerdem hatte das vatikanische Spiel mit Barbarenfürsten schon wiederholt funktioniert. Als der Kaiser von Byzanz als Schützer der Kirche fallengelassen wurde und das Papsttum auf die germanischen Barbaren setzte, erwartete es, daß die Germanen der Expansion des Christentums Dienste leisten würden. Umgekehrt gelangten die Barbarenfürsten Germaniens durch ihren Übertritt zum Christentum in die international anerkannte „gute" Gesellschaft.

Nun waren die Russen, als schismatische Christen, den Päpsten schon lange ein Dorn im Auge. Sie sollten katholisiert werden. Der Deutsche Orden hatte diesen „Bekehrungsinteressen" ebenso zu dienen wie später die polnisch-litauische Expansion. Nach der Unterwerfung der Russen und Ukrainer durch die Tataren ergaben sich zwei Möglichkeiten, die Russen zu „bekehren". Entweder man half den Russen, das Tatarenjoch abzuschütteln, ein damals wahrscheinlich selbstmörderisches Unternehmen, oder es gelang, die Mongolen zu bekehren, dann konnte man über sie auch die Russen gewinnen. Der zweite Weg wäre sicherlich der für den Vatikan erfolgreichere gewesen, denn er hätte die Mongolen und die Russen in das katholische Christentum einzuordnen vermocht. Da nun wiederum den Päpsten daran lag, die geistige Weltherrschaft zu erringen, war eine Begegnung zwischen den Mongolenkhanen und den Päpsten durchaus nichts Abwegiges. Allerdings stieß der Anspruch der Päpste auf ein Überkaisertum gegen das Weltmachtbewußtsein der Tatarenkhane. Wären die Päpste damals bescheidener gewesen, zumindest wie zur Zeit Pippins des Kurzen oder Karls des Großen,

hätte der negative Ausgang der Begegnung vielleicht vermieden werden können.
Jedenfalls erstattete Piano Carpini nach seiner Rückkehr dem Papst einen sehr ausführlichen Reisebericht. Aus ihm ging allerdings hervor, daß er nicht bis China gelangt war, jedoch genug Gelegenheit gehabt hatte, am Hofe des Khans Chinesen kennenzulernen und viel über China zu hören. Der kurze Abschnitt über China lautet: „Die Kitai sind Heiden und haben eine besondere Schrift. Sie haben, wie man sagt, das Alte und das Neue Testament, haben Lebensbeschreibungen der Väter, haben Einsiedler und Gebäude, die unseren Kirchen ähnlich sind und in denen sie zu bestimmten Zeiten beten. Sie sagen, sie hätten auch einige Heilige (wie wir). Sie beten nur einen Gott an und ehren unseren Herrn Jesum Christum und glauben an ein ewiges Leben. Die Taufe ist bei ihnen ganz unbekannt. Sie ehren und achten unsere Heilige Schrift, haben die Christen gern und tun sehr viele Werke der Barmherzigkeit; kurz, sie scheinen sehr gutherzige und menschenfreundliche Leute zu sein. Sie sind bartlos und gleichen in ihrer Gesichtsbildung so ziemlich den Mongolen, nur daß die kein so breites Gesicht haben. Sie reden eine besondere Sprache und sind die geschicktesten Meister der Welt in allen Erzeugnissen menschlicher Kunstfertigkeit. Ihr Land ist sehr reich an Getreide, Wein, Gold, Silber, Seide und allen Dingen, welche die menschliche Natur zu ihrem Unterhalte nötig hat.“[50])
Einige Jahre später reiste ein anderer Franziskaner, der Flame Wilhelm von Rubruk, nach dem Fernen Osten. Er wurde von Ludwig IX. von Frankreich und dem Papst unterstützt. Beide gaben ihm schriftliche Botschaften an den Großkhan mit. Er brach 1253 von Konstantinopel auf, fuhr über das Schwarze Meer, kam dann über die Krim, Südrußland und Zentralasien nach Karakorum. Er blieb dort mehrere Monate, kam jedoch auch nicht ins eigentliche China. Er erkannte jedoch als erster, daß die Namen Kitai und Sera ein und dasselbe Land bezeichneten. Er schrieb über China: „Jenseits (nach Osten) liegt Groß-Cataia, dessen Bewohner vor alters, glaube ich, Serer hießen. Von ihnen kommen die besten seidenen Zeuge, die nach diesem Volk serische Zeuge genannte werden. Das Volk wiederum hat seinen Namen Serer von einer seiner Städte. Aus guter Quelle habe ich vernommen, in jener Gegend gebe es eine Stadt mit Mauern aus Silber und Bollwerken aus Gold. In diesem Land sind viele Provinzen, von denen mehrere den Mongolen bis jetzt noch nicht unterworfen sind. Zwischen ihnen und Indien breitet sich ein Meer aus. Die Bewohner von Catai sind klein von Wuchs und hauchen beim Sprechen stark durch die Nase. Mit allen Orientalen haben sie auch das gemeinsam, daß sie nur eine enge Augenöffnung haben. Sie sind die ausgezeichnetsten Meister in jeder Kunstfertigkeit, und ihre Ärzte kennen sehr genau die Heilkräfte der Kräuter und

verstehen sich sehr gut auf die Kunst, nach dem Puls den Zustand eines Kranken zu bestimmen. Jedoch stellen sie keine Harnuntersuchungen an und verstehen nichts vom Urin. Das habe ich nämlich gesehen, denn viele von ihnen leben in Karakorum. Und es besteht von jeher bei ihnen die Sitte, daß jeder Sohn das Gewerbe betreiben muß, das sein Vater betreibt."[51]) „Das gewöhnliche Geld aus Catai ist ein Blatt aus Baumwolle, so lang und so breit wie eine Hand, auf das man Zeilen druckt sowie das Siegel Mangus. Die Bewohner von Catai schreiben mit einem Pinsel, wie ihn die Maler haben, und sie setzen in einem einzigen Schriftzeichen mehrere Buchstaben, die ein Wort ausmachen, zusammen."

Diese Berichte sind jedoch nur Vorläufer der ausführlichen Kunde, die Marco Polo zu bringen vermochte. Schon sein Vater Nicolo — ein venezianischer Kaufmann — und dessen Bruder Matteo waren am Hofe Khubilai Khans gewesen. Güyük, jener Großkhan, bei dem Piano Carpini gewesen war, lebte nur kurze Zeit. Angeblich ließ ihn Batu oder ein anderer Fürst durch Agenten vergiften. Dann übernahm dessen Witwe die Regentschaft, und es kam zum Konflikt zwischen den Nachkommen der verschiedenen Brüder Dschingis Khans. Schließlich wurde auf der zweiten Wahlversammlung Möngke zum Khan gewählt. Sein Bruder Khubilai griff das Sungreich in Südchina an und hatte entscheidende Erfolge. Rubruk war jedenfalls 1253/54 an Möngkes Hof gewesen. Aber nachdem Möngke 1259 während der Eroberung Chinas in Szechuan (Setschuan) starb, übernahm Khubilai nicht ohne Komplikationen die Macht. Bei ihm waren die Italiener das erste Mal gewesen. Auf ihrer zweiten Reise nahmen sie den siebzehnjährigen Marco mit. Sie reisten teils zur See, teils auf dem Land, über Kleinasien, Mesopotamien zum Persischen Golf, von dort nach Hormuz, dann endgültig zu Lande durch den Irak zum Oxus, dann über das Pamirplateau nach Kaschgar und über Lop-nor in die innere Mongolei. 1275 kamen sie in Khubilais Sommerresidenz Shangtu an, das nördlich von Peking lag. Marco Polo war außerordentlich sprachbegabt. Er lernte in kurzer Zeit Mongolisch und Chinesisch, darüber hinaus jedoch auch Tibetisch, Tangutisch und andere Sprachen. Ein solcher Mensch mußte für einen Mann wie Khubilai-Khan sehr wertvoll sein. Denn einerseits hatte er einen weiten Horizont, konnte sich leicht verständigen und hatte mit den Mongolen gemeinsam, daß er mit keiner der unterworfenen Völkerschaften verwandt war. Es war also nicht wahrscheinlich, daß er sich mit einem dieser Völker gegen die Mongolen verbinden würde. Es lag vielmehr in seinem Interesse, den Mongolen ergeben zu sein. Die konsequente mongolische Politik, die von imperialistischen Fähigkeiten zeigt, verfolgte das Ziel, die höchsten bürokratischen Positionen in den beherrschten Gebieten nicht durch chinesische Beamte zu besetzen, sondern möglichst durch Mongolen. Wenn jedoch kein fähiger Mongole für eine bestimmte Position greifbar war, wurde das entsprechende Amt irgendeinem anderen Nichtchinesen übertragen. Diese Herrschaftstechnik ermöglichte den Aufstieg Marco Polos am mongolischen Hof. Ohne besondere Schwierigkeiten reüssierte er zwischen 1272 und 1292. Neben anderen hohen Positionen hatte er eine führende Stellung im staatlichen Salzamt inne, das wegen der auf dem Salz lastenden Steuern außerordentlich wichtig war. Die mit seinen Positionen verbundene Mobilität ermöglichte es ihm, die chinesischen Gebiete, Völkerschaften und Institutionen kennenzulernen, die die Mongolen für sich benützten, was ihnen ein Höchstmaß an Gewinn verbürgte. So kam Marco Polo von Peking durch Shansi, Shensi, Szechuan und Yünnan nach Burma. Er lernte auch Tibeter kennen und ließ sich von ihnen über Tibet berichten. Er machte auch noch andere Reisen, bis er schließlich 1292 China wieder verließ und mit erstaunlich viel Gepäck teils zur See, teils zu Lande 1295 wieder Venedig erreichte.

Als die Venezianer bald darauf mit den Genuesern Krieg führten, wurde er mit der Führung einer Galeere betraut, doch bei einer Seeschlacht gefangengenommen. Während er in Genua im Gefängnis saß, diktierte er 1298 dem Pisaner Rustichello den Bericht über seine Weltreise. Leider ist dieser Bericht „Beschreibungen der Welt" nicht im Original erhalten. Es ist vielleicht der wichtigste Reisebericht, der jemals geschrieben wurde, wenn man seine historischen Folgen bedenkt. Er beschrieb das mongolische Weltreich auf der Höhe seiner Macht und Ausdehnung. China war nur ein Teil dieses Reiches, wenn auch der interessanteste. Es war das China der Sung-Dynastie, die dazu neigte, möglichst wenig Krieg zu führen, wodurch es zu einer für lange Friedenszeiten typischen kulturellen Hochblüte kam. Man wollte zunächst nicht glauben, was Polo hier berichtete. Denn damals war China jeder anderen Kultur der Erde überlegen. Man drängte Polo noch am Totenbett, seine „Lügen" zu widerrufen, doch er tat es aus guten Gründen nicht. Wenn er berichtete, daß man in China Öfen mit „schwarzen Steinen" heizte, dann erschien dies damals als Provokation des gesunden Menschenverstandes, und man nannte den Autor einen „Aufschneider". Marco Polo berichtete von der staatlichen Verwaltungsstruktur, vom Steuerwesen, dem Papiergeld, dem Postwesen und sehr ausführlich über die frühere Hauptstadt der südlichen Sung-Dynastie, Hangchou. Leider hatte er nicht genügend Gelegenheit gefunden, auch das chinesische Geistesleben zu studieren, Philosophie, Religion, Kunst, Literatur blieben ihm fremd. Als hoher Beamter der mongolischen Herrscher konnte er mit Vertretern chinesischen Geisteslebens nicht jenen Kontakt schließen, der notwendig gewesen wäre, um in die Denkweisen dieses Volkes einzudringen. Er sagte darüber: „Sie (die Chinesen in Hangchou) sind ebenso freundlich zu Fremden, die zum Handeln zu ihnen kommen, und empfangen sie gern in ihren Häusern, bewirten sie mit der größten Freundlichkeit und geben ihnen Hilfe und Rat in ihren Geschäften. Anderseits sehen sie nicht gerne Soldaten, nicht einmal die von der Garnison des Groß-Khans; denn sie sehen in ihnen den Anlaß für den Verlust ihrer einheimischen Könige und Herren."[52])

Über die Kultur, aber auch die Friedlichkeit der Chinesen berichtet er folgendes: „In der Stadt gibt es viele schöne Häuser, sehr gut gebaut und prächtig verziert. Sie (d. h. die Einwohner) haben solche Freude an Verzierungen, Malereien und Gebäuden, daß die Ausgaben, die sie für diese Zwecke auf sich nehmen, wirklich bemerkenswert sind ... Männer wie Frauen sind weiß und gut aussehend. Die Mehrzahl ist stets in Seide gekleidet. Das ist auf die große Menge von Seide zurückzuführen, die sie haben. Denn außer dem, was im Gebiet von Quinsai erzeugt wird, bringen Händler ständig mehr aus anderen Provinzen heran. Die Einheimischen der Stadt Quinsai sind friedliche Leute. Denn sie sind so erzogen und gewöhnt durch ihre Könige, die von der gleichen Natur waren. Sie sind unfähig, mit Waffen umzugehen, und haben auch keine solchen in ihren Häusern. Niemals bemerkt oder hört man Streit oder tätliche Meinungsverschiedenheiten. Sie gehen ihrem Handel und Gewerbe mit großer Redlichkeit und Wahrhaftigkeit nach. Sie lieben einander, so daß bei alldem guten Willen unter den benachbarten Männern wie Frauen man denken sollte, ein ganzes Stadtviertel bilde eine einzige Familie. Groß ist ihre Vertrautheit miteinander, ohne irgendwelche Eifersucht oder Mißtrauen gegenüber ihren Frauen, für die sie den größten Respekt zeigen. In der Tat würde ein Mann, der mit einer verheirateten Frau unziemliche Reden führte, für einen großen Gauner gehalten werden."[53])

Marco Polos Berichte wurden bald übersetzt, aber dabei vielfach durch Phantasien entstellt. Polos Bericht war demgegenüber zuverlässig. Nur ein Teil der geistigen Elite, vor allem im Italien der Renaissance, erkannte, daß Polo die Wahrheit gesprochen hatte. Im allgemeinen war man jedoch bestrebt, die Fakten zugunsten von märchenhaften Darstellungen zu verdrängen. Ein großes Weltreich mit einer Europa überlegenen Kultur durfte es nach Ansicht der damals Herrschenden einfach nicht geben.

So gelangte die Wahrheit von Marco Polos Bericht erst später, als seine Berichte durch andere Reisenden bestätigt wurden, zu voller Anerkennung. In mancher Hinsicht ist die Wirkung dieser Berichte durchaus mit der kopernikanischen Wendung zu vergleichen. Marco Polo hatte nicht nur von einzelnen Errungenschaften der Chinesen berichtet, sondern vielmehr eine ganze Kultur mit ihren kulturellen Verflechtungen dargestellt. Er leitete den ersten Ansatz zum Aufbau eines positiven Chinabildes in Europa ein.

Gegen Ende des 13. Jahrhunderts kam es zu einer ersten Welle katholischer Mission in China. Die Missionen sollten sich später als entscheidende Brücke zwischen China und Europa erweisen. Das Christentum war durch nestorianische Christen seit dem 7. Jahrhundert in China bekannt, denn vor Beginn der Mongolenherrschaft waren einige Völker der westlichen Mongolei nestorianisch. Nestorianer wurden — wie ja auch Marco Polo selbst — von den Mongolen oft als Beamte in China eingesetzt. Die Mongolen waren religiös sehr tolerant, solange sich eine Religion nicht gegen ihre Herrschaft richtete. Als dies in Rom bekannt wurde, reiste am Ende des 13. Jahrhunderts der Franziskaner Giovanni de Monte Corvino ins Mongolenreich. Er fuhr über das Meer und über Indien zum chinesischen Hafen Zayton. Im heutigen Peking hatte er erheblichen Erfolg, so daß der Papst 1307 Corvino zum Erzbischof von Khanbalik (Peking) ernannte. Drei weitere Franziskaner reisten nach. Zum letzten Mal wurde von Rom 1342 ein Missionar nach Khanbalik gesandt, doch kehrte er bald zurück, da damals bereits jene Unruhen begonnen hatten, die zum Sturz der Mongolen führte und schließlich 1368 die Ming-Dynastie an die Herrschaft brachte. Die Dynastie zeigt in religiösen Beziehungen viel weniger Toleranz als die Mongolenherrscher. Die Franziskaner ergänzten Marco Polos Berichte. Aber die Zeit ihrer Tätigkeit war viel zu kurz, um das Land und seine Menschen näher kennenzulernen. Ihre Berichte sind daher lange nicht so aufschlußreich wie die Polos. Eine nachhaltige Wirkung auf Europa übten sie, abgesehen von der Bestätigung der Berichte Marco Polos, nicht aus.

4. Chinesischer Einfluß nach Marco Polo und vor der Jesuitenmission

Nach 1328, als der letzte Franziskanermissionar zurückkehrte, begann, was den Einfluß Chinas auf Europa betrifft, ein tote Zeit. 1368 brach die Mongolenherrschaft in China endgültig zusammen, das große Mongolenreich war ja schon mehr als ein halbes Jahrhundert früher zerfallen.

Während der Pax Mongolia, etwa zwischen 1227 und 1307, also ein dreiviertel Jahrhundert lang, gab es die Möglichkeit, mit relativ großer Sicherheit von der Krim bis nach Korea zu reisen. In dieser Zeit konnten Erfindungen, Ideen und Handelsgüter von einem Ende der bekannten Welt bis zum anderen gelangen. Venezianische Kaufleute kamen bis Peking, und mongolische Gesandte gab es in Bordeaux und Northampton, genuesische Konsuln in Täbris, französische Handwerker lebten in Karakorum und arabische Steuerbeamte in China. Mongolisches Recht herrschte bis Ägypten.

Marco Polos Buch symbolisierte den Anbruch eines neuen Zeitalters. Die Anregungen, die von ihm kamen, gehören wohl mit zu den Ursachen der Renaissance. Sie stimulierten vor allem die Phantasie der Seefahrer, so daß auch deren welterschließende Entdeckungsreisen mit der mongolischen Expansion in Zusammenhang stehen.

Es kam jedoch noch ein weiteres Moment hinzu: Die Mongolen hatten durch ihren Einbruch in das Zentrum der damaligen islamischen Welt diese wesentlich geschwächt. Nach dem Zusammenbruch der Mongolenherrschaft im Irak und in Persien gab es jedoch das mongolische Großreich nicht mehr, obwohl sich mongolische Einzelstaaten noch lange halten konnten und eine bedeutende Rolle spielten. So folgte wiederum eine islamische Expansion, und 1453 kam es schließlich zur Eroberung von Byzanz, einem der interessantesten und merkwürdigsten Staaten, die es je gegeben hat. Damit aber schloß sich ein sehr wichtiges Tor, der Zugang zum Schwarzen Meer wurde gesperrt und damit ein wichtiger Weg nach China.

Diese Sperre, die der Islam zwischen Europa und dem Fernen Osten errichtete, bewirkte im Zusammenhang mit den die Phantasie beflügelnden Berichten aus dem Osten schließlich die Fortschritte im Schiffsbau, in der Waffentechnik und der Nautik (besonders durch den stark verbesserten Kompaß), welche die großen Expeditionen der Portugiesen erst möglich machten. Dadurch kommt es neuerlich zu Annäherungen zwischen China und Europa. Die Chinesen waren zwar 1433 mit einer großen Flotte bis Afrika und zum Persischen Golf vorgedrungen, doch beendeten sie dann sehr rasch ihre Entdeckungsfahrten. Die Portugiesen dagegen drangen systematisch entlang der afrikanischen Westküste vor, bis sie ab 1497 das Kap der Guten Hoffnung umschifften, die Ostküste Afrikas erreichten und 1509 nach Malakka kamen. Malakkas Sultan war China gegenüber in einem nominellen Tributsverhältnis. Der Geschwaderkommandeur der portugiesischen Expedition hatte vom König Portugals dabei bereits den Auftrag, Recherchen über die Chinesen einzuholen.

Es kam zu Kontakten, die in Portugal den Wunsch wach werden ließen, direkt bis China vorzustoßen. Schon wenige Jahre später gelangte der Portugiese Jorge Alvarez tatsächlich nach China (1513/14), und damit begann der bis heute andauernde Direktkontakt zwischen China und Europa. Natürlich dauerte es noch lange, bis es zu intensiveren Beziehungen kam. Von damals an war es aber unmöglich, China aus dem europäischen Horizont zu verdrängen, aber ebensowenig konnte Europa von China länger unbeachtet bleiben. Es war dies nicht leicht, denn ähnlich wie sich Europa damals für das Zentrum der Welt hielt, sah sich China als das „Land der Mitte“, und es dauerte bis zum Anfang des 20. Jahrhunderts, ehe die chinesischen Kaiser europäische Fürsten als formell gleichberechtigt ansahen.

Schon die ersten Begegnungen schufen eine Reihe von Mißverständnissen. Als die erste wirklich offizielle Gesandtschaft des Königs von Portugal mit mehreren Schiffen 1517 in der Bucht von Kanton ankam — das Kommando hatte Fernao Peres d'Andrale —, wurde ihm nach großen Disputen von den chinesischen Beamten die Fahrt nach Kanton erlaubt. Dort angekommen, feuerten die Portugiesen vor der Stadt Salutschüsse ab, was die Chinesen sehr erschreckte und empörte. Sie wußten mit diesem europäischen Brauch nichts anzufangen, überdies war das Führen von Waffen im Hafen verboten. So mußten ihnen die Portugiesen als aggressive, laute Barbaren erscheinen. Außerdem erwarteten die Chinesen von den Portugiesen Tribute, was diese wiederum als Zumutung empfanden. Die Konflikte verschärften sich, nachdem 1519 neuerdings portugiesische Schiffe gelandet waren, deren Leute anmaßend und brutal auftraten, sich offenkundig als Eroberer fühlten und auf Sklavenjagd gingen, wie sie es von Afrika her gewohnt waren. Die Portugiesen weigerten sich, den Anordnungen der chinesischen Beamten zu folgen, und das negative Image, das schon die ersten Besuche der Portugiesen geschaffen hatten, verstärkte sich. Die Chinesen verdächtigen überdies die Portugiesen des Kannibalismus, und so wurde den Portugiesen 1522 untersagt, in China einzureisen. Außerdem war, anders als die vorausgegangene weltoffene mongolische Dynastie, die Ming-Dynastie eher „nationalistisch“ eingestellt, wodurch auf der chinesischen Seite noch ein weiteres Element hinzukam, das die Beziehung zu den Europäern komplizierte. Der gewinnbringende Handel zwischen China und Europa ließ sich auf die Dauer allerdings nicht unterbinden. Schon 1530 wurde Kanton grundsätzlich wieder für den Überseehandel geöffnet, doch nicht für die Portugiesen. Diese gründeten schließlich 1557 auf der damals unbewohnten Insel Macao eine Niederlassung, die sich dann rasch entwickelte.

All das hatte natürlich noch nichts mit einem tieferen Verständnis für die chinesische Kultur zu tun. Gegen Ende des 16. Jahrhunderts kamen von den Philippinen die Spanier und traten als Konkurrenten der Portugiesen auf, und am Beginn des 17. Jahrhunderts folgten die Holländer. Die Streitigkeiten der Europäer und die gegenseitigen Kaperungen verstärkten den negativen Eindruck bei den Chinesen. Ab 1625 gesellten sich schließlich die Briten zu den handeltreibenden Nationen und wurden ein wichtiger und entwicklungsfähiger Konkurrent.

5. Die Jesuiten in China

1552 fuhr der enge Gefährte des Ignatius von Loyola, Franz Xaver, von Japan aus nach China, doch starb er auf einer kleinen Insel vor dem chinesischen Festland, das er nicht mehr erreichte. 1555 kam der portugiesische Jesuit Melchior Numez Barreto nach Kanton, blieb jedoch nur zwei Monate. Nachher erschienen im Gefolge Jesuiten, Franziskaner, Dominikaner und Augustiner, vermochten jedoch kaum wirksam zu werden. Die Situation änderte sich erst, als der italienische Jesuit Matteo Ricci in China eintraf. Er ist die Schlüsselfigur der katholischen Mission in China und demonstriert beste vatikanische Chinapolitik. Durch ihn und die mit ihm verbundenen Jesuiten erhielt Europa erstmals ein vertieftes, wenn auch manchmal idealisiertes Chinabild. Es hat Europa erstmals auch ideologisch beeinflußt. Insoferne ist die Geschichte der katholischen Chinamission von großer historischer Bedeutung.

Matteo Ricci wurde 1552 geboren. Er kam 1582 nach Macao und erhielt 1583 die Erlaubnis, sich mit seinem Landsmann und Ordensbruder Michele Ruggieri in Chaoch'ing, am Westfluß, dem damaligen Sitz des Generalgouverneurs, anzusiedeln. 1585 übersiedelten sie nach Chaochou im Norden der Provinz Kuantung. 1595 gelangte Ricci erstmals nach Nanking, der südlichen Hauptstadt, und schließlich 1601 nach Peking. Dort blieb er bis zu seinem Tode (1610).[54])

Needham nennt Ricci „eine der bemerkenswertesten und brillantesten Figuren der Weltgeschichte".[55]) Ricci hatte nicht nur außerordentliche sprachliche Fähigkeiten, er war auch ein Wissenschaftler, speziell Mathematiker, von hohem Rang. Er erlernte die chinesische Sprache perfekt und arbeitete sich in die philosophische und wissenschaftliche Literatur Chinas ein. Er war der erste Europäer, dem es gelang, in die Geistigkeit des chinesischen Volkes einzudringen. Diese Begegnung eines Exponenten besten europäischen Geistes mit dem chinesischen Geistesleben erfolgte mit Ehrfurcht und großer Wißbegierde.

Jeder Chinese konnte bei Ricci, der sich chinesisch kleidete, die Wertschätzung Chinas erkennen. Ihm war es klar, daß es keineswegs darauf ankam, möglichst schnell möglichst viele Chinesen zu taufen, sondern daß es notwendig war, sich und seinen Mitbrüdern vorerst eine Position in der chinesischen Gesellschaft zu verschaffen. Sie muß-

ten zunächst glaubhaft machen, daß ihr Wirken für China nur einen Gewinn bedeuten könne.
Nachdem es Ricci gelungen war, an den chinesischen Hof zu kommen, arbeitete er an der Kalenderreform mit — in China etwas sehr Wichtigem, da der gesamte Kult noch mehr mit dem Kalender verknüpft war als im Christentum. Es gelang ihm, sich in den verschiedensten Sparten von Wissenschaft und Technik große Verdienste zu erwerben.
Zusammen mit einigen wenigen chinesischen Konvertiten übersetzte er mathematische Bücher (z. B. Euclid), aber auch solche über Hydraulik und Astronomie ins Chinesische und regte Sammelwerke anderer Autoren an. So gelangten die Chinesen zu bemerkenswerten Informationen über das geistige Europa, wodurch das Bild Europas positiv ergänzt wurde.
Needham meint, daß es nach dem Erscheinen der Jesuiten keine chinesische Wissenschaft mehr gab, zumindest nicht in jenem Sinne, in dem man vorher von ihr sprechen konnte. Denn von da ab verschmolz die chinesische Wissenschaft mit der universellen Weltwissenschaft.
Weiters kann kein Zweifel darüber bestehen, daß Ricci und seine Freunde von dem hohen Stand chinesischen Geistesleben überzeugt waren. Ohne die europäischen Entdeckungen zu unterschätzen, entwickelten sie eine außerordentlich hohe Achtung vor dem chinesischen Wissen. Die Vorbedingungen für eine Verbreitung des Christentums in China war nach Ricci ein eingehendes Studium der chinesischen Sprache, Schrift, Sitte und Kultur. Diese Forderungen zu erfüllen war natürlich mit großen Schwierigkeiten verbunden. Man mußte sich Chinesisch in China aneignen und konnte die chinesischen Sitten ausschließlich von Chinesen lernen. Ricci besaß zweifellos außerordentliche psychologische Fähigkeiten. Da er sich eine Kenntnis der konfuzianischen Literatur aneignen konnte, war er in der Lage, mit hochgebildeten Chinesen zu diskutieren und auch spezifisch europäische Gedankengänge so vorzutragen, daß sie verstanden wurden und seine Gesprächspartner geistig anregten. Auf diese Weise gewann er Freunde, und manche bekehrte er dabei zum Christentum. Es gelang ihm auch, die Achtung des Kaisers zu gewinnen, etwas für einen Ausländer im China der Ming-Dynastie ganz Außergewöhnliches. Er trachtete stets danach, das Evangelium so zu verkünden, daß es die Werte der chinesischen Kultur integrierte, so verwendete er z. B. gebräuchliche chinesische Bilder und Vergleiche. Er betonte stets, daß er in erster Linie nach China gekommen sei, um die Lehren der chinesischen Weisen zu studieren und die chinesische Kultur kennenzulernen, also daß er Chinese werden wollte.
Der erste Chinese wurde 1584 in Coaching getauft. Die Zahl der Getauften wuchs aber stetig an; beim Tode Riccis gab es schon mehr

als tausend, meist sehr gebildete chinesische Christen. Das ist quantitativ nicht viel, bedenkt man jedoch die unerhörten Schwierigkeiten auf beiden Seiten, so ist dieser Erfolg beträchtlich. Riccis Werk war auf lange Sicht angelegt. Es darf nicht übersehen werden, daß es ihm gelungen war, eine große Zahl von Intellektuellen mit dem Christentum bekannt zu machen. Da es damals in China mit keinen wie immer gearteten materiellen Vorteilen verbunden war, wenn man Christ wurde, waren die Konvertiten größtenteils echte Idealisten. Wäre die Mission in Riccis Sinne fortgeführt worden, so wäre ein Erfolg des Christentums nicht auszuschließen gewesen.

Riccis Nachfolger setzten zwar im wesentlichen seine Strategie fort, hatten jedoch nicht immer dieselben diplomatischen Fähigkeiten. Es kam zu Verfolgungen, an denen die Missionare nicht immer schuldlos waren. Anderseits machten sich die Patres durch ihre Kenntnisse in der Astronomie, aber auch durch die Herstellung von Kanonen am Hofe bald unentbehrlich. Als die Ming-Dynastie 1644 ihre Macht an die Mandschus verlor, verstanden es die Jesuiten, geschickt zu diesen hinüberzuwechseln. Unter den beiden ersten Mandschus-Kaisern hatte die Mission besonders gute Bedingungen. Die Mandschu waren wie die Mongolen eine fremde Dynastie, sie waren Ausländer wie die Jesuiten und akzeptierten sie gerne, wenn diese in ihren Dienst treten wollten. Die Jesuiten blieben jedoch, was ihre Missionstätigkeit betrifft, auch in der katholischen Kirche nicht unangefochten. Es kam zu Rivalitäten mit den konkurrierenden Missionsorden. Auch entsprach die Übernahme konfuzianischer Riten und ihre Hereinnahme in das Christentum keineswegs der katholischen Missionspraxis, wie sie im späten Mittelalter gepflegt wurde. Der Europäozentrismus und Kolonialismus mit römisch-vatikanischem Akzent waren ernste Hindernisse für die Missionierung.

Die Jesuiten hatten damit begonnen, chinesische Literatur in europäische Sprachen, vor allem ins Französische, zu übersetzen und Schilderungen Chinas zu publizieren. Sicherlich schätzten sie die chinesische Kultur und versuchten, sie ihren Landsleuten zu vermitteln; sie hatten jedoch auch ein Interesse daran, die Situation in China positiv darzustellen, weil sie auf diese Weise eher auf eine Integration wertvoller Errungenschaften Chinas innerhalb der Kirche hoffen konnten. Aus Wertschätzung einerseits, aus Rechtfertigungsideologie anderseits idealisierten sie die chinesischen Zustände, indem sie in ihren Berichten die chinesische Realität dem chinesischen Ideal annäherten.

Es ist bei demagogischen Vergleichen üblich, die Ideale einer Gruppe mit der Praxis einer anderen zu vergleichen. So vergleicht man heute gerne christliche Normen mit der kommunistischen Praxis und umgekehrt, was nicht sehr fair ist und ein völlig falsches Bild ergibt, da Theorie und Praxis vermengt werden. Die Chinesen besaßen Idealnormen für das Verhalten des Kaisers, der Beamten etc. Die Verhaltenspraxis wich — wie überall — beträchtlich von diesen Normen ab. Stellt man in einer Beschreibung die Idealnormen als faktische Verhältnisse dar, so entsteht ein idealisiertes Bild der Wirklichkeit. Das war bei den Berichten der Jesuiten der Fall, doch sie enthielten auch viel Wahres und echt Informatives. Da zur selben Zeit Europa durch subtilste chinesische Luxusprodukte, wie Seide, Gold, Silber, Papier, Lack etc., geradezu überschwemmt wurde, wirkte all das, was die Jesuiten zu berichten hatten, außerordentlich interessant und überzeugend. Von besonderer Wichtigkeit waren auch die Übersetzungen chinesischer Klassiker. So entstand damals in Europa ein sehr positives Chinabild, was im wesentlichen den Jesuiten zu danken war. Das trifft besonders für Frankreich zu, wo sehr viele Übersetzungen aus dem Chinesischen erschienen.

Diese Meinungsbildung durch die Jesuiten begann mit Riccis Berichten am Ende des 16. Jahrhunderts und erreichte im 17. Jahrhundert ihren Höhepunkt. Den konkurrenzierenden Orden gelang es jedoch, in Rom eine Verurteilung der Jesuiten zu erreichen. In der päpstlichen Bulle „Ex illa die" aus dem Jahr 1715 wurde die Missionspraxis der Jesuiten definitiv verboten, ebenso die Tolerierung der konfuzianischen Riten. Es wurde nunmehr verlangt, daß die Ausübung des Christentums in China sich strikt nach dem europäischen Modell zu richten habe. Damit begann sich aber auch das chinesische Image in Europa zu verschlechtern. In nicht geringem Grade trugen hiezu jene bei, die als Gegner der Missionsstrategie der Jesuiten die Chinesen und ihre Lebensart möglichst negativ darstellten. Aber selbst bei den Jesuiten nahm das Interesse an der Erlernung der chinesischen Sprache und Literatur allmählich ab.

In China wurde die Mission schließlich auf diese Weise stark geschwächt, wozu der in China zwischen den einzelnen Orden in oft sehr gehässiger und niveauloser Form ausgetragene Ritenstreit erheblich beitrug. Als schließlich der Jesuitenorden nach dessen Ausweisung aus Paraguay 1767, wo die Patres den brühmten Indianerstaat gegründet hatten, 1774 überhaupt verboten wurde, war der Chinamission das Rückgrat gebrochen. Damit hörten auch die positiven Berichte aus China auf. In Europa konnte nunmehr in steigendem Maße ein negatives China-Image aufgebaut werden.

6. Die Chinesen und das Rokoko

Es konnte nicht ausbleiben, daß all die Luxusgüter, die aus China importiert wurden, auch durch ihre stilistischen Eigentümlichkeiten Wirkungen ausübten. Da die Chinesen bei der Verarbeitung so erlesener Materialien, wie Seide und Porzellan, Stil und subtilen Farbensinn entwickelt hatten, erschienen Material und Stil zunächst als eine Einheit. Sie bildeten einen Assoziationsverband, der dazu führte, daß ähnlich wie beim Porzellan der chinesische Stil noch lange nachwirkte.

Schon im Zeitalter des Barocks, also im 17. Jahrhundert, wurde chinesische Kleinkunst in den barocken Rahmen einbezogen. Jedenfalls stand im 17. und auch während des größten Teiles des 18. Jahrhunderts die chinesische Kunst — wie auch das gesamte chinesische Geistesleben — in hohem Ansehen. Es darf als symbolisch angesehen werden, daß der französische Hof die erste Neujahrsfeier des 18. Jahrhunderts mit „chinesischen Festen" begann. Chinesische Möbel wirkten nicht nur durch ihre Gestaltung mit Lack, sondern auch durch ihre Form. Den Höhepunkt erreichte der Einfluß der chinesischen Formen- und Farbenwelt im 18. Jahrhundert, als er sich auf die Architektur ausdehnte.

Gewiß sind Barock und Rokoko nicht auf Grund des chinesischen Anstoßes oder Einflusses entstanden, aber eine Modifizierung und Bereicherung der europäischen Formen ist offenkundig erfolgt. Zunächst einmal erschien alles Chinesische als exotisch, fremdartig. Man nahm nur die großen Unterschiede zwischen heimischen und fremden Erzeugnissen wahr, ohne innerhalb dieses Rahmens schon nuancieren und differenzieren zu können.

Es hat ziemlich lange gedauert, bis man in Europa ostasiatische Kunst qualitativ unterscheiden lernte. Es verhält sich dabei ähnlich wie mit der Vorstellung, alle Chinesen sähen „gleich" aus. Sie weisen natürlich ebensolche Unterschiede auf wie etwa die Engländer untereinander, jedoch fällt zunächst die typische Differenz zum Europäer stärker ins Auge. Es dauerte einige Zeit, bis diese oberflächlichen Urteile über chinesische Kunstwerke verschwanden und Personen mit hohem Geschmacksniveau lernten, sich auch im Rahmen der importierten Artefakten zu orientieren. Im Rokoko, das etwa 1720 einsetzte, erreichte die Wertschätzung der chinesischen Kunst

ihren Höhepunkt. Das Rokoko hat einen essayistischen, vorläufigen Charakter. Es vermeidet harte Kontraste und Unterscheidungen, liebt Nuancen und lehnt alles Harte und Schwere ab. Auch in den Farben fehlen die harten Kontraste, dagegen dominieren die sanften Übergänge, die blassen Tönungen, das Unbestimmte. Die rechten Winkel, die schon das Barock nicht liebte, werden im Rokoko noch seltener. Schwingende Wände, leichtes, zartes Spiel, graziöse Stuckornamentik, glitzernde Kronleuchter und glänzendes, schimmerndes Porzellan werden im Rokoko hoch geschätzt. Wie sehr all dies mit dem Charakter eines erheblichen Teiles der chinesischen Kunst übereinstimmt und zusammenklingt, wird auch bei nur oberflächlicher Kenntnis der chinesischen Kunst deutlich. Das raffinierte Farbenspiel chinesischer Seide und das subtile Glänzen feinen Porzellans entsprachen dem Geschmack des Rokokos und seinem verfeinerten Lebensstil.
War das Grundgefühl des Rokokos vielleicht auch eine dialektische Konsequenz des Barocks, so ist es doch offenkundig, daß nicht nur die chinesischen Materialien, sondern auch deren Durchformung dieser Strömung sehr entgegenkamen, ihr Erscheinen beschleunigte und ihre Ausdrucksmöglichkeiten enorm bereicherte. Es waren vor allem die Produkte der Südchinesen aus dem Raume des Jangtsekiang, die dieser Stimmung entsprachen. Es würde zu weit führen, die verschiedenen Arten von Porzellan zu besprechen und ihre Relation zum Rokoko herauszustellen, doch sei erwähnt, daß man in Frankreich vor allem buntes Porzellan liebte, während man in Holland und England die weniger komplizierten blauweißen Porzellane schätzte, die unter anderem die Produkte der Delfter Fayencen anregten.
In China hatte man bis zum 14. Jahrhundert nur einfarbige Porzellane in zarten Tönen gebrannt. Kunstsinnige Chinesen halten bis heute die Zeit der Sung- und Yüan-Dynastie (von 960 bis 1368) für den Höhepunkt der Porzellankunst. Im 15. Jahrhundert lernten die Chinesen das islamische Blau kennen, wahrscheinlich von den Arabern. Das Porzellan wurde unter der Glasur blau bemalt. Erst im 17. Jahrhundert wurde auf der Glasur drei- bis fünffarbig gemalt. Das graue Craquelé, das einfarbige und das blauweiße Porzellan wurden aber weiter hergestellt und waren in Europa erhältlich. Die Einkäufer im Fernen Osten stellten jedoch bereits eine Art auswählendes Zensursystem dar. Da sie einkauften, was ihnen gefiel, und nicht, was objektiv einem höheren Geschmacksniveau entsprach, gaben sie meist dem bunten Porzellan den Vorzug und kanalisierten dadurch bereits den Einfluß auf Europa, da nur bestimmte Arten chinesischen Porzellans in Europa bekannt wurden. An der Bevorzugung des bunten Porzellans durch die Einkäufer zeigt sich wieder, wie kompliziert das Problem des Einflusses ist.
Im 17. Jahrhundert war das Porzellan noch eine Kuriosität. Es war nur in wenigen Palästen in größerer Zahl vorhanden. Im 18. Jahr-

hundert wurde es ein Haushaltsgegenstand. Einerseits wurde der Import stark gesteigert, anderseits gelang ja zu Anfang des Jahrhunderts der Durchbruch in der Porzellanherstellung in Europa. Es gab daneben eine Menge Ideen zur Verwendung des Porzellans als Fensterbekleidung etc. August der Starke — der Landesherr Böttgers — wollte für sein „indianisches Lusthaus" Wände aus Porzellanfliesen, sogar Stühle und Tische aus Porzellan.[56])

In Meißen produzierte der aus Wien geflüchtete Maler Herold seit 1720 zunächst bunte Ornamente, dann chinesische Szenen für die Meißener Porzellanmanufaktur. Damit kommen wir zu jenem merkwürdigen Überlappungsphänomen, das man „Chinoiserien" nennt. Es handelt sich um die im Rokoko weit verbreitete und verzweigte Stilrichtung, in deren Rahmen sich echt chinesische Elemente mit pseudochinesischen — wie sich Europäer China vorstellten — mischten. Es wurden chinesische Szenen mit europäischem Formgefühl dargestellt und bei der Ausstattung der Innenräume von Pavillons, bei der Gestaltung von Möbeln und in der Gartenkunst verwendet. Der Begriff „Chinoiserien" erhielt, teils infolge der klassischen und romantischen Reaktion auf das Rokoko, teils weil es natürlich nicht nur geschmackvolle Produkte dieser Art gab, schließlich auch die Bedeutung von extravaganter, bizarrer Verschrobenheit und schlechtem Geschmack. Diese Art von Abwertung entsprach auch der Imageverschlechterung des Chinesischen, da sie sich ab dem Ende des 18. Jahrhunderts und dann immer mehr im 19. Jahrhundert vollzog.

Schließlich wurde auch billiges chinesisches Porzellan weiterverarbeitet, etwa mit zusätzlichen farbigen Ornamenten versehen und nachgebrannt. Man faßte chinesische Vasen in europäische Bronze[57]) und benützte sie zur Aufbewahrung des Tees — auch ein Produkt, das man in China und Indien kennengelernt hatte. Vasen wurden auch als Räuchergefäße verwendet. Schließlich gelang es, die bemalten chinesischen Spiegel nachzumachen. In den Schlössern und Lusthäusern des Rokokos gab es viele Porzellansammlungen. In Schönbrunn, das in der frühen Rokokozeit fertiggestellt wurde, gibt es ein chinesisches Zimmer, das als Beispiel für unzählige andere gelten kann. Zur Ausgestaltung wurden chinesische Tapeten, chinesische Möbel und immer chinesisches Porzellan verwendet. Chinesische Möbel mit ihrem Schmuck und ihrer Oberflächenbehandlung aus Lack waren Vorbilder für Rokokomöbel. Aus China wurden ganze Lackkabinette importiert; als es gelungen war, Lack in Frankreich herzustellen, wurden solche bald auch gefälscht, französische Produkte wurden als echt chinesisch ausgegeben, bis schließlich die französischen Waren so hohe Qualität erreichten, daß sie die Konkurrenz nicht scheuen mußten (etwa um 1730).

Es wurden auch Tiere aus dem Fernen Osten importiert. Seit die Pompadour, die Geliebte Ludwigs XIV., die ersten Goldfische —

eine echte chinesische Züchtung — geschenkt bekam, verbreitete sich diese Karpfenart als „Zierfische" in ganz Europa. Die aus dem Fernen Osten stammenden Fasane bevölkerten die sogenannten „Fasanerien", auch die schillernden Tiere paßten zum Geschmack des Rokokos. An Pflanzen gelangten die Zitrusfrüchte aus dem Fernen Osten ins Mittelmeergebiet.

Die Seide, die nun schon fast seit zwei Jahrtausenden bekannt war, erfuhr im Rokoko eine besondere Wertschätzung. Man führte bestickte und bemalte Seide aus China ein. Zwar hatte man schon während der Renaissance in Italien reichlich Seide verwendet, aber während des 17. Jahrhunderts wurde die Seidenzufuhr noch gesteigert und erreichte im 18. Jahrhundert ihren Höhepunkt.

Dieser Import regte auch die heimische französische Seidenindustrie an, die eine große Expansion erlebte. Die französische Seide war so geschätzt, daß in Österreich sogar während des Spanischen Erbfolgekrieges weiterhin Seide aus Frankreich bezogen wurde. Die bemalten Seiden wurden durch bedruckte ersetzt bzw. ergänzt, und schließlich ging man dazu über, auch Stoffe aus anderem Material wie Seide zu behandeln. Jedenfalls hatte der Konkurrenzkampf zwischen französischer Seidenindustrie und chinesischer eine beträchtliche Qualitätssteigerung der französischen Produkte zur Folge. Die französische Seidenindustrie machte auch ihren politischen Einfluß geltend, um den Import chinesischer Seide entweder zu verhindern oder zumindest zu erschweren. Das gelang jedoch nur teilweise, denn trotz zeitweiser schärfster Importverbote deckten Schmuggler aus England und Holland den Bedarf an chinesischer Seide. Dazu kam, daß an dem Import auch Personen hohen Ranges interessiert waren, weshalb die Verbote immer wieder aufgehoben beziehungsweise abgeschwächt oder umgangen wurden.

Auch die Gestaltung der übrigen Textilien, die Art, sie zu weben, zu färben etc., wurde von China beeinflußt. Es gab eine Webetechnik, die man nach dem Ursprungsland „chinter" nannte. Dabei verfließen die Farben schillernd und bewirkten einen Effekt, den man im Rokoko sehr schätzte. Ebenso fand die Stickerei des Rokokos mit Hilfe chinesischer Vorbilder neue Mittel, um die typisch chinesischen Farbnuancierungen — Übergänge und Gegensätze — hervorzubringen. Eine Kombination von Druck und Stickerei, ebenso eine von Malerei und Stickerei, die sogenannte Nadelmalerei, kam gleichfalls aus China. Ein so bedeutender Maler wie Francois Boucher lieferte Entwürfe für solche Arbeiten, die im Rokoko meist die Gobelins ersetzten.

Die chinesischen Tapeten fanden immer mehr Verbreitung. Sie waren entweder bemalt oder mittels Holzplatten bedruckt. Es soll, nach unbestätigten Informationen, schon 1610 in Rouen ein Versuch gemacht worden sein, Papiertapeten nach chinesischen Mustern herzu-

stellen, die von Missionaren mitgebracht worden waren. Aber die ersten nachweisbaren Erfolge hatte Jean Papillon 1688. Erst 1746 gelang es dann den Briten, chinesische Tapeten nachzuahmen und qualitativ zu erreichen. Auch Zeichnungen und Stiche der Zeit zeigen den chinesischen Einfluß. Das Rokoko hat mit der chinesischen Kunst die Asymmetrie gemeinsam. Es verlangt eine raffinierte Form der Balance, eine Ordnung, die trotz scheinbarer Verwirrung besteht. Es gibt Chinesenstiche von Watteau, die jedoch nicht ein Abbild des echten China darstellen, sondern eine phantastische Welt, wie man sich eben im Rokoko China vorstellen wollte. Es ist höchst wahrscheinlich, daß die chinesische Landschaftsmalerei für Watteau eine echte Anregung war. Die Subtilität, das geheimnisvoll Dunstige, das seine Bilder auszeichnet, hat viel Gemeinsames mit chinesischen Landschaftsmalereien, so daß ein Einfluß außerordentlich naheliegt. Die Elite der französischen Rokokomaler arbeitete an der Produktion von Chinoiserien mit. Nicht nur Watteau, sondern auch Boucher, Bérain, Christophe Hult, Jean Pillement und Peyrotte widmeten sich dieser Stilrichtung. Es wurden auch Bücher publiziert, in welchen chinesische Ornamente gesammelt erschienen, ebenso erschien eine „Sammlung von mehr als 600 Vasen, neu zusammengestellt“ von Jaques-Gabriel Huguier. Weiters wurden Bücher veröffentlicht wie „Über die verschiedenen Arten von Vögeln, Pflanzen und Blumen aus China“, „Sammlung einer Menge chinesischer Vasen, Blumen und Siegeszeichen“, „ABC-Buch für diejenigen, die zeichnen lernen wollen, und andere Dinge herstellen, wie Wandschirme, Wandbespannungen, usw“.[68]) Schon diese wenigen Beispiele beweisen, daß die chinesischen Kulturerzeugnisse einen sehr intensiven Einfluß auf die Formgebung des Rokokos ausübten. Dabei wollen wir natürlich nicht übersehen, daß bei allem Interesse, die Kenntnisse noch oberflächlich waren.
Umgekehrt ließ der chinesische Kaiser Ch'ien-lung (1736—1796) nach einem siegreichen Krieg zunächst von seinen jesuitischen Malern eine Reihe von Entwürfen produzieren, die die Hauptszenen seines Feldzuges darstellten. Er ließ dann in Europa, und zwar in Frankreich, diese Entwürfe stechen, da diese Kunst in China unbekannt war.

Was schließlich die Architektur betrifft, so zeigten sich die deutschen Staaten dem „französischen Groteskenstil“ mehr aufgeschlossen als Frankreich selbst, das auch während der Blütezeit des Rokokos diszipliniert und streng in der Form blieb.
Die Ansichten über die chinesische Architektur hatten eine tiefgehende Wandlung erfahren. Wurde sie im 17. Jahrhundert noch abgelehnt, so erregte sie im 18. Bewunderung. Die chinesische Architektur wurde als überaus malerisch empfunden, haben doch die Chinesen ihre architektonischen Schöpfungen immer als Teile des Landschaftsbildes ge-

sehen und deshalb nie eine so dominierende Haltung der Natur gegenüber eingenommen wie die Europäer.
Wie stark die chinesische Baukunst tatsächlich auf die zweifellos verwandte Baugesinnung des Rokokos gewirkt hat, ist allerdings schwer abzuschätzen. Jedenfalls ist für die Gesamtkonzeption ein Einfluß viel schwerer nachzuweisen als für Einzelheiten und Details. Für letztere gibt es sehr wohl Beweise, so etwa die Übernahme des chinesischen Daches. Man leitet diese Form — es handelt sich um eine Hypothese — von den Nomadenzelten der alten Mongolen her, die hohl geschwungen waren. Demgegenüber wäre für die indogermanische Behausung der Ochsenwagen Vorbild gewesen.[59])
Auch bei den architektonischen Einflüssen dürften Mißverständnisse gewaltet haben. Man las wahrscheinlich aus den Chinaberichten irrigerweise heraus, daß die Chinesen ihre asymmetrische Architektur nur für ihre Lusthäuser in den Gärten verwendeten, jedoch nicht bei repräsentativen Gebäuden. So bürgerte sich im Rahmen der chinesischen Gartengestaltung das asymmetrische „Lusthaus“ ein. Chinesische Dachkonstruktionen, Pavillonflankierungen, flache und langgestreckte, schmale Bauformen wurden dabei übernommen.
Aber nicht nur Lusthäuser, auch Pagodenburgen wurden erbaut. Dabei mischten sich chinesische und europäische Elemente oft in sehr verschiedenem Verhältnis. Die während des Rokokos weit verbreitete geschwungene Dachform wurde später wiederholt verwendet. Sicherlich war die spielerische Verwendung einzelner chinesischer Baumotive häufiger als durchgehende Nachahmungen chinesischer Bauwerke, was auch dem Sinn der Bezeichnung „Chinoiserie“ entspricht. Während des Rokokos fehlte in Frankreich in keinem Lustgarten, der modern sein wollte, ein „Chinesischer Pavillon“ oder „Kiosk“. Auf dem Dach eines Hotels in Paris wurde sogar ein kleiner chinesischer Garten mit zwei chinesischen Brücken über einem kleinen fließenden Wasser angelegt[60]), und im Garten von Sanssouci findet sich ein chinesischer Pavillon unter dem Namen „Japanischer Pavillon“. Man verzierte Fensterumrahmungen und Aufsätze mit chinesischen Motiven und verwendete an Geländern und Fenstern chinesisches Gitterwerk. Es wurde zunächst bei Pavillons und Gartenhäuschen angebracht. Später findet es sich bei Möbelentwürfen von Thomas Chippendale, der von 1718 bis 1779 lebte. Er verstand es, sowohl ostasiatische wie auch französische Rokokoelemente harmonisch zu verschmelzen, wobei er immer auch den Zweck des Möbelstückes im Auge behielt.
Das europäische „Lusthaus“, aus dem scharfe Kanten und harte Formen verschwunden waren, besaß wie das chinesische hohe, fensterartige Öffnungen, die bis zum Boden reichten und die Natur fast in den Raum hineinnahmen. Johann Bernhard Fischer von Erlach äußerte sich in seinem „Entwurf einer historischen Architektur“ sehr positiv über den chinesischen Baustil.

Aus China stammen auch die Schattenspiele, die zu einer im Abendland ausgesprochenen Volksbelustigung wurden. China und seine Bewohner fanden auch Eingang in die Literatur. Chinesen kamen in Komödien und Dramen vor, in Romanen, Possen und Satiren. Es handelt sich hier nicht um die sogenannte „hohe“ Literatur, sondern um die weitverbreitete Trivialliteratur. Dadurch blieb die Vorliebe für China keineswegs auf die oberen gesellschaftlichen Schichten beschränkt, sondern erreichte breite Volksmassen.[61])

7. Die Chinesen und die Französische Revolution

Trotz seiner Ausstrahlung auf Volksbelustigungen, Mode etc. war das Rokoko ein Stil der Aristokratie, ein Spätphänomen des Feudalismus (in seiner marxistischen Begriffsbestimmung). Kein Bauer, Arbeiter oder Kleinbürger konnte sich den Luxus chinesischer oder auch guter französischer Möbel leisten. Dabei darf jedoch nicht übersehen werden, daß sich gleichzeitig mit dem Rokoko eine Gedankenwelt entfaltete, die schon im Barock in Ansätzen vorhanden war und schließlich zur Französischen Revolution führen sollte. Sie machte der Herrschaft der Aristokratie zunächst in Frankreich ein Ende und später in ganz Europa. Es sind die Ideen der Aufklärung, die in solcher Weise wirksam wurden. Die Aufklärung bedeutet unter anderem den Versuch, das Gemeinschaftsleben auf eine rationale Basis zu stellen. Sie stieß dabei, ohne dies ursprünglich zu wollen, auf die irrationalen Prinzipien der späten Feudalgesellschaft. Die Gesellschaftsordnung des Feudalismus ist ökonomisch auf die Ausbeutung der Bauern aufgebaut und auf ein hierarchisches System von Geburtsvorrechten. Feudalherr ist ursprünglich jemand, der von der Landwirtschaft lebt, ohne in ihr zu arbeiten. Die Feudalherrschaft, vor allem das Vorrecht der Geburt, läßt sich nur durch mythische Konstruktionen rechtfertigen. Die in zunehmendem Maße an die Macht drängende Bourgeoisie schuf sich neue Theoreme gegen die Mythen des Feudalismus. Auf diese Konstellation stießen nun teils richtige, teils idealisierte Berichte über China und Übersetzungen chinesischer Philosophen, die ja besonders viel über Gesellschaft und Staat nachgedacht hatten. Und sosehr das Rokoko als späte Frucht französischer Feudalherrlichkeit auch zur Aufklärung im Gegensatz stand, so nützlich waren doch die mit ihnen einhergehenden ideologischen aus China importierten Gedankengänge, die für die Aufklärung als Stimulans wirkten. Alles Chinesische erfreute sich aufgrund der ästhetischen Elemente, die es für den Luxus des Rokokos bereitstellte, lange Zeit sehr hoher Wertschätzung. So konnte wahrscheinlich vieles über China publiziert werden, was sonst der Zensur zum Opfer gefallen wäre. In einem ähnlichen Verhältnis stand in der zweiten Hälfte des 19. Jahrhunderts der Marxismus zur stilistischen Entwicklung dieser Zeit. Rauchfänge der Fabriken wurden als korinthische Säulen geformt, und Maschinen hatten gegossene dorische Säulen als Stützen. Der Marxismus jedoch entsprach der Realität der Maschine, ihren Pferdekräften, ihrer Produktionskraft.

Das Rokoko glich einem makabren Tanz auf dem Vulkan; die tiefgreifenden Umschichtungen, die sich vorbereiteten, wollten die Herrschenden oft nicht wahrhaben. Die Kunst warf ihren Glanz auf eine zum Untergang verurteilte Welt. Die chinesischen Ideen, die gleichsam von künstlerischem Glanz umrahmt mit dem Import von Luxusgütern mitgeliefert wurden, konnten leicht in eine vom Schein geblendete Gesellschaft eindringen.

Welche chinesischen Einflüsse waren nun für die Aufklärung und damit schließlich für die Französische Revolution von Bedeutung? Zunächst waren es die jesuitischen Berichte über den chinesischen Staatsaufbau, der in vieler Hinsicht erheblich rationaler war als etwa der französische. Die Mandarine erhielten ihre Positionen, wie bereits erwähnt, nicht aufgrund von Geburtsprivilegien, sondern nach Ablegung von Prüfungen. Die entsprechende Eignung für jede Funktion mußte vorerst geprüft werden. Nun nützte das chinesische Schulsystem natürlich keineswegs alle Begabungen aus. Trotzdem aber war das chinesische System gerechter, rationaler und auch wohl wirkungsvoller als das europäische Feudalsystem, das den Menschen aufgrund der Geburt eine gesellschaftliche Funktion zuwies. Über dem System der chinesischen Beamtenhierarchie thronte der Kaiser, der despotische Vollmachten besaß. Diese höchste Funktion war allerdings erblich. Hier zeigte sich, daß auch das chinesische System nicht konsequent aufgebaut war. Es ist also verständlich, daß die Auseinandersetzung in Europa um dieses chinesische System stürmisch verlief. Denn die chinesische Kombination von Erb- und Leistungsprinzip warf Probleme auf. Immerhin hätte eine Imitation des chinesischen Systems, die den König unangetastet gelassen hätte, die Möglichkeit geboten, einen unblutigen Übergang zu einer konstitutionellen Monarchie zu vollziehen.

So dachte eine Reihe von französischen Aufklärern keineswegs an die Entthronung des Königs von Frankreich. Man hätte den irrational, durch Zufall an die Macht gekommenen König akzeptiert und dies mit der konservativen, der Tradition verhafteten Haltung der Bevölkerung begründet, der man eine so entscheidende Veränderung wie die Absetzung des Königs nicht zumuten wollte.

Das Problem, das der Kaiser von China für die Aufklärung aufwarf, führte zu ganz verschiedenen Lösungen. Auch für die Chinesen war ein untüchtiger und korrupter Kaiser ein theoretisches Problem. Ein Großteil der Ausführungen des Kung-tzu (Konfuzius), aber auch des späteren Meng-tzu (Menzius) zielt darauf, den Kaiser (und die zur Zeit des Kung-tzu noch bestehenden Fürsten der

Teilreiche) durch die Sitte zu zähmen. Es sind dann nicht die Gesetze, wohl jedoch die öffentliche Moral, die bestimmt, was für den Kaiser ehrenhaft und somit erlaubt ist. Eine solche Bindung an die Sitte wurde von den mythischen Kaisern der Vorzeit immer wieder berichtet. Der Zweck war, dem Kaiser und anderen Autoritäten für ihre Machtausübung Fesseln anzulegen, die sie zu einer humanen Haltung den Untertanen gegenüber zwingen sollte. Um an der Macht zu bleiben, darf der Kaiser seine durch Normen festgelegten Grenzen nicht überschreiten. Er darf die Schafe nur scheren, nicht jedoch schlachten. Tatsächlich erwies sich diese Einschränkung der Macht durch Etikette, Sitte und Moral als zumindest ebenso wirkungsvoll wie durch Gesetze. Es verlangte dann die „Würde" des Kaisers, daß er sich so und nicht anders verhielt. Wenn nun ein Mann der europäischen Aufklärung die Machtbefugnisse des chinesischen Kaisers abwerten wollte, so konnte er durch die intensive Betonung seiner Beschränkung durch die Etikette darauf hinweisen, daß die kaiserlichen Autoritätsübungen in der Praxis keineswegs tyrannisch seien. Ja man konnte sogar den Versuch machen, den eigenen König durch das chinesische, möglichst idealisierte Beispiel zu einer Einschränkung seiner absolutistischen Handlungen zu bewegen.

Es gelang sogar, 1756 Ludwig XV. für eine chinesische Zeremonie zu gewinnen. In China war das Bewußtsein, daß die Ernährungsbasis der Gesamtnation die Landwirtschaft war, besonders ausgebildet. Obwohl es den Bauern gewöhnlich nicht glänzend ging, erwies man ihnen eine ähnliche Ehre wie im alten Rom. Die Bauern genossen auch gesellschaftliches Ansehen. Ihre Stellung war erheblich höher als die der Soldaten und der Kaufleute. Sicher mag eine Menge Heuchelei in dieser Wertschätzung verborgen gewesen sein. Aber im Frühling gab es eine sehr bedeutende Zeremonie. Der Kaiser pflügte höchstpersönlich einige Furchen. Die Früchte dieses Feldes wurden später dem „Himmel" geopfert. Die Mandarine in den Städten folgten dem Beispiel des Kaisers und vollzogen ähnliche Pflugzeremonien.[62])

Durch die Vermittlung der Pompadour hatte nun F. Quesnay, der Leibarzt Ludwigs XV., angeregt, daß Ludwig dem Beispiel der chinesischen Kaiser folgen sollte, und so führte der König denn auch im Frühjahr 1756 den Pflug. Diese Auszeichnung der Landwirtschaft und der Arbeit der Bauern war nicht ohne Spitze gegen die Aristokratie, die ja in hohem Maße die Bauern ausbeutete. François Quesnay war der Erfinder des sogenannten Physiokratismus, einer Wirtschaftstheorie, nach der nur die Landwirtschaft einen Reinertrag abwirft, und der eigentliche Begründer der Nationalökonomie. Er war ein großer Verehrer der Chinesen und hat vieles von ihnen übernommen.[63])

Einer der Anhänger seiner ökonomischen Theorie, Anne Robert Jacques Turgot, spielte im Frankreich der Aufklärung eine wichtige Rolle. Er beschäftigte sich intensiv mit der Problematik des Staatsaufbaues. Er war von 1761 bis 1774 Intendant von Limoges. Seine Neuerungen und Reformen in dieser Zeit wurden berühmt. Später war er unter Ludwig XVI. Finanzminister (Generalkontrolleur der Finanzen). Er ist der Verfasser der „Reflexions sur la formation et la distribution des richnesses". Dieser höchst aufgeschlossene und fähige Aristokrat (Baron de l'Aulne) hätte nach der Meinung einiger Historiker die Fähigkeit gehabt, die Französische Revolution abzuwenden. Eine Art französischer Stolypin, entwarf er als Finanzminister ein Reformprogramm für die Monarchie, befreite den Getreidehandel von inneren Zollschranken, schaffte die staatlichen Frondienste ab und hob den Zunftzwang auf. Darüber hinaus plante er eine Justiz- und Steuerreform. Er wollte den königlichen Absolutismus durch ein System beratender, selbstverwaltender Körperschaften, die er „Munizipalitäten" nannte, einengen. Aber der mit jeder Reform notwendig verbundene Privilegienabbau bevorrechteter Stände stieß auf Widerstand. Schließlich wurde er unter dem Einfluß von Maria Antoinette, die ja in der Politik keine sehr glückliche Hand hatte, nach zwei Jahren hoffnungsvoller Tätigkeit entlassen.
Von Turgot — dem fortschrittlich denkenden Aristokraten — sind nun für den chinesischen Einfluß sehr bezeichnende Sachverhalte bekannt. Er, der um Reformen im Ancien régime rang, erfuhr 1763 von zwei jungen chinesischen Theologiestudenten, die damals in Paris lebten, sie wären unter Druck vom Jesuitenorden zu den Lazaristen übergewechselt und warteten auf ein Schiff, das sie nach China bringen sollte, wo sie als Missionare tätig sein wollten. Turgot ergriff diese seltene Gelegenheit, um genaue und richtige Informationen über China, gleichsam aus erster Hand, zu bekommen. Er besaß schon vorher gründliche, teils mündliche, teils schriftliche Informationen über China. Er erhoffte sich jedoch weitere Anregungen für die künftige Gestaltung Frankreichs.
Turgot erwirkte bei dem mit ihm befreundeten französischen Finanzminister eine offizielle Einladung der beiden Chinesen, das Jahr 1764 noch in Frankreich zu verbringen, um eine Menge von französischer Wissenschaft, Landwirtschaft und Industrie zu lernen. Einerseits sollten sie die dabei erhaltenen Informationen nach China überbringen, andererseits sollten sie Fragen über China, die für Frankreich von Interesse waren, genauestens beantworten. Sie sollten in China selbst verschiedene Erkundigungen einziehen und die Ergebnisse nach Frankreich weitergeben. Während ihres Studienjahres in Frankreich knüpften sie die vielfältigsten Kontakte. Man nannte sie „Turgots Chinesen". Turgot sorgte selbst dafür, daß sie

Mühlen und Schmieden, Druckereien etc. besichtigen konnten. Sogar Vorlesungen in Chemie wurden für sie organisiert. Er stellte dann eine Liste von 52 Fragen zusammen, die sie ihm dann aus China beantworten sollten.

Ko (Kao Lei-se) und Yang (Yang Teh-wang) hatten auch Gelegenheit, die alte Jesuitenbibliothek zu besuchen, wo sie das zweiunddreißigbändige Manuskript der großen Geschichte Chinas studieren konnten, das de Mailla SJ eine Generation vorher vorbereitet hatte. 1765 fuhren sie dann nach China.

Turgots Fragen sind zum großen Teil außerordentlich interessant. Sie zeigen, mit welchen Problemen sich zu dieser Zeit ein französischer Intellektueller beschäftigte und welche Beziehungen er zu China hatte, erwartete er doch von dort Antworten, Ratschläge, Hinweise auf erprobte Institutionen, die es ihm ermöglichen sollten, die verfahrene Lage im Ancien régime grundlegend zu verbessern. Eine Reihe von Fragen bezieht sich auf technische Methoden, wie auf die chinesische Papierproduktion etc. Uns interessieren in diesem Zusammenhang jedoch Fragen, die die Lebensverhältnisse der Chinesen, staatliche Einrichtungen, Bildungswesen usw. betreffen. Einige Beispiele:

Frage 1: „Gibt es in China viele reiche Leute oder, anders gefragt, sind die Einkommensdifferenzen sehr groß?" Diese Frage, die noch durch ähnliche ergänzt wird — „Haben viele Leute große Mengen Land und Häuser? Beschäftigen Unternehmer mit großem Reichtum eine große Zahl von Arbeitern?" —, zeigt, daß für Turgot große Eigentumsdifferenzen und Klassenunterschiede ein echtes Problem darstellten.

Er erklärte zu einer anderen Frage, daß es in Frankreich eine Reihe von Ämtern gäbe, die gekauft würden. Er empfinde das als Skandal, sei jedoch der Ansicht, wenn jemand reich und unabhängig von persönlicher Arbeit sei, so könnte er eine solche Position ehrenhalber ausfüllen. Es interessiere ihn deshalb, ob ein chinesischer Beamter genug verdiente, um von seinem Gehalt anständig leben zu können.

Er sah auch das sehr wichtige Problem des Bildungsprivilegs. Er informierte sich über die Ausbildung der Beamten. Denn da in China eine lange Ausbildungszeit, viele Reisen und Prüfungen notwendig waren, um für eine Position vorbereitet zu werden, man auch lange Zeit nichts verdiente, sei es doch wohl notwendig, als Kind reicher Eltern geboren zu sein, die die hohen Kosten einer langen Ausbildung tragen könnten. Verdient ein reicher Bauer oder Großhändler genug, um diese Auslagen für seinen Sohn bestreiten zu können? Kann jener schließlich nach Abschluß seines Studiums von seinem Einkommen leben? In diesem Falle wäre es nicht notwendig, ein Großgrundbesitzer oder Bankier zu sein, der, ohne zu arbeiten, über ein großes Einkommen verfügt, um die Anforderungen zu erfüllen, die an einen öffentlichen Beamten gestellt werden. Damit wurde zweifellos ein ganz wichtiger Punkt berührt. Denn hier zeigte sich ein großer Mangel des Ancien régime. Man lese etwa Beaumarchais' „Der tolle Tag" (Die Hochzeit des Figaro), in dem der Autor durch Figaro gerade die korrupten und unfähigen Richter geißelt, die sich ihre Position gekauft hatten.

In Frage 9 geht Turgot auf diese Problematik näher ein: „Von welcher Art Leuten werden die wichtigen Positionen in China üblicherweise besetzt? Sind es Söhne aus reichen Familien, die, ohne zu arbeiten, von ihrem Einkommen leben? Oder Söhne von Bauern, Handwerkern, Händlern, deren Väter reich genug sind, um für sie eine höhere Bildung zu finanzieren?"

Diese Frage zeigt, daß er über die für die gesamte Rationalisierung der Verwaltung so wichtige Form der Stellenbesetzung im Beamtenapparat sehr genau nachgedacht hatte und über die Praxis des chinesischen Examenwesens informiert war. Tatsächlich war dies jener Punkt, der den Philosophen und Politikern der Aufklärung an China am meisten imponierte.

Die Möglichkeit, eine hohe Position zu erreichen, hing von zwei Punkten ab:

1. von den Ausbildungskosten, 2. davon, ob einem Beamten ein ausreichendes Einkommen garantiert wird. Waren die Ausbildungskosten zu hoch, blieb die Ausbildung nur Söhnen sehr reicher Eltern vorbehalten. Waren die Gehälter zu niedrig, brauchte man ein Nebeneinkommen (Korruption oder arbeitsloses Einkommen aus Vermögen). Daß solche Art von Auswahlprinzip nicht gerade die Qualifikation erhöhte, liegt auf der Hand. Die schlechte Bezahlung von Ministern stützte das europäische System, konnten doch solche Positionen eben nur von „finanziell Unabhängigen" besetzt werden, also von Leuten, die an der Aufrechterhaltung ihrer Privilegien und des bestehenden Systems sehr interessiert waren. Das chinesische System versprach zwar auch nicht gleich einem Arbeiterkind die Möglichkeit auf einen Ministerposten, erweiterte jedoch die Chancen für große Teile der Bevölkerung ganz erheblich, auf hohe Posten zu gelangen.

Nun waren die Prüfungsanforderungen in China wohl in vielem unnötig hochgeschraubt — um des Bildungsprivilegs willen. Hiezu gehörte, je nach dem Grad der Prüfung, die Kenntnis mehr oder weniger zahlreicher Schriftzeichen. In Europa kam die Ausbildung erheblich billiger, da die Schrift ungleich schneller beherrscht werden konnte.

Das chinesische Berufsbeamtentum war jedenfalls eines der faszinierendsten und rationalsten Elemente im Rahmen der bekanntgewordenen Institutionen Chinas und kam damit einer der wichtigsten

Tendenzen der Aufklärung besonders entgegen. Deshalb setzte sich das chinesische Beispiel durch. Die französische Beamtenprüfung, die nach der Revolution eingeführt wurde, war bewußte Nachahmung der chinesischen, wie Needham überzeugend ausführte. Natürlich waren, entsprechend den anderen Verhältnissen, gewisse Prüfungsgegenstände (wie der in China so wichtige Wasserbau) in Frankreich nicht notwendig.
Turgots Fragenkatalog zeigt auch weitere Intentionen: Nicht nur die Beamtenreform, sondern auch die Bauernbefreiung lag ihm am Herzen. Eine Reihe von Fragen bezieht sich auf das Verhältnis der Bauern bzw. der Pächter zu den Grundbesitzern.
Frage 9: „Wird das meiste Land von den Eigentümern selbst bearbeitet oder durch Pächter, die den Landeigentümern eine jährliche Rente zahlen?"
Frage 10: „Werden in einigen Teilen Chinas Sklaven zur Landarbeit verwendet?"
Frage 11: „Ist es in China gebräuchlich, daß das Land von Pächtern bearbeitet wird, welche dem Grundeigentümer einen fixen Anteil der Ernte als Pacht entrichten, etwa die Hälfte oder ein Drittel?"
Frage 12: „Unterstützt der Grundeigentümer in irgendeiner Weise, etwa durch Beistellung der Arbeitstiere, den Arbeitsprozeß?"
Frage 13: „Ist es in China üblich, das Land Bauern zu überlassen, welche die Werkzeuge und Tiere selbst beistellen und dem Landeigentümer jedes Jahr eine feste Summe vom Geld oder Getreide bezahlen?"
Frage 14: „Gibt es in China Beispiele dafür, daß Landeigentümer für eine jährliche Bezahlung von Getreide oder Geld auf Dauer auf ihr Land verzichtet haben?"
Diese letzte Frage ist insoferne besonders interessant, als sie zeigt, daß Turgot offenbar mit dem Gedanken an solch eine dauernde Landübertragung an die Bauern spielte. Diese hätten dann eine ständige Rente an den Gutsbesitzer zu bezahlen gehabt. Eine nicht harte, also nicht revolutionäre, vielmehr „evolutionäre" Lösung der Bauernfrage mußte ja in dieser Richtung versucht werden, wobei man, wenn sich die abzuführende Summe systematisch verringerte, den Bauern hätte schließlich völlig befreien können. Auch diesem Problem der Bauernbefreiung ging das Ancien régime aus dem Weg.
Das Schicksal der Reformideen Turgots zeigt, warum das chinesische Beispiel eines Berufsbeamtentums, das sich auf Grund von Examen hierarchisch aufbaute, in Frankreich revolutionär wirken mußte. Da sich die herrschende Aristokratie nicht der besseren Einsicht einer Minorität aus ihren eigenen Reihen beugen wollte, vielmehr sich einschneidenden Reformen widersetzte, war sie nicht fähig, ein dem chinesischen Beispiel entsprechendes Berufsbeamten-

tum unter Zurückdrängung der Geburtsprivilegien einzuführen. Damit gefährdete dieses chinesische Vorbild jedoch das gesamte System, ja auch seine Spitze, den König. Noch eine Idee aus China sollte sich im Abendland als revolutionär erweisen. Konfuzius hatte unbedingte Loyalität gegenüber dem Herrscherhaus verlangt, wie auch gegenüber dem Vater, also gegenüber dem Vatertypus in der Gesellschaft überhaupt, auch wenn er unmißverständlich allen Autoritäten schwere und harte Pflichten auferlegte. Er verlangte von den Untergebenen Gehorsam, gestand ihnen aber auch zu, Einwände zu erheben. Wenn die Autoritäten unrecht tun, sollen die Untergebenen ihre Herren sozusagen zum Guten zu bekehren trachten. Für Meng-tzu (Menzius, 372 bis 289 v. Chr.), den zweiten großen Philosophen Chinas, erhob sich hingegen die schwierige Frage, wann ein Herrscherwechsel berechtigt sei und wie er zu erfolgen habe. Zu seinen Lebzeiten ging die Chou-Dynastie dem Ende ihrer Herrschaft entgegen. Wie sollte man feststellen, wen der Himmel als Nachfolger bestimmt hatte, wenn er die bisherige Dynastie verwarf? Nach der von ihm entwickelten Lehre verlieh der „Himmel" dem Herrscherhaus und so den einzelnen Herrschern ein Mandat. Wir könnten sagen ein „Lehen". Aber dieses Mandat verpflichtete den Herrscher, auch in einer ganz bestimmten Form zu regieren. Er muß sich in den von der Sitte vorgeschriebenen Grenzen bewegen und sich als fähig erweisen, positiv zu herrschen. Tut er das nicht, so verwirkt er sein Mandat. „Himmel" ist dabei ein Symbol, das in sehr verschiedener Weise verstanden werden konnte: theistisch, dann steht hinter dem Himmel ein personaler Gott, pantheistisch und schließlich auch atheistisch. Im letzteren Fall bedeutet Himmel das strukturelle Insgesamt der die Welt regierenden Naturgesetze. Meng-tzu neigte zum Theismus. Wenn nun dem schlecht regierenden Kaiser das himmlische Mandat entzogen werden sollte, so hatte schließlich das „Volk" diesen Ratschluß zu vollstrecken. Es setzte den Kaiser ab, was nur durch Gewalt geschehen konnte, wenn er Widerstand leistete. Das „Volk" hatte dann den richtigen neuen Mann zu wählen, der dann kraft eines neuen himmlischen Mandates der neue Kaiser sein sollte.

Seit dieser Zeit heißt Revolution in China „Der Himmel ändert das Mandat". Und auch im Rahmen des Wortbildes „Große proletarische Kulturrevolution" heißt Revolution wörtlich ins Deutsche übersetzt: „Der Himmel ändert das Mandat." Dieser Gedanke des Menzius durchzog seither die ganze chinesische Geschichte und ist bis heute beibehalten worden. In der Hierarchie der Werte nimmt bei Menzius das Volk die oberste Stelle ein, an zweiter Stelle die Schutzgötter des Landes, und erst danach kommen die Fürsten.

Als der Gründer der Ming-Dynastie, Chu Yuan-chang (1328 bis

1398), die alte Institution der staatlichen Erziehungsanstalten zu einem Werkzeug umgestaltete, das gehorsame Staatsdiener heranzüchten sollte, bildeten die kanonischen Schriften des Konfuzianismus die Grundlage. Die Schriften des Meng-tzu wurden jedoch aus dem Kanon ausgeschieden, war doch in ihnen zu viel vom Volk und seinen Rechten dem Herrscher gegenüber die Rede.

Trotzdem war es aus zwei Gründen falsch, in Meng-tzu einen demokratischen Revolutionär zu sehen. Denn erstens versteht er unter Volk nicht ganz dasselbe wie wir, meint er doch damit mehr die relativ breite chinesische Oberschicht. Und zweitens ist nach ihm die Zielsetzung der jeweiligen Volksregierung nicht eine Systemänderung, sondern bloß die Auswechslung des Herrschers bei Beibehaltung des Sozialsystems.

Man muß jedoch beachten, das die Thesen Meng-tzus im Frankreich des Ancien régime sehr verschieden aufgefaßt werden konnten. Auch in Frankreich waren die Träger der Revolution nicht einfach die untersten Schichten, sondern die Bourgeoisie, die sich als „das Volk" und den Begriff Egalité keineswegs sozialistisch verstanden. Da aus den Übersetzungen keineswegs klar hervorging, daß Meng-tzu mit dem Volk die Oberschicht gemeint hatte, konnte der Leser den Begriff sehr leicht erweitern und eben tatsächlich mehr oder weniger das gesamte Volk meinen. Aber auch die Tatsache, daß Meng-tzu nichts am System ändern wollte, sondern dem Volk nur das Recht zuschrieb, den Herrscher auszuwechseln, konnte sich auch in einer anderen, nunmehr das System treffenden Weise auswirken. Denn das Wesentliche an Meng-tzus Wirkung war wohl die religiös fundierte Untergrabung der Loyalität gegenüber dem Souverän. Was für die Revolution dringend nötig war, war eine Lockerung der traditionellen Gehorsamsbande, die sich zwar rational nicht erklären oder rechtfertigen ließen, die jedoch durch affektive Fixierung an die gegebenen Zustände eine sozialpsychologische Realität darstellten. Meng-tzus Thesen untergruben die „Treue zum angestammten Herrscherhaus" und trugen so zur inneren Loslösung von den traditionellen Leitbildern bei.

Nachdem die vier Bände „Descriptions de l'empire de la Chine" (1735) von Du Halde erschienen waren, die eine Zusammenfassung der Lehre des Menzius enthielten, wurde ein weiterer Kreis von Lesern mit dieser Gedankenwelt bekannt.

Du Haldes Werk diente einer sehr großen und bedeutenden Gruppe anderer Autoren als Quelle, darunter Melon, Montesquieu, dem Marquis d'Argens, Joseph de Guignes, Grimm, den Enzyklopädisten, Rousselot de Surgy, Rousseau, Voltaire, Marsy, Clerc, Mamly, Hume, Goldsmith und vielen anderen.[64])

Wenn auch bislang der Einfluß des Meng-tzu auf die revolutionäre Ideologie wenig Beachtung fand — eine Ausnahme bildet Maverick

—, wird man ihn heute doch nicht länger übersehen dürfen. Du Haldes Bücher waren zweifellos von zentraler Bedeutung für die gesamte Aufklärung. Auch die religiösen Rebellen, die es in nicht geringer Zahl im 18. Jahrhundert gab, erhielten durch diese Schriften entsprechende Anregungen, waren Menzius' Vorstellungen doch leicht in ein christliches Weltbild zu übertragen, so man „Himmel" eben theistisch verstand. Zwar ist uns heute, da wir noch unter dem Eindruck des späteren negativen China-Images stehen, der große Einfluß eines chinesischen Philosophen nicht ohne weiteres verständlich. Da wir jedoch an einer neuen Wende in unserem Verhältnis zu China stehen, mag uns das Umdenken heute vielleicht doch leichterfallen als etwa noch vor zwanzig Jahren. Es wären allerdings sehr umfangreiche Studien nötig, um den genauen Umfang des Einflusses von Menzius festzustellen.
Ein deutlicher Einfluß Chinas und damit die Idee, China in verschiedenster Hinsicht als Vorbild anzusehen, beginnt ab 1669 und verliert gegen Ende des 18. Jahrhunderts seine Wirksamkeit.
Das Jahr 1669 ist deshalb von Bedeutung, weil John Webb in diesem Jahr einen Essay publizierte, in dem er vorschlug, Charles II. möge sich als König von England die alten — mythischen — chinesischen Kaiser zum Vorbild nehmen. 1675 schlug der Dominikaner Fernandez Navarrete vor, die europäischen Regierungen sollten die chinesischen Privilegien der Bauern, vor allem was die Steuergesetzgebung betrifft, übernehmen.
Friedrich Wilhelm Leibniz war um 1675 mehrere Jahre in Paris. Er hatte Kontakte mit dem Minister Ludwigs XIV., Colbert, der wissenschaftliche Forschungsexpeditionen aussandte. Leibniz war einer der Mitbegründer der Akademien von Berlin und St. Petersburg, und beide hatten in ihrem Programm einen Informations- und Kulturaustausch mit China, es ist daher wahrscheinlich, daß Leibniz Colbert vorschlug, eine Mission nach China zu entsenden. Colbert bereitete jedenfalls eine solche vor, doch sein Tod 1683 verhinderte ihre Realisierung.
Erst Colberts Nachfolger, Louvois, führte das Projekt aus und sandte 1685 eine Gruppe Jesuiten nach dem Fernen Osten, die in Peking eine Mission gründen sollten. Gelehrte Priester wurden hiezu ausersehen, und Leibniz eröffnete sofort mit ihnen eine Korrespondenz. Das französische Publikum wartete gespannt auf Informationen. Der Bericht dieser Jesuitengruppe über Regierungsform und Philosophie Chinas ist als die erste Frucht von Leibniz' Bemühungen um einen Kulturaustausch mit China anzusehen.
Eine Publikation der alten Chinamission erschien in den letzten Jahren des 17. Jahrhunderts. Das 1687 gedruckte „Confucius Sinarum philosophus" lenkte die Aufmerksamkeit des ganzen geistigen Europa auf sich. Die Patres Intorcetta, Herdtricht, Rougemont und

Couplet hatten diese unvollständige Übersetzung des Konfuzius erstellt. Durch dieses Werk wurde der europäische Horizont durch die Kenntnis des chinesischen politischen Denkens bedeutend erweitert. In der Folge entstand eine Reihe Übersetzungen und Kurzfassungen.
1696 publizierte Luis Le Comte seine „Erinnerungen und Beobachtungen, gemacht während einer späten Reise durch das Kaiserreich China". In diesem Buch machte er besonders darauf aufmerksam, daß dem Kaiser durch Sitte und Moral Grenzen seines despotischen Rechtes gezogen wären. Seine „Würde" erlaube ihm nur ein vorsichtiges und zurückhaltendes Handeln. Leibniz publizierte schließlich seine berühmte Arbeit „Novissima Sinica" — „Neuestes über China". Er schlug vor, daß die christlichen Europäer zunächst ihre Kirchen wiedervereinigen sollten. Dann sollten sie die Chinesen mit der geoffenbarten Religion vertraut machen. Die Chinesen wiederum sollten die Europäer natürliche Religion, Moral und Regierungskunst lehren. Er relativierte die immer noch wirksame Absolutheit Europas und meinte, daß die an beiden Enden der eurasischen Landmasse existierenden Hochkulturen zum gegenseitigen Nutzen in Austausch miteinander treten sollten.
Am Beginn des 18. Jahrhunderts hatten sowohl Le Comtes Buch als auch „Confucius Sinarum philosophus" eine große Ausstrahlung. Sie regten eine Reihe von wichtigen Personen an, darunter Silhouette, Fénelon und Daniel Defoe. In der Mitte des Jahrhunderts schrieb Pierre Poivre, der selbst China bereist hatte, daß Le Comte zu positiv berichtet habe. 1707 veröffentlichte Nicole Malebranche einen fiktiven Dialog zwischen einem christlichen und einem chinesischen Philosophen. Der wahrscheinlich wichtigste Autor war der schon erwähnte Du Halde. Sein vierbändiges Werk Description de l'empire de la China (1735) wurde in verschiedenste Sprachen übersetzt, so daß sein Einfluß keineswegs auf Frankreich beschränkt blieb. Ihm kommt das Verdienst zu, zum ersten Male eine große Zusammenfassung der Werke des Menzius gegeben zu haben.
1739 wendete de Boyer sowie der Marquis d'Argens und mehr als zwanzig Jahre später Oliver Goldsmith einen literarischen Kunstgriff an, um europäische Verhältnisse zu kritisieren. Sie publizierten Briefe eines imaginären chinesischen Reisenden, der europäische Institutionen und Bräuche beschrieb. Es sind dies die beiden ersten Serien solcher Briefe, die zwischen 1739 und 1764 erschienen. Eine dritte und letzte Serie erschien von Etienne des Silhouette, einem guten Bekannten von Mirabeau, eine sehr wichtige Figur der späteren Revolution. Als Finanzminister versuchte er, wie nach ihm Turgot, große Reformen durchzusetzen, doch scheiterte er ebenso wie jener am hartnäckigen Widerstand der herrschenden Aristokratie. Er wurde nach einem Jahr — 1760 — entlassen. Schon

1729 hatte er das Buch „Die allgemeine Idee über das Regieren und über die Moral der Chinesen" publiziert. Einer Neuauflage 1764 fügte er eine ähnliche Briefserie bei. Das neue Buch hieß „Die chinesische Balance". Im vierten Brief ließ er den imaginären Chinesen schreiben, daß in China für eine Aufnahme in den Staatsdienst nur Charakter und Fähigkeiten als Kriterien maßgeblich seien, womit er einen für die Revolution später äußerst wichtigen Punkt unterstrich. An einer anderen Stelle schreibt Silhouette, allerdings nicht mehr durch den Mund eines imaginären Chinesen: „Die Chinesen anerkennen keinerlei Adel, außer dem der Tüchtigkeit, und keinen Rang, sondern nur die Bedeutung seines Amtes." Wir würden statt Amt sagen: seine Funktion. Er fährt fort: „Durch die weise Politik erzeugen sie einen blühenden Handel, welcher in den meisten Ländern durch die Indolenz des Adels ruiniert wird."[65]) Die Mehrzahl „in den meisten Ländern" ist im Grunde wohl eine Verschleierung von „in Frankreich", um das es ihm in Wirklichkeit gegangen ist.

Ein anderer Autor, J. F. Melon, publizierte 1736 die zweite Auflage seines Buches „Politisches Essay über den Handel", das er um ein Chinakapitel bereichert hatte. Er legte besonderen Wert auf die Landwirtschaft und hob die chinesische Einrichtung, die den Bürgern das Recht gab, Kritik an Regierung und Administration zu üben, lobend hervor. Andererseits kritisierte Melon die Friedfertigkeit der Chinesen, die sie hinderte, sich gegen die Mandschus zu verteidigen.

In anderer Weise kritisierte Montesquieu, dem die chinesische Verfassung nicht in sein eigenes Schema paßte. Auch Jean-Jacques Rousseau machte neben einer Reihe von lobenden auch kritische Bemerkungen über China. Da er der Ansicht war, nur primitive Regierungsformen seien gut, konnte er die hochentwickelte chinesische nicht akzeptieren.

Neben Leibniz war es schließlich Voltaire, der zu den größten Bewunderern und Verteidigern der Chinesen gehörte. Eines von seinen Stücken, „Der Weise von China", basierte auf einer Erzählung aus Du Haldes „Beschreibung von China". China diente Voltaire in seinem Kampf gegen Regierung und katholische Hierarchie in Frankreich wiederholt als lobenswertes und kontrastierendes Beispiel an Toleranz. Als zwei Gedichte des Kaisers Ch'ien-Lung (1711—1799) in französischer Übersetzung erschienen, antwortete er in Versen, in denen er ihn als Dichterkollegen pries. Der Kaiser, einer der ersten Mandschuherrscher, schickte Voltaire als Antwort ein besonders schönes Stück chinesischen Porzellans. Voltaire griff auch die europäischen Historiker wegen ihrer Beschränktheit an, da sie über China zuwenig informiert wären.

François Marie de Marsy schrieb im ersten Band seiner „Histoire

moderne des Chinois, des Japanois, des Indiens, des Persans, des Turcs, des Russiens etc. 1755—1778" viel über China. Er stellte fest, daß das Regime des Kaisers nicht tyrannisch, sondern im Machtgebrauch weise sei, obwohl es ihm eine absolute Macht verleihe. Er übe sie mit der wohlwollenden Güte eines Vaters aus, dies zeige sich etwa in der Steuereinhebung.
Auch in Schweden (Osbeck, Eckeberg) und in England erschienen Bücher über China (so von dem britischen Admiral Anson 1748). In Deutschland beschäftigten sich neben Leibniz A. H. Francke und Christian Wolff mit den Berichten der Jesuiten aus China. Francke wollte die kirchenpolitisch-missionarische Seite von Leibniz' Konzepten entwickeln, während Wolff die philosophische Seite pflegte. Doch beide scheiterten mit ihren Bemühungen. Wolff mußte wegen einer Rede über chinesische Philosophie die Flucht aus Halle ergreifen, er war des Atheismus beschuldigt worden. Er hatte in seiner Rede eine Verständigung nach beiden Seiten versucht. Solche Versuche waren im Rahmen der katholischen Theologie häufiger als im Rahmen der protestantischen. Das mag darin begründet sein, daß die theologische Fakultät von Paris der Mittelpunkt der Chinabegeisterung war. Wolff hatte im übrigen in seiner Rede auch die persönlichkeitsbildende Seite der chinesisch-philosophischen Schule besonders gewürdigt, was man damals relativ selten beachtet hatte. Wolffs Schicksal hatte zur Folge, daß ihn die französischen Physiokraten neben Konfuzius und Christus als Märtyrer verehrten. In den deutschen Staaten war die Wirkung des chinesischen Einflusses geringer als in Frankreich, wo sich eben jenes Zentrum befand, von dem die jesuitischen Berichte ihren Ausgang nahmen.
Es wäre interessant, in diesem Zusammenhang auch die sogenannte Trivialliteratur zu untersuchen,[66]) die für die affektive Stimulierung eines großen Teiles der Bevölkerung — einschließlich vieler Politiker — oft von erheblich größerer Bedeutung ist als die Ergüsse großer Geister. Aber im Rahmen dieser Arbeit wollen wir uns darauf beschränken, aufzuzeigen, daß die Aufklärung und letztlich die Französische Revolution sehr wichtige Anregungen aus China erfuhren.
Im vorliegenden Rahmen konnte natürlich der chinesische Einfluß nicht so detailliert oder im einzelnen dargestellt werden, wie dies etwa Lewis A. Maverick in seinem wiederholt zitierten Buch „China a Model for Europe" getan hat. Daher mag auch der Schluß, den Friedrich Heer oder Ernst F. Winter aus dessen und verwandten Forschungen zogen, nicht so evident scheinen. Der Schluß nämlich, daß ohne den chinesischen Einfluß die französische Aufklärung — und damit die Französische Revolution — nicht möglich gewesen wären.

8. Die „Gelbe Gefahr“

Neben der positiven Berichterstattung über China durch die Jesuitenmissionare gab es immer auch negative Berichte. Sie kamen zunächst von den Kaufleuten, die normalerweise nicht weiter als in die Häfen gelangten. Dort hatten sie vor allem mit chinesischen Händlern Kontakte. Teils gab es zwischen ihnen Mißverständnisse, teils natürlich auch echten Betrug. In den Häfen kamen die Kaufleute nicht mit den besten Vertretern des chinesischen Volkes zusammen, und häufig gehörten die Händler selbst auch nicht zu den besten Vertretern Europas. Die Kritiken an den Berichten der Jesuitenmissionare hatten verschiedenste Gründe. Die skeptische und kritische Seite solcher Autoren wie Melon, Montesquieu, Diderot und Turgot gewann langsam die Oberhand. Und, wie es oft geschieht, wenn enthusiastische Überschätzungen und Idealisierungen sich nicht mehr halten lassen, schlug das Pendel in das andere Extrem um.
Die Französische Revolution erschütterte das politische und geistige Europa in einem Maße, das nur mit der Erschütterung durch die russische Oktoberrevolution 1917 zu vergleichen ist. Dazu kam, daß sich im fernen Westen die Vereinigten Staaten etablierten. Die Französische Revolution ging nun viel weiter als ihr chinesisches Vorbild. Sie ließ, im Gegensatz zum chinesischen System, keine monarchische Spitze mehr zu. Der ideale Fürst, sei er auch noch so sehr „Vater“ oder „Mutter“ des Volkes, war nicht mehr gefragt. Die Idee, daß nicht der Vorrang der Geburt zähle, sondern ein Beamter nach Tüchtigkeit und Können ausgewählt werden solle, sollte nicht nur in der Beamtenschaft Anwendung finden, sondern auch in den allerhöchsten Ämtern. So ging die europäische Nachahmung über das chinesische Beispiel hinaus.
War die Loyalität gegenüber dem Gottesgnadentum einmal grundsätzlich in Frage gestellt, so hatte dieses auf lange Sicht keine Chance mehr, da sich hiefür keine rationalen Rechtfertigungsgründe finden lassen. Zwar war die Herrschaft der Aristokratie noch keineswegs tödlich getroffen, doch war sie auf die Dauer nicht mehr zu halten. So hatte das chinesische Beispiel geholfen, das Ancien régime zu untergraben. Nachdem die Französische Revolution China überholt hatte, verlor dieses seine Faszination.

Jetzt traten Aspekte Chinas ins Bewußtsein, die von ganz anderer Art waren. So sah man plötzlich die große Menschenzahl. Und da man das Maß von den eigenen Schuhen nahm, sich also die Chinesen potentiell ebenso imperialistisch wie sich selbst vorstellte, wurde dieses Volk zur eingebildeten Gefahr. Von Napoleon ist ein Wort überliefert, das bereits diesen nach europäischer Auffassung bedrohlichen Aspekt Chinas andeutete: „China ist ein schlafender Riese, laßt ihn schlafen!" Er meinte offensichtlich, daß China, wenn es ebenso erwachen sollte wie etwa Frankreich und eine ähnliche Expansion betriebe, unerhört gefährlich werden könnte. Und so begann sich langsam ein Bild zu formen, das bei vielen heutigen Konservativen einen paranoiden Zug angenommen hat: Die Chinesen als eine unheimliche Menschenmasse, die durch enormen Fleiß, durch Genügsamkeit, Widerstandskraft, einordnungsbereite Disziplin und Zurückstellung persönlicher Interessen vor denen der Gesellschaft sich langsam, aber unaufhaltsam Bahn bricht und die höchsten Ideale echten Menschentums, die in der Freiheit begründet sind, vernichtet.[67])
Aber nicht nur die Angst vor den Chinesen, auch die Verachtung alles Chinesischen machte sich breit. Welchen Grund meinten nun die Verächter für ihre abschätzigen Wertungen zu haben? Es war die scheinbare Statik des chinesischen Reiches, das sich, wie man meinte, nicht weiterentwickelte. Wenn man die Beobachtung einer relativen Statik mit der des Rassismus verband, dann mußte man zu der Ansicht gelangen, daß diese Statik in den Genen der gelben Rasse, in der „Erbmasse", begründet liege. Deshalb konnte man sich auch nicht vorstellen, daß sich China jemals ändern werde.
Wenn man den Rassismus des 19. Jahrhunderts bedenkt, ist zu berücksichtigen, daß man die Chinesen als „Gelbe" oder „Mongolide" betrachtete und daß es daneben auch noch andere „Gelbe" gab, etwa die Mongolen und die Japaner. Die Mongolen galten zu dieser Zeit als nicht mehr gefährlich. Sie hatten jedoch eine Vergangenheit, die mit einer ungeheuren Expansion — bis nach Europa und Palästina — belastet war. Die Chinesen mit den Mongolen in einen Topf zu werfen lag für simplifizierende Typen nur zu nahe. Die Japaner schließlich zeigten, welche kriegerische Möglichkeit in ihnen steckte — besiegten sie doch 1905 als erstes asiatisches Land ein europäisches, nämlich Rußland. Es sind im wesentlichen folgende Momente, die bei der negativen Bewertung Chinas eine Rolle spielten:

1. Die geringe Veränderung der chinesischen Gesellschaft oder des chinesischen Staates in der überblickbaren Zeit.
2. Die große Bevölkerungszahl der Chinesen.
3. Die große Bevölkerungsdichte des chinesischen Kernraumes. Man

nahm an, daß es schon aufgrund dieser Bevölkerungsdichte zu einer „Explosion“ kommen müsse.

4. Die chinesische Auswanderungsbewegung nach Kalifornien, den Sundainseln, Afrika etc.
5. Die billige chinesische Arbeitskraft, ein ökonomisches Element.
6. Bestimmte Eigenschaften, die man den Chinesen zuschrieb, etwa außerordentlichen Fleiß.
7. Der angenommene chinesische Racheaffekt aufgrund der Behandlung der Chinesen durch die Europäer.
8. Die rassischen Gemeinsamkeiten der Chinesen mit Mongolen und Japanern.

Betrachten wir einmal die Zeit von der Französischen Revolution bis zum Ausbruch der chinesischen Revolution im Jahre 1911 im Hinblick auf die oben genannten Punkte. Zum Problem des geringen Grades von Veränderung der chinesischen Gesellschaft, die das Bild des Erstarrten und damit Leblosen bot, zitiert Wolfgang Bauer[68]) den chinesischen Schriftsteller Lin Yu-tang: „Wir sind ein altes Volk. Die Augen eines alten Volkes sehen in der Vergangenheit und im Wechsel des heutigen Lebens viel Vergängliches... Wir sind skeptisch gegen den Fortschritt. Als Volk stehen wir mitten im Herbst. Es gibt eine Zeit im Leben des einzelnen und der Völker, wo es vom Geist des frühen Herbstes umfangen wird... Es ist ein Gefühl, als seien wir irgendwo gelandet, als hätten wir Hütten gebaut und wüßten, was uns guttäte, ein Gefühl, als hätten wir etwas erreicht, recht wenig zwar im Vergleich zum einstigen Überschwang, aber doch etwas: wie ein Wald, der, seiner Sommerpracht beraubt, die Schönheit festzuhalten weiß, die dauern wird.“ Hier ist in der Selbsteinschätzung Starrheit ins Positiv-Idyllische gewendet. Und diese Sätze erschienen 1946.

China galt als ein gewaltiges Land, das in tiefer geistiger Bewegungslosigkeit verharrte. Wir finden diese merkwürdige Idee bei Hegel, der meinte, daß „China der älteste Staat sei, der dennoch keine Vergangenheit hat und heute ebenso existiert, wie wir ihn in alten Zeiten kennenlernen“.[69]) Ranke sah in China ein Volk „ewigen Stillstandes“. Schließlich hat sich auch Marx in ähnlicher Weise geäußert. Dieses Image der geistigen Bewegungslosigkeit ist, wie unser Anfangszitat zeigt, auch von vielen Chinesen als zutreffend akzeptiert worden, und bis heute haben sie in ihrem eigenen Land gegen dieses Bild anzukämpfen.

Das Negative dieses Bildes erzeugte bei den Europäern keine Angst, sondern eher Verachtung. Dieser Affekt ist in seinen Auswirkungen vielleicht weniger gefährlich als eine Aggression, die als Antwort auf eigene Angst den Versuch unternimmt, den anderen als möglichen Feind unten zu halten und von einer produktiven Entwicklung auszuschließen. So paradox es scheinen mag: Viele Anhänger der „Gelben Gefahr" sind gleichzeitig Anhänger der These von der Unbeweglichkeit der chinesischen Geschichte, obwohl die Chinesen, würde diese These zutreffen, doch kaum imstande wären, den Globus zu erobern. An diesem Image ist richtig, daß es tatsächlich — was nämlich das staatstragende konfuzianische Beamtentum betrifft — eine über Jahrhunderte anhaltende Kontinuität gab. Und suchte man nach grundlegenden Änderungen des Sozialsystems, müßte man in China schon sehr weit zurückgehen. Im allgemeinen wirkte jedoch die Vorstellung einer chinesischen Erstarrung in Europa eher beruhigend und heizte keine aggressiven Affekte an. So schien auch das in Punkt 2 erwähnte Faktum, nämlich die außerordentlich große Zahl der Chinesen, nicht wirklich gefährlich zu sein. Dasselbe gilt auch von Punkt 3, nämlich der großen Bevölkerungsdichte im chinesischen Kernraum, die eine Expansion als notwendig scheinen ließe. Bei den Gedanken an eine chinesische Expansion projizierte man eigene Intentionen, denn, daß die Chinesen trotz ihrer großen Zahl keineswegs aggressiv waren, war gerade im 19. Jahrhundert offenkundig. Allerdings hatten die Chinesen unter den Mandschus, einer fremden Dynastie, große Gebiete erobert, die keineswegs seit alters her chinesisch waren. Die Mandschus waren es, die im 17. und 18. Jahrhundert das chinesische Reich auf seine heutige Größe brachten, ja um 1800 waren die Grenzen des Mandschureiches noch bedeutend weiter gesteckt. Diese chinesisch-mandschurische Expansion war sicherlich imperialistisch und ist mit den Expansionen Rußlands oder Englands durchaus vergleichbar. Allerdings muß man den Chinesen konzedieren, daß diese Expansion immerhin unter einer Herrschaft vor sich ging, die bis zu ihrem Ende — also nach fast 300 Jahren — noch als eine Fremdherrschaft empfunden wurde. Die Mandschus hatten aber zum Teil auch Gebiete, die bereits früher chinesisches Territorium waren, zurückerobert. Dies gilt vor allem für Sinkiang oder Turkestan, das schon unter der Han-Dynastie zeitweise chinesisch gewesen war.

Wie die Russen im Fernen Osten ein fast menschenleeres Gebiet besetzten, so auch die Chinesen, die verschiedene Gebiete im Norden ihres Landes für sich in Anspruch nahmen. Im Westen boten die hohen Gebirge und das ungünstige Klima ohnehin keinen Anreiz für Expansionen. Im Osten war es das Meer, das einer unmittelbaren Ausdehnung eine Grenze setzte. Aber man hätte von hier aus sicherlich mit Schiffen expandieren können, was jedoch nur ansatzweise der Fall war. Es gab allerdings eine starke chinesische Auswanderungsbewegung. Im Norden war es grundsätzlich anders, dort lebten Barbaren, die ihrerseits China bedrohten, und tatsächlich gelang es von hier aus zweimal, ganz China zu unterwerfen. Die Mongolen herrschten zwischen 1280 und 1368 und die Mandschus zwischen 1644 und 1911. Sicherlich versuchten die Chinesen auch zeitweise, sich der Gefahr aus dem Norden durch Feldzüge zu erwehren, die sie ins Kernland der Bedrohung führten, doch waren die Gründe hier defensiver und nicht offensiver Natur. Das überzeugende Denkmal für den defensiven Charakter der chinesischen Haltung gegenüber dem Norden stellt die Chinesische Mauer dar.

Ein ganz wesentlicher Grund für die rein defensive Haltung Chinas gegenüber dem Norden ist wohl dessen Klima. Außerdem war für ein Bauernvolk wie die Chinesen der Boden in der Mongolei zuwenig ertragreich. Andererseits war es aber gerade die Kargheit dieses Bodens, die die Nomaden dazu zwang, für ihre Güter — Pelze etc. — Getreide einzutauschen, das sie nur von den Chinesen bekommen konnten. Pelze waren Luxusgüter, Getreide jedoch bittere Notwendigkeit. Ging es den Chinesen — etwa wegen innenpolitischer Wirren — schlecht, dann hatten sie kein Interesse an Luxusgütern, die Nomaden konnten ihr lebenswichtiges Getreide nicht eintauschen und holten es sich mit Gewalt. So unternahmen die Chinesen zwar manchmal Strafexpeditionen, waren jedoch an den Gebieten der Barbaren an sich kaum interessiert. Bei Sinkiang war die Lage allerdings anders. Hier hatte China handelspolitische Interessen — das Offenhalten der Seidenstraße — und auch eine politische Intention, da dieses Gebiet die Mongolen von den Tibetern trennte.

Anders lag die Situation im Süden. Hier war die Grenze Chinas offen. Hier herrschte ein für die Landwirtschaft günstiges Klima, und die Chinesen, die sich mit den früheren Volksstämmen meist vermischten, konnten hier eine bäuerliche Kultur entwickeln.

Für die Mandschus, die ja selbst aus der Mandschurei im Nordosten gekommen waren, stellten die Mongolen ein echtes Problem dar, das sie an der Wurzel lösen wollten. Außerdem bedrohten die Mongolen das Stammland der Mandschus. Hatten die Mongolen die Mandschus anfangs bei deren Eroberungen gerne unterstützt, gab es doch in China Beute zu holen, so versuchte der Mongolenfürst Galdan, als sich die Mandschus als die neuen Herrscher Chinas mit den chinesischen Interessen identifizierten und sich als Chinesen fühlten, ein unabhängiges Mongolenreich zu gründen. Doch zwischen 1690 und 1696 gelang es den Mandschus, Galdan zu besiegen und dieses Vorhaben zu vereiteln.

1715 brachen in der Westmongolei Unruhen aus. Der von den Chinesen zum Khan des Ölet eingesetzte Tsewang Rabtan versuchte sich unabhängig zu machen. Die folgenden Kämpfe endeten mit einem Sieg der Mandschus und der Eroberung der ganzen Mongolei und Teilen Ostturkestans. Da nun Tsewang Rabtan seine

Macht bis nach Tibet auszudehnen versucht hatte und die Westmongolen, die am Ende des 16. Jahrhunderts zu Anhängern des Lamaismus geworden waren, unter dem Einfluß des Dalai Lama standen, zogen die Chinesen bis Tibet und gewannen es als Protektorat. So hängt auch die Eroberung Tibets mit den mandschurisch-mongolischen Auseinandersetzungen zusammen.

Die chinesische Expansion, deren primäre Triebkraft das Sicherheitsbedürfnis gegenüber den Mongolen war, traf auf die Interessen Rußlands, wobei die Chinesen bereits eroberte Gebiete wieder hergeben mußten. Es handelte sich um jene Gebiete, auf die von den Chinesen auch heute hingewiesen wird, wenn vom russischen Imperialismus die Rede ist.

1736 setzten in Sinkiang neuerlich Kämpfe ein. Die Kalmücken, von den Chinesen besiegt, waren in das Ili-Gebiet östlich des Balchaschsees gezogen, wo sie die Herrschaft über die dortigen Kazaken errangen. Einige dieser Stämme schlossen sich den Russen an, wodurch diese in die Auseinandersetzungen einbezogen wurden. Die Kalmücken lagen mit den Chinesen ständig im Kampf, bis sie 1739 die Hälfte ihres Landes an China abtraten. Es blieb ihnen nur das Ili-Gebiet. Nach 1754 eroberten die Mandschus schließlich auch noch dieses Land. Gerade zu dieser Zeit versuchten jedoch auch die Russen, das Ili-Gebiet zu erobern, und schließlich fiel es in einzelnen Etappen, im Zeitraum zwischen 1847 und 1881, an Rußland.

Die von den Chinesen eroberten Gebiete waren zur Zeit ihrer Besetzung wirtschaftlich wertlos, heute ist die Situation jedoch wesentlich anders, da in all diesen Gebieten wertvolle Rohstoffe und Bodenschäze entdeckt wurden. Die Chinesen bemerkten natürlich den Versuch der europäischen Mächte, vor allem der Russen und Engländer, Asien aufzuteilen, und wollten selbst einen entsprechenden Anteil. Ein Raubzug der Gurkhas von Nepal aus war Anlaß für eine Gegenaktion der Chinesen. Die Gurkhas mußten sich verpflichten, alle fünf Jahre eine Tributgesandtschaft nach Peking zu senden.

China erreichte am Ende des 18. Jahrhunderts seine größte Ausdehnung, wobei die Intensität der Ausübung ihrer Herrschaft jedoch sehr verschieden war. So herrschten in der Mongolei Mongolenfürsten, die dem Kaiser unterstellt waren, während in Tibet Residenten die Herrschaft ausübten.

Die Russen waren im frühen 17. Jahrhundert bis ins Amurgebiet vorgedrungen. 1689 wurde in Nertschinsk ein Vertrag abgeschlossen, der den Flußverlauf des Amur als Grenze festlegte. Wie nunmehr die Chinesen in ihrer Polemik gegen die Sowjets behaupten, habe es in diesem Gebiet schon während der Tang-Dynastie, also zwischen 618 und 906, eine chinesische Verwaltung gegeben. Dies widerspricht allerdings den Ansichten vieler westlicher Historiker. Sicher jedoch war das Gebiet des Amur (Heilungkiang) nicht von den Chinesen unter der mandschurischen Dynastie erobert worden, denn dieses Gebiet war ja die Heimat der Mandschuren, von dem aus diese China erobert hatten. Sie hatten es sozusagen mitgebracht. Zur Zeit des Vertrages von Nertschinsk war der Ussuri ein Binnenfluß Chinas. Die Russen hatten 1650 am Amur-Fluß ein Fort errichtet, das von den Mandschus 1685 zerstört wurde. Vier Jahre später kam es zu dem besprochenen Vertrag. Im 19. Jahrhundert — als in China neben anderen Aufständen der Tai-ping-Aufstand tobte und China überdies von europäischen Mächten von der See her bedrängt wurde — gelang es den Russen auf sehr einfache Weise, sich in den Besitz eines riesigen Gebietes zu setzen. Am 28. Mai 1858 unterzeichneten die chinesischen Bevollmächtigten den chinesisch-russischen Vertrag von Aigun, wodurch ein sehr großes Gebiet nördlich des Amur an Rußland fiel und das Gebiet östlich des Ussuri „gemeinsamer" Besitz von China und Rußland wurde.

Ohne auf diese Grenzfragen, die vor allem im Rahmen des sowjetisch-chinesischen Konfliktes eine große Rolle spielen, hier näher einzugehen, ist evident, daß ab 1840 China eindeutig in der Defensive war und keinerlei Gebiete mehr zu annektieren vermochte. So bedeutsam sich auch die mandschurische Expansion für China heute auswirkt, sie demonstrierte keineswegs das typische Verhalten der Chinesen. Aus ihr zu schließen, daß China wegen seiner Volkszahl expandieren müsse, ist sicherlich falsch, doch werden diese alten Thesen auch heute noch vielfach vertreten.

Die Vorstellung von einem „Volk ohne Raum" sollte sich ja auch in Europa unheilvoll auswirken, wie der Nationalsozialismus zeigt. Gerade die Deutschen aber lieferten nach 1945 ein Beispiel für die Relativität des Raumproblems, denn es gelang ihnen, eine außerordentliche Prosperität auf einem um ein Drittel verkleinerten Territorium zu erzielen. Es herrscht sogar Arbeitskräftemangel, der den Zustrom von Gastarbeitern bedingt. Bei einer Steigerung der Produktivität kann derselbe Raum entsprechend mehr Menschen ernähren. Da die Chinesen radikal industrialisieren, vermögen sie heute auf gleichem Raum ungleich mehr Menschen zu erhalten als in früheren Zeiten.

Seit den Eroberungen der Mandschus gibt es zwei Teile Chinas. Der eine Teil wird von dem Han-Volk besiedelt, der andere von verschiedenen anderen Völkern; gerade dieser Teil ist ungleich dünner besiedelt. Da jedoch Tibet, Sinking und andere Gebiete klimatisch sehr wenig einladend sind, ist es schwierig, Chinesen für eine dichtere Besiedlung dieser Gebiete zu gewinnen.

Ein Überblick über die chinesische Bevölkerungsentwicklung zeigt übrigens, daß es in China immer schon mehr Menschen gab als in Europa, ohne daß China aus diesem Grunde expansiv wurde. Es gab in China:

1578:	10,621.463 Familien mit	60,692.856 Menschen
1662:	19,203.233 Familien mit	100,000.000 Menschen (rund)
1710:	23,311.236 Familien mit	116,000.000 Menschen (rund)
1729:	25,480.498 Familien mit	127,000.000 Menschen (rund)
1741:		143,411.559 Menschen
1754:		184,504.493 Menschen
1778:		242,965.618 Menschen
1796:		275,662.414 Menschen
1814:		374,601.132 Menschen
1850:		414,493.899 Menschen[70])

Punkt 4 unserer Aufstellung, die hohe Zahl der chinesischen Auswanderer, steht in Zusammenhang mit den obigen Ausführungen. Besonders während der späten Mandschuzeit war der Bevölkerungsdruck sehr groß, und zwar deshalb, weil Technik, Agrikultur etc. gerade in dieser Zeit in China keine entscheidenden Fortschritte machten bzw. im Rahmen des damaligen Sozialsystems gar nicht machen konnten. Insoferne war die Auswanderung gerade für initiative Menschen, die nichts zu verlieren hatten, naheliegend.
Die Auswanderer versuchten sich in den Ländern, die ihnen Zuflucht boten, anzupassen, andererseits wurden aber einige der typischen traditionellen Eigenschaften der Chinesen in der Emigration noch verstärkt. Emigranten haben in den ihnen meist fremden Ländern in der Regel weder Verwandte noch Freunde, die sie stützen. So sind sie besonders freundlich, sind fleißiger als die Einheimischen und sind auch bereit, unter schlechteren Bedingungen als jene, die schon länger hier lebten bzw. hier beheimatet sind, zu arbeiten. Kaufleute sind eher bereit, mit niedrigeren Gewinnspannen zu verkaufen. All das trägt natürlich nicht zu ihrer Beliebtheit bei jenen bei, die sich dadurch konkurrenziert fühlen.
Diese Aspekte betont auch der Brite T. S. Raffles, der als Gouverneur Malayas anläßlich der Eröffnung eines Colleges in Singapore 1879 folgendes ausführte: „Wenn wir den Blick darauf richten, daß sie (die Völker des südostasiatischen Archipelagus) direkt vor der Schwelle Chinas ansässig sind, eines Landes, das gleichsam überfließt von einer unternehmenden und fleißigen Bevölkerung, voller Begierde, sich überall dort niederzulassen, wo Sicherheit und Schutz gewährt wird, wenn wir weiterhin daran denken, daß es eben dieses Volk ist, das in erster Linie dazu beigetragen hat, die Energien der Eingeborenenbevölkerung zu erhalten und zu stärken, und überall dort, wo es sich niederließ, die belebende Wirkung seiner Aktivität

verbreitet hat, und wenn zudem noch bedacht wird, daß nur Schutz dafür erforderlich ist, um sie in beliebiger Anzahl anzusiedeln und um, die Behauptung darf vielleicht gewagt werden, ein zweites China zu schaffen, dann scheinen die Zukunftsmöglichkeiten dieses außergewöhnlichen Archipelagus unbegrenzt zu sein. In diesem Licht betrachtet, können Borneo und die östlichen Inseln für China vielleicht das werden, was Amerika schon für die europäischen Völker ist. Das total übervölkerte China stellt ein nahezu unerschöpfliches Reservoir menschlichen Kolonisationsmaterials dar, während der jungfräuliche und fruchtbare Boden dieser Inseln die Möglichkeit bietet, Menschen, die sich dort etwa niederlassen, in beliebiger Zahl sofort und in reichlichem Maße zu erhalten."[71]) Solch ein „zweites China" hat sich tatsächlich auf diesen Gebieten entwickelt, doch gab es auch sehr negative Reaktionen gegen die chinesische Einwanderung. Es kam zu Massakern, ähnlich europäischen Judenpogromen, das letzte fand 1965 in Indonesien statt. Neben der normalen Auswanderung gab es auch Kuliexporte aus China in andere Länder. Hier spielte die billige Arbeitskraft eine entscheidende Rolle. So gab es z. B. in Kalifornien Unternehmer, die sich durch Kuliimporte große Lohnsummen ersparen konnten. Die chinesischen Kulis, der Sprache jener Länder, in die sie kamen, nicht kundig und nicht genügend über Sitten, Gebräuche und Gesetze orientiert, waren weitgehend wehr- und schutzlos und daher ein ideales Ausbeutungsobjekt. Weil die chinesischen Kulis schlecht behandelt wurden, stellten sie für die einheimischen Arbeiter eine Konkurrenz dar. Ihre mehr oder weniger großen sozialen Errungenschaften, auch die Lohnhöhe, wurden durch die Kulis in Frage gestellt. Und als Weg des leichtesten Widerstandes richtete sich die Aggression der Arbeiter gegen jene Gruppe, die ihnen Konkurrenz machte, gegen die Chinesen. Nicht anders war es etwa mit polnischen Bergarbeitern im Ruhrgebiet, die auch auf solche Weise die einheimischen Arbeiter konkurrenzierten. Es findet sich im 19. und beginnenden 20. Jahrhundert eine große Zahl von Gewerkschaftsführern, die in den Chinesen eine Gefahr für ihre Arbeiter sahen und ihnen deshalb aggressiv gegenüberstanden. Die billige Arbeitskraft aus Ostasien, die sich noch dazu durch den sprichwörtlichen chinesischen Fleiß auszeichnete, spielte auch noch in einem anderen Sinn eine Rolle, ja spielt sie heute noch. Denn auch die Chinesen, die in ihrer Heimat blieben, vermögen billiger zu produzieren, arbeiten sie doch für bedeutend niedrigere Löhne. Ein Beispiel für die Möglichkeiten der Chinesen bildete die japanische Industrie, die vor dem Ersten Weltkrieg mit außerordentlich billigen Waren auf dem Weltmarkt erschien. Die billige Arbeitskraft veranlaßte das US-Großkapital nach dem Zweiten Weltkrieg, in Ostasien zu investieren. Aus Formosa erhält eine US-Firma gewöhnlich im Jahr

18% Rendite, während sie in den USA nur 8% erhält. (So bauen ja auch deutsche und österreichische Firmen in Südafrika Fabriken, weil die Neger dort billiger arbeiten als die Österreicher.)
Bis zu einem gewissen Grad bedeutete die billige Arbeitskraft in China selbst eine Gefahr für die eigenen sozialen Errungenschaften, doch schützte man sich durch Zölle und ähnliche Maßnahmen. Weiters ist zu bedenken, daß in Zukunft bei steigender Produktion auch der ostasiatische Arbeiter mit Recht mehr Lohn fordern wird, so daß sich die Ware verteuert und die Konkurrenz für die europäischen oder amerikanischen Arbeiter sich vermindern wird. Daß das Kapital sich dort niederläßt, wo es mehr verdient — indem es niedrige Löhne zahlt —, gehört zum Wesen des Kapitalismus und läßt sich nur durch antikapitalistische Maßnahmen und Gesetze bekämpfen.
Negative Eigenschaften, etwa Falschheit oder Heimtücke, die man den Chinesen neben bereits erwähnten positiven zuschrieb, gehen zu einem erheblichen Teil auf Mißverständnisse zurück, die schon beim ersten Zusammentreffen der Europäer mit den Chinesen entstanden. Sie sind in der Verschiedenheit der Kulturkreise begründet. Daß der Chinese aus Höflichkeit nicht einfach „Nein", sondern „Ja, aber" sagt, woraus ein mit der chinesischen Tradition vertrauter Mensch ersehen kann, daß er „Nein" meint, kann zu groben Fehleinschätzungen führen.
Die in den beiden letzten Punkten unserer Aufstellung begründeten Probleme, nämlich die angenommenen chinesischen Racheaffekte und das In-einen-Topf-Werfen von Mongolen, Chinesen und Japanern, das mit der Idee des Panmongolismus zusammenhängt, sollen gemeinsam behandelt werden. Trotz der imperialistischen Atmosphäre, die in Europa herrschte, gab es selbst in dem in dieser Hinsicht so dunklen 19. Jahrhundert eine Reihe einsichtiger Persönlichkeiten, die das Vorgehen der Europäer in Ostasien verurteilten. Darüber findet sich bei Gollwitzer[72]) eine Reihe von Belegen. Es gab auch während des berüchtigten Opiumkrieges Großbritanniens gegen China in England selbst höchst kritische Stimmen, doch gingen diese unter und wurden nicht entsprechend geschichtswirksam. Ein erheblicher Teil des 19. Jahrhunderts, aber auch des beginnenden 20. ist voll von europäischen Übergriffen auf China. Solange der Handel mit Europa in China selbst unter chinesischen Bedingungen abgewickelt wurde, gab es keine wesentlichen Probleme. Der Handel spielte sich in China unter chinesischen Bedingungen ab, ebenso hätte sich ein Handel mit China — etwa mit chinesischen Kaufleuten in London — ohne Schwierigkeiten unter europäischen Bedingungen abspielen können. Es ist bedauerlich und trug zu europäischen Vorurteilen bei, daß in China erst ab 1873 europäische Gesandte empfangen wurden, ohne daß diese vorher den

Kotau, die demütigende Ehrerweisung, vollzogen hatten. Fremde Nationen wurden also erst sehr spät von den Chinesen als gleichberechtigt angesehen. Diese Fehleinschätzung resultierte aus der Unfähigkeit der Verantwortlichen, die reale Situation Chinas zu begreifen. Sie versuchten, die alten Illusionen vom weit überlegenen Land der Mitte auch dann noch aufrechtzuerhalten, als sie längst schon schwere Niederlagen von europäischen Mächten hatten hinnehmen müssen. Die Mandschus verzögerten die notwendigen Reformen und provozierten die Revolution von 1911. Erst die schwerstens zu verurteilenden europäischen Interventionen zwangen China letztlich zur Modernisierung. Der Opiumkrieg im 19. Jahrhundert gehört zu den schlimmsten Handlungen, die Europäer (und Christen) gegen China setzten. Weil die Briten zwar chinesische Waren haben wollten, jedoch hiefür nichts Gleichwertiges zu liefern vermochten, verkauften sie den Chinesen Opium. Es war nur selbstverständlich, daß sich die chinesische Regierung gegen die Einfuhr des lebenszersetzenden Opiums und der mit dieser Einfuhr verbundenen Ausfuhr von Silber zur Wehr setzte. Das Opium vernichtete nicht nur die Arbeitskraft, sondern auch die Moral und zog Prostitution nach sich. Schließlich ließ der Hochkommissar in Kanton, Lin Tse-hsu, 20291 Kisten Opium beschlagnahmen und verbrennen. Bei dem nun folgenden Krieg, der die Einfuhr des Opiums erzwingen und damit die Ausbeutung Chinas besiegeln sollte, zeigte sich die enorme waffentechnische Überlegenheit Europas. Die „weiße Gefahr“ war offenkundig geworden. Damit begann die Zeit der von den Chinesen mit Recht als „ungleich“ bezeichneten Verträge. Es sind Verträge von einseitigem Nutzen, die von den Chinesen völlig berechtigt als unmoralisch empfunden wurden. Gälte auch im Rahmen des Völkerrechtes das Prinzip, daß ein gegen die guten Sitten geschlossener Vertrag ungültig ist, so wären alle diese Verträge von Anfang an ungültig gewesen. So sah der „Friede“ von Nanking die Abtretung Hongkongs an England vor, ebenso die Öffnung von Kanton, Amoy, Fuchou, Ningpo und Shanghai für den ausländischen Handel. Diese Friedensbedingungen waren ein Modellfall für eine Reihe ähnlicher Verträge mit den USA, Frankreich, Belgien, Schweden, Norwegen, Portugal, Rußland und Preußen. Immer wieder waren es unbedeutende Zwischenfälle, die zum Anlaß militärischer Interventionen genommen wurden. 1860 drangen englisch-französische Truppen bis nach Peking vor und plünderten und zerstörten den großen kaiserlichen Palast, dessen Entwürfe zum Teil von den Jesuitenmissionaren stammten. 1858 setzten die Russen die Abtretung großer Gebiete im Nordosten durch und schickten sich an, auch in der Südmandschurei vorzudringen. 1898 besetzten sie Port Arthur als Voraussetzung für die Eroberung der Mandschurei, wodurch Rußland mit Japan in Konflikt geriet, das ebenfalls die Mandschurei annektieren wollte. In den siebziger Jahren besetzte Rußland das Ili-Gebiet, 1880 Japan die Ryu-kyu-Inseln. 1885 erzwang Frankreich die Abtretung des unter chinesischer Oberhoheit stehenden Vietnam und England 1886 die von Burma, das ebenfalls ein chinesischer Tributstaat war. Nachdem China den Krieg gegen Japan 1894/95 verloren hatte, mußte es Formosa und die Pescatores-Inseln an Japan abtreten sowie die Unabhängigkeit Koreas anerkennen. 1897 besetzte Deutschland Tsingtao.

Es wurde den Chinesen aber, abgesehen von diesen Abtretungen, auch noch eine Reihe demütigender Bedingungen gestellt. So wurden alle Fremdenniederlassungen in China exterritorial und ihrer eigenen Konsulargerichtsbarkeit unterstellt. Die chinesische Zollhoheit wurde beschränkt und die Niederlassungen, die unter fremder Verwaltung und Polizeigewalt standen, immer wieder erweitert. Die fremden Mächte konnten sogar eigene Truppen in diesen Zonen stationieren. Daß in diesen „Konzessionen" genannten Pachtgebieten schließlich auch noch Parkanlagen existierten, die mit einem Schild versehen waren: „Hunden und Chinesen ist der Eintritt verboten", macht verständlich, daß unter den Chinesen massive Aggressionen gegen die „fremden Teufel" aufkommen mußten.

Bei den Europäern entstand dagegen folgerichtig ein unterschwelliges Schuldgefühl, nämlich Angst vor der Rache der Chinesen. Diese zum Teil uneingestandenen und unbewußten Affekte stecken zu einem Gutteil hinter dem Schlagwort von der „Gelben Gefahr".

Es kommen jedoch noch andere Momente für die Fehleinschätzung Chinas hinzu. Einerseits wurden und werden die Chinesen mit den Mongolen identifiziert. Von allen Europäern erlebten die Russen die Mongolen am intensivsten. Rußland wurde ja nicht nur von ihnen besiegt — wie Ungarn, Polen, Deutschland —, sondern auch lange von den Mongolen besetzt bzw. tributpflichtig gemacht. Nun hinterließen die Mongolen Dschingis Khans und seiner Nachfolger begreiflicherweise nirgends einen guten Eindruck, gehörten bei ihnen doch Terror und Schrecken zur psychologischen Kriegführung. Da die Mongolen von Europa aus, oberflächlich gesehen, in der Nähe der Chinesen ansässig sind und sie für den oberflächlichen Betrachter den Chinesen ähnlich sehen, identifizierte man die Chinesen mit den Mongolen. Daß für die Chinesen die Mongolen eine ähnliche Bedrohung darstellten wie für die Europäer und die Islamiten Vorderasiens und daß auch China bei der Eroberung durch Dschingis Khan und seine Nachfolger Grauenhaftes erlebte, daran dachte und denkt man in Europa kaum. Falsche Identifikationen führten sogar dazu, daß Chinesen und Russen sich gegenseitig für die Erben Dschingis Khans hielten und noch halten.

Ein interessanter Exponent für die Identifikation von Mongolen und Chinesen im 19. Jahrhundert ist Wladimir Solowjew. Es ist dabei zu beachten, daß er in seiner Konzeption des Panmongolismus auch noch Japan in seine Befürchtungen mit einbezog:

„Panmongolismus! Wort der Schrecken!
Doch mir gefällt der wilde Klang,
Als wolle Gott uns nun entdecken
Des letzten Schicksals schweren Gang ...
Schon rüsten, fiebern um die Wette
Die gelben Völker sich zum Streit,
Schon stehn Millionen Bajonette
An Chinas Grenzen sturmbereit.
In Satans Kraft, unwiderstehlich
Wälzt sich heran das Völkermeer,
Blutdurstig, gierig und unzählig,
Heuschrecken gleich, ein graues Heer!
Dein Ruhm, o Rußland, ward zunichte,
Dein Doppelaar versank in Nacht,
Und lachend spielt ein Gelbgesichte
Mit der zerfetzten Fahnen Pracht."[73])

In diesem Zusammenhang ist auch die Verteufelung von Chinesen und Japanern durch Kaiser Wilhelm II. zu erwähnen. Er gab 1895 eine Zeichnung in Auftrag, die von dem Professor an der Kasseler Kunstakademie Knackfuß ausgeführt wurde. Auf dem Bild zeigt der Erzengel Michael, der Patron der Deutschen, von einer Erhöhung aus auf eine Landschaft mit Kirchen, Schlössern, Burgen und Flüssen. Im Hintergrund verbrennt eine Stadt, die Rauchwolken nehmen die Form eines — chinesischen — Drachens an, innerhalb und über den Rauchwolken sieht man einen Buddha sitzen, der „mit stieren kalten Augen auf die Zerstörung blickt". Das Bild war mit der schlagwortartigen Unterschrift versehen: „Völker Europas, wahrt eure heiligsten Güter." Daß ausgerechnet Buddha zum Aggressionssymbol gewählt wurde, zeugt von einem eklatanten Bildungsmangel. Und daß — ungewollt natürlich — der heilige Michael auf dem Bild gefährlicher aussieht als der Buddha, ist eine bezeichnende Fehlleistung.

Wilhelm II. ließ dieses Bild an Monarchen und Präsidenten verschicken, schenkte es Bismarck und anderen Persönlichkeiten und war offenbar auf seine politisch-ideologische Leistung sehr stolz. Dem russischen Zaren ließ er 1895 das Bild durch den damaligen Gesandten in St. Petersburg, den jüngeren Moltke, überreichen. Dieser notierte über das Bild: „Die Idee zu dem Bilde ist Seiner Majestät gekommen, wie bei Abschluß der Friedenspräliminarien zwischen China und Japan die Gefahr vorlag, daß die ungeheure Masse des chinesischen Reiches, auf dessen Entwicklung Japan einen

entscheidenden Einfluß zu gewinnen suchte, durch dieses tätige, nach expansiver Entwicklung strebende Land organisiert und in Gärung gebracht werden könnte und daß dann die Woge der gelben Rasse sich Verderben bringend über Europa ergießen würde."[74])
Nach dem für China so kläglich ausgegangenen Krieg gegen Japan 1894/95 fürchtete Wilhelm II., daß Deutschland beim allgemeinen Raubzug der europäischen Nationen in China zu kurz kommen könnte. So überließen Deutschland, Rußland und Frankreich den Japanern nicht alle Gebiete, die sie annektieren wollten. 1897 bekam nun auch Deutschland seinen Anteil an China, was wieder Rußland, England und Frankreich zu „Gebietserwerbungen" aufstachelte. Der Schutz der „heiligsten Güter" erwies sich als Feigenblatt für einen regelrechten Raubzug.
Es mag sein, daß Wilhelm, der gerne als raffinierter Diplomat und Politiker gelten wollte, ein „Teufelskerl", wie er es selbst nannte, die Russen gegen Japaner und Chinesen aufzubringen beabsichtigte. Für die Russen ergaben sich auf Grund ihrer Position zwischen China und Europa folgende mögliche politische Grundkonzepte:
1. Identifikation mit Europa gegen die „Mongolen",
2. Identifikation mit den „Mongolen" gegen Europa,
3. bewußtes Einnehmen einer Zwischenposition.
Im Falle 1 rekurrierte man in besonderer Weise — wie Solowjew — auf die mongolischen Horden des Dschingis Khan. Im Falle 2 spielte man das Ressentiment gegen den entwickelteren Westen aus (zum Zurückbleiben der Entwicklung Rußlands haben die Tataren nicht wenig beigetragen), der sich Rußland überlegen fühlte. Und im 3. Falle — der vernünftigste — anerkannte man eben die verschiedenen Einflüsse, die es teils vom Osten, teils vom Westen auf Rußland gegeben hatte.
Es ist interessant, daß auf dem Höhepunkt der sowjetisch-chinesischen Krise im Jahre 1969 ein für sowjetische Verhältnisse einstmals durchaus progressiv eingestellter Intellektueller, Jewgenij Jewtuschenko, ein Gedicht schrieb, in dem er das Bild der Mongolen beschwört: „Die Bomben bewegen sich in Köchern der neuen Batus." Die „Chunweibin" ist der russische Ausdruck für die Roten Garden der Kulturrevolution. Es geht in dem Gedicht um den Zwischenfall am Ussuri vom 2. März 1969, bei dem einige sowjetische Soldaten fielen.

> „O Rußlands Söhne, hat man denn nicht genug
> von euch im letzten Krieg getötet?!
> Wenn Marx es noch sähe,
> das niederträchtig-klägliche Spiel
> der tragischen Posse
> des dreisten Pseudokommunisten!

Des Groß-Khans schwerer Atem
keucht über unsere Grenzen,
kraftlos droht der Scheinheilige, von Juckreiz zerquält:
‚Wir werden euch sterilisieren!'
Aus Schießscharten zielen sie
auf Wahrheit und Gewissen:
‚Wir werden euch sterilisieren!'
Und unsere Heimat erscheint ihnen als ein Land,
wo Puschkin und Schewtschenko — verbannt.
Wo im Feld nicht Weizen blüht,
sondern nur Zitate, Zitate.
Wladimir und Kiew schaut her —
in qualmiger Dämmerung
wiegen sich Bomben in Köchern der neuen Batus."

Dazwischen schildert der Dichter die Träume Maos von der Umgestaltung der Sowjetunion.[75])
Nun kann man natürlich vermuten, daß Jewtuschenko Batu demagogisch beschwört und das historische Mongolen-Trauma eben deshalb erweckt, um die entsprechenden Aggressionen hervorzurufen. Aber die Tatsache, daß sich für ihn das Mongolen-Image sozusagen anbietet, erweist eben dessen Wirksamkeit und demonstriert auch die Identifizierung von Mongolen und Chinesen durch die Russen. Dabei gehört paradoxerweise die Mongolische Volksrepublik zum Sowjetblock, ist also ein Land verminderter Souveränität, auf das die sogenannte Breschnjew-Doktrin angewendet werden könnte. Unser Vorgriff auf das zwanzigste Jahrhundert zeigt, wie sehr die Vorstellung des Panmongolismus und der damit verbundenen von der „Gelben Gefahr" noch heute nachwirkt.
In diesem Zusammenhang muß auch Japan und seine Expansion berücksichtigt werden. Bekanntlich lebte Japan in einer selbstgewählten Isolation, die bis in die erste Hälfte des 19. Jahrhunderts andauerte. In dieser Zeit waren die Amerikaner bestrebt, Handelsbeziehungen zu Japan anzuknüpfen. 1837 hatte das Handelsschiff „Morrison" versucht, mit japanischen Schiffbrüchigen an Bord in die Bucht von Uraga einzulaufen, wurde jedoch von den Küstenbatterien vertrieben. Es war das nicht das erste westliche Schiff, dem ein solcher Versuch mißglückte. Im wesentlichen hatte diese Abschließungspolitik schon 1639 begonnen. 1852 beauftragte schließlich der Präsident der Vereinigten Staaten, Fillmore, Kommodore Matthew C. Perry, „nachdrücklich zu versuchen" — das heißt nötigenfalls mit Gewalt —, die Isolation Japans zu durchbrechen. Perry ging mit vier Schiffen, zwei davon waren mit Dampf betriebene Fregatten, am 8. Juli 1853 vor Uraga vor Anker und forderte das Recht, dem japanischen „Kaiser" einen Brief des Präsi-

denten Fillmore überreichen zu dürfen. Die schweren Schiffe konfrontierten die Japaner mit überlegener Gewalt. Sie symbolisierten die Macht der Westmächte, das Land ihren Interessen unterwerfen zu können. Die Japaner, die durch die Holländer auf die Ankunft Perrys vorbereitet worden waren, verhielten sich vorsichtig, und Perry konnte den Brief des Präsidenten an Beamte der Stadt übergeben. Damit war die Wandlung Japans ausgelöst.
Als Perry schließlich die Häfen Uraga, Shimoda und Hakodate für den Welthandel und die westlichen Flaggen geöffnet hatte und Japan verließ, notierte er nach vollbrachter Tat als christlicher Seeman in sein Tagebuch: „So also endete meine Mission mit guter Frucht, wofür Gott aller Preis sei!"[76]) Er ahnte nicht im geringsten, in welches Wespennest er gestochen hatte. Die moderne Geschichtsschreibung rechnet ab seiner Ankunft in den japanischen Gewässern den Beginn der asiatischen Renaissance. Es kann kein Zweifel daran bestehen, daß die Japaner das erste asiatische Volk waren, das es verstand, jene Elemente der westlichen Zivilisation zu integrieren, welche diese stark machten und Japan dadurch in den Stand setzten, mit westlichen Ländern zu konkurrieren. Den Japanern gelang es in sehr kurzer Zeit, eine imponierende Militärmacht aufzubauen. Und sehr rasch lernten die Japaner von den westlichen Mächten auch die koloniale Expansion. Die Ideologie kolonialistischer Raubkriege, die zur „Ehre" und „Würde" sogenannter „großer" Nationen gehörten, machten sich auch die Japaner zu eigen. Japan stürzte sich dabei vor allem auf das zu dieser Zeit sehr schwache China. So kam es zu dem international sehr beachteten, schon erwähnten chinesisch-japanischen Krieg von 1894/95. Bereits 1872 hatten die Japaner die Herrschaft über die Ryu-kyu-Inseln beansprucht. 1873 brachten sie die Bonin-Inseln unter die Kontrolle der japanischen Marine, und 1875 gelang es den Japanern, auf vertraglichem Weg von Rußland die Kurilen zu erwerben. 1874 kamen japanische Seestreitkräfte nach Taiwan (Formosa), wobei es ihnen auf diplomatischem Weg gelang, den Eindruck zu erwecken, daß Chinas Anspruch auf Taiwan zweifelhaft wäre. 1876 erzwangen die Japaner in der gleichen Weise, wie sie der Kommodore Perry Japan gegenüber angewandt hatte, eine Öffnung Koreas. Sie erzwangen aber nicht nur die Öffnung, sondern in dem Vertrag von Koughwa befand sich auch eine Klausel über die Unabhängigkeit Koreas, welche schließlich die Ablösung Koreas von China einleitete. Nunmehr stießen sie jedoch auf die Interessen Rußlands und dessen imperialistische Aktivitäten. Jedenfalls verfolgte Japan konsequent und entschlossen seine Expansion. 1894 begann Japan den ersten großen Krieg gegen China. Der Sieg Japans hatte damals großes Gewicht, verlieh er doch, der imperialistischen Ideologie entsprechend, „Ehre" und „Würde". Das vernünftige und hohe Kultur

ausweisende chinesische Sprichwort „Aus gutem Eisen macht man keine Nägel und aus guten Menschen keine Soldaten“ galt nicht unter Imperialisten. Die Teilnahme an den imperialistischen Raubzügen verschaffte Japan einen geachteten Platz unter den Nationen. Man wurde auf den Fernen Osten aufmerksam und begann ihn immer mehr mit anderen Augen zu betrachten. Japan hatte sehr schnell, für den Westen vielleicht etwas zu schnell, die moderne Methode der Kriegführung gelernt. Deshalb bremsten die Westmächte zunächst Japans Beutegier und verhinderten den Erwerb der Halbinsel Liaotung durch Japan. Aber immerhin konnte Japan Taiwan (Formosa) und die Peng-hu(Pescatores)-Inseln in der Straße von Formosa behalten und die endgültige Unabhängigkeit Koreas von China erreichen, um es dann Schritt für Schritt zu annektieren. Während des chinesischen „Boxer“-Aufstandes (1900) hatten Truppen verschiedener Mächte das von den Boxern eingeschlossene und belagerte Gesandtschaftsviertel in Peking erobert, dabei waren die Japaner durch ihre Disziplin und ihren Mut aufgefallen.
Doch schließlich kam Japan direkt mit einer europäischen Macht in Konflikt. 1898 besetzte Rußland Hishun (Port Arthur) und Talien (Dairen), gerade auf jener chinesischen Halbinsel Liaotung, deren Besitz man den Japanern wenige Jahre vorher streitig gemacht hatte. Korea und Liaotung waren die Ausgangsbasis für die Eroberung der Mandschurei. Der Krieg begann mit einem japanischen Überfall auf die vor Port Arthur ankernde russische Flotte. Dann landeten vier japanische Armeen und schlugen die Russen am Jalu-Fluß und bei Kiu-tshan. Sie belagerten Port Arthur, das im Jänner 1905 kapitulierte. Dann siegten die Japaner bei Mukden, bei Tsushima schlugen sie eine russische Flotte und besetzten schließlich die Insel Sachalin. Von dieser behielten sie aufgrund des Friedensvertrages von Portsmouth (USA) die Hälfte.
Obwohl man natürlich nicht vergessen darf, daß es die Japaner mit dem Nachschub ungleich leichter hatten als die Russen, die ja durch das ganze damals noch reichlich menschenleere Sibirien Menschen und Material heranbringen mußten, war der japanische Sieg eine große militärische Leistung. Dieser Sieg Japans war mit einem noch viel größeren Prestigegewinn verbunden als jener über China 1894/95. In Europa und in den USA war man sich nunmehr darüber im klaren, daß man es mit einer Großmacht zu tun hatte, die auch imstande war, eine europäische Macht zu schlagen. Die Weißen konnten sich den Farbigen gegenüber nicht mehr für unschlagbar halten. Auch in Asien erregte Japans Sieg unerhörtes Aufsehen. Die Asiaten hatten bisher wie gebannt auf die europäisch-amerikanische Überlegenheit geblickt, nun war es zum ersten Mal in der neueren Geschichte einer asiatischen Macht gelungen, eine europäische Großmacht zu besiegen. Die Europäer waren also

keine unbesiegbaren Götter mehr. Wie fügt sich nun dieses neue Bild, das man sich aufgrund der militärischen Erfolge Japans von den „Gelben“ machen mußte, zu der — europäischen — Idee des Panmongolismus? Man befürchtete, daß die Japaner China erobern und als „Preußen des Fernen Ostens“ die Chinesen zu einer Riesenarmee ausbilden und gegen den Westen schicken könnten. Es machte sich auch die beängstigende Vorstellung breit, daß es zu einer panmongolischen Ideologie in Asien kommen könnte, die dann eine einigende Wirkung bei Chinesen und Japanern ausüben würde. Beide Konzepte setzen jedoch eine Einigung von Japanern und Chinesen voraus. Wie die historische Entwicklung zeigte, war dies aber eine Illusion.

Einerseits unterschätzte man die Differenzen zwischen China und Japan erheblich. Es gab zwischen beiden von vornherein viel größere Gegensätze, als man in Europa ahnte. Andererseits aber war gerade das, was Japan zunächst auch in den Augen der Asiaten (mit Ausnahme der Chinesen) groß werden ließ, auch sein Handicap. Denn Japan besiegte zwar Rußland, doch trat es zuerst China, dann auch anderen farbigen Nationen gegenüber genauso auf wie die weißen Imperialisten. Wenn es auch zunächst das Selbstgefühl der Asiaten gegenüber den Europäern stärkte, machte es sich gleichzeitig bei den Asiaten zutiefst verhaßt. Das hatte natürlich eine Verschärfung der Gegensätze zwischen China und Japan zur Folge. Auch nach dem Zweiten Weltkrieg gingen Japan und China ideologisch so verschiedene Wege, daß auch heute noch eine gemeinsame, auf Rassenbasis gebildete Front äußerst unwahrscheinlich ist. Man konnte dies im 19. und beginnenden 20. Jahrhundert natürlich nicht ahnen, aber bei näherem Studium des chinesisch-japanischen Verhältnisses wäre klargeworden, daß es keinen Grund gab, an einen Panmongolismus zu glauben. Man hatte Angst vor einem Phantom, das man sich selbst geschaffen hatte.

9. Chinas Entwicklung und Wirkung auf Europa zwischen 1900 und 1948

Am Beginn der zweiten Hälfte des 19. Jahrhunderts waren sich weitaus die meisten chinesischen Intellektuellen noch darin einig, daß die überlieferte Ordnung unbedingt bewahrt werden müsse. Sie erschien als essentiell chinesisch. Stimmen, die meinten, man könne sich selber nur dadurch stärken, daß man von den westlichen Barbaren lerne, jene Schwächen auszugleichen, die bei den militärischen Zusammenstößen offenkundig geworden waren, blieben in der Minderheit. Man vertrat zunächst die Ansicht, man müsse bloß bestimmte kriegstechnische Elemente, vor allem Kriegsschiffe und wirkungsvolle Feuerwaffen, übernehmen, und schon wäre der Ausgleich erreicht. Dies war natürlich insoferne völlig falsch, als die überlegene Kriegstechnik nur eine Seite der überlegenen wissenschaftlichen und technischen Entwicklung des Westens war. Diese Entwicklung wurde im Westen immer dramatischer und erzeugte auch immer neue und verbesserte Kriegstechniken. Bei dem Versuch, nur die Kriegstechnik des Westens zu übernehmen, mußte China im Hintertreffen bleiben. Wenn China mit dem Westen gleichziehen wollte, mußte es Wissenschaft und Technik als Ganzes übernehmen, hiezu auch das eigene Schulsystem gründlich überholen und es in vieler Hinsicht auf westliche Basis stellen. Aber das involvierte wieder eine Reihe gesellschaftspolitischer Prozesse, die sich etwa auf die Stellung des Kaisers, der Familien, der Frau etc. auswirken mußten. Da sich die westlichen Barbaren nicht gerade von ihrer besten Seite gezeigt hatten, neigte die chinesische Akademikerschicht — das ist wohl der passendste Ausdruck für die mit einer standardisierten Bildung versehene Beamtenschaft — dazu, jeden Chinesen, der in nähere Beziehung zu Europäern trat oder gar deren Länder besuchte, als Verräter der fundamentalen Ordnung anzusehen. Da das Beibehalten herkömmlicher Ordnungen im wesentlichen ein Festhalten an Privilegien war, welche die Beamtenschaft besaß, spürte sie Gefahren eben für ihre Privilegien durch eine nahe Beschäftigung mit den gesellschaftlichen, ideologischen, überhaupt geistigen Werten der Europäer.

Daß durch diese Wandlungsunfähigkeit Chinas die Diskrepanz zwischen China und dem sich immer intensiver entwickelnden Westen noch größer werden mußte und diesem dadurch die Möglichkeit geboten wurde, China noch besser auszubeuten — solche Einsichten blieben nicht nur den chinesischen Konservativen weitestgehend verborgen.

Die Widersprüche zwischen der dokumentierten Stärke der Kolonialmächte und dem chinesischen Selbstgefühlsanspruch wuchsen immer mehr. Natürlich ist es schwer, wenn man sich Jahrtausende als Mittelpunkt der Welt gesehen hat, diese Vorstellung fallenzulassen. Das wäre jedoch die einzige Möglichkeit gewesen, intensiv und erfolgreich mit den „Barbaren" konkurrieren zu können.

Obwohl China auf die Dauer mit den herkömmlichen Mitteln den Anforderungen einer völlig neuen Situation nicht gewachsen sein konnte, bestimmten zwischen 1870 und 1890 traditionelle Verhaltensweisen den chinesischen Widerstand. Man sah die eigene Schwäche falsch, schrieb sie einem Mangel an traditioneller Verwurzelung der führenden Männer zu oder der nicht genügenden Zahl von moralisch hochqualifizierten Männern, wobei die moralische Qualifikation an den konfuzianischen Prinzipien gemessen wurde. Es gab keine objektive Beurteilung der eigenen Lage und der Gründe für die eigene Schwäche. Schon deshalb konnte eine Selbststärkung nicht funktionieren. Erstens fehlten die grundlegenden Voraussetzungen technologischen Denkens, und zweitens fehlte eine soziale und politische Struktur, die eine Dynamisierung von Wissenschaft und Technik hätte ermöglichen können. Die hoffnungslose Schwäche Chinas trat immer offener zutage, einerseits gegenüber den westlichen Mächten, andererseits gegenüber Japan. Dadurch korrumpierte das chinesische Beamtentum immer mehr, statt sich moralisch zu festigen, wie es nach konservativen Vorstellungen hätte geschehen sollen. So wurde die gesellschaftliche Position des Beamtentums untergraben, seine Funktionen wurden zweifelhaft, und gerade dadurch wurde das Image Chinas immer negativer — es galt als korrupter Beamtenstaat.

Es fand sich aber auch unter den Gebildeten eine Reihe hochqualifizierter Personen, die zur Überzeugung kam, daß nur radikale Maßnahmen China vor dem Ansturm des Westens und Japans retten konnten. Langfristig gesehen waren es diese Männer, die China die Kraft verliehen, sich gegen Japan, das immer mehr zum Hauptfeind Chinas wurde, zu behaupten. Diese neue Richtung wurde als „Reformbewegung" bekannt. Ihre Anhänger waren überzeugt, daß es mit der Übernahme der westlichen Technologie allein nicht getan war. Sie erkannten, daß Gesetze und Institutionen nach europäischem Vorbild geschaffen werden mußten. Diese Position war revolutionär, stand sie doch im Gegensatz zu fast zweieinhalbtausend Jahren chinesischer Geschichte. Teils aus taktischen Gründen, teils um die Fixierung an die konfuzianischen Traditionen zu rechtfertigen, leiteten die Reformer ihre Thesen aus alten kanonischen

Schriften ab. Dabei wurden diese Schriften entsprechend uminterpretiert und im Sinne der Reformer ausgelegt. Man berief sich auch auf chinesische Philosophen, die in Opposition zur offiziellen konfuzianischen Haltung standen. Es wurden auch immer mehr westliche Texte ins Chinesische übersetzt, teils von Chinesen, die in Europa oder den USA studiert hatten, teils von Missionaren. So wurden die chinesischen Kenntnisse über das Ausland erheblich erweitert und die traditionelle Vorstellungswelt weiter zersetzt, also auch Chinas Position als „Reich der Mitte" relativiert. Das „Reich der Mitte" empfand sich nicht mehr im Mittelpunkt der Welt, ein psychologischer Vorgang, wie ihn ähnlich heute Europa erlebt. Kang Yu-wei, einer der wichtigsten Männer der sogenannten „Reformbewegung", sah die verschiedensten Nationen der Welt bereits gleichberechtigt nebeneinander. Als dann 1898 der Bruder des deutschen Kaisers, Prinz Heinrich, vom Kaiser und der Kaiserinwitwe als völlig Gleichgestellter empfangen wurde, zeigte sich, wie weit die Relativierung Chinas bereits fortgeschritten war. Einer der anwesenden alten Staatsmänner, Weng Tung-ho, sagte damals zu einem fremden Teilnehmer: „Wir haben heute etwas Unerhörtes erlebt, etwas, für das es keinen Vorgang in der chinesischen Geschichte gibt."[77])

Erst die Aufgabe der illusorischen Vorstellung der Überlegenheit ermöglichte es, die eigene Position bewußt realistisch zu erfassen und danach auf die eigene Gleichwertigkeit und Gleichberechtigung hinzuarbeiten. So entstand der chinesische Nationalismus, dessen Forderungen natürlich dahin gehen mußten, die Souveränität und Gleichberechtigung Chinas auf den verschiedensten Gebieten wiederherzustellen. Da es ja auch Japan um die Jahrhundertwende gelungen war, schon sehr weitgehende Reformen grundlegender Art (die sogenannten Meji-Reformen von 1868) durchzuführen, und China den Erfolg am eigenen Leib verspürt hatte, konnte das gleiche für China nicht unmöglich sein.

Daß man Demokratie und Parlamente schon in den alten Schriften zu finden meinte oder sich durch deren Thesen eine Rückendeckung verschaffte, gehörte eben zur Methode, die den neuen Ideen Durchschlagskraft verleihen sollte.

Als besonders schwerwiegend wurde der Kampf um die Erneuerung des Schulsystems empfunden. 1905 fand das althergebrachte Prüfungssystem ein Ende. Es gab vorerst zwar die alten Prüfungsgrade, doch weitgehend neue Inhalte, später wurden auch die alten Grade fallengelassen.

Der Boxeraufstand im Jahr 1900 hatte den Prozeß des Zusammenbruches des Gesamtsystems noch beschleunigt. Massive ökonomische Disproportionen, besonders die Notlage der Landwirtschaft, hatten die Unzufriedenheit gefördert und Gründe für den Boxeraufstand

geliefert. Religiöser, gegen das Christentum gerichteter Fanatismus und Maschinenstürmerei — umfangreiche Importe von Baumwollstoffen und die Einführung mechanischer Webstühle in China traf die Heimweberei schwer — waren der Kern des Programms der Boxer. Der Hof aber lenkte die Energien gegen die Fremden. So zogen die Boxer in Peking ein, die Zustände wurden chaotisch, und am 19. Juni kam es zur Ermordung des deutschen Gesandten in Peking, Ketteler. Das Gesandtschaftsviertel wurde 55 Tage belagert, erst dann konnte es befreit werden.
Die Kaiserinwitwe floh aus Peking und kehrte erst 1902 zurück. China mußte eine hohe Entschädigung zahlen. Das Land hatte unter dem Boxeraufstand sehr gelitten, doch die Fremden waren nur noch stärker geworden. Die reformerischen Kräfte wurden nun noch mehr als zuvor in den Hintergrund gedrängt.
Aber die einmal geschaffene Unruhe bestand weiter. Der an sich reformfreudige Kaiser Kuang-hsu konnte sich gegen die Kaiserinwitwe Tzu-hsi (seine Tante) nicht durchsetzen. Sie erhob zumindest immer wieder ihr Veto gegen entscheidende Reformen. Der Kaiser starb im November 1908 — er wurde wahrscheinlich umgebracht —, und die Kaiserinwitwe starb einen Tag danach. Da der neue Kaiser Hsuan-t'ung unfähig war, regierte an seiner Stelle Prinz Chun, der verzweifelte Anstrengungen unternahm, eine wirkungsvolle Reorganisation des Landes durchzuführen. Aber alles, was jetzt noch vom Hofe ausging, kam zu spät. Die chinesische Monarchie war nicht mehr zu retten, die Zeit der Republik war gekommen.
Ihre Etablierung verdankt die Republik in hohem Maße dem Arzt Sun Yat-sen. Er war der führende Kopf der Revolution. 1866 wurde Sun Wen (Sun Yat-sen ist sein Beiname) als Sohn einer armen Bauernfamilie in Tsui-heng aus der Umgebung Kantons geboren. Er verbrachte einige Jahre in Hawaii, wo er an einer Missionsschule auch Englisch lernte. Er studierte in Hongkong und war anschließend Arzt in Macao. Schon während seiner Studentenzeit in Hongkong betätigte er sich politisch. Um 1892 gründete er die „Gesellschaft zur Wiedererstehung Chinas". Sie machte 1895 einen Putschversuch, der jedoch keinen Erfolg hatte. Ursprünglich war er ein Reformer, der wie viele andere hoffte, die Regierungskreise für einschneidende Reformen gewinnen zu können. Sehr bald jedoch überzeugte er sich davon, daß von dieser Regierung Reformen nicht zu erwarten waren. Sie mußten erzwungen werden. Aber auch dann dachte er zunächst an eine Art konstitutioneller Monarchie. Erst nach einem zweiten mißglückten Putschversuch (1900, also zur Zeit des Boxeraufstandes) entschied er sich endgültig für die Republik.
In Tokio befand sich zu dieser Zeit das Zentrum der revolutionären

Bewegung Chinas. Dort hatte man einiges Interesse an einer Zersetzung Chinas, ähnlich wie die europäischen Mittelmächte 1917 ein Interesse an der Zersetzung Rußlands hatten. Sun dachte wohl ähnlich wie Lenin, daß man zuerst den Zusammenbruch des eigenen Landes in Kauf nehmen müsse, um es auf revolutionärem Wege stark zu machen. Auch suchte Sun Kontakte mit Vertretern der Westmächte. Beim Ausbruch der Revolution soll der französische Konsul in Hankou dazu beigetragen haben, daß die westlichen Mächte nicht eingriffen. Zwei andere revolutionäre Geheimorganisationen schlossen sich mit der „Gesellschaft zur Wiedererstehung Chinas" zum „Chinesischen Revolutionsbund" zusammen, der unter der chinesischen Abkürzung Kuomintang bekannt ist. Sun wurde zum Führer dieser neuen, umfassenden Organisation gewählt. In Tokio wurde eine „Volkszeitung" (Min-pao) herausgegeben. Die wichtigsten Forderungen des Kuomintang-Programmes waren: Absetzung und Vertreibung der Mandschus; Errichtung einer Republik, freie Wahl des Parlaments und des Präsidenten. Die „Drei Prinzipien" Sun Yat-sens waren Nationalismus, Republikanismus und Sozialismus. Sozialismus hieß in diesem Zusammenhang vor allem Agrarreform. Weiters sollte es fünf Gewalten geben, und zwar Legislative, Exekutive, Justiz, Prüfungswesen und Kontrollsystem. Wir gehen wohl nicht fehl, wenn wir annehmen, daß es zur Formulierung von fünf Punkten kam, weil die Zahl fünf traditionell in der chinesischen Philosophie eine große Rolle spielt. Sun Yat-sen arbeitete mit der sogenannten „nationalen" Bourgeoisie zusammen, im Gegensatz zur sogenannten „Kompradoren-Bourgeoisie", die mit den fremden Mächten zusammenarbeitete, von dieser Zusammenarbeit lebte und auch ihren Gewinn zog. Ihr gehörten vor allem die chinesischen Vertreter ausländischer Betriebe an. Die nationale Bourgeoisie, der den Fremden feindlich gesinnte Teil des Bürgentums, bestand dagegen aus Handwerkern und Industriellen.

1910 war die Regierung den Progressiven etwas entgegengekommen, indem sie einige Ansätze zu einer parlamentarischen Regierungsform entwickelte. Es wurde ein sogenanntes Vorparlament einberufen. Dieses hatte ein Unterhaus mit Vertretern aus den Provinzen, in denen wieder Provinziallandtage geschaffen wurden, und ein Oberhaus, in welchem Vertreter des Kaiserhauses, des Adels und der Gentry, also der Oberschicht, saßen. Es war kein Wunder, daß sich die Mitglieder des Unterhauses, vor allem Angehörige der provinziellen Gentry, als ungleich besser orientiert erwiesen als die gesellschaftliche Creme aus Peking. Es wuchs die Macht des Unterhauses, was wiederum die revolutionären Kräfte zur Aktivität stimulierte. In Hünan brachen schließlich 1910 die ersten direkt gegen die Mandschudynastie gerichteten Aufstände los. 1911 faßte

die Regierung den Beschluß, die Eisenbahnlinie Peking-Hankou und alle im Bau befindlichen Bahnlinien zu verstaatlichen. Die Eisenbahnaktionäre in Westchina antworteten mit der Proklamation von Unruhen, die dann auch von Studenten, oft Söhnen von Eisenbahnfunktionären, unterstützt wurden. Die Regierung war nicht in der Lage, diese Aufstände niederzuwerfen. In Wu-ch'ang am Yangtsekiang (eine der Städte, aus denen jetzt Wu-han gebildet wurde) brach, als Reaktion auf das Vorgehen der Regierung gegen eine Gruppe von Aufständischen, eine große Antimandschu-Revolution aus. Einige Provinzen erklärten sich für unabhängig.
Bevor wir uns mit den weiteren Details dieser Revolution beschäftigen, müssen wir eine sehr wichtige Figur erwähnen. Obwohl zeitweise taktisch auf seiten der Revolution, war sie doch die zentrale konterrevolutionäre Persönlichkeit. Es handelt sich um den General Yuan Shi-kai. Er wurde 1850 in der Provinz Honan geboren. Er vertrat zunächst die Mandschus in Korea und war der Kommandeur der einzigen modern ausgerüsteten chinesischen Armee. Mit dieser Truppe, die ihm persönlich treu ergeben war, stellte er die stärkste Macht in China dar. 1898 verfügte er über diese Truppe, als die Kaiserinwitwe Tzu-hsi in schweren Konflikt mit dem jungen Kaiser Kuang-hsu geriet, der damals unter dem Einfluß des chinesischen Gelehrten Kang Yu-wei an echte und weittragende Reformen dachte. Sie schaltete schlagartig den Kaiser aus, setzte ihn gefangen, und sie war es wohl auch, die ihn schließlich — einen Tag vor ihrem Tod — töten ließ. Ein Teil der Reformer mußte vom Hofe fliehen, andere wurden massakriert.
In dieser Situation spielte Yuan Shi-kai zum ersten Male eine entscheidende Rolle. Zunächst sympathisierte er scheinbar mit Kang Yu-wei und damit mit dem Kaiser gegen die Kaiserinwitwe. Er stand mit seiner Truppe bei Tienjin (Tien-tsin) und wurde vom Kaiser nach Peking gerufen, verriet jedoch die Pläne zur Sicherung des sich bedroht fühlenden Kaisers an die Kaiserinwitwe, ermöglichte so dessen Ausschaltung und deren Machtübernahme. Auf diese Weise griff Yuan Shi-kai zum ersten Mal durch Verrat für die Konservativen ein.
Während des Boxeraufstandes, zwei Jahre später, erhielt Yuan Shi-kai den Posten eines Gouverneurs von Shantung übertragen und ging brutal gegen die aufständischen Boxer vor. Nach dem Tod des Kaisers und der Kaiserinwitwe versuchte der für den minderjährigen Kaiser regierende Prinz Chun wenigstens die Armee in die Hand zu bekommen und entließ Yuan Shi-kai. Als nun 1911 die eben geschilderten Aufstände ausbrachen, rief die Regierung Yuan Shi-kai zurück und ordnete die Niederschlagung der Revolution an. Yuan betrieb jedoch weiter seine eigene Politik. Nach einigen Anfangserfolgen nahm er Verbindung mit den Aufständischen auf,

deren unbestrittenes Haupt Sun Yat-sen war. Yuan wurde Premierminister, und es erschien ihm nun vorteilhafter, sich mit den Aufständischen zu verbinden. Ein Sieg gegen diese hätte ihn nicht weitergebracht. Er war zwar ein Reaktionär, der das alte System befürwortete, jedoch dabei an die Spitze drängte: er wollte selbst Kaiser werden.

Am 12. Dezember 1911 besetzten die Revolutionäre Nanking. Während noch in Shanghai mit dem Hof und Yuan verhandelt wurde, etablierte sich in Nanking die Revolutionsregierung. Sun Yat-sen wurde jedenfalls am 29. Dezember von Vertretern aus 16 Provinzen zum provisorischen Präsidenten gewählt. Die Revolutionäre versuchten nun, Yuan für sich zu gewinnen, da es ihnen kaum möglich gewesen wäre, gegen dessen ausgezeichnete Truppen die Dynastie zu beseitigen. Yuan und die Revolutionäre schlossen einen Kompromiß. Danach überredete Yuan die letzten Vertreter der Mandschudynastie zur Abdankung, indem er erklärte, daß er die Truppen nicht mehr halten hönne, sie seien unzuverlässig. Am 12. Februar 1912 dankte der Kaiser ab. China wurde zur Republik erklärt, gleichzeitig wurde jedoch Yuan Shi-kai mit der Führung des neuen Staates betraut. Dies war insoferne ein Sieg der Revolutionäre, als die Mandschus entthront und die Monarchie abgeschafft worden war, es war jedoch nur ein halber Sieg, da nunmehr der Reaktionär Yuan die Macht hatte. Sun Yat-sen mußte sich mit dem Erreichten begnügen. Er bewies, daß es ihm mehr um die Sache als um seine Person ging, und trat, um der Einheit Chinas willen, zurück. Er erklärte sich einverstanden, daß Yuan Shi-kai zum neuen Präsidenten gewählt wurde. Tatsächlich legte dann Yuan am 10. März 1912 in Peking den Eid auf die Republik ab, ohne jedoch deshalb innerlich zum Republikaner zu werden. Der junge Kaiser wurde später, nach der Eroberung der Mandschurei durch die Japaner 1931, von diesen als Kaiser von „Mandchukuo“ eingesetzt. Er war jedoch nie mehr als eine Marionette.

Die Revolution von 1911 war also nur ein Kompromiß. Es wurde zwar das Symbol der alten Monarchie, der Kaiser, entfernt, doch stützte sich der neue Präsident auf eben jene Schichten, die auch die Monarchie gestützt hatten, so daß die gesellschaftlichen Entwicklungsblockaden weiterbestanden. Die neue Bourgeoisie war zahlenmäßig noch immer schwach, politisch wenig gebildet und litt auch noch, was oft zuwenig beachtet wird, an dem negativen Image, das der Kaufmannsstand schon immer in China hatte. Er wurde nie sehr geschätzt, man bot ihm bewußt keine Aufstiegsmöglichkeiten. Andererseits war die Gentry weitgehend zersetzt. Obwohl sie Grund und Boden behielt, verarmte sie immer mehr. Es strömte ausländischer billiger Reis nach China, was die Lebens-

mittelpreise drückte und die Gentry traf, die immer mehr demoralisiert wurde. Der klassenmäßige Zusammenhang der Gentry löste sich auf, es gab keine echte Klassensolidarität mehr. Die alten Cliquenkämpfe verlagerten sich vom Hof in die offene Arena. Die Gentry wurde vom Bürgertum, vom Proletariat, das nur gering an Zahl war, und einer unerhört zahlreichen Bauernschaft bekämpft. Schon zu dieser Zeit war klar, daß der, dem es gelingen würde, die Bauernmassen zu mobilisieren, der stärksten und auf die Dauer unbesiegbaren Kraft zum Durchbruch verhelfen würde.
Yuan Shi-kai tat alles, um seine Macht zu festigen. Als die Kuomintang aus den Parlamentswahlen im Februar 1913 siegreich hervorging, forderte ihr aktivster Leiter, Sung Chiao-jen, die Betrauung seiner Partei mit der Regierungsbildung. Yuan ließ ihn am 20. März 1913 ermorden. Als nun seine Gegner im Sommer 1913 eine neue Revolution entfesselten, konnte Yuan sie leicht niederschlagen. Der Weg für seine Konterrevolution war frei. Er ließ die Kuomintang fallen, löste Anfang 1914 das Parlament auf und schaffte es vollständig ab. Wenn man den Faschismus als den Versuch ansieht, die alten Klassenprivilegien mit Gewalt aufrechtzuerhalten, muß man die Diktatur Yuans als faschistisch bezeichnen. Daß er für die imperialistischen Mächte der „starke Mann" war, der auch ihre eigenen Privilegien aufrechtzuerhalten versprach, war nur naheliegend. So erhielt er auch jene Kredite, die ihm die Niederhaltung der ohnehin nicht starken demokratischen Kräfte ermöglichten. Seine Umgebung, durchaus Männer aus der alten Gesellschaft, drängte ihn oder bestärkte ihn in seinem Wunsch, sich selbst zum Kaiser zu machen, nachdem er sich 1914 zum lebenslangen Präsidenten hatte ernennen lassen. 1915 versuchte er es, doch die Reaktion war außerordentlich stark. Nicht nur agitierte Sun Yat-sen mit seinen Anhängern für die Republik, auch die Generale der früher so loyalen Armee meuterten, acht Provinzen lehnten ihn ab, und die Provinz Yünnan erklärte sich im Dezember 1915 sogar für unabhängig. In Japan kam man zu der Erkenntnis, daß ein zersplittertes China leichter zu erobern wäre, und so nahm auch Japan gegen Yuan Stellung. Er wurde, nachdem Anfang 1916 die Monarchie wieder aufgehoben worden war, am 6. Juni 1916, möglicherweise von Agenten Japans, ermordet.
Welchen Eindruck mußte nun diese triste und chaotische Lage Chinas in Europa machen? Wir müssen dabei unterscheiden zwischen dem politischen China, wie es sich dem ausländischen Beobachter darbot, und dem kulturellen China, das während der Jugendstilzeit und nach dem Ersten Weltkrieg einen Teil der europäischen Jugend stark beeindruckte. China bot politisch ein Bild hilfloser Schwäche und Orientierungslosigkeit. Vielleicht fanden besonders in Deutschland und Österreich nach dem Ersten Welt-

krieg wegen in vielem analoger Zustände gerade die melancholischen, elegischen Elemente der chinesischen Lyrik Interesse, wie etwa die Gedichte Li Tai-pos. Gustav Mahler hatte viele von ihnen bereits vor dem Ersten Weltkrieg in seinem „Lied von der Erde" verwendet.

Solange China schwach war, galten für Europa die Japaner als die ungleich größere „Gelbe Gefahr". Betrachtete man, wie es damals modern war, Kulturen im Sinne Spenglers, als Organismen, die geboren werden, wachsen und schließlich sterben, so mußte China hoffnungslos sterbend erscheinen. Tatsächlich lag etwas in China im Sterben, nämlich die alte Gentry-Gesellschaft. Und die neuen gesellschaftlichen Elemente waren noch zu schwach, um sich entscheidend durchzusetzen. Auch alte Gegensätze wurden wieder relevant, wie der zwischen Nord- und Südchina. Alte Dezentralisierungstendenzen wurden wirksam. So konnten Generale in verschiedenen Provinzen die Macht ausüben und praktisch selbständig handeln. Die jeweils bestehende „Zentralregierung" hatte keine Macht, außer über die nächstliegenden zwei bis drei Provinzen, war also de facto auch nichts anderes als eine Provinzialregierung. China wurde im Ersten Weltkrieg sogar zur Kriegserklärung an Deutsch-
Maß, daß es zur Ausrufung der Diktatur und kurz danach zur
land gezwungen. 1917 erreichten die Schwierigkeiten ein so großes
Rückberufung der Mandschus und Wiedereinsetzung des abgesetzten Kaisers kam. (Er „herrschte" vom 1. bis 8. Juli 1917.) In dieser Zeit konnten skurrile Typen an die Macht kommen, so etwa Chang Tso-lin, ein ehemaliger Räuberhauptmann, dem es gelang, ein praktisch unabhängiges Reich aus drei Provinzen der Mandschurei zu schaffen. Er hatte Abmachungen mit Japan, doch wurde er 1928 von Japanern ermordet. Dieser Schwächezustand dauerte jedenfalls von 1916 bis 1926, dem Jahr der Wiedervereinigung Chinas durch Tschiang Kai-schek und die von ihm geführte Kuomintang.

Der Erste Weltkrieg hatte für China schwerwiegende Folgen. Sie resultierten einerseits aus der Niederlage der Mittelmächte, andererseits aus der sowjetischen Revolution. Die Niederlage der Mittelmächte führte zur Aufgabe des territorialen Besitzes Deutschlands in China (der an Japan fiel) und der Vorrechte Deutschlands und Österreich-Ungarns. Andererseits hatte der Sieg der sowjetischen Revolution zur Folge, daß die neue sowjetische Regierung auf alle Konzessionen verzichtete, vor allem in der Mandschurei. Dies war der Beginn der Aufgabe der Sonderrechte fremder Mächte in China, die zur Wiederherstellung der vollen chinesischen Souveränität am Ende des Zweiten Weltkrieges führte. Jedenfalls begann mit dem Ersten Weltkrieg der Prozeß der fremden Einmischung in China rückläufig zu werden. Trotzdem standen dem Land noch unerhörte Leiden bevor, vor allem durch die Japaner.

Die Konflikte unter den imperialistischen Mächten waren bisher der Grund gewesen, warum China nicht überhaupt eine Kolonie geworden war. Die USA hatten 1917 den Japanern besondere Rechte in China vertraglich zugestanden. Doch nach dem Krieg hatten sie, ähnlich wie England und Frankreich, ein wachsendes Interesse, Japans Einfluß auf China wieder einzuschränken. Japan hatte 1914 die deutschen Besitzungen in Shantung besetzt und okkupiert. 1915 hatten die Japaner Yuan Shi-kai einundzwanzig Forderungen vorgelegt, und China wurde durch ein Ultimatum Japans vom 7. Mai 1915 gezwungen, einer großen Zahl dieser Forderungen zuzustimmen. Bei Ende des Ersten Weltkrieges übte Japan bereits eine Art Vorherrschaft über China aus. Ende 1921 — Anfang 1922 fand eine internationale Konferenz in Washington statt, wo Japan unter dem Druck der Westmächte vorläufig seine Ansprüche zurückstellen mußte. Auf diese Weise bekam China eine Atempause. Rein äußerlich aber brachten die Jahre bis 1927 einen extrem fortschreitenden Niedergang der Zentralmacht in Peking. China löste sich fast vollständig auf. Es darf jedoch nicht übersehen werden, daß sich gerade in dieser Zeit, vom Ausland weitestgehend unbemerkt, die bestimmenden Kräfte der nächsten Jahrzehnte zu formieren begannen: einerseits die Kuomintang, andererseits die Kommunistische Partei, die alsbald die Partei Mao Tsetungs wurde.

Die Kommunisten haben nicht unrecht, wenn sie die Geschichte des „zeitgenössischen China" mit dem Jahre 1919 beginnen lassen. Es war ja auch eine Zeit äußeren Niederganges, als Konfuzius seine grundlegenden Lehren konzipierte. Es ist nur naheliegend, daß in Krisenzeiten die besten Köpfe einer Nation grundlegend über die Ursachen der Übel nachzudenken beginnen. Es ist auch begreiflich, daß gerade nach Katastrophen und Niederlagen die Bereitschaft erwacht, sehr tiefgreifende Revisionen durchzuführen. Auch Lenin meinte 1917, Rußland müsse seine Niederlage bis zur Neige erfahren, weil es erst dann einen umso gründlicheren Wandel vollziehen könne. Chinas Debakel rief also auch die schöpferischen Kräfte wach und erzeugte die Bereitschaft, sich nicht mehr mit Halbheiten zufriedenzugeben. Im Gegenteil, jetzt konnte wirklich das Problem an der Wurzel angepackt, also radikal gedacht und in der Folge auch gehandelt werden. Solche Prozesse, die sich zunächst im Geiste einiger weniger vollziehen, entgehen natürlich dem distanzierten Zuschauer. Er sieht nur die chaotische Wirklichkeit und nicht das, was sich vorbereitet.

1919 ereignete sich anscheinend recht wenig. Am 4. Mai demonstrierten Studenten in Peking gegen die Übernahme jener Rechte, die Deutschland vor dem Krieg hatte, durch die Japaner auf Grund der Friedenskonferenz von Versailles. Tatsächlich war zu dieser Zeit

Japan der größte Feind Chinas. Die entstehende „4. Mai-Bewegung" breitete sich rasch aus, vor allem in den Städten. Darüber hinaus war diese Bewegung jedoch die erste chinesische Kulturrevolution. Der 4. Mai ist mit dem Beginn der europäischen Aufklärung zu vergleichen, die ebenfalls alte, hemmende Nationaltraditionen bekämpfte. Die Intellektuellen dieser chinesischen Bewegung kämpften gegen den ideologischen Überbau des in seinen Denkstrukturen immer noch kaiserlichen Regimes. Die Zeit wurde in einem viel tieferen Sinn reif für die Republik, als dies 1911 der Fall war. Die Intellektuellen kämpften nunmehr auch gegen den Konfuzianismus, also gegen das ideologische Rückgrat des alten China.

Der wichtigste Agitator der neuen Werte war Ch'en Tu-hsiu, der Gründer und Chefredakteur des bedeutendsten Kampfblattes der Zeit, „Neue Jugend". Er griff Hierarchie und Gehorsam, Unterwerfung der Untertanen einschließlich der Söhne unter den Vater und der Frau unter den Mann an. Auch Zwangsheirat und die Verkrüppelung der Frauen durch Verbiegen der Füße lehnte er ab. Die Schriftsprache sollte von den Literaten aufgegeben und die Umgangssprache verwendet werden. Diese Forderung war ein unerhörter Angriff auf das Bildungsprivileg der Oberschicht, denn durch diese Aktion sollte die Literatur auch dem breiten Volk zugänglich gemacht werden.

Die neu entstandene Form des chinesischen Nationalismus zeigt die typische Kombination von Aggression und Identifikation. Die Aggression gegen die Imperialisten des Westens verband sich mit dem Wunsch, es ihnen gleichzutun. Diese Identifikation war jedoch notwendig, um von den alten chinesischen Traditionen loszukommen. Der Sinozentrismus war, bei allem Nationalismus, zu Ende. Wenn wir die Bewegung des 4. Mai betrachten, dürfen wir nicht übersehen, daß damals eine außerordentlich große revolutionäre Strahlkraft von der Sowjetunion ausging. Die russische Revolution ist als Stimulans der 4. Mai-Bewegung anzusehen, auch wenn die Träger der Bewegung keine Kommunisten waren.

Was die Formierung politischer Kräfte betrifft, so hatte das Verbot der Kuomintang durch Yuan Shi-kai diese Partei nicht vernichtet, sondern nur in den Untergrund gedrängt. Die am 4. Mai 1919 in Peking ausbrechende Kulturrevolution führte den beiden revolutionären Gruppen, der Kuomintang und den Kommunisten, eine Menge neuer Kräfte zu. Sun Yat-sen hatte im Süden bereits eine Machtbasis. Er war 1921 zum Oberkommandierenden gewählt worden. 1924 wurde er wiedergewählt und sollte einen Feldzug gegen den Norden unternehmen. Im selben Jahr trat in Kanton der erste allgemeine chinesische Parteitag der Kommunisten zusammen. Die im Süden neuerstandene Kommunistische Partei schloß sich der Kuomintang an.

Es gab in dieser Zeit russische Abgesandte in China, und ihre Rolle muß berücksichtigt werden, um die künftige Entwicklung Chinas zu verstehen. Und sie muß auch aus den Erfahrungen der Sowjetrussen im eigenen Land heraus verstanden werden. In Rußland waren die Sowjets primär über die Arbeiterschaft an die Macht gekommen, wenn es auch unmöglich gewesen wäre, nur mit ihr allein zu siegen. Die Bauernschaft war nötig, um die Revolution im Bürgerkrieg zum Sieg zu führen. Aber der entscheidende Durchbruch zur Macht gelang den bolschewistischen Intellektuellen durch das Proletariat der Städte. Diese Erfolge bestätigten den Sowjets die marxistische These, daß der entscheidende Teil der kommunistischen Revolution vom Industrieproletariat zu leisten sei. War das zaristische Rußland zwar immer noch ein Agrarstaat, so gab es doch schon ein bemerkenswert starkes Industrieproletariat, das immerhin die Möglichkeit hatte, in Zeiten der Zersetzung der Armee und der Sicherheitskräfte in den großen Städten die Macht zu übernehmen. Es konnte so „die Revolution führen" — in Wahrheit taten dies natürlich die Intellektuellen —, doch waren die Proletarier die Kadertruppe. Natürlich wurde die kommunistische Revolution auch in China von Intellektuellen geführt. Aber der grundlegende Unterschied zwischen dem zaristischen Rußland und China war, daß es in China ein vergleichsweise zahlenmäßig viel geringeres Proletariat gab. Die Übernahme des sowjetischen Schemas hat den chinesischen Kommunisten sehr viel Blut gekostet. Damals wurde beschlossen, ein Sekretariat für die Probleme der Arbeiterschaft zu gründen, an die Bauern aber dachte man vorerst nicht. Hätten die chinesischen Kommunisten nach den katastrophalen Erfahrungen des Anfangs weiter an dem sowjetischen Schema festgehalten, so wären sie kaum an die Macht gekommen. Da sich die chinesischen Kommunisten gegen die sowjetischen Ratschläge durchzusetzen hatten, entwickelten sie ein starkes Selbstbewußtsein, das sie nicht in Gefahr kommen ließ, einfach Satelliten der Sowjets zu werden. Aber zu Anfang, als es noch sehr wenige chinesische Kommunisten gab und Kommunisten aus der Sowjetunion Unterstützung leisteten, hatten diese ein solches Prestige, daß die dringenden Ratschläge der Sowjets ohne viele Umstände befolgt wurden. Die ersten Gruppen traten mit dem ersten Sendboten Lenins, Malin, in Verbindung, dessen Hauptaufgabe es war, mit Sun Yat-sen zu verhandeln. Malin verlangte von den Kommunisten, im Rahmen der Kuomintang zu arbeiten. Ein anderer Abgesandter Moskaus war Grigori Voitinsky. Er war nicht der Ansicht Malins. Aber Voitinskys Vorschläge wurden nicht akzeptiert. So verlangte die offizielle kommunistische Parteilinie in China, innerhalb der Kuomintang zu arbeiten, um über sie zur Macht zu gelangen. Während der erste Kongreß der Kommunistischen Partei in Shanghai zusammentrat, hielten andere chinesische Kommunisten, tausende Kilometer entfernt, Treffen ab, von denen man in China nichts wußte. In Tokio, Paris, Berlin und Moskau trafen sich Chinesen und bestimmten, daß China ein kommunistischer Staat werden sollte. Tschu Teh, der in Moskau Philosophie studierte, wandte sich mit Leidenschaft dem Kommunismus zu, weil er ihn für die letzte Zuflucht aller Erniedrigten und Beleidigten ansah. Dasselbe galt für Tschu En-lai und andere. Kaum eine der Gruppen wußte jedoch von der anderen, doch waren darunter Persönlichkeiten, die später für die KPCh von großem Wert sein sollten.

Jedenfalls stießen die Kommunisten, zwar gering an Zahl, doch häufig überaus fähig, zur Kuomintang, mit der sie sich zu einer Partei vereinigten. Dies stand auch im Zusammenhang mit einer außenpolitischen Wende Sun Yat-sens von den Westmächten zur Sowjetunion. Die Westmächte unterstützten ihn nicht, noch verzichteten sie auf ihre Vorrechte. Dagegen hatte die Sowjetunion schon in den ersten Wochen nach der Machtübernahme ein Manifest erlassen, in dem auf alle zaristischen Besitzungen im Fernen Osten verzichtet wurde und Hilfeleistungen im Kampf um die Befreiung versprochen wurden.

So war es kein Wunder, daß Sun Yat-sen bei seinem Kampf gegen die Generalsherrschaft in den verschiedensten Teilen Chinas Hilfe von der Sowjetunion erbat. Gute Beziehungen zu den chinesischen Kommunisten waren hiefür zwar nicht erforderlich, doch schienen sie ihm damals zumindest nützlich zu sein. Er traf sich mit A. Joffe, dem offiziellen Gesandten der Sowjetunion in China, und unterzeichnete mit ihm das bekannte Sun-Joffe-Manifest, in welchem unter anderem erklärt wurde, daß die Bedingungen für die Einführung des Kommunismus in China noch nicht gegeben seien, vielmehr die Vereinigung des Landes und die Erlangung der nationalen Unabhängigkeit das wichtigste Ziel sein müsse. Einige Monate später schickte Sun Yat-sen einen seiner fähigsten Leute, nämlich Tschiang Kai-schek, nach Moskau, und im Oktober 1923 kam M. Borodin als Berater der Kuomintang nach Kanton. Die Kommunisten bildeten in der Kuomintang offiziell keine eigene Fraktion, sondern wurden Einzelmitglieder. Drei von ihnen wurden in das Zentralkomitee gewählt.

Im Mai 1924 bestand eine der ersten Initiativen der neuen Partei darin, eine Militärakademie in Whampoa zu gründen. Der Zweck war, den Kern einer Revolutionsarmee zu bilden. Diese Akademie sollte zur Ausbildung von Offizieren dienen, die mit der neuen Nationalarmee einen Straffeldzug gegen den Norden unternehmen und die dort regierenden Generale vertreiben sollten. Der oberste Direktor war Tschiang Kai-schek, der stellvertretende politische Leiter Tschu En-lai. Die Gründung der Militärakademie war tatsächlich eine entscheidende Tat, denn schon zu Anfang des nächsten Jahres kämpften die „Kadetten von Whampoa" bereits mit großem Erfolg gegen Ch'en Chiung-ming, jenen General von Kanton, der Sun Yat-sen 1922 von dort vertrieben hatte. In Whampoa waren im übrigen auch russische Instrukteure tätig. „Ordinarius für die Geschichte der Kuomintang Partei" war Wang Tsching-wei, der später meinte, auf japanischer Seite China dienlicher sein zu können.

Sun Yat-sen fuhr im Winter 1924 nach Peking, um dort Verhandlungen, vor allem mit dem sogenannten „christlichen General" Feng Yu-hsiang zu führen. Er wollte mit Feng, der ihn zu den Verhandlungen eingeladen hatte, eine Nationalversammlung einberufen, wobei die Probleme Chinas gelöst werden sollten. Auf dem Weg dahin wurde er jedoch krank und starb im Frühjahr 1925 an Krebs. Ungefähr um die gleiche Zeit war Mao Tse-tung, damals noch keineswegs der führende Kopf seiner Partei, ebenfalls krank und hielt sich in seinem väterlichen Dorf auf. Er hatte Zeit, die Lage Chinas zu überdenken. Er war damals Sekretär eines Kuomintang-Ministers namens Hu Han-min, er hatte in dieser Eigenschaft Einblick in die Lage der KPCh und in die Verhältnisse innerhalb der Kuomintang. Die Kommunistische Partei unter Chen Tu-hsin wollte die Kuomintang-Regierung nach dem leninistischen Rezept stürzen, also mit dem Proletariat als Träger der Revolution die Macht im Staat übernehmen. Während seiner Krankheit begann Mao an dieser „klassischen" kommunistischen These zu zweifeln. Denn die große Potenz Chinas waren die Bauern. Er begann daher im Frühjahr 1925 die Bauern zu organisieren, wobei er entscheidende Erfahrungen machte. Seine Versuche, Bergarbeiter, Eisenbahner und kleine Kaufleute zu organisieren, gab er auf. Auf seinen Kopf wurde von der Gentry ein Preis ausgesetzt, und er mußte aus Honan, seiner Heimatprovinz, nach Kanton flüchten.

Inzwischen war nach dem Tode Sun Yat-sens in der Kuomintang der Kampf um die Nachfolge ausgebrochen, der zunächst mit einem Sieg Wang Tsching-weis endete. Langsam nahmen die Pläne für eine durchschlagende Expedition nach dem Norden Gestalt an. Da Wang Tsching-wei das Talent Maos, zwischen Kuomintang und Kommunisten einen Ausgleich zu finden, kennengelernt hatte, zog er ihn für wichtige Arbeiten heran. Mao wurde Herausgeber eines geheimen Informationsorgans, das täglich den hohen Regierungsbeamten zuging und den Namen „Tageszeitung für Politik" trug. Er hielt auch Vorlesungen an der Whampoa-Akademie. Damals ging die Kuomintang daran, die Bauernfrage zu lösen. Es wurde in ihrem Hauptquartier die Enteignung der Gentry in langen Debatten erörtert; auch wurden Gesetze über den Grundbesitz erlassen. Mao vertrat die Meinung, daß ohne Hilfe der Bauern die Strafexpedition nach dem Norden undurchführbar sei. Er arbeitete im Rahmen der Kuomintang Methoden zur Bewaffnung der Bauern sowie Strategien und Taktiken für Bauernaufstände aus, die während des Straffeldzuges organisiert werden sollten.[78]) Wang Tschingwei akzeptierte diese Pläne ebenso wie der russische Berater Borodin und der nach Moskau als Botschafter entsandte Hu Han-min. Tschiang Kai-schek war jedoch ein ausgesprochener Gegner solcher Revolutionen und erwartete von den Bauern nur Nachrichten, Lebensmittel und Unterkünfte.

Mao erweiterte das System von Seminaren zur Ausbildung von Bauernführern und wurde Leiter des Propagandabüros. Die Kommunisten kamen so in steigendem Maße in hohe Stellungen innerhalb der Kuomintang. Sie waren auch in der Whampoa-Akademie führend. Da sie untereinander einig waren, war ihr Einfluß größer, als es ihrer Zahl entsprach. Sie legten die Prinzipien Sun Yat-sens auf ihre Weise aus, wodurch diese einen erheblich stärkeren Linksdrall bekamen, als nach ihren ursprünglichen Intentionen zu schließen war. Da die Kommunisten besonders gute Beziehungen zu den verbündeten Sowjetrussen hatten, genossen sie großes Ansehen. Sie konnten überdies mit einem steigenden Einfluß rechnen, da sie ja bei den kommenden Bauernerhebungen, die den Feldzug nach dem Norden begleiten sollten, führend sein sollten.

Tatsächlich erwiesen sich die Bauern bereits im Anfangsstadium des Feldzuges als sehr nützlich. Der Feldzug begann am 9. Juli 1926, und schon innerhalb von drei Monaten konnte Hunan, Hupeh, Kiangsi, Anhuai und Kiangsu besetzt werden. Diesmal horchte die Welt auf, denn plötzlich zeigte China Kraft. Mao war zur Zeit des Beginnes des Feldzuges in Hunan, wo er Bauernverbände initiierte, welche die Zusammenarbeit der Bauern mit den Truppen der Strafexpedition vorbereiteten, die den Hsiang-Fluß entlang hinaufmarschierten. Tschiang Kai-schek erreichte mit seinen Truppen den Yangtsekiang und wandte sich im Frühjahr 1927 nach Shanghai. Die Regierung, die vorwiegend unter dem Einfluß des linken Flügels der Kuomintang stand, befand sich in Wuhan. Überall in den Südprovinzen erhob sich das Volk aufgrund der kommunistischen Propaganda und des Versprechens der Regierung, den Bauern Land zuzuteilen und den Grundbesitz zurückzudrängen. Die Volkserhebung richtete sich vor allem gegen die Gentry. In Shanghai hatten die unter kommunistischem Einfluß stehenden Gewerkschaften die Macht übernommen. Sie führten einen Generalstreik durch und versorgten die Arbeiterstreikposten mit Waffen. Als nun die Truppen Tschiang Kai-scheks vor den Toren Shanghais standen, kam es zur Entscheidung. Im Sinne des linken Flügels wäre es gewesen, die Großkapitalisten Shanghais ebenso zu enteignen, wie man die Gentry enteignen wollte. Aber selbst wenn man die Kommunisten dazu hätte bringen können, auf eine solche Entscheidung zu verzichten, mußte man mit einem wachsenden kommunistischen Einfluß rechnen, der zumindest die Macht des Großkapitals zurückgedrängt hätte. Das Kuomintangprogramm war widersprüchlich: einerseits richtete es sich mit seiner Forderung nach Enteignung der Gentry gegen die veraltete Ordnung Chinas, anderseits stützte es das Großkapital. Warum aber sollte nur der Großgrundbesitz und nicht auch anderer Besitz enteignet werden? So gab es in der Generalität der Kuomintangarmee entscheidende Widerstände gegen die Bodenreform. Offiziere stehen ja nicht allzuselten den gutbesitzenden Klassen durch Verwandtschaft nahe.

Vor Shanghai entschied sich Tschiang Kai-schek für das Bündnis mit der Bourgeoisie. Er wurde von Shanghaier Kaufleuten unterstützt und bald auch von ausländischem Kapital, so daß er seine Truppen bezahlen konnte. Am 15. April 1927 besetzte er plötzlich Shanghai und befahl die völlige Ausrottung der in der Stadt befindlichen Kommunisten und Sozialisten. In den folgenden Wochen ließ er alle bislang mit ihm verbündeten Kommunisten, die er gefangennehmen konnte, barbarisch ermorden. Für die Kommunisten war dies „die Niederlage inmitten des Sieges".

Im April erhob Tschiang Kai-schek Nanking zur Hauptstadt. Er hatte nicht nur mit der Großbourgeoisie Frieden, sondern auch mit der Gentry einen Waffenstillstand geschlossen. Die Landreform blieb zwar weiter im Programm — man konnte es sich nicht leisten, auf eine so populäre Forderung zu verzichten —, doch blieb sie eben nur auf dem Papier. Die Gentry verstand diese Politik als die nützlichste, die für sie unter den gegebenen Umständen gemacht werden konnte, und unterstützte Tschiang Kai-schek. Da im Yangtse-Gebiet der größte Teil der jungen Industrie ansässig war und dort auch Chinas agrarisches Zentrum lag, diente er mit dieser Entscheidung beiden Gruppen. Ende des Jahres heiratete er Soong May-ling und wurde dadurch mit einer der größten chinesischen Bankiersfamilien liiert. Damit wurde seine Klassenzugehörigkeit noch weiter fixiert. Dies alles ermöglichte es ihm, mit den Generälen des Nordens, die ja als Funktionäre der Gentry dieser Klasse angehörten, in erfolgversprechende Verhandlungen einzutreten. Sie begannen 1927. Die Kommunisten arbeiteten mit dem linken Flügel der Kuomintang noch bis zum Juli 1927 zusammen, der in Wuhan mit Wang Tsching-wei an der Spitze die nach den Regeln der Kuomintang rechtmäßige Regierung ausübte, aber von Tschiang Kai-schek nicht akzeptiert wurde. Wang Tsching-wei trat schließlich zurück, und die Regierung unterstellte sich selbst Tschiang Kai-schek.

Es gab drei Armeen, die bereit gewesen wären, gegen Tschiang Kai-schek vorzugehen, doch verlangten die Kommandeure ein sofortiges Fallenlassen aller Pläne für eine Bodenreform. Endlich wandte sich

Tschiang Kai-schek, der mit einem Angriff auf Wuhan gedroht hatte, nach Norden.

1927 fuhr Mao neuerdings nach Hunan und blieb knapp über einen Monat dort. Er hatte schon früher als Sekretär des Kuomintang-Bauernkomitees Statistiken erarbeitet und dabei zeigen können, daß den kleinen Bauern, die etwa 65% der Bevölkerung ausmachten, nur 10—15% des kultivierbaren Landes gehörte. Weitere 15% gehörten den „mittleren" Bauern und der Rest, also 70%, der Gentry.[79])

Diese Verhältnisse hatten ihn zur ersten Revolte 1926 ermutigt. Die Bauernvereinigungen hatten bereits Mitte 1926 große Teile von Mittelhunan unter Kontrolle, doch seit Oktober desselben Jahres stieg die Zahl der Mitglieder der Vereinigung von etwa 400 000 auf 2 Millionen und, wie Mao sagt, „die Zahl der von ihnen unmittelbar geführten Massen bis auf 10 Millionen Menschen".[80]) Er schrieb dies in einer seiner wichtigsten Schriften, nämlich im „Bericht über eine Untersuchung der Bauernbewegung in der Provinz Hunan" vom März 1927.

„Der Schlag der Bauern richtet sich vor allem gegen ... die despotischen, gewalttätigen Grundbesitzer, aber nebenbei werden auch die patriarchale Ideologie jeder Art und patriarchale Zustände, unehrliche und korrupte Beamte in der Stadt sowie schlechte Sitten im Dorf getroffen."[81])

„Der Sturz dieser feudalen Kräfte ist denn auch das wahre Ziel der nationalen Revolution. Sun Yat-sen hat vierzig Jahre lang alle seine Kräfte der nationalen Revolution hingegeben; aber das, was er anstrebte und was er nicht vollbringen konnte, haben die Bauern innerhalb weniger Monate verwirklicht. Das ist eine beispiellose Tat, die zu vollbringen früher weder in vierzig Jahren noch im Laufe von Jahrtausenden gelang."[82])

Dabei kam es zu Erschießungen von Grundbesitzern und Großbauern, die als grausame Ausbeuter galten. „Man muß in jedem Kreis, wenn auch nur einige der grausamsten und verbrecherischsten Gutsbesitzer erschießen. Das allein ist ein wirksames Mittel zur Unterdrückung der Reaktion. Als die Macht auf seiten der Grundbesitzer war, mordeten sie Bauern, ohne mit der Wimper zu zucken."[83])

Es war wohl kaum ein Grundbesitzer mehr seines Lebens sicher. Die Aggression der Bauern richtete sich auch gegen die Symbole des Gentryfeudalismus, so gegen die Sänften, in welchen sich die Gutsbesitzer noch tragen ließen. Mao sah letztlich drei Möglichkeiten, sich gegenüber der Bauernrevolution zu verhalten:

„Soll man sich an ihre Spitze stellen, um sie zu führen? Soll man hinter ihnen hertrotten, um sie wild gestikulierend zu kritisieren? Oder soll man ihnen in den Weg treten, um gegen sie zu kämpfen? Es steht jedem Chinesen frei, einen dieser drei Wege zu wählen, aber der Lauf der Ereignisse wird jeden zwingen, sich mit der Wahl zu beeilen."[84])

Mao entschied sich für die erste Möglichkeit, Tschiang Kai-schek für die dritte.

Mao verlangte von den Bauern eine unmittelbare Aktion, ohne auf Direktiven von der Kuomintang, ja ohne von seiten der Kommunistischen Partei zu warten. Der Bericht wurde in Wuhan vorgelegt. Das Problem für die Kuomintang, besonders für den linken Flügel, war, daß die Bauern nichts anderes verlangten und durchführten als Sun Yat-sens „Gleichmäßige Verteilung des Landbesitzes". So war dieser Flügel verunsichert. Aber auch die Kommunisten waren es, weil von Stalin widersprüchliche Direktiven vorlagen. So sandte er am 1. Juni 1927 folgendes Telegramm an chinesische Kommunisten:

„1. Die Konfiszierung von Land soll nur auf Anordnung der Lokalbehörden durchgeführt werden, nicht auf Befehl der Nationalregierung.

2. Die Partei soll Exzesse der Bauern verhindern.

3. Alle unzuverlässigen Armeeoffiziere müssen entfernt und 20 000 Mitglieder der Kommunistischen Partei bewaffnet werden; eine neue Armee von 50 000 Mann ausgesuchter Arbeiter und Bauern der Provinzen Hunan und Hupeh ist zu bilden.

4. Neue Elemente aus der Arbeiter- und Bauernschaft müssen die alten Mitglieder des Zentralkomitees ersetzen.

5. Revolutionäre Gerichtshöfe sind einzusetzen, um reaktionäre Offiziere zu verhören, wobei wohlbekannte Kuomintang-Mitglieder die Richter sein sollen."

Tschiang Kai-schek bemerkte hinzu: „Borodin schlug vor, man solle es vor Wang Tsching-wei verbergen; doch ohne Borodins Wissen zeigte Roy (ein indischer Kommunist) es Wang. Erst da begriffen die Linksgerichteten, daß Moskau unsere Nationale Revolution dazu nutzte, China dem Kommunismus auszuliefern. Die Konsequenz war, daß auch sie den Entschluß faßten, mit der Kommunistischen Partei Chinas zu brechen."[85])

Diese Anordnungen Stalins, von denen er doch unbedingt annehmen mußte, daß sie die Kuomintangführer zu Gesicht bekommen würden, geben einige Rätsel auf, denn Stalin hatte die Konsequenz vorhersehen müssen. So wurde auch wiederholt vermutet, daß er bewußt die Kommunistische Partei Chinas der Kuomintang ans Messer liefern wollte. Es gibt hierfür zwar keinen Beweis, doch hat diese Vermutung einiges für sich, was sicherlich einem Vertrauensverhältnis zwischen der KPdSU und der KPCh nicht dienlich war.

Ohne eine Lösung der Bauernfrage konnte es keine befriedigende Situation in China geben. Aber die Lage der Kuomintang-Regierung in Wuhan machte eine Entscheidung schwierig. Sogar die Kommunisten waren durch Stalins „Anordnung" verunsichert.

Maos Versuch, die Wuhan-Regierung für die Bauern zu gewinnen, mißglückte. Nur in fünf Distrikten konnten sich die Bauern vier Monate lang halten. Mao Tse-tung hatte die KPCh in eine Situation manövriert, die eine Verständigung zwischen der Kuomintang und den Kommunisten unmöglich machte. Dies geschah gegen den Willen bedeutender Kommunisten, wie etwa des oben erwähnten Inders Roy — eines Gesandten Moskaus —, in dessen Augen Mao ein Opportunist war, „der romantische Sowjetrepubliken in der Bergwildnis gründen wollte, statt proletarische Massenbewegungen zu organisieren".[86]) Stalins Telegramm löste jedenfalls den Krieg zwischen der Kuomintang und der KPCh aus. Durch Maos Bauernpolitik wurde die Auseinandersetzung noch verschärft. Dieser Kampf, der schonungslos geführt wurde, drängte die Kommunistische Partei in den Untergrund, von wo aus sie die größte Bauernrevolution der Geschichte vorbereitete.
Die Kuomintang-Regierung in Wuhan unterstellte sich schließlich Tschiang Kai-schek in Nanking. Die Komintern-Delegierten verließen das Land. Der weiße Terror wurde über das ganze Jangtsekiangtal ausgedehnt, und mindestens 10% aller Kommunisten wurden hingerichtet.[87]) Tschiang Kai-schek wuchs zum unbestrittenen Diktator. Er residierte in Nanking, er hatte die linke Kuomintang ausgeschaltet, und es gelang ihm auch, die Generalsdiktatoren teils zu besiegen, teils zur Anerkennung seiner Person als Diktator Chinas zu zwingen.
So erhielt China einen nach außen hin imponierenden Repräsentanten. Das Image Chinas als völlig unfähiges und desorientiertes Land begann sich dadurch zu wandeln. Doch das Land kam noch lange nicht zur Ruhe. Das ungelöste Bauernproblem mußte Tschiang Kaischek schließlich zu Fall bringen. Seine bauernfeindliche Haltung hatte ihm zwar den Aufstieg erleichtert, ihn aber letztlich zu Fall gebracht.
Der vollständigen Einigung Chinas standen 1928 kommunistische Partisanenzentren südlich des Jangtsekiangs und die unter japanischem Einfluß stehende Mandschurei entgegen. Aber das waren damals vergleichsweise geringe Probleme, so daß amerikanische Historiker die Zeit zwischen 1927 und 1937 das „Dezennium von Nanking" nannten. Die Konsolidierung der Nanking-Regierung lag jedoch nicht im Interesse Japans. Durch die Einigung unter Tschiang Kai-schek fühlte sich Japan bedroht und landete deshalb 1928 Truppen in Shantung. Die Japaner zogen aber wegen der für sie ungünstigen Weltlage ihre Truppen bald wieder zurück.
So waren vorerst die Kommunisten die gefährlichsten Feinde Tschiang Kai-scheks. Da er sie gnadenlos verfolgt hatte, bekämpfen sie ihn nun ebenso erbittert. Sie hatten dabei große Erfolge. Mao und andere Partisanenführer erwiesen sich als ausgezeichnete Militärs. Infolge

ihrer unkonventionellen Kriegsführung, bei der die roten Führer immer größere Erfahrungen sammelten, gelang es ihnen nicht nur, den Einkreisungen durch Jahre hindurch zu entkommen, sondern auch wiederholt, starke feindliche Kräfte zu vernichten. Mao Tse-tung hatte nach der Liquidierung des Bauernaufstandes in Hunan 1927 nur noch etwa tausend Mann und etwa 200 Gewehre. Er setzte sich mit ihnen an der Grenze zwischen Hunan und Kiangsi auf einem Berg fest. Dort wurde eine Druckerpresse beschafft und eine Zeitung herausgegeben. Von dieser Zeit an bis Oktober 1934 befand sich die Rote Armee fast immer im Gebirge.

Maos Strategie war zu dieser Zeit noch keineswegs unangefochten. Die Kommunisten versuchten wiederholt Aufstände in Städten, die sie dann nur kurze Zeit halten konnten. Mao hingegen wollte erst dann große Schlachten schlagen, wenn seine Partisanenarmee groß genug war. Er weigerte sich auch, mit seinen Truppen Hunans Hauptstadt, Changsha, anzugreifen. Als die Kommunisten in Kanton einen Aufstand machten, konnten sie die Stadt nur drei Tage halten. Nur einigen gelang es, sich bis zu Mao durchzuschlagen. Im Mai 1928 stieß Chu Teh mit einer Schar von etwa 2000 Leuten zu ihm. In diesem Jahr wuchs Maos Schar auf 11 000 an. Dann verließ Mao mit seiner Armee den Berg und marschierte in das Bergland von Kiangsi. Gemessen an den Armeen Tschiang Kai-scheks handelte es sich um einen lächerlich-winzigen Haufen. Er hatte jedoch aufgrund seiner revolutionären Zielsetzung eine große Potenz. Tschiang Kai-schek unterschätzte die Kommunisten keineswegs. Er spürte die Gefahr, lange Zeit hielt er die Kommunisten für gefährlichere Gegner als die Japaner. Auch überließ er lieber den Japanern Teile Chinas, nur um die Roten bekämpfen zu können.

Da Maos Strategie, sich auf die Bauern zu stützen und vor allem von abgelegenen Dörfern aus zu operieren, nicht unangefochten war, außerdem eine andere Gruppe, deren Sprachrohr Li Li-san war, immer noch verlangte, Städte anzugreifen, schwankten die Kommunisten oft in ihrer Taktik. Erst nach der späteren Katastrophe setzte sich Mao endgültig durch. Tschiang Kai-schek setzte riesige Heere ein, die im September in Kiangsi mit der kleinen Truppe der Roten endgültig Schluß machen sollten. Es war der erste Vernichtungsfeldzug von insgesamt fünf. In jedem Falle kämpften die Kommunisten gegen eine ungeheure Übermacht. Ihre strategische Raffinesse, ihre große Beweglichkeit, aber auch die bessere Kenntnis des Geländes und der bessere Kontakt zur großen Mehrheit der Bevölkerung half ihnen, die Angriffe zurückzuschlagen. Sie verschafften sich dabei erst jene Waffen, die sie brauchten. In den ersten vier Feldzügen wurde die Rote Armee von Mao Tse-tung und Chu Teh geleitet, und alle vier Vernichtungsfeldzüge der Kuomintangarmeen endeten mit der Selbstbehauptung der Roten Armee.

Da es während dieser Feldzüge auch Angriffe Japans gab, meinte Tschiang Kai-schek, daß „Japan den Aufrührern durch den unprovozierten Angriff auf Mukden zu Hilfe kam".[88]) „Wie ein Präriebrand breiteten sich die Flammen der kommunistischen Rebellen aus."[89]) „Ihre schweifenden Banden überrannten 200 000 Quadrakilometer in sieben Provinzen."[90]) Dieser Sowjetstaat verfügte über eine Verfassung, in der „die Vernichtung der feudalen Überreste und der Macht der Kriegsherren sowie die Vereinigung ganz Chinas"[91]) gefordert wurden.

Als sich Tschiang Kai-schek wegen Japans Angriff auf die Mandschurei an den Völkerbund wandte, ließ dieser zwar Japan durch eine Kommission verurteilen, aber niemand wollte es auf einen Krieg gegen Japan ankommen lassen. In dieser Zeit spielte China bereits eine Rolle in der politischen Strategie der Weltmächte — zumindest von Großbritannien und Frankreich wurde ihm die Rolle einer Macht zugedacht, die die japanischen Aggressionen auf sich ziehen und so Japan abhalten sollte, sich nach dem Pazifik oder Hinterindien auszudehnen. Allen chinesischen Führern wurde damals klar, daß sie über kurz oder lang mit einem großen Krieg gegen Japan rechnen mußten. Er konnte von einem rein nationalistischen, einem rein kommunistischen oder von einem China geführt werden, in dem sich die Kuomintang mit den Kommunisten wenigstens auf einen Waffenstillstand einigte. Tschiang Kai-schek, der ja die Kommunisten für das gefährlichste Übel ansah, wollte noch vor dem voraussichtlichen Krieg die Kommunisten besiegen und womöglich ausrotten. Hiezu brauchte er Zeit. Und früher oder später konnte sich die außenpolitische Lage für China günstiger entwickeln, wenn man Japan zu noch mehr Aggressionen herausforderte. Japan versuchte aus seiner Isolierung auszubrechen, indem es 1936 mit den Achsenmächten einen Dreierbund schloß.

Der fünfte Feldzug wurde 1934, unmittelbar nach dem vierten, durchgeführt. Tschiang Kai-schek meinte, den Rücken frei zu haben, da er mit den Japanern einen Waffenstillstand abgeschlossen hatte. Dieser fünfte Feldzug sollte die große Wende bringen, denn es gelang Tschiang Kai-schek, einen erheblichen Teil der Roten Armee, und zwar jenen, der in Honan, Hupeh und Anhui stand, zu vernichten. Es war die Armee in jenen Gebieten, die Nanking am nächsten waren.

Mit Hilfe eines deutschen Militärberaters, des Generals von Falkenhausen, führte Tschiang Kai-schek eine neue Taktik ein. Sie war zwar unerhört brutal, aber auch sehr wirkungsvoll. Sie wurde „Feuerwall" genannt. Dabei wurden große Gebiete angezündet, die zwischen massiv befestigten, in das kommunistische Gebiet hineinragenden Positionen lagen. Durch diese Taktik wurden die Bauern eingeschüchtert und kopflos. Es kostete damals Tschiang Kai-scheks

Terror teils durch direkte Tötung, teils durch Aushungern etwa einer Million Bauern das Leben. „Den Kommunisten blieb", wie Tschiang schrieb, „nur die Wahl zwischen Flucht und Vernichtung."[92]) Tatsächlich schloß sich im Sommer 1934 der Ring immer enger. Die Kommunisten hatten nicht mehr die Kraft, all ihre Truppen an einem Punkt einzusetzen. Zu Beginn des Feldzuges hatte die Rote Armee 180 000 Mann gehabt, im August 1934 waren es weniger als 100 000. Am 14. Oktober 1934 begann die Flucht Mao Tse-tungs vor den Kuomintangarmeen nach dem Westen und damit der berühmte, in China legendäre „Lange Marsch". Hunderttausende brachen auf, nicht mehr als zwanzigtausend kamen am Ende an, doch waren unter diesen sehr viele, die während des Marsches hinzugestoßen waren, so daß Tschiang recht haben dürfte, wenn er meint, daß zuletzt nur 5 000 übriggeblieben seien.

Diese Flucht einer Handvoll chinesischer Kommunisten an ein Grenzgebiet des chinesischen Siedlungsraumes fand außerhalb Chinas kaum Beachtung. Nicht unbeachtet blieb die Vernichtungsaktion Tschiang Kai-scheks, sie erweckte in allen antikommunistischen Zentren große Befriedigung. Tschiang Kai-schek hatte „Ordnung im eigenen Haus" geschaffen, wenn er auch die fundamentalen Probleme Chinas nicht einmal angegangen, geschweige denn gelöst hatte. Die zunächst gegen die Japaner kämpfenden Kuomintangarmeen hatten sich keineswegs als besonders schlecht gezeigt, vielmehr gut gefochten, auch wenn sie unterlegen waren.

Es wäre falsch, aus der Vernichtung eines erheblichen Teiles der Roten Armee auf eine Vernichtung des chinesischen Kommunismus zu schließen.

War die Streitmacht auch zusammengeschrumpft, so überlebten doch die führenden Köpfe, vor allem Mao Tse-tung, der während des Langen Marsches zum unbestrittenen Führer aufgerückt war. Dieser Lange Marsch wurde in China zur Legende, zum großen, heroischen Kraftakt der Kommunisten, die durch ihn den Glauben an ihre Ziele in überzeugender Weise dokumentierten. In der übrigen Welt wurde er erst nach dem Sieg der Kommunisten über Tschiang Kai-schek bekannt, als man sich eingehend mit Mao und seiner Partei zu beschäftigen begann. Erst dann wurde klar, daß sich hier, in dem ehemals unbeachteten Geschehen, der künftige Aufstieg Chinas vorbereitet hatte.

Wenn in unseren Tagen der westdeutsche Studentenführer Rudi Dutschke vom „Langen Marsch durch die Institutionen" sprechen konnte, so zeigte dies, welche Ausstrahlung dieser Lange Marsch später auch auf Europa hatte.

Der Lange Marsch war voll tödlicher Gefahren und wurde zum großen Heldenepos der chinesischen Kommunisten, ähnlich dem vierzigjährigen Zug Moses' durch die Wüste. Auf diesem Langen Marsch setzte sich Mao endgültig mit seiner Auffassung durch; er wurde der unbestrittene Führer der Kommunistischen Partei Chinas. Die Härte dieses Marsches deutet Mao in dem Satz an: „Eine Revolution ... besitzt eine unendliche Geduld.“[93]) Nachdem Maos Armee, durch andere Gruppen verstärkt, im Oktober 1935 das nördliche Shensi erreicht hatte, wurde es zum Anziehungspunkt für die verschiedensten kommunistischen Partisanengruppen. Die Kommunisten etablierten ein eigenes Gebiet, das sie alsbald verwaltungsmäßig erfaßten.

Viele Chinesen lehnten nunmehr Tschiang Kai-scheks These, daß zuerst die Kommunisten zu liquidieren und erst danach Krieg gegen die Japaner zu führen sei, ab. Die nach 1935 einsetzende kommunistische Propaganda zur Bildung einer Einheitsfront gegen die Japaner fiel daher auf fruchtbaren Boden. Sie setzte sich jedoch erst nach dem berühmten „Sian-Zwischenfall“[94]) gegen Tschiang Kai-schek durch.

Ein aus der Mandschurei stammender General stand mit seinen mandschurischen Truppen in Sian. Sie wollten vor allem die Japaner vertreiben, um wieder heimkehren zu können. Statt nun einem Befehl Tschiang Kai-scheks zum Angriff auf die Kommunisten zu gehorchen, nahmen sie Tschiang Kai-schek, der sich auf kurze Zeit nach Sian begeben hatte, im Dezember 1936 selbst gefangen. Stalin trat sofort mit allem Nachdruck für Tschiang Kai-schek ein, und auch Mao erklärte, daß „alles nur ein Unfug“[95]) sei. Tschiang Kai-schek wurde freigelassen und schwenkte danach auf eine Einheitsfrontpolitik ein.

So kam es im Frühjahr 1937 unter der Bedrohung durch Japan zum Abschluß eines Abkommens, ja eines Bündnisses der Kuomintang mit den Kommunisten. Darin verpflichteten sich die Kommunisten, von ihrer Agrarrevolution Abstand zu nehmen, zweitens die Kuomintang nicht zu stürzen, drittens ihre Gebiete demokratisch zu reorganisieren und viertens die Rote Armee zu einer Nationalen Revolutionsarmee umzuwandeln.

Kurz darauf wurde durch einen unbeabsichtigten Zwischenfall der Krieg ausgelöst. Die Japaner hatten beträchtliche Anfangserfolge. Sie besetzten Peking und Tientsin und große Gebiete südlich davon. Im ersten deutlich abhebbaren Abschnitt des japanisch-chinesischen Krieges — zwischen Juli und Dezember — besetzten sie weite Gebiete Chinas. Japan griff Shanghai an, wohin Tschiang Kai-schek seine besten Truppen geschickt hatte. Sie hielten die Front drei Monate. Im Norden rückten die Japaner rasch vor. Ende Jänner 1938 hatten sie die Provinz Shantung zur Gänze besetzt. Aber auch die Hauptstadt Nanking konnten sie am 9. November nehmen. Es kam zu furchtbaren Ausschreitungen und Greueltaten. Tschiang Kai-schek verlegte zunächst seine Regierung nach Hankou, von wo aus er den weiteren Widerstand organisierte. Die Japaner zielten im zweiten Abschnitt des Krieges auf die Eroberung von Hankou. Daneben führten sie eine Reihe von Landungen durch und eroberten schließlich die gesamte Küste. Dadurch schnitten sie das Land von jeder Zufuhr ab. Nachdem die Japaner Hankou angegriffen und erobert hatten, führte Tschiang Kai-schek seine Regierung nach Chungking im gebirgigen Szechuan. Hier fühlte er sich sicher, denn die Japaner konnten die Gebirgsketten, eine natürliche Festung, nicht überwinden. Sie rannten sich fest, und ihre militärische Dynamik stagnierte. Immerhin kontrollierte Japan nach 1938 die größeren Städte und Eisenbahnlinien des Landes und hatte die landwirtschaftlich und an Industrie reichsten Landstriche Chinas besetzt. Aber die Chinesen montierten alle Fabriken und Produktionsstätten ab, wo immer dies möglich war, und transportierten sie, meist nur auf Karren, nach dem Westen. Dadurch wurden den Japanern die Produktionsstätten entzogen, die chinesischen Westgebiete aber erlebten eine Industrialisierungswelle. Studenten und Professoren verpackten das ganze Inventar ihrer Universitäten und zogen nach dem Westen.

Japan hatte 1940/41 sein Kriegsziel im wesentlichen erreicht, war doch China kein allzu gefährlicher Gegner mehr. Aber nach dem Vormarsch der Japaner bis zu den Bergen schlug die Stunde der Partisanen. Überall in dem riesigen von Japanern besetzten Gebiet bildeten sich Partisaneneinheiten, die alsbald das gesamte flache Land beherrschten, während die Japaner die Städte und einzelne Stützpunkte in der Hand hatten. Die Eisenbahnstrecken wurden oft unterbrochen und waren immer umkämpft. Nun waren sicherlich nicht alle Partisanen Kommunisten, diese waren jedoch die Meister der Partisanenkriegsführung und hatten darin die größte Erfahrung. So gelang es ihnen vielfach, auch Nichtkommunisten zu führen. Der Besitz des Landes und die Perfektionierung der Partisanentaktik sollten nach dem Krieg gegen Japan für sie von entscheidender Bedeutung werden.

Die Japaner, die eineinhalb Millionen Mann auf dem Festland hielten, hatten hohe Verluste. Sie hatten sich festgerannt, und im Jahre 1940 kostete der Krieg gegen China bereits täglich vier Millionen Dollar. Japan reagierte auf eine festgefahrene Situation ähnlich wie Hitler. Als es nicht gelungen war, die Briten niederzuwerfen — warf er sich auf die Russen. In China festgefahren, meinten die Japaner, die Bastionen der Westmächte im Fernen Osten angreifen zu können. Das wäre bei Großbritannien, Frankreich und den Niederlanden nicht falsch gewesen. Denn diese Länder waren in Europa entweder besetzt oder, wie Großbritannien, in einen entscheidenden Kampf um ihr Land verwickelt. Auch glaubten viele Japaner an einen Sieg der Achsenmächte in Europa. So kam es zum Angriff der Japaner auf

Pearl Harbour 1941. Doch dieser Angriff auf die Flotte der USA war ein Unternehmen, das eine Macht herausforderte, der Japan auf die Dauer nicht gewachsen sein konnte. Durch den Angriff auf Pearl Harbour entstand in den Vereinigten Staaten der unbedingte Wille, Japan niederzuschlagen und eine ähnliche bedingungslose Kapitulation zu fordern wie von den Achsenmächten.

Für China bedeutete Japans Krieg gegen die USA die Wende. Denn nunmehr war China mit der größten Macht der Erde verbündet. Ähnlich wie anfangs gegen China hatten die Japaner auch gegen die Westmächte zunächst großartige „Blitz"-Erfolge. Der Blitzkrieg dauerte jedoch nur sechs Monate (Dezember 1941 bis Juni 1942). Die Wende brachte die Seeschlacht von Midway. Diese Schlacht, die sich über den 4., 5. und 6. Juni 1942 hinzog, war das Stalingrad der Japaner.[96])

Es dauerte zwar noch eine erhebliche Zeit, bis die Amerikaner wirklich entscheidend überlegen waren, doch wirkte sich ihre größere Wirtschaftskraft immer stärker aus, und vom Sommer 1944 an kam es zu den großen Offensiven der Alliierten, die schließlich mit den Atombombenabwürfen 1945 endeten. Bis zum Sommer 1945 war Japan zwar militärisch geschlagen, aber noch nicht bereit, bedingungslos zu kapitulieren. Als die Amerikaner am 6. August auf Hiroshima die Atombombe warfen und am 9. August die Russen den Krieg erklärten und die Mandschurei zu überrennen begannen, als schließlich noch am 9. August eine zweite amerikanische Atombombe auf Nagasaki fiel, brach Japan zusammen. Der Kaiser erklärte sich am 14. August bereit, „das Unerträgliche zu ertragen".[97]) Dennoch gab es immer noch Militärs, die sinnlos weiterkämpfen wollten.

Kehren wir zu China zurück: Große Teile des Landes waren zwar besetzt, doch konnten die Japaner auf dem flachen Land meist keine Autorität ausüben. Anderseits machte die chinesische Nationalarmee keine ernsthaften Versuche, die Japaner zurückzudrängen. Auch nach dem Beginn des Krieges zwischen Japan und den USA begnügte sich Tschiang Kai-schek mit einer defensiven Haltung. Nun richteten die Amerikaner auf nationalchinesischem Territorium Flugplätze ein, von denen sie dann das japanische Heimatland bombardierten. Um diese Flugplätze auszuschalten, starteten die Japaner im April 1944 einen großen Angriff, der in nicht einmal sechs Monaten die nationalchinesischen Truppen auf der ganzen Front zu schlagen vermochte. Trotz dieses militärischen Debakels weigerte sich jedoch Tschiang Kai-schek standhaft, mit den Japanern zu verhandeln. Da sich schon zu dieser Zeit nicht nur die deutsche Niederlage, sondern auch die japanische klar abzeichnete, war es nur klug, so zu handeln, und China ging aus dem Krieg letztlich als Mit-Sieger hervor. Durch die Niederlage Japans erhielt es mehr

als seine volle Souveränität. Da China länger als jede andere Siegernation Krieg geführt und unerhörte Opfer gebracht hatte, konnte man ihm die Gleichberechtigung nicht mehr verwehren.
Es war unmöglich, zu den alten Souveränitätsbeschränkungen zurückzukehren. Man ging noch weiter und trug der Tatsache Rechnung, daß China das volkreichste Land der Erde war: China wurde 1945 unter die „Großen Vier" aufgenommen. Und nach der Gründung der UNO wurde ihm als Großmacht ein ständiger Sitz mit dem bekannten Vetorecht im Sicherheitsrat eingeräumt. So weit die außenpolitische Situation Chinas.
Tschiang Kai-schek hatte die Japaner als „Hautkrankheit", die Kommunisten als „Herzleiden" erklärt. Wie hatte sich nun der chinesische Kommunismus zwischen 1938 und 1945 entwickelt? Der langdauernde Krieg war für die Sache der Kommunisten aus verschiedenen Gründen günstig gewesen. Soweit es sich um von den Japanern besetztes Land handelte, bedrückte die Besatzungsmacht die Bevölkerung. Je stärker der Druck der Japaner war, umso besser wurden die Voraussetzungen für eine Partisanentätigkeit, besonders für eine kommunistische. Wie bereits erwähnt, verstanden sich die Kommunisten schon aus der Vorkriegszeit auf Partisanentätigkeit, und daher bekamen sie die Partisanengruppen weitgehend in die Hand. Die Partisanen überfielen japanische Transporte, wobei sie oft Ausrüstungsmaterial, auch Waffen, erbeuteten. Dazu kam, daß die Japaner offen die chinesischen Kommunisten zu ihrem Hauptfeind erklärten. Dadurch aber wurden die Kommunisten zum Zentrum des nationalen Widerstandes deklariert. Während die Kuomintangarmeen einfach auf das Kriegsende warteten, erweiterten die Kommunisten ihr Gebiet auf Kosten der Japaner. Vor allem besetzten sie durch ihre Partisanen das Berggebiet und die große Ebene Nordchinas, ebenso die größten Teile von Shansi, Hopei und Shantung. Dazu kamen noch große Teile Südchinas. So lebten am Ende des Krieges fast 90 Millionen Bauern unter kommunistischer Verwaltung, während es am Beginn nur etwa eine Million bis eineinhalb Millionen gewesen waren. Die Rote Armee, die 1937 nur zwischen 40 000 und 80 000 Mann stark gewesen war, zählte nunmehr zwischen 600 000 und 900 000 Mann, wozu noch die Bauernpartisanen kamen, die in ihrem eigenen Gebiet als Nachrichtensammler und ortskundige Soldaten eingesetzt werden konnten. Die kommunistische Armee war disziplinierter, trainierter, kampferprobter als die Kuomintangtruppen, die vielfach korrupt waren und den Bauern gegenüber erpresserisch auftraten.
Der Krieg hatte jedenfalls einen Massennationalismus unter der Landbevölkerung zur Folge, den die Kommunisten förderten und zu ihren Vorteilen zu nutzen verstanden. Sie behandelten auch die Bauern nicht wie alte Feudalherren, sondern unterließen jede Miß-

handlung der Bevölkerung, wodurch sie in deren Augen im Ansehen stiegen. Da die Soldaten im traditionellen chinesischen Wertsystem keinen hohen Rang einnahmen, wunderte man sich über das Wohlverhalten der Roten Armee. Diese versuchte sogar, gefangengenommene Japaner zu bekehren, indem man sie gut behandelte, Verwundete pflegte und ihnen auch anheimstellte, zu ihren Truppen zurückzukehren. Dies konnten sie umso leichter, als die Japaner Soldaten, die sich ergeben hatten, zu erschießen pflegten. Es gab daher auch viele Japaner in der „Roten Armee" bzw. der Achten Feldarmee, wie sie während des Krieges genannt wurde. Die Achte Feldarmee wurde von den Bauern unterstützt und „Volksarmee" genannt.

Der Krieg wurde zum Prüfstein der Kuomintang, da die ungelösten sozialen Probleme während des Krieges umso dringlicher wurden und die Kuomintang nicht in der Lage war, sie zu lösen. Der Krieg verursachte dazu noch eine Inflation, da sich die Kuomintang in arme Provinzen zurückgezogen hatte und die Seezölle, die Haupteinnahmequelle der Regierung, wegfielen. Das förderte die Korruption, und geschickte Spekulanten waren die größten Gewinner. Da Tschiang Kai-schek meinte, man müsse die militärischen Kräfte für die Auseinandersetzung mit den Kommunisten aufsparen, kämpfte er möglichst wenig mit den Japanern. Dadurch verlor er gerade wertvollste Anhänger, so Studenten, die voll Kampfgeist nach Chungking geeilt waren, wo man sie jedoch nicht einzusetzen bereit war.

Als der Krieg zu Ende war, versuchten Mao und Chu Teh, die Verfügungsgewalt der Yenanregierung möglichst gut zu fundieren. Sie wußten nichts von den Vorbereitungen der Russen, die ja im letzten Moment in den Krieg eingriffen und die Mandschurei besetzten. Mao rechnete, da die Verhandlungen mit Tschiang Kai-schek festgelaufen waren, mit einem Zusammenstoß mit der Kuomintang. Dennoch setzte er sich zunächst für eine Koalitionsregierung ein.

Die Amerikaner waren nun vom Anfang des Krieges an für eine Zusammenarbeit der Kuomintang mit den Kommunisten. Sie waren ja auch mit der Sowjetunion verbündet und hatten vor allem ein Interesse daran, daß möglichst viele Chinesen gegen die Japaner kämpften. Für sie waren die Japaner der gefährlichste Feind. Auch gegen Ende des Krieges traten sie für eine Koalitionsregierung ein, da sie in China den Bürgerkrieg verhindern wollten. So kam Tschiang Kai-schek in ein Dilemma. Er wollte die Kommunisten vernichten und durfte aus Rücksicht auf die Amerikaner keinen Krieg gegen sie führen.

Mao zeigte sich verhandlungsbereit, er flog sogar zu Tschiang nach Chungking, nachdem die Amerikaner seine Sicherheit garantiert hatten. In einem Telegramm an Tschiang hatte er höfllich als dessen

„jüngerer Bruder“[98]) unterzeichnet. Die US-Amerikaner versuchten — vor allem nach dem Eintreffen General George Marshalls — ernsthaft zu vermitteln, während Tschiang nur nach einem günstigen Ausgangspunkt für die erwarteten Kämpfe suchte und daher vor allem verhindern wollte, daß den Kommunisten japanische Waffen in die Hände fielen.

Die Rolle der Sowjetunion blieb zwielichtig, sah Stalin doch in Mao alsbald einen potentiellen Feind. Er dürfte jedenfalls ein neutrales oder geteiltes China einem kommunistischen, unabhängigen vorgezogen haben. Die Sowjetrussen hatten, nach ihrem im Grunde unnötigen Angriff auf die Mandschurei, mehr als eine Million Gefangene gemacht.[99]) Alsbald sahen sich die Russen dort chinesischen kommunistischen Truppen gegenüber, denen sie, nicht ohne Zögern, die japanischen Beutewaffen auslieferten. Gleichzeitig transportierten sie den gesamten Maschinenpark des einzigen wirklich industrialisierten Gebietes Chinas in die Sowjetunion.

Trotz der Bemühungen der Vereinigten Staaten wuchs die Spannung zwischen der Kuomintang und den Kommunisten. Die Rundfunksender beider Seiten schmähten einander.[100]) Im Juni 1946 ließ die Spannung plötzlich nach, da es Marshall gelungen war, einen Waffenstillstand zu erreichen. Aber schon im Juli 1946 begann überall der Krieg, und beide Seiten beschuldigten einander, ihn begonnen zu haben. Tatsächlich war Tschiang Kai-schek nicht bereit, jene Zugeständnisse zu machen, die für einen inneren Frieden in Anbetracht der Stärke der Kommunisten unerläßlich gewesen wären; er hoffte, die Kommunisten innerhalb von fünf Monaten niederwerfen zu können. Im Januar 1947 erklärte dann auch Mao Tse-tung, daß keine Hoffnung mehr auf Verständigung bestehe: der Krieg mußte bis zur klaren Entscheidung fortgesetzt werden.

Anfangs verlief der Bürgerkrieg wechselvoll. Die Kommunisten operierten vorwiegend im sowjetisch besetzten Gebiet, also der Mandschurei, wo die Amerikaner nicht zugunsten der Kuomintang eingreifen konnten. Solange die Kommunisten noch zahlenmäßig erheblich unterlegen waren, wendeten sie ihre alte bewegliche Taktik an, also Rückzüge, wenn sie nicht stark genug waren, Konzentration ihrer Kräfte auf unterlegene Teilarmeen etc., wie sie diese schon gegen Tschiangs Truppen während der ersten vier Vernichtungsfeldzüge vor dem Langen Marsch erprobt hatten. Erst als sie eine Truppenstärke erreicht hatten, die sich mit der der Kuomintang vergleichen ließ, gingen sie zu offenen Feldschlachten über. Selbstverständlich operierten hinter den Kuomintangarmeen die kommunistischen Partisanen weiter.

Mit dem Vordringen der Roten Armee, aber auch schon in den von den Partisanen kontrollierten Gebieten, wurden die von Mao im September 1947 erlassenen Gesetze über die Agrarpolitik angewendet. Die Bauernverbände erhielten das Recht, den Überschuß der Gutsbesitzer und Großbauern — also alles, was über den Bedarf der Familie hinausging — zu enteignen. Dies geschah unter der Kontrolle der Partei und band die Bauern im Kampf gegen die Kuomintang an das Schicksal der Kommunisten. Um zu verhindern, daß die kommunistischen Funktionäre in den Dörfern vom Machtrausch ergriffen wurden, wurden die Bauern zur Kritik an ihnen aufgefordert. Man nannte dieses Vorgehen „Durch-die-Türe-Gehen". Viele Funktionäre wurden dann abberufen und auch bestraft.

Mao war sich jedoch klar, daß eine Umverteilung der vorhandenen Güter keineswegs genügte, um auch nur die bitterste Not zu lindern. Daher wurde eine Kampagne zur Steigerung der Produktion durchgeführt. Die kommunistische Agrarpolitik war, wie in allen Phasen der chinesischen Revolution, für den Ablauf der Kämpfe von entscheidender Bedeutung, und schon im Dezember 1947 konnte Mao mit Recht erklären: „Genossen, der Wendepunkt ist gekommen!" Er meinte damit, daß die Rote Armee nunmehr stark genug war, zur Großoffensive antreten zu können. Sie bekam immer mehr das Übergewicht. Nunmehr konnten auch die Städte genommen werden, die ja Maos Taktik zufolge als letztes fallen sollten.

Nachdem ab September 1948 die Rote Armee unter Lin Piao in der Mandschurei zum Großangriff angetreten war, ging alles sehr schnell. 1948 eroberte die Rote Armee ganz Nordchina. Im Jahre 1949 gab es für sie keine echten militärischen Probleme mehr. Am 20. April 1949 überschritt sie in breiter Front den Yangtsekiang, und schon am 23. April marschierte sie in Nanking ein. Ganze Divisionen liefen nunmehr über, häufig mit ihren oft berühmten Generälen. So konnte Mao am 1. Oktober 1949 die Gründung der Volksrepublik China unter dem Jubel der Bevölkerung in Peking verkünden. Am selben Tage wurde beschlossen, den christlichen Kalender einzuführen, „weil das der in der ganzen Welt allgemein anerkannte Kalender ist". Damit demonstrierte Mao, daß es mit dem „Reich der Mitte" vorbei war. China versuchte, sich in die übrige Welt zu integrieren.

Tschiang Kai-schek flüchtete mit einem relativ kleinen Rest seiner Truppen nach Taiwan. Selbstverständlich wäre die Rote Armee sehr bald nachgestoßen und hätte so auch den letzten von Tschiang Kai-schek besetzten Teil Chinas der Volksrepublik eingegliedert. Aber auf Befehl Präsident Trumans schob sich 1950 die amerikanische Flotte zwischen das Festland und die Insel und verhinderte dadurch Tschiang Kai-scheks endgültige und vollständige Niederlage. Dieser Schritt Trumans war außerordentlich folgenschwer. Denn hier mischten sich die USA mit einer direkten militärischen Aktion in die inneren Angelegenheiten Chinas ein. Sie schufen aber auch eine illusionäre weltpolitische Situation: der Vertreter

Tschiang Kai-scheks nahm den Platz Chinas im Sicherheitsrat ein, und das riesige Reich Maos wurde nicht einmal in die UNO aufgenommen.
In China erlebte man dieses Vorgehen als Neuauflage der alten Fremdeinmischungen und Souveränitätsbeschränkungen. China wurde als Außenseiter betrachtet. Die Abhängigkeit Tschiang Kai-scheks von den USA war offenkundig. Die USA demütigten China, wie es die westlichen Mächte während des 19. Jahrhunderts getan hatten.
Wir haben uns mit den inneren Auseinandersetzungen Chinas zwischen 1911 und 1949 beschäftigt, um die Folgen dieses Geschehens für das Image Chinas in der Welt, besonders in Europa, zu begründen. Solange China vor dem chinesisch-japanischen Krieg von inneren Kämpfen geschüttelt war, zerrissen in verschiedene Teile, in denen verschiedene Generäle herrschten, schien es gelähmt und ohnmächtig. Als es Tschiang Kai-schek gelungen war, China halbwegs zu einen, kam es in Europa zu einem ersten Aufhorchen. Seine Feldzüge gegen die Kommunisten wurden als innere Konfliktaustragungen betrachtet, ähnlich jenen mit den autonomen Generälen. So übersah die Weltöffentlichkeit auch den Langen Marsch 1934/35. Man hatte in Europa andere Sorgen. Hitler war in Deutschland an die Macht gekommen und beunruhigte ganz Europa, wen interessierten damals die scheinbar bloßen Cliquenkämpfe in China? Es gab in diesen Tagen nicht jenes heute selbstverständliche Globalbewußtsein, mit dem Leibniz einst seiner Zeit so sehr vorausgegriffen hatte. Daß Japan sich nach ersten großen Erfolgen in seinem 1937 begonnen Krieg gegen China alsbald festrannte, ließ einen sehr langen Krieg erwarten, bei dem sich die Entscheidung kaum in unmittelbarer Zukunft abzeichnen würde. Die „Gelbe Gefahr“ schien zunächst gebannt. Denn durch den chinesisch-japanischen Krieg schienen beide Staaten gegenüber dritten militärisch gelähmt.
Als dann der Krieg in Europa begonnen hatte, lag der Ferne Osten erst recht nicht im Brennpunkt des Interesses. Das änderte sich jedoch schlagartig nach dem Angriff der Japaner auf Pearl Harbour 1941. Damit wurde China automatisch zum Verbündeten der Westmächte, und es erschien in einem freundlichen Licht, band es doch riesige japanische Armeen. China erschien in dieser Konstellation als vergleichsweise demokratisch und verdiente sich damit seine Aufwertung zur Großmacht mit Vetorecht in der UNO. Die Japaner galten als die bösen, die Chinesen als die guten Gelben. Nach 1945 entstanden jedoch Konflikte unter den Alliierten, und der Kalte Krieg zwischen den liberal-kapitalistischen und den kommunistischen Staaten begann. Durch die Einverleibung der Oststaaten Europas in Stalins Imperium und deren schematische, monolithische Ausrichtung nach dem sogenannten Vorbild, dem anfangs auch Jugo-

slawien verhaftet blieb, erschien die kommunistische Welt als etwas völlig Homogenes. Vielen Antikommunisten schienen ja selbst bis vor kurzem die innerkommunistischen Konflikte, die sich alsbald offenbarten, Schein- und Täuschungskonflikte zu sein. Auch sah man hinter jeder kommunistischen Aktivität Moskau stehen. Daß eine kommunistische Partei ohne Hilfe Moskaus, ja unter Umständen gegen den Willen Moskaus zur Herrschaft gelangen könnte, eine solche Möglichkeit wurde nicht einkalkuliert. Infolgedessen hielt man es für selbstverständlich, daß der Sieg der Kommunistischen Partei Chinas nur auf sowjetische Hilfe zurückzuführen sei. Aber der einzige Anhaltspunkt, den es für die sowjetische Hilfe an die chinesischen Kommunisten gab, war das sehr ambivalente Verhalten der Sowjetrussen in der Mandschurei, wo die Russen den Kommunisten japanische Beutewaffen übergeben hatten. Daß jedoch die US-amerikanischen Waffenlieferungen an die Kuomintang ungleich mehr zum kommunistischen Sieg beitrugen, kamen sie doch durch Korruption sehr rasch in kommunistische Hände, schien zu paradox, als daß man diese Möglichkeit auch nur ins Kalkül zog. Man sah also in der nunmehr gegründeten Volksrepublik China nichts anderes als einen neuen Satelliten Moskaus, der das kommunistische Machtpotential um mehr als 600 Millionen Menschen verstärkte. Das Image „Gelbe Gefahr“ verschmolz mit dem kommunistischen, das jedoch zunächst ganz im Vordergrund stand. Man nahm an, daß die KPCh auf die gleiche Weise gegen den Willen des Volkes etabliert worden war wie in den europäischen Oststaaten, in denen, mit Ausnahme der CSSR, nur sehr kleine kommunistische Parteien existiert hatten.

Nun war man sich darüber im klaren, daß der Sieg der Kommunisten in China tatsächlich eine grundlegende Veränderung des Landes bedeutete. Ein neuerliches Zerbrechen des Landes in Teile, wie dies ja bei einem so großen, differenzierten und volkreichen Land kein Wunder wäre, schien zumindest äußerst unwahrscheinlich, rechnete man doch mit einem straffen Zentralisieren der Kommunisten und mit der massiven Anwendung moderner technischer Mittel. Der Ausbau des Verkehrsnetzes — Eisenbahnen, Straßen, Wasserwege und Luftlinien — kann dem Willen zur Integration außerordentlich dienlich sein. Nimmt man die Nachrichtenmedien — Telefon, Telegraph, Funk und Fernsehen — hinzu, so stehen heute einem Herrschaftswillen völlig andere Mittel zur Verfügung als noch vor wenigen Jahrzehnten. Daß die chinesischen Kommunisten sofort eine entsprechende Technisierung beginnen würden, um so auch die Voraussetzungen für die Lösung der verkehrstechnischen Integration des Landes zu schaffen, schien selbstverständlich. Man hatte also auf lange Zeit mit einem einigen China zu rechnen, mit einem China, dessen Kräfte sich nicht mehr durch innere Kämpfe aufheben würden, mit einem Land, das durchaus imstande war, Kräfte nach außen zu wenden, sich zumindest gegen Eingriffe von außen zu wehren. Damit war jedoch der Anschluß an die Affektvoraussetzungen des Schlagwortes von der „Gelben Gefahr“ gefunden. Und weil diese Gelben noch dazu kommunistisch waren, potenzierte sich diese Gefahr. Von allen kommunistischen Bösewichten galt Rotchina als der schlimmste.

Sicherlich hatte China, was Industrialisierung, ja auch die Befriedigung der primitivsten Lebensbedürfnisse der Bevölkerung betraf, einen unerhörten Nachholbedarf, der unmöglich von heute auf morgen gedeckt werden konnte. China bot jedoch für eine Industrialisierung vielleicht bessere Voraussetzungen als das Rußland vor 1917. Es verfügte über eine Reihe unausgenützter Reserven, vor allem über ungehobene Bodenschätze, und über Menschen, die auf ihren qualifizierten Einsatz im Produktionsprozeß warteten. Hier war China nicht wegen seiner größeren Zahl im Vorteil — eine große Zahl von Menschen ist nur eine Last, wenn diese nicht qualifiziert genug ausgebildet sind —, sondern auch wegen des traditionell breit gestreuten und außerordentlich qualifizierten Handwerks und des ebenso traditionellen Fleißes. Rußland hatte über kein solch raffiniertes Handwerk wie China verfügt. Wer subtilste Jadeschnitzereien machen kann, bewährt sich auch in Feinmechanik. Die Umerziehung ist im chinesischen Fall leichter als im russischen. Und Fleiß und Zähigkeit lassen sich bestens verwerten.

Nach der Machtübernahme der Kommunisten erhielten die Menschenmassen Chinas plötzlich ein großes Gewicht. Das kommunistische China, hinter einer Strategie Moskaus als Kräftepotential, erschien nun erst recht die Menschheit und ihre höchsten Werte, wie etwa die Freiheit des Individuums, zu bedrohen. Die Behauptung, daß China nur ein Anhängsel Moskaus sei, lag auch im Interesse Tschiang Kai-scheks. So lautet auch der Titel seines Buches, in dem er über seine Niederlage berichtet: „Sowjetrußland in China“. China mußte neu in Rechnung gestellt werden. Der Riese war erwacht. Ein Land trat erneut in die Weltgeschichte ein, und zwar als potentiell stärkste Macht. 1949 stand es aber noch völlig im Schatten der Sowjetunion. Hier weckte es allerdings mehr Sorge als Begeisterung, und zwar vor allem bei Stalin. Wir können an den Beziehungen zwischen den beiden kommunistischen Supermächten erkennen, welches Gewicht Ideologien in zwischenstaatlichen Beziehungen haben. Beide Staaten waren der kommunistischen Ideologie verhaftet, somit zur Brüderlichkeit verpflichtet. Die Sowjetunion hätte im besten Fall die Rolle eines älteren Bruders übernehmen dürfen. Aber weder Stalin noch seine Nachfolger waren bzw. sind bis heute ein brüderliches Verhalten auf dem Boden der Gleichberechtigung gewöhnt, sie wollen vielmehr über die anderen herrschen. Im Herrschaftsstil der

Sowjets macht sich im übrigen das traditionell russische Element eindeutig bemerkbar. Stalin gleicht einem Iwan dem Schrecklichen, durch marxistische Rechtfertigungsideologie kaschiert. Vom marxistisch-kommunistischen Standpunkt aus gesehen, mußten die Sowjetrussen also erhebliche Schuldgefühle gegenüber den chinesischen Kommunisten haben. Sie hatten den chinesischen Kommunisten wiederholt den falschen Weg geraten, was diesen große Opfer gekostet hatte. Und sie hatten sie nur minimal unterstützt, hatten vielmehr auf Tschiang Kai-schek mehr gesetzt als auf sie. Jetzt nach dem Sieg mußten die Sowjets erfahren, daß hier eine Macht heranwuchs, die man keineswegs so kontrollieren konnte wie Polen, Ungarn und Bulgarien, und sogar diese kleinen Staaten entzogen sich zum Teil ihrer Kontrolle. Das Ziel der Sowjetrussen ist die Beherrschung der kommunistischen Welt. Der letzte, schon fast unverhohlene imperialistische Ausdruck dieser Haltung ist die sogenannte Breschnjew-Doktrin, wonach die Sowjets das Recht haben, in jedem sozialistischen Staat zu intervenieren, wenn dieser nicht den „wahren Sozialismus" verkörpert, dessen Inhalt von Rußland bestimmt wird.
Die Welt von 1949 setzte voraus, daß alle Kommunisten automatisch willige Diener der Sowjets wären und gleichzeitig deren Agenten. So wurde der „Ostblock" zum monolithischen Dämon, und mit Dämonen kann man keine Politik treiben. Man kann höchstens versuchen, sie am Eindringen in das eigene Gebiet zu hindern. Deshalb war die amerikanische Politik zunächst auf ein Eindämmen des Kommunismus, später auf ein „roll back" eingestellt. Sie war jedoch zunächst völlig unfähig, mit einzelnen kommunistischen Staaten Politik zu treiben. Das änderte sich erst, dann allerdings sehr entscheidend, als Tito gegen Stalins Vorherrschaft rebellierte und sich so die ersten Sprünge im monolithischen Block zeigten. Die Vereinigten Staaten förderten die erste kommunistische Häresie durch finanzielle Unterstützung. Aber 1949 war das Zerwürfnis Titos mit Moskau noch sehr jungen Datums, und das Zerwürfnis Moskaus mit Peking war nicht so ohne weiteres zu erkennen, zumindest waren die Amerikaner nicht informiert genug, um es vorherzusehen. Sie hätten dann viel früher diese Polarisierung unterstützen können. So halfen sie durch ihr Verhalten lange genug, das sowjetisch-chinesische Bündnis zu kitten. Erst 1970 begannen die USA mit einer politischen Wendung.

C. DIE GEGENWART

1. Die Außenpolitik der Volksrepublik China und ihre Wirkung auf Europa

Mit dem kommunistischen Sieg in China beginnt eine neue Epoche des Einflusses Chinas auf Europa, ja auf die gesamte Erde. Kaum ein Land wird in seiner Außenpolitik Rotchina nicht in irgendeiner Form in Rechnung stellen. Die Auseinandersetzungen Chinas mit der Sowjetunion sind noch keineswegs beendet und werden auch in absehbarer Zeit noch nicht beendet sein. Und doch gibt es heute schon eine umfangreiche Literatur, die sich mit den Beziehungen der beiden kommunistischen Supermächte beschäftigt. Dabei ist es ausgeschlossen, die sowjetisch-chinesischen Beziehungen sowohl auf Partei- als auch auf staatlicher Ebene isoliert vom übrigen Weltgeschehen zu betrachten.
Weiters läßt sich auch nicht die Innenpolitik Chinas, besonders vom Standpunkt der sowjetisch-chinesischen Verhältnisse aus gesehen, von der Außenpolitik präzise trennen. Es sollen daher die Titel der Kapitel C 1 und C 2 nur im Sinne einer Akzentuierung der Thematik betrachtet werden.
Die sowjetisch-chinesischen Beziehungen sind deshalb so interessant, weil besonders viele Aspekte beachtet werden müssen und sie auch lange große Rätsel aufgaben. Dazu kommt noch, daß über die Sowjetunion die ersten direkten chinesischen Einflüsse auf die Politik Europas ausgingen. All das rechtfertigt es, auf die sowjetisch-chinesischen Beziehungen in der Darstellung besonders einzugehen. Es kann wohl kein Zweifel daran bestehen, daß die Sowjetunion eine europäische Macht ist. Wenn es auch, wie wir in anderem Zusammenhang schon erwähnten, im 19. Jahrhundert Bestrebungen in Rußland gab, sich gleichsam als asiatische Macht zu etablieren, so trug gerade durch die bolschewistische Revolution vom Oktober 1917 die nach Europa gewandte Richtung endgültig den Sieg davon. Und wenn daran noch Zweifel bestünden, erinnern die Chinesen immer wieder daran, daß die UdSSR eine europäische, eine weiße Macht ist.

1949 schien das Verhältnis zwischen beiden Staaten in Ordnung zu sein. Rotchina konnte als Satellit wie Bulgarien oder Ungarn betrachtet werden. Später jedoch, während der chinesischen Kulturrevolution, wurden Details bekannt, die erkennen ließen, daß die Ursache des Gegensatzes schon in der Geschichte der russisch-chine-

sischen Beziehungen und jener zwischen der KPdSU und der KPCh liegt.
Tito hatte sich 1948 Stalin widersetzt. Und als Stalin ihn unter Druck setzte, hatte Tito nicht gezögert, die Hilfe der USA anzunehmen. Obwohl kein Zweifel besteht, daß es auch ohne den Bruch zwischen der Sowjetunion und Jugoslawien zum Konflikt zwischen der UdSSR und China gekommen wäre, so handelte es sich doch bei dem sowjetisch-jugoslawischen Konflikt um ein säkulares Ereignis. Die Politik der Vereinigten Staaten zeigte sich in dieser Frage im übrigen als äußerst intelligent. Sie erwies den eigenen langfristigen Interessen ebenso einen Dienst wie jenen der Welt und in einem bestimmten Sinne auch einer positiven Entwicklung im Kommunismus. Tito verfolgte eine durchaus konsequente und langfristige Politik, während die Sowjetunion Jugoslawien gegenüber einen Zickzackkurs einschlug. Denn Tito verfocht von allem Anfang an das Recht auf Unabhängigkeit seiner Partei und seines Landes von Moskau, dem er sich zwar „brüderlich", also auf gleicher Ebene, verbunden fühlte, jedoch nicht kindlich wie einem Vater gegenüber, der das Recht zu befehlen und anzuordnen hat. Der kommunistischen Theorie nach gibt es ja auch keine Vater- und Sohnparteien, sondern „Bruderparteien" mit gleichen Rechten und Pflichten. Doch bis heute hat sich noch keine Sowjetführung, trotz hoffnungsvoller Ansätze unter Chruschtschow, tatsächlich zu jener in der Theorie geforderten demokratischen Haltung durchgerungen. Der von den Chinesen später den Russen vorgeworfene Zarismus, „die neuen Zaren" (ich würde das Phänomen Sekundärzarismus[101]) nennen), ist eine kaum zu übersehende Realität.
Die Sowjets anerkennen bis heute nicht in notwendigem Ausmaß die weiterwirkende psychologische Kraft historischer Realitäten. Hierin waren die Chinesen von Anfang an den Russen an Erkenntnis weit überlegen. Sie versuchten auch, besonders in der Kulturrevolution, sich einigermaßen von der Vergangenheit zu befreien.
Wir erfuhren während der Kulturrevolution, daß Stalin in Mao — mit Recht, wie wir heute sehen — einen potentiellen Tito vermutet hatte und ihm mit einigem Mißtrauen begegnet war. Mao jedoch stand, bei allem eigenständigem Selbstbewußtsein, 1949 und in den folgenden Jahren Stalin und den Russen positiv gegenüber. Stalin aber war die Selbständigkeit der Chinesen unheimlich. Sie hatten gegen seinen Willen den Bürgerkrieg geführt und gegen seinen Rat den Yangtsekiang überschritten.
Sicherlich waren sowohl die Chinesen als auch die Russen Kommunisten, aber es gab, abgesehen von der unerhört wichtigen verschiedenen historischen und kulturellen Basis, auch noch andere Unterschiede: Die russischen Revolutionäre kannten das Ausland gut und Rußland relativ schlecht, als sie 1917 an die Macht kamen. Die

Chinesen hatten zwar führende Kräfte mit Auslandskenntnissen, wie Tschu En-lai und andere, aber Mao war nie im Ausland gewesen (erst 1950 besuchte er die Sowjetunion), kannte jedoch China ausgezeichnet. Außerordentlich wichtig waren die unterschiedlichen Beziehungen beider Parteiführungen zu den Bauern. Während Mao sich vor allem und ganz bewußt auf sie stützte — seine Armee war primär eine Bauernarmee —, standen die sowjetischen Führer den Bauern sehr mißtrauisch gegenüber. Stalin hatte sogar Millionen toter Bauern auf dem Gewissen, Opfer der GPU und der Hungersnöte, die im Gefolge seiner brutalen Kollektivierung aufgetreten waren. Möglicherweise kannte Mao die Schriften Bucharins, des in Rußland als Ketzer verdammten Kampfgenossen Lenins, nicht, der eine ähnlich positive Beziehung zu den Bauern hatte. Dessen Theorie von der „Weltstadt“ und dem „Weltland“ tauchte jedenfalls später in China auf. Und schließlich gibt es einen ganz großen Unterschied zwischen den Russen und Chinesen, der wahrscheinlich auch historisch bestimmt ist: Die Russen legten nie Wert darauf, ihre Gegner zu überzeugen. Sie brachten sie um oder schickten sie in ein Arbeitslager. Ohne daß sich dies je zur Theorie verdichtete, hielten sie „Klassenfeinde“ sozusagen von ihrer biologischen Natur her für etwas Böses, ähnlich wie die Nationalsozialisten die Juden. Die Chinesen versuchen jedoch ihre Gegner zu bekehren und rechneten auch damit, daß etwa 80% der Kuomintangsoldaten jeweils umerziehbar wären und in die eigenen Reihen eingegliedert werden könnten. Das chinesische Verfahren der Umerziehung wurde im Westen als „Gehirnwäsche“ diskriminiert. So problematisch es im Detail tatsächlich sein mag, es ist jedenfalls humaner als das „Ausmerzen“ von Menschen. (Daß übrigens traditionsgemäß in China Strafgefangene nach Verbüßung ihrer Strafe wieder als vollwertige Mitglieder der Gesellschaft gelten, ist in Europa wenig bekannt.)
Zu diesen Differenzen kommt natürlich noch das Eigengewicht, das so große und volkreiche Staaten, wie die Sowjetunion und China, haben. Beide sind zu groß, um einfach Satelliten zu sein. Jugoslawien war ein Stachel im Fleisch der Sowjetunion. Aber der Bruch mit China hat entscheidenderes Gewicht. Seit diesem Bruch befindet sich die Sowjetunion in einer ähnlichen Lage wie der Katholizismus nach dem 30jährigen Krieg. Die Häretiker sind nicht mehr gleichzuschalten — es sind zu viele! Die Chinesen waren den Russen gegenüber zunächst sehr bescheiden, aber schon während Maos Aufenthalt in der Sowjetunion, Anfang 1950, gelang es ihm, von Stalin wesentliche Zugeständnisse zu erhalten. Rußland hatte 1905 nach dem verlorenen Krieg seine Privilegien in der Mandschurei, vor allem die Häfen Port Arthur und Dairen sowie die Eisenbahn, an Japan verloren. Nach 1945 wollte es sie wieder in Besitz nehmen, obwohl 1917 die Sowjetregierung Verhandlungen mit China vorgeschlagen

hatte, um „alles dem chinesischen Volk zurückzugeben, was ihm von der zaristischen Regierung ... weggenommen worden war".[102]) Am 11. Februar 1945 unterzeichneten die Verbündeten des Zweiten Weltkrieges in Yalta einen Vertrag, in welchem „die früheren Rechte Rußlands, die durch den verräterischen Angriff Japans 1904 verletzt worden waren, erhalten bleiben sollten".[103]) So hatte die Sowjetunion nicht nur die Äußere Mongolei in ihre Einflußsphäre einbezogen, sie nahm auch die Ziele des zaristischen Imperialismus in der Mandschurei wieder auf. Nun hatten die Russen schon unter dem Zaren heuchlerisch immer vorgegeben, die Chinesen gegen die Japaner unterstützen zu wollen, und sich erhebliche Vorteile verschafft. So schloß auch Stalin am 14. August 1945 in Moskau mit Tschiang Kai-schek einen „Bündnis- und Freundschaftsvertrag", in welchem den Sowjets praktisch die alten Rechte Rußlands in der Mandschurei für 30 Jahre wieder eingeräumt wurden. Diese Privilegien konnte Stalin ungleich leichter ideologisch gegenüber dem Antikommunismus Tschiang Kai-scheks rechtfertigen als gegenüber dem Vertreter der „Bruderpartei". Tatsächlich gelang es Mao Anfang 1950, ein Abkommen auszuhandeln, in welchem Stalin auf alle jene Privilegien verzichtete, die ihm Tschiang Kai-schek in der Mandschurei zugestanden hatte. Nicht jedoch gelang es Mao, den Russen wieder die Äußere Mongolei zu entreißen. Immerhin war es für den machtpolitisch und auch positionsmäßig schwächeren Mao Tse-tung sicherlich befriedigend, daß es ihm gleich im ersten Anlauf gelungen war, Stalin zurückzudrängen.

Mao stand 1949 vor ungeheuren Problemen. Er hatte wohl kaum eine Auseinandersetzung mit den Russen im Sinn und konnte sie sich im übrigen zu dieser Zeit auch keineswegs leisten. Seit 1938 gab es Krieg mit Japan, das den von ihm besetzten Teil Chinas systematisch ausgebeutet hatte. Dazu kamen die Zerstörungen durch den Bürgerkrieg, zuletzt noch die Ausplünderung der Mandschurei durch die Russen. Hinter den aktuellen Problemen der ökonomischen Desorganisation standen jedoch ältere, schon über ein Jahrhundert verschleppte Probleme. Denn China hatte unter den Mandschus eine Bevölkerungsexplosion erlebt, ohne daß sich die landwirtschaftliche Produktion entsprechend gesteigert hätte. Koch[104]) führt dies auf die Aufhebung der „Kopfsteuer" durch den Kaiser Kang-si 1711 zurück. Ob man dem zustimmt oder nicht, es konnten die fruchtbaren und bebauten Gebiete bei gleichbleibender Produktionstechnik einfach nicht eine enorm steigende Bevölkerung ernähren. Dieses Problem konnte nur durch die Einführung neuer Techniken und durch Ausweitung der bebauten Fläche gelöst werden. Darüber hinaus war es aber auch notwendig, die bebauten Flächen gegen Überschwemmungen, vor allem des Gelben Flusses, zu schützen. So mußte verhindert werden, daß weiter einfach Millionen Menschen

verhungerten. Das weitverbreitete Opium zersetzte nicht nur die Arbeitskraft, es zog auch eine entsprechend weitverbreitete Prostitution nach sich. Hiezu kamen die ungelösten außenpolitischen Probleme. Auf Taiwan saß Tschiang Kai-schek, der erklärte, auf das Festland zurückkommen zu wollen, und nach dem Juni 1951 gab es den Koreakrieg, den wahrscheinlich Stalin ausgelöst hatte, sicherlich jedoch nicht die Chinesen. Es gab also ungeheure Probleme, wobei es klar war, daß manche nur langfristig lösbar sein würden. Die Verkehrsstruktur mußte ebenfalls entscheidend verbessert werden, sollte der Aufbau neuer Industrien einen Sinn haben. Wie sollten Rohstoffe zu den Fabriken, Halbfabrikate zu anderen Produktionsstätten oder fertige Produkte zu den Konsumenten gelangen, wenn es keine leistungsfähigen Verkehrsverbindungen gab? Die bestehenden wenigen Eisenbahnen waren größtenteils zerstört, neue mußten gebaut werden, um eine mit Europa einigermaßen vergleichbare Verkehrsdichte zu erreichen. Auch die Kanäle waren großteils zerstört. Teile Chinas — wie Tibet — hatten sich praktisch losgelöst und mußten, sollten sie nicht mit ihren ungehobenen Reichtümern dem Lande verlorengehen, wieder integriert werden. Schließlich ist zu bedenken, daß 85% der Bevölkerung Bauern waren, ein erheblicher Teil hievon Analphabeten. Ihre intellektuelle Potenz war also nur zum geringsten Teil erschlossen. Die Bauernschaft und besonders die Kinder mußten geschult werden, um eine Technisierung durchführen zu können. Zwar hatte China ein jahrtausendealtes Handwerk, doch eine zahlenmäßig noch sehr geringe Industriearbeiterschaft. Es fehlte an akademischen Geologen, Ingenieuren etc. Und wie man weiß, sind Schulen zwar notwendige Investitionen, doch lohnen sie sich erst in viel späterer Zeit.
In dieser Situation war auch die bescheidene materielle Hilfe der Sowjetunion von erheblicher Bedeutung, doch von noch größerer Bedeutung war die Möglichkeit für sehr viele chinesische Studenten, in der Sowjetunion zu studieren und so die von der Sowjetunion geschaffenen Bildungseinrichtungen zu benützen. Weiter ist der Einsatz sowjetischer Experten in China in seiner Bedeutung nicht zu unterschätzen. Die Chinesen lernten von ihnen technische Methoden, anderseits planten diese Experten Kraftwerksbauten, trassierten Straßen etc. und schufen die Voraussetzungen für große Industrieanlagen. Ein Beispiel hiefür ist der Bau der ersten Brücke über den Yangtsekiang bei Hankau. Bislang galt ein jahrhundertealtes Sprichwort: Zwei Dinge sind unmöglich, die Bändigung des Gelben Flusses und eine Brücke über den Yangtsekiang. Die Kommunisten schafften beides. Der Yangtsekiang ist bei Hankau etwa 3 km breit, reißend und etwa 40 m tief. Die Russen entwickelten eine neue Technik für den Bau der Brückenpfeiler, die man nach der herkömmlichen Methode nicht hätte bauen können. Diese Brücke verbindet Nord-

und Südchina. Heute gibt es auch bereits eine von Chinesen allein erbaute Brücke bei Nanking.
Die Chinesen verfolgten eine Entwicklungstaktik, die sie „auf zwei Beinen gehen“ nannten. Eine bessere Arbeitsorganisation auf dem Lande mußte bei der teilweisen Unterbeschäftigung enorme Arbeitsreserven frei machen. Für die so wichtigen Dammbauten an den Flüssen zur Sicherung der bestehenden Anbauflächen konnte neben den wenigen Großmaschinen die Arbeitskraft von Millionen chinesischer Bauern eingesetzt werden.
Sie trieben durch organisierten Maschineneinsatz die Technisierung weiter, und mit Hilfe technischer Fortschritte stellten sie neue Arbeitskräfte für Großaufgaben frei. Hatte man z. B. einmal aus Kraftwerken ein gewisses Maß an Strom gewonnen, konnte man mit Hilfe kleiner Elektromotoren die vielen Menschen ersetzen, die die notwendigen Wasserräder in großen Teilen Chinas betätigten. Oder ein anderes Beispiel: Bei der Salzgewinnung an den Meeresküsten wurde eine Technik angewendet, bei der Kulis in Holzkübeln Meerwasser zu den Becken der Salzgärten trugen und, wenn das Wasser ausgetrocknet war, das Salz mit Hilfe von Holzschaufeln herauskratzten. Die Ersetzung der Kulis durch Handpumpen — später durch Elektropumpen — und die Verwendung von — wenn auch anfangs schlechten — Eisenschaufeln ermöglichten sprunghafte Produktionssteigerungen.
Es war aber nicht allein der Masseneinsatz von Arbeitskräften für das neue Image Chinas in der Welt bestimmend, vielmehr war es der Konflikt mit Moskau, der sich immer stärker profilierte, besonders nach dem Eingriff der Chinesen in die ungarische und polnische Revolte 1956. Es waren weiters die Kampagne der „Hundert Blumen“, dann der sogenannte „Große Sprung“ und die Volkskommunen, der Mao-Kult, der chinesisch-indische Krieg und die chinesische Politik in der Dritten Welt, ferner die Wende zum Polyzentrismus und die neue Politik gegenüber den USA.
Der chinesisch-sowjetische Konflikt blieb zunächst, solange Stalin lebte, latent. Der Koreakrieg verlief bekanntlich zunächst für Nordkorea positiv. Als jedoch später General Mc Arthur an der Westküste Koreas, weit hinter den nordkoreanischen Linien, landete, wendete sich das Blatt, und die Truppen der Vereinten Nationen näherten sich der chinesischen Grenze. China griff mit „Freiwilligenverbänden“ ein, worauf wiederum eine Wendung eintrat, die schließlich zu einem Waffenstillstand führte, dessen Linie noch der heutigen Grenze entspricht.
Damals lieferte die Sowjetunion moderne Waffen an China, die jedoch auf Heller und Pfennig von den Chinesen bezahlt werden mußten. Stalins Prestige war unter den Kommunisten der ganzen Welt sehr groß. Wenn auch Mao Tse-tung ihm gegenüber sicherlich

keine Minderwertigkeitsgefühle hatte, wie meist die osteuropäischen Kommunistenführer, so war doch Stalin nicht nur einer der überlebenden großen ersten Führer der sowjetischen Revolution. Unter seiner Regierung hatte sich auch die Sowjetunion über Hitlers Krieg hinübergerettet und die Basis geschaffen, die die Sowjetunion zur zweitstärksten Macht der Welt aufsteigen ließ. Völlig anders sah jedoch die Situation nach Stalins Tod aus. Denn weder Malenkow, Bulganin oder Chruschtschow hatten das Prestige Stalins. Und sie hatten, vom Standpunkt der kommunistischen Weltbewegung, auch erheblich weniger Verdienste als Mao Tse-tung, der das zahlenmäßig größte Volk der Erde für das kommunistische Lager gewonnen hatte. Es mögen die Chinesen bezüglich technischer Unterentwicklung gegenüber der Sowjetunion noch Minderwertigkeitsgefühle gehabt haben, aber nicht als Kommunisten unter Kommunisten. Dazu kommt, daß die Machtkämpfe nach Stalins Tod unter den Führern der Sowjetunion die Position jedes einzelnen schwächten. Damit mußte sich langsam der chinesische Widerstand gegen die sowjetischen Führer verstärken.
Die sowjetisch-chinesischen Beziehungen standen natürlich in einer Relation zu den sowjetisch-amerikanischen Beziehungen und schließlich zu den chinesischen zur sogenannten Dritten Welt. Es ist allerdings schwierig, die komplexen Relationen zu beschreiben, noch schwieriger ist es jedoch, sie gerecht zu bewerten. Wir wollen deshalb zunächst die möglichen Identifikationen Chinas und Sowjetrußlands erwägen. Außenpolitische Identifikationen beruhen auf Gemeinsamkeit, ähnlich wie Identifikationen von Personen mit Personen. Um die für die politische Psychologie so wichtigen Identifikationsüberlappungen zu verstehen, ist es vorteilhaft, sich das Problem an Hand von Einzelpersönlichkeiten zum Bewußtsein zu bringen. Nehmen wir also beispielsweise an, die Person A sei:

1. eine Frau
2. eine Kanadierin
3. Protestantin
4. französischer Muttersprache
5. Ärztin
6. Schachspielerin
7. Schriftstellerin

Daraus ergeben sich eine ganze Reihe von Interessen. Sie vermag auf jeder Merkmalbasis mit anderen Personen Kontakte aufzunehmen und, je nachdem ein Merkmal vorherrscht, sich mit den Interessen von Personen mit einem gleichen Merkmal dauernd oder vorübergehend zu identifizieren. Weil sie etwa engagierte Schriftstellerin ist (ad 7), empörte sie sich, wenn ein sowjetischer Schriftsteller wegen seiner politischen oder religiösen Bekenntnisse unter Druck gesetzt wurde. Weil sie eine Frau ist (ad 1), empörte es sie, daß in einem Land kein Frauenwahlrecht existierte, weil sie protestantisch ist (ad 3), ging ihr die Verfolgung von Pastor Martin Niemöller unter Hitler besonders nahe. Weil sie Ärztin ist (ad 5), unterhält sie sich engagiert mit einem chinesischen Arzt, der ihr erklärt hat, daß man in China die Folgen der Kinderlähmung mit Akupunktur behandeln kann. Weil sie gerne Schach spielt (ad 6), hat sie eine große Bewunderung für die Russen, die so hervorragende Schachspieler hervorbringen. Sowjetische und amerikanische Astronauten identifizieren sich ähnlich bis zu einem gewissen Grad miteinander. Sie gehören beide zum „exklusivsten Klub" der Welt, wie dies eine britische Zeitung ausdrückte. Wenn wir die chinesischen Identifikationsmöglichkeiten nach Interessenmerkmalen untersuchen, können wir eine Systematik der Möglichkeiten außenpolitischer Konzeptionen erstellen.

Rotchina ist

a) ein kommunistisches Land
b) ein Land mit „farbiger" Bevölkerung, das kolonialer Ausbeutung ausgesetzt war
c) ein technisch „unterentwickeltes" Land, was jedoch heute nur noch mit großer Einschränkung gesagt werden kann
d) ein Land, das von der Sowjetunion ideologisch dominiert wurde
e) ein Land, dem von den USA Rechte vorenthalten werden bzw. noch bis vor kurzem wurden (Taiwan, UNO)
f) ein Land, das große Gebiete an Rußland verlor
g) ein militärisch und ökonomisch noch zweitrangiges Land
h) ein Land, dessen Regierung durch eigene Revolution an die Macht kam
i) ein Land mit noch immer dominierender Landwirtschaft

Auf Grund der aufgezählten Merkmale ergeben sich folgende Möglichkeiten, die dann auch die gesamte Klaviatur der chinesischen Außenpolitik umfassen.

ad a) Die Tatsache, daß China ein kommunistisches Land ist, ermöglicht es ihm, sich mit den anderen kommunistischen Parteien und Ländern zu verbünden. Gegner sind dann alle Nicht-, vor allem jedoch alle Antikommunisten. Dies setzt jedoch voraus, daß sich die anderen kommunistischen Parteien und Staaten nach kommunistischen Grundregeln richten. Konsequente kommunistische Brüderlichkeit müßte alle nationalen Fragen in Eintracht lösen, aber wer handelt schon konsequent nach seinen Prinzipien? Und sofort kommen dann andere Momente ins Spiel, die zu anderen Identifikationen herausfordern.

ad b) Die Chinesen sind Farbige, die mit anderen Farbigen gemeinsam hatten, von Weißen dominiert zu werden, wobei zu den

Weißen auch die Russen gehörten. Gemeinsame kolonialistische Vergangenheit ist eine Gemeinsamkeit, die sicherlich ins Gewicht fällt. Der Affekt richtet sich dann gegen die früheren Ausbeuter und muß nicht einfach rassistisch gefärbt sein.

ad c) Die technische Unterentwicklung teilt China mit sehr vielen Ländern, die von Farbigen bewohnt werden, doch ist hier Japan auszunehmen.

ad d) Die Sowjetunion beansprucht, der Gralshüter ideologisch kommunistischer Wahrheit zu sein. Dies erkennen viele kommunistische Parteien an, andere nicht. Soweit dies China nicht anerkennt, ergibt sich die Möglichkeit, sich mit allen jenen zu identifizieren, die die sowjetische Dominanz nicht anerkennen.

ad e) Soweit die USA China Rechte vorenthalten, wie etwa durch den Schutz Tschiang Kai-scheks, vermag sich China mit allen anderen Staaten, denen in ähnlicher Weise Rechte vorenthalten werden, zu identifizieren.

ad f) Rußland nahm China im vorigen und im 20. Jahrhundert eine Reihe von Gebieten weg. Es nahm auch Deutschland und Rumänien Gebiete weg. Eine Gemeinsamkeit, die eine Identifikation ermöglicht.

ad g) China ist trotz seiner enormen Volkszahl und seiner großen Möglichkeiten in der Zukunft militärisch und ökonomisch eine noch zweitrangige Macht. Durch die Atomüberlegenheit der Supermächte, die imstande sind, die übrige Welt in Schach zu halten, kann sich China auch mit dieser übrigen Welt identifizieren.

ad h) China besitzt ein Regime, das durch eine Revolution an die Macht gekommen ist, wie Jugoslawien, Albanien, Kuba, auch Algerien, ja Ägypten etc., wobei hier vor allem an Revolutionen nach dem Zweiten Weltkrieg gedacht ist.

ad i) China ist trotz aller Anstrengungen zur Industrialisierung noch ein Land mit dominierender Landwirtschaft. Das hat es mit den meisten „unterentwickelten“ Staaten gemeinsam.

Es ist schließlich noch anzumerken, daß China zwar noch eine zweitrangige Macht ist, jedoch auf dem Weg zur Supermacht. Eine Atommacht ist es bereits. Damit ergeben sich, zumindest auf längere Sicht, durchaus Möglichkeiten, sich mit den Supermächten zu identifizieren — da es als solche anerkannt wurde. Bei allen Gegensätzen zwischen den Vereinigten Staaten und der Sowjetunion gibt es doch auch Identifikationen beider Staaten („Gemeinsame Verantwortung“). Wir müssen nun umgekehrt auch die Frage für die sowjetische Identifikationslage stellen. Zu welchen paradoxen Situationen gemeinsame Interessen führen können, zeigt etwa die Tatsache, daß zum Beispiel in der Frage des Goldpreises sich die Sowjetunion und der rassistische Staat Südafrika auf der gleichen Seite fanden — beide wollen eine Erhöhung des Goldpreises —, weil sie beide Gold produzieren.

Halten wir fest:

a) die Sowjetunion ist ein kommunistisches Land
b) die Sowjetunion ist eine Supermacht
c) die Sowjetunion ist ein Staat, von Weißen dominiert
d) die Sowjetunion ist ein primär europäisches Land
e) die Sowjetunion ist ein Land mit imperialistisch-kolonialistischer Vergangenheit
f) die Sowjetunion ist ein Industriestaat
g) daher auch ein Land mit immer mehr dominierender Stadtkultur

Alle diese Fakten determinieren neben anderen auch die Außenpolitik der Sowjetunion. Unter den aufgezählten Eigenschaften geben a, und, wenn China einmal als Supermacht anerkannt ist, auch b Identifizierungsmöglichkeiten mit China. Eigenschaft a hat ja eine Zeit Freundschaft begründet, später offene Feindschaft verhindert, war jedoch schließlich nicht fähig, den Bruch zu verhindern. Die Eigenschaft b könnte einmal zum Tragen kommen.
Wenn wir nun die Entwicklung der chinesischen Außenpolitik betrachten, bemerken wir, daß im Laufe der Zeit die verschiedensten Register gezogen wurden, also auch die verschiedensten Möglichkeiten benützt wurden. Sicher ist jedenfalls, daß China seine Außenpolitik wiederholt revidierte, wobei allerdings der Dominanzwechsel in der sowjetischen Politik unter Chruschtschow das auslösende Moment für den Wechsel darzustellen scheint. Wir müssen jedenfalls vor allem diesen Dominanzwechsel von der primär kommunistischen Macht zum primär sich als Supermacht fühlenden Staat bei der Sowjetunion betrachten, um dann auch die chinesischen Wandlungsprozesse zu verstehen. Es ist dies auch wesentlich für die Bewertung der Wandlungsprozesse. Dabei gelangen wir tief in die Problematik der chinesischen Wirkungen auf Europa und die USA.
Der einschneidende Wandel in der sowjetischen Außenpolitik trat durch die Entwicklung der Atomwaffen ein. Es wurde eine entscheidende Revision auch der marxistisch-kommunistischen Ideologie notwendig, zumindest vom sowjetischen Standpunkt aus. Das kommunistische denunzierende Schimpfwort „Revisionist" ist wohl eines der dümmsten Vokabeln im Rahmen des kommunistischen Wortschatzes. Denn Revision eines Standpunktes ist nur dann etwas Negatives, wenn jemand zwar seine bisherige Einsicht für richtig hält, jedoch aus opportunistischen Gründen die Wahrheit verfälscht. Wenn jedoch jemand auf Grund gewissenhafter Prüfung erkennt, daß er bislang etwas Falsches dachte, ist es eine Frage der Wahrhaftigkeit, also der intellektuellen Redlichkeit, seine Meinung zu ändern. Das Festhalten an Thesen, die man als falsch erkannte, heißt die Dummheit zum Prinzip erheben.

War Chruschtschows ideologische Revision nun dem Opportunismus oder intellektueller Redlichkeit entsprungen? Wenn es bislang schon Waffen gab, die besonders schrecklich waren, so stellten die Atomwaffen, insbesondere die H-Bomben, insoferne etwas qualitativ Neues dar, als sie zum ersten Mal in der Geschichte die Möglichkeit boten, sämtliches Leben auf der Erde zu vernichten. Diese Tatsache mußte politische, aber auch ideologische Folgen haben. Denn was für einen Sinn kann ein ernstgemeinter Kampf für soziale Gerechtigkeit haben, wenn mit den Herrschenden auch die Beherrschten zugrunde gehen. Ein verzweifelter Kampf kann nur für den einen Sinn haben, der wirklich nicht mehr zu verlieren hat als seine Ketten. Nur in diesem extremen Fall mag ein Kampf als sinnvoll erscheinen. Die politischen Folgen des sogenannten atomaren Patt waren eine Art von Interessengemeinschaft der beiden Supermächte, eine Verständigung über jene Grenzen, im wirklichen und übertragenen Sinne, die nicht überschritten werden dürfen, ohne den atomaren Vernichtungsmechanismus auszulösen. Aber die ideologischen Folgen für beide Seiten waren ebenso weitreichend. Man darf hier nicht nur die Sowjetunion sehen. Denn es verbot sich à la longue für den „Westen“ ebenso eine Roll-back-Strategie wie für die Sowjetunion eine Forcierung der Unterstützung revolutionärer Bestrebungen.
Weil eine Roll-back-Strategie als zu gefährlich erschien, war eine Entspannung in Europa nur nach einer Akzeptierung der Teilung Deutschlands auf der Basis des Status quo möglich. Weiters mußte man sich mit der Existenz kommunistischer Staaten abfinden, konnte jedoch auf eine Liberalisierung oder, wenn man ein anderes Wort bevorzugt, auf eine Demokratisierung dieser Staaten hoffen. Umgekehrt konnten revolutionäre Entwicklungen im Westen, so sie von der Sowjetunion stimuliert oder unterstützt wurden, einen Atomkrieg auslösen. Insoferne war es notwendig, die Weltrevolution sozusagen aufzuschieben, dem Westen nur eine Wirtschaftskonkurrenz vorzuschlagen und eine Theorie vom friedlichen Übergang zum Sozialismus zu entwickeln.
Die ideologischen Konsequenzen waren nun sehr weitreichend. Zwar gibt es bei Marx die These, daß es in England und den USA der Arbeiterklasse gelingen könnte, auf friedlichem, parlamentarischem Weg die Macht zu übernehmen, doch „leninistisch“ war diese These nicht. Chruschtschow drückte es drastisch aus: „Es ist besser, mit einem stinkenden Ziegenbock (dem Kapitalismus) zu leben, als mit ihm zu sterben.“ Oder er verglich „unser Leben und unsere Koexistenz mit der Arche Noah, in welcher reine (die sozialistischen) und unreine (die kapitalistischen) Tiere miteinander leben mußten. Hätten sie sich bekämpft, wären beide tot gewesen.“ Chruschtschow schob so zwar die Weltrevolution hinaus, erhöhte aber die Lebenschancen des Planeten. Aber diese Verständigung hatte auch einen höchst

negativen Aspekt. Denn sie verband sich mit einem sehr großen und intensiven Mißtrauen beider Supermächte gegeneinander. Und solch ein Mißtrauen beobachtete jede Kräfteverschiebung sehr genau und furchtsam. Insoferne bedeutete die Verständigung der beiden Supermächte auch eine Machtabgrenzung, eine Abgrenzung der „Einflußsphären", und den Anspruch beider Supermächte, in ihrem Bereich zu herrschen und für Ruhe und Ordnung zu sorgen. Und gerade diese Aufteilung in Einflußsphären mußte nun von den anderen Völkern als „Imperialismus" empfunden werden.
Aus dieser Situation entstanden Komplikationen wie in Kuba, wo eine Revolution ohne russischen Anstoß, gleichsam autonom gemacht wurde. Und dieses Kuba wurde tatsächlich zu einem Ort, um den fast ein Atomkrieg ausgebrochen wäre. Dabei waren es weder die Russen noch die Chinesen, die die Revolution „anzettelten". Sie kam aus Kuba selbst. Ähnliches gilt auch für Ungarn 1956, für Polen und erst recht später für die CSSR. Daß die UdSSR den von den USA unterstützten Obristenputsch in Griechenland ebenso akzeptierten wie die USA den Einmarsch der Warschauer Pakt-Staaten in die CSSR, spricht für diese Machtaufteilung in der Welt. So gut es also ist, daß die beiden Supermächte keinen Krieg führen, so ungut ist ihre Dominanz über andere Staaten. Dabei reden sich die Supermächte darauf aus, daß sie „um des Friedens willen" intervenieren. Dies ist keine absolute Heuchelei, denn die Sowjets haben Angst, daß etwa eine Verselbständigung verschiedener Oststaaten — etwa Polens oder der Tschechoslowakei — das Machtgleichgewicht stören könnte und somit unkontrollierbare und irrationale Entwicklungen eintreten würden, die dann doch Anlaß zu einem Kriege geben könnten. Aber de facto üben beide Supermächte, auch wenn sie gegeneinander reden, sich gegenseitig stützend, ein Regiment aus, das sowohl zur liberalen US-Ideologie wie auch zur marxistischen UdSSR-Ideologie in Widerspruch steht. Und hier wiederum beginnen die chinesischen Argumente überzeugend zu wirken.
Man darf nicht übersehen, daß das Arrangement der Supermächte territorial nur eine begrenzte Klärung herbeiführt. Es umfaßt eine Abgrenzung der Einflußsphären in Europa. Ebenso gilt, daß Lateinamerika zur US-Einflußsphäre gehört. Kein Arrangement wurde jedoch über die Einflußsphären im Nahen oder Fernen Osten getroffen. Insoferne bricht wegen Europa sicherlich kein Krieg aus, doch ist eine Auslösung in anderen Zonen möglich. Fast alle gefährlichen Kriegsherde befinden sich in dem nicht festgelegten Einflußbereich, also im Nahen oder Fernen Osten. Um sie wurde und wird gekämpft. Aber im Fernen Osten, in Indochina, ist eine analoge Verständigung wie in Europa deshalb nicht möglich, weil zwischen Vietnam und der UdSSR China liegt, das ein mögliches Arrange-

ment USA-UdSSR nicht akzeptieren würde. Bei aller Freude also über das Nichtkriegführen von USA und UdSSR muß man vom Standpunkt der mittleren und kleineren Staaten — zu den mittleren zählt, vom Standpunkt der militärischen und ökonomischen Potenz, noch China — die Dominanz der Supermächte über diese Staaten ablehnen.

Es war daher kein Wunder, wenn es zum Ausbruch einzelner Länder aus der Herrschaft der Supermächte kam. Es brachen im Osten nicht nur Jugoslawien und China aus, sondern auch Albanien und Rumänien. Weitere Versuche, wie die Ungarns und der CSSR, wurden gewaltsam vereitelt. Im Falle Polens war der Versuch a priori aussichtslos. Im Westen brach Frankreich unter de Gaulle aus und propagierte einen gesamteuropäischen Ausbruch in West und Ost. Die Politik de Gaulles machte auch in China großen Eindruck, weil sie den Spielraum zwischen den Fronten erweiterte. Es gab also eine Identifikation zwischen China und Frankreich gegen die Supermächte. Aber sosehr man sich in der Sowjetunion über den französisch-amerikanischen Konflikt freute, so sehr belastete sie ihr eigener Konflikt mit China.

In manchem hat China ähnliche Probleme wie Deutschland, nämlich die erzwungene Trennung. Doch muß man auch den entscheidenden Unterschied sehen. Denn Deutschland hatte den Krieg begonnen und war ein Verliererstaat. Es ist naheliegend, daß es durch Teilung niedergehalten werden sollte. Aber China war mit den Alliierten verbündet gewesen, und die Teilung wird natürlich als besonders ungerecht empfunden. Die Russen wollten Taiwans wegen keinen Krieg führen; sie rieten den Chinesen vielmehr, zu warten, denn früher oder später würden sie ohnehin Taiwan erhalten. Ebenso würden sie auch früher oder später in die UNO aufgenommen werden. Nun übergab Chruschtschow den Chinesen weder Atombomben noch Atomgeheimnisse, wollte er doch verhindern, daß Deutschland welche bekam. Und er machte den Chinesen klar, daß sie im Falle eines von ihnen ausgelösten Krieges nicht mit einem sowjetischen Atomschirm rechnen könnten. Da die Sowjets weiter den Versuch machten, die Chinesen unter Druck zu setzen, um sie zum Einschwenken auf ihre Politik zu veranlassen, empfanden dies die Chinesen als Dominanzstreben der UdSSR. In ihren Augen setzten damit die Sowjets die Politik des Zarismus fort. Sie wurden schließlich auch als „neue Zaren" bezeichnet, wobei das alte chinesische Ressentiment gegen die „Pest von Asien", wie Rußland im 19. Jahrhundert bezeichnet wurde, sich mit den aufgestauten Aggressionen gegen die russischen Kommunisten verband, die die KPCh immer wieder in eine von den Chinesen als falsch angesehene Richtung gedrängt hatten. Dieser chinesische Vorwurf ist keineswegs völlig unberechtigt, handelt doch die Sowjetunion auch in Europa ähnlich

konservativ wie einst die Zaren. Und der Einmarsch in die CSSR, in der ein Kommunismus kreiert wurde, der tatsächlich eine Strahlungskraft nach dem Westen hätte entwickeln können, hat in Zielsetzung und Methode viele Gemeinsamkeiten mit der zaristischen Intervention des Jahres 1848 in Ungarn. Daß im sowjetischen Dominanzstreben im Rahmen der kommunistischen Parteien und im Rahmen der osteuropäischen Staaten viel von der russisch-zaristischen Großmachtpolitik fortlebt, kann nur jene einfältige Linke wundern, die meint, man könnte durch einen revolutionären Akt Jahrhunderte der Geschichte auslöschen. Hätten die Supermächte einfach miteinander Friedenspolitik betrieben, dabei jedoch auf die „Arroganz der Macht“, wie es Senator Fulbright formulierte, verzichtet, wäre nichts gegen sie einzuwenden. So jedoch sind die chinesischen Vorwürfe, die sie zuerst gegenüber den USA und später gegen die Sowjetunion erhoben, keineswegs unberechtigt. Ja selbst der Vorwurf, sie bildeten gemeinsam eine neue „Heilige Allianz“, ist keineswegs ein schlechter Vergleich, richtet sich doch ihr Arrangement gegen alle Veränderungen in beiden Machtbereichen.
Nun bekam China nicht nur sein Recht auf Taiwan verweigert, es wurde ihm unter dem fadenscheinigen Vorwand „moralischer Gründe“ auch der Sitz in der UNO verweigert. Für eine durch westlichen Imperialismus empfindlich gemachte Nation bedeutete dies eine Demütigung schlimmster Art. Sie mußte dazu noch ein immer stärkeres Engagement der US-Amerikaner in Ostasien erleben, also in unmittelbarer Nachbarschaft. Außerdem wurden in den USA Pläne öffentlich diskutiert, Chinas Atompotential durch Atombomben zu zerstören. Daß somit in China ein fast hysterischer Antiamerikanismus propagandistisch großgezogen werden konnte, ist verständlich.
Chinas eigene Entspannungsversuche stießen lange auf taube Ohren, und so war es naheliegend, daß die Chinesen ihrerseits eine Außenpolitik betrieben, die darauf abzielte, die Einmischung der USA und den „Verrat“ der Sowjetunion zu durchbrechen. Und in diesem Falle lag es nahe, auf eigene erprobte Rezepte zurückzugreifen: den Guerillakrieg. Die Tatsache, daß die chinesischen Kommunisten mit Hilfe dieses Guerillakrieges ihre entscheidenden Siege erzielt hatten, war eine Komponente ihrer Außenpolitik. Sie erzielten ihre Erfolge auch gegen die russischen Ratschläge, was im Rahmen von Kontroversen umso mehr zu ihrer Hartnäckigkeit beitrug. Und schließlich ist nicht zu leugnen, daß in vielen Teilen, und zwar gerade im Rahmen der Dritten Welt, Situationen bestanden bzw. bestehen, die eine Anwendung des chinesischen Rezeptes als sinnvoll erscheinen lassen. Auch sind Atomwaffen im Rahmen eines Guerillakrieges nicht sehr wirksam. Denn Guerillas kämpfen oft in der unmittelbaren Nähe der Angegriffenen. Sie kämpfen auf dem Land und sind nie

so konzentriert wie Truppen in einer Stadt, die ein lohnendes Ziel für Atombomben abgeben. Insoferne gibt der Guerillakrieg auch den Chinesen gute Argumente gegen die Russen in die Hand. Denn die Gefahr eines Atomkrieges wird durch ihn nur in sehr geringem Grade erzeugt.

Faszinierend ist der von den Chinesen propagierte und popularisierte Vergleich zwischen der ursprünglichen chinesischen Situation, in welcher vom Land her die Städte eingekreist wurden, mit der internationalen Situation. Die Weltstädte sind danach die USA und Europa, die Dritte Welt ist das Weltland. An sich stammt dieser Vergleich von Nikolaj Bucharin, der für folgende Sätze aus dem „Programm der Kommunistischen Internationale" verantwortlich ist, das am 1. September 1928 vom sechsten Kominternkongreß verabschiedet wurde:

„Vom Standpunkt des Kampfes gegen den Imperialismus und der Erkämpfung der Macht durch die Arbeiterklasse spielen die kolonialen Revolutionen und nationalen Freiheitsbewegungen die allergrößte Rolle. In der Übergangsperiode sind die Kolonien und Halbkolonien auch deshalb von Bedeutung, weil sie gegenüber den Industrieländern, die in der Weltwirtschaft die Rolle der Welt-Stadt spielen, das Welt-Dorf darstellen."[105])

Es war nicht das erste Mal, daß Bucharin solche Gedanken entwickelte. Schon 1915 schrieb er in „Imperialismus und Weltwirtschaft": „Von diesem Standpunkt ausgehend" — der Scheidung von Stadt und Land — „erscheinen bereits ganze Länder, und zwar die Industrieländer als Stadt, während die agrarischen Gebiete das ‚Land' darstellen."[106]) Ähnlich argumentieren die Chinesen heute. In einer vielbeachteten Publikation stellte 1965 Marschall Lin Piao fest: „Wenn man die ganze Welt nimmt, wenn Nordamerika und Westeuropa ‚die Städte der Welt' genannt werden können, dann bilden Asien, Afrika und Lateinamerika ‚die Landbezirke der Welt'. Seit dem Zweiten Weltkrieg ist die proletarische revolutionäre Bewegung aus verschiedenen Gründen in den nordamerikanischen und westeuropäischen kapitalistischen Ländern zeitweise zurückgehalten worden, während die volksrevolutionäre Bewegung in Asien, Afrika und Lateinamerika kräftig gewachsen ist. In einem gewissen Sinne stellt die gegenwärtige Revolution auch das Bild einer Einkreisung der Städte durch die Landbezirke dar. In letzter Konsequenz hängt die Sache der Weltrevolution von den revolutionären Kämpfen der asiatischen, afrikanischen und lateinamerikanischen Völker ab, die die überwiegende Mehrheit der Weltbevölkerung ausmachen. Die sozialistischen Länder sollten es als ihre internationale Pflicht ansehen, die volksrevolutionären Kämpfe in Asien und Lateinamerika zu unterstützen."[107])

Solche Hypothesen gaben jedoch den Kommunisten in den Industrieländern kein Rezept zum Handeln. Die italienischen Kommunisten etwa — man denke an Togliattis „Testament" — stehen methodisch nicht wie die Chinesen links von den Russen, sondern rechts von ihnen. Sie versuchen auf parlamentarischem Weg, oft sogar in loyaler Zusammenarbeit (bei Kommunisten etwas äußerst Seltenes) mit nichtkommunistischen Kräften, „revolutionäre", also verändernde Reformen zu erzielen und so einen friedlichen und unblutigen Weg zur Verwirklichung des Sozialismus einzuschlagen.

Betrachten wir den Weg der chinesischen Außenpolitik. Zunächst wurde die sowjetische Dominanz im Rahmen der Außenpolitik bis zu Stalins Tod anerkannt. Den Nachfolgern Stalins begegnete sie — besonders Chruschtschow — zunächst freundlich, dann zunehmend skeptischer. Chruschtschows ideologischer und politischer Versuch eines Ausgleiches, ja einer Zusammenarbeit mit den USA und die damit verbundene „Opferung" chinesischer Interessen — so die Nichtlieferung von Atombomben und das Hinausschieben einer Taiwanlösung — verschlechterte zusehends die Beziehungen zur Sowjetunion. Eine besondere Dramatisierung der Entwicklung im Kommunismus wurde durch Chruschtschows „Entstalinisierung" eingeleitet, ein Problem, das sich für die Chinesen nicht stellte und deshalb von ihnen nicht voll verstanden wurde. Es wurde aber auch von den Russen weder in vollem Umfang verstanden noch konsequent gelöst, hatte jedoch trotzdem ungeheure Folgen. Die Reduktion des Stalin-Problems auf ein Phänomen, genannt „Personenkult", verhinderte ein echtes Verständnis. Sie erklärt im Grunde sehr wenig und ist auch unmarxistisch. So wird das Phänomen nicht an der Wurzel erfaßt, es fehlt also ein „radikaler" Denkansatz zu seinem Verständnis, denn ebenso wie sich das Problem des Nationalsozialismus nicht auf die Person Adolf Hitlers reduzieren läßt, so auch nicht das Problem des Stalinismus auf Stalin. Auch Stalin brauchte eine entsprechende soziologische, besser sozialpsychologische Basis, um so herrschen zu können, wie er es tat. Wenn nunmehr um die Sowjetführer weniger Kult getrieben wird, so wird die Gesellschaft darum nicht demokratischer. Der Stalinismus müßte zum Gegenstand einer Kulturrevolution gemacht werden — denn er ist eine sekundärfeudale Nachgeburt des Zarismus —, wobei auch Institutionen eine tiefgreifende Veränderung erfahren müßten.

Die Einleitung der Entstalinisierung war trotzdem eine welthistorische Tat Chruschtschows, und sie ist geradezu heroisch zu nennen. Uneingestanden wußten die Sowjetführer wohl, daß sich das Stalinismusproblem nicht einfach personalisieren ließ. Es gab ja auch eine Menge Kommunisten, die den bisherigen Weg für falsch hielten, auf Änderungen drängten und große persönliche Risiken auf sich nahmen — das zeigten 1956 die ungarischen und polnischen Ereignisse, in die die Chinesen direkt eingriffen. Tschu En-lai besuchte

Moskau und Budapest, und er riet Chruschtschow einerseits, den polnischen Weg zum Sozialismus anzuerkennen, andererseits die ungarische Revolution — weil zu weit vorgetrieben — zu liquidieren. Man sieht, wie riskant Chruschtschows Weg war. Obwohl er jedoch durch die Niederschlagung der ungarischen Revolution viel von dem Kredit verlor, den er durch den österreichischen Staatsvertrag und durch das Tauwetter in der UdSSR im Westen erzielt hatte, erreichte er doch langfristig, daß man den Kommunismus rationaler und differenzierter zu betrachten begann. Er verlor zusehends an dämonischem Charakter. Allerdings gehört hiezu auch der immer offener zutage tretende Konflikt mit China. Denn die Aufspaltung des monolithischen Kommunismus und Bildung neuer Zentren zeigte, daß auch die Kommunisten Menschen mit verschiedenen Meinungen sind. Titos Ausbruch 1948 konnte noch als Ausnahme von der Regel verstanden werden, aber die Auseinandersetzungen mit den Polen und Ungarn und schließlich jene mit den Chinesen zeigten, daß die Sowjetunion keineswegs mehr das unbestrittene Zentrum der kommunistischen Weltbewegung war.

Die Chinesen, einerseits mißtrauisch gegenüber den Vereinigten Staaten, anderseits in dem Gefühl, von den Sowjets verraten worden zu sein, begannen eine Flucht nach vorne. Sie versuchten die Dritte Welt gegen die USA und, in letzter Konsequenz, auch gegen die Sowjetunion zu mobilisieren. Die gemeinsame Identifikationsbasis sollte so die oben beschriebenen Eigenschaften b, c, g, h bilden. Es sollten also zu einer gemeinsamen Front zusammengeschlossen werden: die ehemals ausgebeuteten, technisch unterentwickelten, noch vorwiegend agrarisch wirtschaftenden Länder mit farbiger Bevölkerung. Also das Weltdorf gegen die Weltstadt. Die Chinesen boten ihre Guerillatechnik als Befreiungsmethode und ihre Organisation menschlicher Arbeit (das System „auf zwei Füßen stehen") als Aufbaumethode an.

Es wurde versucht, eigene „chinesische" kommunistische Gruppen in möglichst vielen Ländern zu bilden, die sich „Marxisten-Leninisten" nannten, womit dargetan werden sollte, daß die sowjettreuen Kommunisten eben keine echten Marxisten-Leninisten mehr seien.

Der Erfolg bei den organisierten Kommunisten war gering. Zunächst hatten die Chinesen nur in Indonesien Erfolg, da dort eine starke kommunistische Partei sich auf ihre Seite stellte, während sich jedoch in den meisten Ländern nur ganz kleine, unbedeutende, oft obskure Gruppen abspalteten, die freilich auch nicht unterschätzt werden sollten, denn sie haben in den großen, moskautreuen Parteien oft Sympathisanten, die diese Parteien nur deshalb nicht verlassen, weil sie hauptberuflich in ihnen tätig sind, also von ihnen leben. Auch gibt es viele, die die chinesischen Argumentationen zumindest verstehen und mit deren Vertretern sympathisierenden Verkehr

pflegen. Für die Dritte Welt mußte es a priori fraglich sein, ob die oben angeführten gemeinsamen Merkmale tatsächlich ausreichten, um einen gemeinsamen Nenner zu bilden und die latenten Gegensätze zwischen den verschieden organisierten Staaten und China zu überbrücken. Wie der 1962 ausgebrochene chinesisch-indische Grenzkonflikt und Krieg anschaulich demonstrierten, gibt es unter den Ländern der Dritten Welt sehr erhebliche Streitpunkte, die oft auch von ausländischen Interessenten geschürt werden. Diese Konflikte vereiteln meist ein gemeinsames Vorgehen im beiderseitigen Interesse. Man denke an den indisch-pakistanischen Konflikt oder an den Jemenkonflikt. Auch gibt es keineswegs nur einen Rassenkonflikt zwischen Weißen und Farbigen, es können, wie im Sudan, auch Araber Neger unterdrücken. Der chinesische Weg erfordert einen unerhörten revolutionären Asketismus, den viele Eliten der Dritten Welt nicht gehen wollen und können.
China war trotz sehr großer Opferbereitschaft nicht in der Lage, mit den USA oder auch nur mit der Sowjetunion bei der Vergabe von Entwicklungshilfe in Konkurrenz zu treten. So führte der chinesisch-indische Krieg 1962 dazu, daß das militärisch sicherlich unterlegene Indien alles tat, um den Chinesen in der Dritten Welt einen schlechten Ruf zu verschaffen. Als Anfang Oktober 1965 die indonesische Armee die indonesische KP in grauenhafter Weise liquidierte (nach kommunistischen Berichten wurden etwa 500 000, nach „rechten ‚nur'" etwa 200 000 Kommunisten und solche, die man dafür hielt und halten wollte, umgebracht), brach die einzige große kommunistische Partei zusammen, die außerhalb Chinas die chinesische Linie vertrat. Daß Moskau gegen die siegreichen indonesischen Militärs zurückhaltend argumentierte, läßt Rückschlüsse darauf zu, daß die Sowjets eine gewisse Befriedigung über die chinesische Niederlage empfanden. Die chinesische diplomatische Strategie einer Sammlung des „Weltlandes" gegen die „Weltstädte" war jedoch damit auf längere Sicht zusammengebrochen.
Es gab für die Chinesen aber eine weitere Möglichkeit, die eigene Bündnisbasis zu erweitern. Man konnte auf die in d), e) und g) eingereihten Eigenschaften setzen. Frankreich fühlte sich durch die USA dominiert und brach aus dem westlichen Bündnis aus. Deutschland war geteilt, und ein Teil wurde von den USA, der andere von der Sowjetunion dominiert. Und es gab eine große Zahl zweit-, dritt- und viertrangiger Staaten, die sich unterdrückt fühlten. Insoferne konnte man den Versuch machen, sich auch mit diesen Ländern und nicht nur mit Entwicklungsländern gegen die Supermächte zu verbünden. Es gab so ohne Zweifel Interessengemeinschaften mit Frankreich, und es ist nicht ausgeschlossen, daß Frankreich den Chinesen für ihre Atombombenentwicklung Kenntnisse vermittelte, wie dies vielfach behauptet wurde. In der Politik de Gaulles gab es

jedenfalls eine starke Komponente, die China in Rechnung stellte. In einer ungleich schwierigeren Lage befand sich jedoch die Bundesrepublik Deutschland. Sie besaß nicht die politische Manövrierfähigkeit Frankreichs. Andererseits stimulierte die französische Politik die deutsche, wie ja überhaupt de Gaulles Nationalismus auch dem deutschen Nationalismus Auftriebstendenzen verschaffte. Für die BRD bestand die Möglichkeit, China gegen die Sowjetunion ins Spiel zu bringen. So trachtete nach de Gaulles Anerkennung der Volksrepublik China 1964 das Außenministerium der BRD im Kabinett Ehrhard, einen Warenaustauschvertrag mit China abzuschließen, eventuell auch Handelsvertretungen in den beiden Hauptstädten zu errichten. Dafür sollten die Chinesen das Recht der Bundesrepublik, Westberlin zu vertreten, in den Vertragstext hineinnehmen.[108]) Da jedoch damals die Amerikaner China als ihren Hauptfeind ansahen, wünschten sie keine wie immer geartete Aufwertung des internationalen Prestiges der chinesischen Volksrepublik. Erhard gab nach. Man kann hier erkennen, wie sehr damals schon China in Europas Politik hineinspielte. China kam 1956 während der Ungarn-Polen-Krise, 1964 durch die Anerkennung de Gaulles und das Lavieren der westdeutschen Außenpolitik stark ins internationale politische Spiel.

Die westdeutsche Außenpolitik war aus demselben Grund so unbeweglich, aus dem heraus sie die Chinapolitik betrieb. Das Berlinproblem nagelte sie an die USA und die Sowjetunion, ebenso die Hallsteindoktrin. Erst Bahr-Brandt gelang es 1970/71, eine Berlinregelung zu erzielen. Erst dadurch, daß die Außenpolitik der BRD die Realitäten akzeptierte, die durch den Zweiten Weltkrieg geschaffen worden waren, erlangte sie jene Bewegungsfreiheit, die Frankreich bereits hatte.

Sosehr China auch zu einem außenpolitischen Durchbruch drängte, der weltpolitische Durchbruch gelang nicht, wenn auch Chinas Existenz in den verschiedensten Bereichen bereits sehr ernste Wirkungen erzielte. Es mußte noch ein neues Register ziehen und seine Politik auf noch allgemeinere Grundlagen stellen. Anlaß, die eigenen Mißerfolge radikal zu überdenken und entsprechende Revisionen vorzunehmen, dürfte die Invasion der Warschauer Pakt-Staaten in die CSSR 1968 gewesen sein. Dieses Ereignis entpuppte sich, im Gegensatz zu der — oberflächlich gesehen — relativ geringen internationalen Resonanz, immer mehr als eine historisch ganz entscheidende Zäsur.

Es zeigte sich nämlich für alle kritisch und ehrlich denkenden Kommunisten, daß die Ideologie im Rahmen der sowjetischen Großmachtpolitik nur eine sekundäre Rolle spielte, wenn nicht gar eine tertiäre. Der traditionelle russische Imperialismus dominiert gegenüber den marxistischen Prinzipien, die nur noch rechtfertigungsideologisch, zu nachträglichen Begründungen machtpolitischen Handelns, benützt werden, wobei sie so lange interpretiert und zurechtgebogen werden, bis sie auf das Handeln passen. Eine solche rechtfertigungsideologische Benützung von Prinzipien prangerte schon Thomas Morus in seiner Utopia an: „Da die Menschen nur ungern ihre Sitten der Lehre Christi anpassen, passen die Prediger, schlau wie sie sind, die Christi Lehre wie ein bleiernes Richtmaß den Sitten an, damit beide wenigstens irgendwie zusammenpassen."[109]) Die als „Prinzip" vertretene These, daß die Warschauer Pakt-Staaten das Recht hätten, in sozialistischen Staaten zu intervenieren, wenn diese den Weg des Sozialismus verlassen sollten, manövrierte die Kommunisten in jenen Ländern, in welchen sie nicht an der Macht sind, jedoch danach streben, in eine Alternativsituation. Wollten sie die Demokratie ernst nehmen, und das tun in Italien nicht wenige von ihnen, konnten sie ihr Gesicht vor sich selber und, so sie ehrlich sein wollten, auch gegenüber dem Volk nur durch eine bedingungslose Ablehnung der Intervention der Warschauer Pakt-Mächte wahren. Wie soll man einem Italiener klarmachen, daß im Falle eines Umschwenkens Italiens — durch freie Wahl — auf eine kommunistische Linie letztlich die Sowjetunion über die „Richtigkeit" dieser Linie zu befinden hätte? Für den Fall, daß diese Prüfung nicht zur Zufriedenheit der Sowjetunion ausfallen würde, könnte sie dann ihre Truppen nach Italien schicken.

Freilich war der Einmarsch der Sowjettruppen in die CSSR nicht so gemeint. Er muß vielmehr durchaus imperialistisch verstanden werden, denn die CSSR zählt eben zur „Einflußsphäre" der Sowjetunion, deren Grenzen gemeinsam mit den USA abgesteckt worden sind. Da Italien nicht zu dieser Einflußsphäre zählt, hätten dort die Kommunisten freie Hand. Aber die Festlegung der Sowjetunion auf Marxismus-Leninismus erfordert eine Rationalisierung, ein rechtfertigungsideologisches Arrangement von „Prinzipien", das nolens volens allgemeiner ausfallen muß, als dies nötig wäre, wenn man es ehrlich meinte. Und es ist, gemäß dem rechten Glauben, unmöglich zu erklären: Die Kommunisten in unserem mit den Westmächten ausgehandelten Herrschaftsbereich haben zu gehorchen, jene außerhalb brauchen dies jedoch nicht.

Für die Chinesen ergab sich ein Dilemma, das eine Entscheidung provozierte und wohl erheblich zum Wechsel ihrer Außenpolitik beitrug. Die Führer des Prager Frühlings verfolgten eine Parteilinie, die keineswegs jene der KPCh war. Im Gegenteil, gerade verschiedene ökonomische Tendenzen sowie die Ansätze zu einem Mehrparteiensystem dürften den Chinesen sehr mißfallen haben. Aber die Entscheidung, Truppen in die CSSR einmarschieren zu lassen, war so eindeutig gegen die Souveränität eines Landes und dessen kommunistische Partei gerichtet, daß sie die Chinesen ebenso eindeutig an die Seite der Tschechen trieb. Die Chinesen kritisierten die Führung der CSSR sogar deshalb, weil sie nicht auf bewaffnetem Widerstand beharrte, vielmehr sich auf den unbewaffneten beschränkte. Und doch war dieser insoferne konsequent, als gerade das Sich-nicht-Wehren zeigte, daß der Prager Frühling nicht primär gegen die Sowjetunion gerichtet war, sondern nur dazu tendierte, dem Sozialismus „ein menschliches Gesicht" im eigenen Land zu geben.

Die Invasion hatte gerade durch die Beschränkung der Bevölkerung auf gewaltlosen Widerstand den Charakter unverhüllter Brutalität eines Starken gegenüber einem Schwachen. In der chinesischen Botschaft in Prag liefen Filme über den Einmarsch in die CSSR. Die Tatsache, daß sich China an die Seite der Tschechen stellte, trotz deren eher „rechten" Weges, mußte es alsbald als völlig unsinnig erscheinen lassen, die Jugoslawen aus dem chinesischen Identifikationskreis auszuschließen. Die Rumänen, die auch keinen chinesischen Weg gehen (streng genommen auch die Albaner nicht), hatten schon vorher gute Beziehungen zu den Chinesen. Das gemeinsame Band auf Parteiebene war nun nicht mehr die Einigkeit über gewisse theoretische Positionen, vielmehr das Insistieren auf der Unabhängigkeit der einzelnen Parteien. Damit ergab sich aber auch eine gemeinsame Plattform mit einer so großen Partei wie der italienischen, die ebenfalls unabhängig sein will.

Mit diesem Positionswechsel lag es für China natürlich nahe, die sogenannten „marxistisch-leninistischen Parteien" fallenzulassen, in welchen das einigende Band vor allem das Festhalten am Bild Stalins war. Die Chinesen, die bislang nicht zu einer kritischen Betrachtung der Gesamtgeschichte der sowjetischen Partei gekommen sind, hatten sich ja gegen Chruschtschows Stalinkritik gewehrt. Die „marxistisch-leninistischen" Parteien sind seither von ihnen weitgehend abgeschrieben. Und die Chinesen haben nun die konkrete Chance, sich mit den großen kommunistischen Parteien — gegen die Sowjetunion — zu verständigen.

Auf staatlicher Ebene verlief die Entwicklung analog. Die Chinesen waren bisher schon gewillt gewesen, mit allen Staaten Beziehungen anzuknüpfen, die bereit waren, die Chinesische Volksrepublik als allein rechtmäßige Vertreterin Chinas anzuerkennen, ob diese Staaten nun kapitalistisch oder sozialistisch waren. Nunmehr jedoch legte China besonderes Gewicht auf die Unabhängigkeit aller Staaten, sei es die Unabhängigkeit Rumäniens, Belgiens oder Kolumbiens. China demonstrierte geschickt, daß es keine Sonderrechte als Supermacht beanspruche — eine Spitze gegen die USA, die UdSSR, Frankreich und England in der UNO! Diese Politik war es, die neben der Wendung der Chinapolitik der USA durch Präsident Nixon nach den Plänen seines außenpolitischen Beraters Henry

Kissinger China schließlich die internationale Anerkennung brachte. Hatte China vor dem indonesischen Putsch den Versuch gemacht, eine Gegen-UNO zu gründen, also eine Art „revolutionäre UNO", so gab es diesen Plan nach diesem Desaster seiner Politik auf.

Mit der Zeit war man sich in den USA der Irrealität der eigenen Politik in Ostasien langsam klargeworden. In Vietnam konnten die Sowjetrussen den US-Amerikanern nur beschränkt helfen, da zwischen der UdSSR und Vietnam China lag. Die Russen hatten den Vietnamesen 1954 intensiv zu den Genfer Beschlüssen geraten, weil sie eine „Europäische Verteidigungsgemeinschaft" verhindern und die Regierung Mendes-France unterstützen wollten. Die Vietnamesen waren knapp vor einem totalen Sieg, der ihnen entglitt und die US-Intervention ermöglichte. Danach waren die Russen in Vietnam als Bremser immer in einer unangenehmen Situation. Die Chinesen konnten, wenn die Russen die Vietnamesen zum Einlenken zu drängen versuchten, sie jederzeit des Verrates bezichtigen.

So wurde den Amerikanern langsam, aber sicher klar, daß es ihnen ohne Einschaltung Rotchinas nicht möglich sein würde, ihr „Gesicht zu wahren". Wie ernst jemals die Pläne Washingtons zur Vernichtung Chinas waren, wird man schwer feststellen können. Diskutiert wurde der Plan jedenfalls. Die US-Amerikaner begannen jedoch mit einer umfassenden Wendung ihrer Außenpolitik. Henry Kissinger bereitete in Peking den Besuch Nixons vor. Gerade aber diese Ankündigung mußte für viele Regierungen, die ebenfalls ein ökonomisches Interesse am chinesischen Markt haben, ihre eigene, unter dem Druck Washingtons zustandegekommene Ablehnung der Anerkennung Chinas fragwürdig erscheinen lassen. Wenn nun die USA China anerkannten, war es für die anderen Staaten nur recht und billig, rechtzeitig selbst diese Anerkennung zu vollziehen. Dazu kommt, daß Nixon im Herbst 1971 bestehende ökonomische Abmachungen brach und, sicherlich aus amerikanischem Vitalinteresse, eine diskriminierende Importsteuer zur Rettung des Dollars einführte, die noch dazu mit „flankierenden Maßnahmen" eine radikale Drosselung der Einfuhren sicherstellte. Hier zeigt sich, daß die Vereinigten Staaten ihr „national interest" sehr ernst nehmen. Nun hatten die Europäer und Japaner durch Annahme von bereits offenkundig minderwertigen Dollars den amerikanischen Vietnamkrieg ohnehin jahrelang mitfinanziert, obwohl die meisten von ihnen ihn ablehnten. Nun entdeckten auch sie ihr „national interest" — sie waren nicht mehr bereit abzuwarten, bis die USA China voll anerkannten.

Eine der wesentlichsten Ursachen für das amerikanische ökonomische Desaster war zweifellos der Vietnamkrieg, der Unsummen kostete, ohne im geringsten zielführend zu sein. Es zeigt sich hier der Erfolg der chinesischen Strategie, die von Giap in Vietnam angewendet wurde. Es gelang den Vietnamesen durch den konsequenten Partisanenkrieg nicht nur, die Finanzen des mächtigsten Superstaates in Unordnung zu bringen, es gelang ihnen in der Folge sogar, die latenten Spannungen innerhalb der westlichen Welt zu aktualisieren, einen Wirtschaftskrieg einzuleiten und die USA politisch außerordentlich zu schwächen. Eine der Folgen war die Aufnahme Rotchinas in die UNO und der Ausschluß Nationalchinas. Der Dollar als „Leitwährung" und die Führung der USA innerhalb der westlichen Welt wurden in Frage gestellt.

Nun kann man jedoch auch den Ernst der USA bezweifeln, tatsächlich Rotchina die Alleinvertretung Chinas in der UNO streitig machen zu wollen. Denn die USA hatten große Schwierigkeiten mit Tschiang Kai-schek, der mit Halsstarrigkeit seinen Alleinvertretungsanspruch für China aufrechterhielt. Die USA mußten ihn also fallenlassen, zumindest in der UNO. Die Abstimmungsniederlage der USA in der UNO machte letztlich nur deutlich, wie groß die Wirkung der Volksrepublik China in der Welt und in Europa bereits ist.

Die Aufnahme der Volksrepublik China in die UNO macht offenkundig, was latent bereits vorhanden war, nämlich deren Anerkennung als Großmacht. China war de facto schon 1949 zur Großmacht geworden, nur de jure wurde es erst 1971 dazu. Es gibt nunmehr keine Macht auf der Erde, die in ihren außenpolitischen Entscheidungen China nicht in Rechnung stellen müßte. Einen größeren politischen Einfluß hat dieses alte und große Reich noch nie in seiner Geschichte gehabt.

2. Die vatikanische Chinapolitik

Die vatikanische Chinapolitik ist insoferne von Interesse, als vatikanische Politik überhaupt einen Sonderfall darstellt. Denn sie verfügt über keinerlei militärische Machtmittel und besaß solche auch in der Vergangenheit nicht, zumindest verglichen mit den Armeen großer Staaten. Auch die ökonomische Macht ist, gemessen an der mittlerer Staaten, gering, selbst wenn alle Berichte über die vatikanischen Finanzen zutreffen sollten. Die vatikanische Macht ist fast ausschließlich ideologisch begründet. Dies verhindert nicht, daß der Vatikan häufig Bündnisse mit Mächten — eventuell „Schutzmächten" — eingeht, die über jene Waffen und ökonomischen Mittel verfügen, die dem Vatikan fehlen. Er vermag jedoch zum Dank dafür solche Staaten ideologisch und moralisch zu unterstützen. Schließlich vermag er sein Ansehen einem Staat auch außerpolitisch zur Verfügung zu stellen. Aus diesen Gründen sind Wandlungen in der vatikanischen Politik bemerkenswerte Anzeichen für Wandlungen in der Welt überhaupt.

Über die Mission in China wurde bereits ausführlich berichtet, da sie ja hinsichtlich einer gründlicheren Information Europas über China eine sehr bedeutende Rolle spielte. Von welthistorischer Bedeutung war Pater Matteo Ricci, dem es gelang, in äußerst behutsamer Weise in China Fuß zu fassen, und der in tiefer christlicher Gläubigkeit einen enormen Respekt vor den Werten der chinesischen Kultur empfand und dem chinesischen Volk echte Zuneigung entgegenbrachte. Was die ersten Jesuiten in China auszeichnete, war die Tatsache, daß ihr einziges Machtmittel die Kraft der überzeugenden Argumente sein mußte. Sie unterstanden chinesischem Gesetz und konnten sich nicht zweifelhafter Methoden zur Bekehrung bedienen. Man kann nur mit größerer oder geringerer Wahrscheinlichkeit über historische Möglichkeiten sprechen, in unserem Falle, was geschehen wäre, wenn sich im Konflikt zwischen den Jesuiten und ihren Konkurrenzorden die Jesuiten durchgesetzt hätten. Es ist durchaus möglich, daß auch im Falle eines jesuitischen Sieges das Christentum wenig Erfolg gehabt hätte. Immerhin hätte es größere Chancen gehabt, denn die Jesuiten tolerierten vor allem den Ahnenkult, sie verwendeten auch die chinesische Sprache als Kultsprache. Daß sich Rom für den Versuch entscheiden konnte, den Chinesen Latein als Kultsprache aufzuzwingen, zeigt von einem völligen Mangel an Verständnis. Die römische Überheblichkeit war sicherlich ein Grund, warum vorher schon der Versuch gescheitert war, die Mongolen zu christianisieren.

Ricci versuchte jedenfalls, das Christentum den Chinesen von ihren eigenen religiösen und philosophischen Positionen aus verständlich zu machen. Diese taktvolle Form der Mission war nicht allen Jesuiten möglich. Jedoch hielten sie weitgehend an Riccis Strategie fest, sich zuerst an die gebildete Oberschicht zu wenden und dann erst an das Volk. Die Machtträger mußten für die Duldung gewonnen werden. Wenn ihm auch die soziale Sprengkraft des Christentums bewußt gewesen sein mag, sparte er sie vorerst aus seinem Programm aus — sie sollte erst später wirksam werden.

Ein für die Jesuiten sehr schwerwiegendes Problem entstand, als in der Mitte des 17. Jahrhunderts die Ming-Dynastie von den Mandschus abgelöst wurde. Einige der Patres blieben in Peking und stellten sich den neuen Herren zur Verfügung. Andere flüchteten mit den Ming, die, eine Restauration von Süden her versuchten. Zu diesen gehörte die Familie des Prinzen Kuei wang.

Am Hof des Prinzen, der in den vierziger Jahren des 17. Jahrhunderts große Teile Südchinas zeitweise beherrschte, waren leitende Minister und auch einer der obersten Eunuchen Christen. Es gelang dem deutschen Jesuiten Koffler, auch eine Reihe von Mitgliedern der Familie des Prinzen zu taufen, unter anderem seine Mutter. Nun wurde der Versuch gemacht, den Papst um Unterstützung zu bitten. Er sollte einem schon zum Teil christlichen Fürstenhaus bei der Wiedergewinnung der Macht im Staate helfen. Die Familie schickte 1650 den polnischen Pater Michael Boym nach Rom. Er reiste erst 1655 zurück — mit einer diplomatisch unverbindlichen Antwort —, starb jedoch, bevor er den Prinzen erreichte. Kuei wang hatte sich bereits in den äußersten Südwesten nach Yünnan zurückziehen müssen.

Eine tatsächliche Unterstützung des Prinzen durch Rom war wohl kaum möglich. Rom hätte christliche Staaten für militärische Aktionen gewinnen müssen, die damals äußerst schwierig und kostspielig gewesen wären. Hätte Rom einem chinesischen Fürsten geholfen, gegen eine von den Chinesen bis ins zwanzigste Jahrhundert hinein als fremdländisch empfundene Dynastie wieder an die Macht zu kommen, hätte dies in China sicher bedeutende Wirkungen gezeitigt.

Zu Anfang der Mandschu-Dynastie blühte die Mission. Allerdings gelang es nicht, die Beamtenschaft in größerem Umfang zu gewinnen. Die konfuzianische Orthodoxie war noch sehr stark und stand dem Christentum nicht sehr aufgeschlossen gegenüber. Die Versuche, einen Kaiser zu bekehren, scheiterten. Von einem solchen Erfolg aber hatte man sich sehr viel erwartet.

Der Ritenstreit schuf zu den bestehenden, ohnehin außerordentlich großen Schwierigkeiten noch neue Probleme. Damit schadete die Mission sich selbst. 1715 wurde in der päpstlichen Bulle „Ex illa die“ die jesuitische Missionspraxis ausdrücklich verboten, und die chinesischen Christen wurden an der Ausübung ihrer staatsbürgerlichen Pflichten gehindert. Die Folge war ein Verbreitungsverbot für das Christentum.

Es ist müßig, zu diskutieren, welchen Verlauf die Geschichte genommen hätte, wenn Rom sich anders verhalten hätte. Daß es sich aber falsch verhalten hat, wird längst auch im Vatikan nicht mehr angezweifelt. Es ist mit Recht die Meinung vertreten worden, z. B. von Wolfgang Franke und Malcolm Hay, daß bereits durch den Ritenstreit die Weichen für die chinesisch-europäischen Konflikte im 19. Jahrhundert gestellt worden sind. Dies trifft insoferne zu, als sich auch im Wirken der Missionare jene europäische Arroganz bemerkbar machte, die dann im 19. Jahrhundert ihre imperialistischen Blüten trieb.

Solange die Missionare, auf sich selbst gestellt, im Inneren Chinas arbeiteten, glaubten die Chinesen an ihre gute Absicht. Allerdings fielen die Jesuiten schon 1606 vorübergehend in Ungnade, weil sich das Gerücht verbreitet hatte, daß sie sich heimlich mit den Portugiesen in Macao verbündet hätten, um die Macht im Lande an sich zu reißen. Man konnte ihnen jedoch nichts dergleichen nachweisen.[110]) Aber die Annahme, daß die europäischen Missionare mit den europäischen Händlern unter einer Decke stecken, war naheliegend. Auch wenn diese Annahme damals nicht zutraf, so veränderte sich die Situation doch immer mehr in jene von den Chinesen befürchtete Richtung. Besonders im 19. Jahrhundert fühlten sich auch die Missionare der Herrenrasse zugehörig und verachteten die Chinesen, die sie zur „Demut“ — zur Anerkennung der weißen Überlegenheit — erziehen zu müssen glaubten.

Kanonikus Crampon publizierte etwa 1884 eine Bibelübersetzung und merkte zur Tabelle der von Noah abstammenden Völker folgendes an:

„Diese Tabelle über die Abstammung der Völker ist nicht vollständig, sie beschränkt sich auf eine einzige der großen Menschenrassen, nämlich die, welche den ersten Rang unter ihnen einnimmt, die weiße Rasse, die einzige, welche das jüdische Volk gekannt hat und welche es zu kennen brauchte. Die drei niederen Rassen, die gelbe, die rote, die schwarze, sind darin nicht enthalten.“[111])

Seit dem 19. Jahrhundert galt es als selbstverständlich, daß der Missionar weder sich wie die „Eingeborenen“ ernähren noch wie sie wohnen könne. Die Missionare hielten es für notwendig, den „Wilden“ nicht nur das Evangelium, sondern auch die überlegene europäische Kultur zu bringen. Die Völker haben sich demnach nicht nur dem Christentum zu öffnen, sondern auch die europäische Kultur anzunehmen.

Französische Bischöfe hielten sich nun nicht nur als Europäer, sondern vor allem als Franzosen für etwas Besonderes. Während der katholischen Feiertage zogen sie an ihren Kirchen die Tricolore auf und schadeten damit dem Christentum außerordentlich. Sie sahen auch Frankreich als Schutzmacht der Kirche an. Ein Chinese, der Katholik wurde, wurde somit fast zu einem nationalen Verräter. Es bedurfte schon einer besonders tiefen Einsicht in das Wesen des Christentums, um zu begreifen, daß es in seiner Grundsubstanz ebenso chinesen- wie franzosenfreundlich ist. Aber wenn ein Chinese das einmal begriff, so kam er in schmerzlichen Konflikt mit der kirchlichen Realität in China. Die Missionare traten manchmal tatsächlich als Helfershelfer der „weißen Barbaren" auf. Als schließlich die Briten den Opiumkrieg mit seinen verheerenden Folgen begannen, mußte den Chinesen Fremdenfeindlichkeit geradezu als positiver Charakterzug erscheinen.

Es gab zwar genug chinesische Priester, sie wurden jedoch nur in untergeordneten Positionen geduldet. Als der Belgier Pater Vincent Lebbe 1900 in Tientsin an Land ging, wurde er von einem Missionar erwartet. Als dieser Lebbe seinen Koffer tragen sah, fuhr er ihn unfreundlich an: „Was machen Sie da?" — „Ich?" fragte Lebbe bestürzt. „Geben Sie Ihren Koffer einem Chinesen. Ein Missionar trägt keinen Koffer!"[112]) Und als er im Vikariat in Peking ankam, fand er die europäischen und chinesischen Geistlichen an getrennten Tischen sitzen.[113])

Zwar war bereits 1685 in Kanton der erste chinesische Bischof geweiht worden, doch sollte dies bis 1926 der einzige bleiben. Es war das Verdienst Vincent Lebbes, daß schließlich am 28. Oktober 1926 sechs chinesische Bischöfe geweiht wurden. Dieser Apostel Chinas führte einen Kampf von fast einem Vierteljahrhundert gegen Indolenz, Faulheit, Feigheit und Arroganz für eine chinesische kirchliche Hierarchie. Sein Biograph Leclerq hält immer wieder ein Eingreifen des Heiligen Geistes für nötig, um die Gebote der Vernunft durchzusetzen.

Immerhin muß man zugeben, daß der Vatikan früher und schneller als die weißen Bischöfe und übrigen Missionare in China begriffen hatte, daß chinesische Bischöfe geweiht und eine eigene chinesische Hierarchie geschaffen werden mußte. Aber diese Maßnahmen kamen mindestens ein Jahrhundert zu spät. Das Vorurteil, das Christentum sei der ideologische Vorposten des europäisch-amerikanischen Imperialismus, war so stark, daß die Chinesen, einmal Herren im eigenen Land, sich radikal gegen beide wandten.

Der Vatikan fühlte bereits nach dem Ersten Weltkrieg, daß die französische Patronanz der Kirche in China mehr schade als nütze.

Daher versuchte er schon 1918, diese Verbindung, die sich immer mehr als eine Fessel erwies, zu lösen. Jedenfalls war es im Juli 1918 beinahe soweit, daß China und der Vatikan diplomatische Vertreter austauschten. Ein Nuntius für Peking war schon ernannt, ebenso ein chinesischer Botschafter für den Vatikan. Frankreich empörte sich gegen den Versuch, die Unabhängigkeit der Kirche sicherzustellen. Es fürchtete um sein Alibi für viele Eingriffe in innerchinesische Angelegenheiten. Übergriffe gegen Katholiken in China wären somit eine vatikanische und keine französische Sache mehr gewesen. Die Westmächte drohten in einer Note der chinesischen Regierung, und sie beugte sich. Nunmehr machte sich der Vatikan noch weniger Illusionen über den Charakter des französischen Protektorates. Dieses Motiv dürfte bei der Ernennung der chinesischen Bischöfe eine gewisse Rolle gespielt haben. Um diese Zeit begann in China bereits der Kommunismus Fuß zu fassen. Aber die Kirche war erst dabei, den Nationalismus Tschiang Kai-scheks anzuerkennen, der damals gerade seinen großen Einigungsfeldzug führte.

In Europa war der päpstliche Versuch, mit der Sowjetunion 1922 zu einem Arrangement zu gelangen, gescheitert, und man übersah wohl die vielen eigenständigen Elemente des chinesischen Kommunismus. Der Katholizismus war damals zutiefst konservativ und so jeder Art von Aufstand abhold. So war es ihm auch nicht möglich, die bemerkenswerte Tatsache zu erkennen, daß der große Taiping-Aufstand von 1850 in erheblichem Maße christlich motiviert gewesen war. Es wurden auch die kommunistischen Aufstände 1927 nicht in ihrer Bedeutung erkannt, ja, man verhielt sich den Kommunisten gegenüber bis 1949 und darüber hinaus völlig ablehnend bzw. verständnislos.

Sicherlich war gerade Pater Lebbe den Kommunisten im Gegensatz zu einer Reihe von Missionsbischöfen nicht feindlich gesinnt. 1937, nach dem japanischen Großangriff auf China, stellte er sich mit größtem Engagement auf die chinesische Seite. Offenkundige Kollaborationen von Missionaren mit der japanischen Besatzungsmacht empörten ihn zutiefst, sah er doch mit vollem Recht in dem japanischen Angriff auf China ein schweres Unrecht. So lehnte er es auch ab, mit japanischen Katholiken während des Krieges auf gleicher Ebene zu verhandeln. Jedenfalls konnte ihm niemand vorwerfen, nicht mit ganzem Herzen auf der Seite Chinas zu stehen.

Schon 1931 hatte er nach den japanischen Eroberungen der Mandschurei mit chinesischen Christen in Ankuo Sanitätskurse besucht. Er bereitete die Christen vor, in einem Krieg gegen Japan Sanitätsdienst zu leisten. Tatsächlich stellte er im Rahmen der 12. Division der 3. Armee eine christliche Sanitätstruppe auf, die sich dann während einer Reihe von Schlachten außerordentlich bewährte.

Wie die Kommunisten war Lebbe bedingungslos gegen einen Versuch, mit den Japanern Frieden zu schließen oder vor ihnen zu kapitulieren. Es gelang ihm auch, eine Reihe europäischer Missionsbischöfe auf seine Linie zu bringen. Er gründete Partisaneneinheiten, die, ähnlich den Kommunisten, die Japaner aus dem Hinterhalt angriffen und wichtige Bergkämme hielten. Allerdings war die Zahl dieser katholischen chinesischen Partisanen nie höher als 500. Aber ihre Aktivität war, wie jene der von Lebbe persönlich geleiteten Sanitätstruppe, so bemerkenswert, daß Tschiang Kai-schek Lebbe eine sehr hohe Funktion übertrug. Er hatte zur staatsbürgerlichen Erziehung 1934 die Bewegung „Das neue Leben“ gegründet, deren Führung er Lebbe anvertraute.
Seine Zusammenarbeit mit Tschiang Kai-schek trübte jedoch seine Beziehungen zu den Kommunisten. Zunächst war das Verhältnis, vor allem zu Chu Teh, sehr gut. Denn seine Sanitätstruppe hatte der achten Feldarmee ebenso geholfen wie den Truppen Tschiang Kai-scheks. Als sich jedoch die Beziehungen zwischen Tschiang Kai-schek und den Kommunisten verschlechterten, hatte Chu Teh Lebbe in einem Brief aufgefordert, mit der Kuomintang zu brechen. Lebbe aber bagatellisierte dieses Schreiben. Daraufhin verhafteten die Kommunisten ihn sowie alle seine Leute, deren sie habhaft werden konnten. Diese wurden allerdings weder mißhandelt, noch ließ man sie hungern. In seinem Haus, das als Gefängnis diente — untertags konnte er sich frei im Dorf bewegen —, besuchte ihn wiederholt der spätere Marschall Liu Po-cheng, der der „einäugige Drache“ genannt wurde. Beide diskutierten viel, wobei Lebbe die Ansicht vertrat, daß Katholizismus und Kommunismus in mancher Hinsicht ähnlich seien, denn beide wollten grundlegende Veränderungen, nur seien die Methoden verschieden. Schließlich stellte sich heraus, daß Lebbes Freund, der nationalchinesische General Tai Li, als Leiter des Geheimdienstes Tschiang Kai-scheks in Lebbes Organisation Männer eingeschleust hatte, die die Verhältnisse bei den Kommunisten ausspionieren sollten. Die Kommunisten wußten davon, nicht jedoch Lebbe. Und die Kommunisten wußten wiederum nicht von Lebbes Ahnungslosigkeit. So kam er zwischen zwei Fronten.
Die Kommunisten versuchten vergeblich, Lebbe und seine Freunde umzuerziehen. Während seiner Gefangenschaft verschlimmerte sich sein Gesundheitszustand, und als ihn die Kommunisten unter dem massiven Druck Tschiang Kai-scheks schließlich freiließen, war er todkrank. Er starb am 24. Juni 1940 in Chungking. Am 18. Juli erließ die Regierung ein Dekret — zum ersten Mal wurde ein Missionar in einem Tagesbefehl genannt —, in dem es hieß: „Lei Ming Juan war belgischer Abstammung. In jungen Jahren hat er die chinesische Staatsbürgerschaft erworben. In Tientsin und Peking

hat er sich der Wohltätigkeit gewidmet und Zeitungen gegründet. Das ganze chinesische Volk verehrte ihn. Im Krieg gegen Japan hat er ein Korps von Verwundetenträgern aufgestellt und an vielen Fronten mit unermüdlichem Eifer für das Vaterland gearbeitet. Wir haben die Nachricht von seinem Tode empfangen. Wir haben alle damit einen schweren Verlust erlitten. Sein Lob sei öffentlich ausgesprochen, und seine Verdienste seien verkündet. So haben wir beschlossen."[114])

Daraus ist ersichtlich, welche Möglichkeiten der Verständigung und Missionierung es auch bei den Kommunisten gegeben hätte, wenn sich die Missionare wie Lebbe mit dem Wohl der chinesischen Nation identifiziert hätten. Daß er in den nationalistisch-kommunistischen Konflikt geriet, war nicht seine Schuld. Als der Vatikan auf Lebbes Linie einschwenkte, war es zu spät. Auch hatte die Kirche nicht erkannt, wie notwendig eine revolutionäre Bodenreform für die Bauern Chinas war, obwohl sie genug aus europäischen historischen Beispielen hätte lernen können.

Hatten die Kommunisten in ihren Gebieten die Missionen vorerst geschont, taten sie dies nach ihrem Sieg 1949 nicht mehr. Man muß hiezu bedenken, daß in vielen Missionsstationen Soldaten gegen die Kommunisten ausgebildet worden waren, die dann auf der Seite Tschiang Kai-scheks kämpften. So waren es nicht nur Gründe aus der Vergangenheit, sondern auch sehr aktuelle, die die kommunistischen Aggressionen gegen die Kirche verständlich erscheinen lassen.

Die chinesischen Katholiken wurden schließlich unter schweren Druck gesetzt, bei einer Reihe von ihnen gelang die „Umerziehung". Die Kommunisten erzwangen auch einen ökumenischen Zusammenschluß diverser christlicher Bekenntnisse. Sie verhafteten alle chinesischen Bischöfe, die sich einem Schisma mit Rom widersetzten, und die weißen Missionsbischöfe und Missionare wurden meist nach langer Haft nach Hongkong entlassen.

Etwa 1960 erklärte Tschu En-lai dem österreichischen Nationalökonomen Dobretsberger, daß die chinesische Regierung an einer Normalisierung der Beziehungen zum Vatikan interessiert sei. Die Chinesen seien bereit, Bischöfe anzuerkennen, die Rom genehm wären, jedoch ausschließlich Chinesen. Es sollten aus den Reihen der geflüchteten chinesischen Priester Bischöfe geweiht werden, die dann nach China kommen sollten. Sie könnten sich ein halbes Jahr lang überlegen, ob sie bleiben wollten oder nicht. Innerhalb dieser Zeit könnten sie jederzeit wieder ausreisen, doch nach diesem halben Jahr würden sie den chinesischen Gesetzen unterstehen wie alle anderen Staatsbürger. An sich seien die zwei bis drei Millionen chinesischer Katholiken kein inneres Problem, aber außenpolitisch wäre eine Verständigung von Nutzen.

Dobretsberger, der Johannes XXIII. persönlich kannte, traf im Arbeitszimmer des Autors dieses Buches mit einem Jesuiten aus Rom zusammen, wobei eine mögliche Chinafahrt einiger Katholiken erörtert wurde. Damals hatte zwar Johannes XXIII. bereits sein Revirement der Ostpolitik eingeleitet und die Öffnung nach links auch in Italien begonnen, aber die spektakulären Treffen mit Adschubej und mit Vertretern der russisch-orthodoxen Kirche etc. hatten noch nicht stattgefunden. Die Enzyklika „Pacem in terris" war noch nicht erschienen, das Zweite Vatikanische Konzil noch nicht eröffnet. Staatssekretär im Vatikan war der Kurienkardinal Domenico Tardini, der erst 1961 starb. Aber Tardini war gegen eine Chinareise, wogegen der Jesuitengeneral ihr nicht ablehnend gegenüberstand. Doch unterblieben damals die Kontakte.
Wann und wie dann später Kontakte aufgenommen wurden — wahrscheinlich in Hongkong —, ist öffentlich nicht bekannt geworden. Sicherlich eröffnete jedoch der sich zuspitzende chinesisch-sowjetische Konflikt einige Möglichkeiten für die vatikanische Politik. Zum ersten Mal gab es einen öffentlichen Vorstoß Pauls VI. für die Chinesische Volksrepublik im Rahmen seiner Rede vor den Vereinten Nationen im Oktober 1965.[115]) Darin heißt es unter anderem: „Sie (die UNO) sind ein Netz der Beziehungen unter den Staaten. Wir wären versucht zu sagen, daß ihr Charakteristikum in der zeitlichen Ordnung gewissermaßen das widerspiegelt, was unsere katholische Kirche in der geistigen Ordnung sein will: Einzig und universal . . . Ihre Berufung ist, nicht nur einige, sondern alle Völker zu verbinden. Ein schwieriges Unterfangen? Ganz sicher ... Hier wiederholen Wir Unseren Wunsch: Schreitet vorwärts! Ja, Wir sagen noch mehr: Wirkt dahin, daß jene, die sich von euch abgewendet haben, zurückkehren. Überlegt, wie jene, die ihm noch nicht angehören, in Ehre und mit Loyalität zu eurem Pakt der Brüderlichkeit gerufen werden können. Niemand soll als Mitglied Ihrer Union über einem anderen stehen. Keiner sei über dem anderen."
Es gab bis dahin nur ein Land, das die UNO verlassen hatte, Indonesien, aber es gab eine Reihe von Ländern, die noch nicht in der UNO vertreten waren. Daß mit jenen, „die ihm (dem Pakt) noch nicht angehören", die Chinesische Volksrepublik gemeint war, hat dem Autor gegenüber nur ein US-amerikanischer Pater in Maryknoll bestritten, in jenem Missionskloster in der Nähe New Yorks, wo einst Diem von Kardinal Spellman „entdeckt" worden war. Daß die beiden deutschen, koreanischen und vietnamesischen Staaten und die Schweiz auch gemeint waren, braucht deshalb nicht bestritten zu werden. Allerdings wurde diese Erklärung des Papstes zu einem Zeitpunkt abgegeben, zu dem die Chinesen ihren Plan einer Gegen-UNO noch nicht aufgegeben

und die Militärs in Indonesien noch nicht geputscht und das Massaker unter den Kommunisten angerichtet hatten. Auf lange Sicht gesehen, war aber die päpstliche Initiative in der UNO für die Chinesen günstig.
Als ein weiterer Vorstoß des Vatikans in Richtung China muß eine Ansprache Pauls VI. am Dreikönigstag 1967 angesehen werden.[116]) Da in Rom alles geplant wird, war dieser Dreikönigstag sicher kein Zufall. Obwohl die Bibel weder von Königen noch von dreien spricht, vielmehr von „Weisen aus dem Morgenland", veränderte die Legende sie zu Königen. Und zumindest einer von ihnen war der Legende nach ein Neger. Insoferne erscheint aus etwas einfältiger Sicht das Dreikönigsfest geeignet, die Universalität der Jesus verehrenden Rassen zu betonen. Daher wurden die ersten sechs chinesischen Bischöfe vierzig Jahre vorher auch am Dreikönigstag geweiht und zwanzig Jahre vorher die kirchliche Hierarchie in China begründet. Es war also auch dieser Termin kein Zufall, sondern genau überlegt. Paul VI. sagte: „Wir möchten die Kontakte mit dem chinesischen Volk auf dem Kontinent wieder aufnehmen, diese Kontakte, die nicht von Uns freiwillig unterbrochen worden sind, um allen jenen chinesischen Katholiken, die der Kirche treu geblieben sind, zu sagen, daß Wir sie niemals vergessen haben und daß Wir niemals die Hoffnung auf die Wiedergeburt oder vielmehr auf die Entfaltung der katholischen Religion in jener Nation aufgeben werden. Wir möchten die Kontakte wieder aufnehmen, um die chinesische Jugend wissen zu lassen, mit welcher Angst und mit welcher Zuneigung Wir ihre derzeitige überschwengliche Schwärmerei für Ideale eines neuen, emsigen, blühenden und einträchtigen Lebens verfolgen. Und Wir möchten auch mit denen, die das chinesische Leben unserer Tage auf dem Kontinent leiten, Uns über den Frieden unterhalten, da Wir wissen, wie sehr dieses höchste menschliche und kulturelle Ideal dem Geist des chinesischen Volkes zutiefst wesensverwandt ist."
Der Papst wies dann die Beschuldigung zurück, daß die „katholische Kirche und der apostolische Stuhl . . . gegen das chinesische Volk gerichtet . . ." wären. Der Papst zeigte allerdings wenig Selbstkritik, das heißt, er zeigte im Namen der Kirche keinerlei Schuldgefühl, verwechselte indes, wie dies bei Hierarchen nicht selten der Fall ist, den Kern der katholischen Lehre mit der katholischen Wirklichkeit, die in China keineswegs so rosig war, wie sie der Papst schilderte. Aber die Tatsache, daß Paul VI. die Roten Garden direkt ansprach — man war in China mitten in der Kulturrevolution —, erweckte einiges Aufsehen, sah er diesen Aufbruch doch keineswegs unter negativen Vorzeichen. Das veranlaßte den stellvertretenden Chefredakteur des „Osservatore Romano", in einem Artikel in der vatikanischen Wochenzeitschrift

„Osservatore della Domenica“ hiezu Stellung zu nehmen.[117]) Er gibt darin zu, daß Paul VI. die Roten Garden gemeint habe: „Diese Worte sind ganz offensichtlich überlegt und abgewogen worden. Sie drücken Verständnis für ein Streben aus und keineswegs eine Billigung für die Methoden, in denen sich dieses Streben zu verwirklichen sucht.“

Im August 1970 wurde schließlich der zwölf Jahre in Rotchina gefangengehaltene amerikanische Chinamissionar Edward Walsh freigelassen und nach Hongkong abgeschoben. Paul VI. empfing den Bischof in Castellgandolfo. Am Tage darauf, am 26. 8. 1970, gab Walsh eine Pressekonferenz, die erheblich anders ausfiel, als viele erwartet hatten. (So kündigte das Zentralorgan der Österreichischen Volkspartei tags zuvor die Pressekonferenz groß an, doch berichtete dann nicht über sie.) Denn Walsh zeichnete den chinesischen Kommunismus keineswegs so negativ, wie man dies von einem Menschen erwarten konnte, der jahrelang in chinesischer Haft gewesen war. Zunächst erklärte er bezüglich seiner physischen Lage, während der Haft in Shanghai gut behandelt worden zu sein. Die ärztliche Betreuung bezeichnete er als die bestmögliche. Er gab seiner Überzeugung Ausdruck, daß es eine Chance für das Überleben der Kirche in China gebe. Wenn die Regierung in Peking ihre Haltung ändere, sei auch eine Wiederaufnahme der Missionstätigkeit durchaus möglich.[118]) Auf die Frage eines Journalisten, ob sich das Verhältnis zwischen katholischer Kirche und dem kommunistischen China in ähnlicher Weise wandeln könnte wie die Beziehung zwischen dem Vatikan und einigen osteuropäischen Ländern, meinte er: „Das würde mich absolut nicht wundern. Das könnte auch schon in nicht allzu ferner Zukunft geschehen. Es gibt Hinweise dafür, daß in chinesischen Regierungskreisen ein sehr guter neuer Geist herrscht. Diese Regierung hat sehr nützliche und sehr gute Veränderungen im Leben des chinesischen Volkes durchgeführt.“ Als Beispiel nannte er die Emanzipation der Frau, die Rassengleichheit und die große Sittenstrenge.

Nun hatten ja schon kurz nach 1949 eine Reihe von Missionszeitschriften auf die vom chinesischen Standpunkt aus positiven Auswirkungen der kommunistischen Machtübernahme hingewiesen. So gelang es erst den Kommunisten, mit dem Opiumproblem fertig zu werden, ebenso mit der damit im Zusammenhang stehenden Prostitution und schließlich, was besonders bemerkenswert ist, mit dem Hunger. Diese für China enormen Schwierigkeiten existierten in Europa und in den USA nicht in dieser exzessiven Form. Deshalb machten diese Errungenschaften nicht jenen Eindruck, den sie etwa auf die Missionare machen mußten, die intensiv mit diesen Problemen zu tun hatten. Auch die von Walsh erwähnte Frauenemanzipation ist dort, wo es vor kurzem noch Frauen gab, deren Füße bandagiert wurden, um sie zu verkleinern, ein noch gravierenderes Problem als in den meisten Ländern Europas.

Als Paul VI. im November 1970 nach Manila reiste, besuchte er auch Hongkong, was als Geste gegenüber der Chinesischen Volksrepublik gedacht war.[119]) Es waren jedoch damals die Geheimgespräche zwischen dem Vatikan und der Volksrepublik China noch nicht so weit gediehen, daß sie zu einem Treffen zwischen dem Papst und Mao hätten führen können.

Für den Vatikan ist China als Land für sich, jedoch auch wegen des Modellcharakters seiner Revolution im Hinblick auf die Dritte Welt interessant geworden. Die chinesischen Katholiken waren vermutlich nicht allein entscheidend für das verstärkte Interesse, das der Vatikan in den letzten Jahren an diesem Land nimmt. Aber auch China wird, da es unmöglich ist, gegenüber der kirchlichen Politik in Südamerika die marxistische Religionskritik im vollen Umfang aufrechtzuerhalten, seine Politik in der Dritten Welt nicht ohne Bedachtnahme auf die Kirche machen können. Da man das auch im globalstrategisch denkenden Vatikan weiß — eine Ausnahme bilden lediglich seine Reaktionen auf die italienische Situation —, stellt die Existenz Rotchinas für die vatikanische Politik eine äußerst wichtige Realität dar. Schließlich wird man im Vatikan auch die Spannung zwischen der Sowjetunion und der Chinesischen Volksrepublik in Rechnung stellen. Vom innereuropäischen Standpunkt aus ist es zwar naheliegend, sich mit den russischen Interessen zu identifizieren, aber vom Standpunkt christlicher Missionierung in der Dritten Welt mag China wichtiger erscheinen.

Die Geheimkontakte zwischen dem Vatikan und China dürften über die französischen Jesuiten laufen. Es ist über kurz oder lang mit einem — wenn auch bescheidenen — Agreement zu rechnen.

3. Die Innenpolitik der Volksrepublik China und ihre Wirkung auf Europa

Der außenpolitische Einfluß Chinas, den seine dauernd wachsende Macht bedingt, ist nicht der einzige. Denn auch Chinas innenpolitische und ideologische Entwicklung hatte und hat ihre Wirkung auf Europa. Die ideologische Ausstrahlung hat zwar bislang noch nicht ein solches Gewicht wie im 18. Jahrhundert, trug aber letztlich doch zum Sturz eines so profilierten Politikers wie General de Gaulle nicht unerheblich bei.

Von einer rotchinesischen Innenpolitik kann man bereits von jenem Zeitpunkt an sprechen, zu dem es „rote Gebiete" gab, Gebiete in China, wo die Kommunisten die Macht ausübten. Ansätze hiezu gab es schon 1927; 1928 wurden örtliche Sowjets gebildet. Die roten Gebiete wurden dann von Tschiang Kai-scheks Truppen hart bedrängt und um 1934 nacheinander aufgegeben, bis auf das Gebiet im Nordwesten Chinas, in Shensi und Kansu. Von hier begann dann auch die neuerliche Expansion, die schließlich 1949 zum Sieg und zur Besetzung ganz Kontinentalchinas führte.

Im wesentlichen richtete sich die kommunistische Politik in den roten Gebieten gegen die Macht der Großgrundbesitzer und der mit ihnen verbündeten bewaffneten lokalen Truppen sowie gegen die ebenfalls von ihnen gestellte Beamtenschaft. Großgrundbesitzer und reiche Bauern wurden zum Großteil enteignet, und ein Teil von ihnen wurde durch Volksgerichte verurteilt, im Extremfall auch zum Tode. Den armen Bauern wurde Land gegeben, direkte Steuern häufig völlig abgeschafft. Der Roten Armee war befohlen, Lebensmittel zu bezahlen etc.

Diese Politik, die vor allem den kleinen Bauern das gab, wonach sie sich gesehnt hatten, nämlich Land ohne Schuldendruck, war sehr populär. Die Rote Armee half den Bauern bei der Arbeit. Ihre Offiziere lebten kaum anders als die einfachen Soldaten und standen unter einer geradezu puritanischen Disziplin. Überall wurden Schulen eingerichtet und breiteste Volksschichten, allen voran die Armee, dazu angehalten, Lesen und Schreiben zu lernen. Alle diese Dinge wurden erst sehr spät in den USA und im übrigen Westen bekannt, da es erst 1937 dem bekannten amerikanischen Journalisten Edgar Snow gelang, in ein rotes Gebiet, nämlich im Nordwesten, vorzustoßen und ausführlich darüber zu berichten. Seine Berichte hörten sich freilich erheblich anders an als die nationalchinesische Propaganda. Nach der Vereinbarung zwischen der Kuomintang und den Kommunisten 1937 milderten die Kommunisten in den von ihnen beherrschten Gebieten das klassenkämpferische Element, indem sie Enteignungen nur mehr in Ausnahmefällen durchführten (vor allem bei Verlassen des Landes).

Nach dem Sieg 1949 ging Mao zunächst sehr behutsam vor. Es wurden die Unternehmer nicht enteignet, jedoch unter Kontrolle gebracht, wobei das Privateigentum an den Produktionsmitteln immer mehr eingeengt wurde. 1954 wurde begonnen, bäuerliche Genossenschaften zu errichten, die den Grundstein für die Kollektivierung des Bodens legten. Der Staat nahm durch Kapitalaufstockung an den Privatunternehmungen der Industrie als Partner teil, wodurch die Kontrolle sichergestellt wurde. Dieses System, das als Überleitung zu einer vollständigen Verstaatlichung der Unternehmen diente und gleichzeitig die Arbeitskraft der Unternehmer der Gesellschaft erhielt, wurde von der DDR nachgeahmt und wird noch heute angewendet. Die gemischten Betriebe in der DDR sind jedenfalls eine Nachahmung der chinesischen, wie mir — vor dem offenen sowjetisch-chinesischen Konflikt allerdings — in der DDR versichert wurde. („Wir haben uns das chinesische Beispiel sehr genau angesehen.“)

1956 stellte Chruschtschow die Chinesen anläßlich seiner Entstalinisierungskampagne vor vollendete Tatsachen. Es wäre übrigens im Rahmen des in der UdSSR bestehenden Systems unmöglich gewesen, die Chinesen vorher zu informieren, wenn er überhaupt je daran gedacht hatte, dies zu tun. Es bestanden Richtungs- und Machtkämpfe an der Spitze der Partei, und er hätte taktisch sehr unklug gehandelt, wenn er seine Angriffe auf Stalin schon vorher publik gemacht hätte. Gerade Stalin hatte ja in China großes Prestige. Den Chinesen, die nie Satelliten Stalins waren, schien das Problem, das mit diesem Namen verknüpft war, nie so groß wie den Russen, aber auch den europäischen kommunistischen Parteien. Die Chinesen weigerten sich, der Entstalinisierungswelle zu folgen. Nun war es nur selbstverständlich, daß auch in der Sowjetunion und in anderen kommunistischen Parteien nicht alle Kommunisten bereit waren, sich Chruschtschow anzuschließen. Sicherlich war ein großer Teil der ursprünglich revolutionären Kommunisten bereits zu willigen Bütteln eines zentralen Herrschaftswillens geworden. Sie waren durchaus bereit, jeden Tag das Gegenteil dessen zu behaupten, was sie befehlsgemäß am Tag zuvor behauptet hatten, ja mehr noch, es — natürlich jeweils anders — marxistisch zu begründen, wenn es nur befohlen worden war. Aber andererseits erwachte gerade durch Chruschtschows Entstalinisierung bei manchen Kommunisten ein verschüttetes kritisches Bewußtsein. Ein Prozeß begann, der in eine — wenn auch unbedingt notwendige — Krise führte. Die Liberalisierung, also die Lockerung des administrativen Druckes auf die Meinungsäußerung, gab jedoch auch jenen die Freiheit der Meinungsäußerung, die dem alten stalinistischen System anhingen. (Wir haben hier einen ähnlichen Prozeß vor uns, wie wir ihn in der katholischen Kirche erleben. Denn mit der Liberalisierung durch Johannes XXIII. erhielten auch die Reaktionäre und Konservativen die Chance, sich lautstark zu äußern.) Es gab Kommunisten, die den Versuch ehrlich begrüßten, die Verlogenheit des Stalinismus zu bekämpfen. Ein anderer großer Teil machte einfach die Wendung mit, wie vorher schon verschiedene andere, wenn sie auch oft nicht umhinkonnten, etwas nachzudenken, und eine dritte Gruppe weigerte sich — teils aus Schuldbewußtsein, teils aus mangelnder Adaptionsfähigkeit —, von Stalin abzurücken. Diese Gruppe stellte den harten Kern der sogenannten „marxistisch-leninistischen" Parteien in der Welt. Es liegt jedoch ein Mißverständnis vor, die Chinesen dieser Gruppe zuzurechnen, denn die Chinesen kannten ja den typischen Stalinismus nicht. Wie wir später sehen werden, bekämpften sie in der Kulturrevolution im wesentlichen ähnliche Erscheinungen.

Essentiell am Stalinismus ist der Durchbruch alter historischer — im russischen Fall zaristischer — Herrschaftsmechanismen. Weil die Träger, zum Unterschied von der Aristokratie, keine eigene Tradition in der Ausübung der Herrschaft hatten, regierten sie noch hemmungsloser und zügelloser als diese. Der alte Herrschaftsgeist erschien im neuen Kleide — die von Djilas „Neue Klasse" genannten Kreise übten ihn aus. Diese begnügte sich nicht nur mit der Liquidation der alten führenden Klasse, sie setzte sich auch brutal gegen die Bauern durch, von denen Millionen der rücksichtslosen Politik zum Opfer fielen.

Da nun die Struktur der kommunistischen Partei durchaus demokratische Elemente enthielt, mußte deren Umwandlung in eine bloße Fassade auf innerparteiliche Widerstände stoßen. Diese wurden dann in einem den alten Feudalismus an Niedertracht bei weitem übertreffenden Stil liquidiert. Diese innerparteilichen Verfolgungen und Massenliquidierungen sind ein weiteres Charakteristikum des Stalinismus, und ebenso ist es der „Personenkult" — ebenfalls ein Aspekt des sekundärfeudalen Herrschaftsstiles. Die Chinesen haben in ihrer Polemik gegen die Sowjetunion das sekundärzaristische Element klar erfaßt, sprachen sie doch von „neuen Zaren".

Sucht man nun bei den kommunistischen Chinesen zur Zeit des Beginns ihrer Herrschaft und wenige Jahre danach nach stalinistischen Elementen, so wird man nur wenige finden. Vor der Machtübernahme gab es, wie die Berichte von Edgar Snow zeigen, in den roten Gebieten eine ungleich größere Redefreiheit als in den weißen. Eine Verfolgung innerhalb der Partei kam nicht vor, und auch die

Auseinandersetzungen in der Kulturrevolution führten selten zum Tode der Angegriffenen. Daß sich später bei der revolutionären „Elite" doch sekundärfeudale Erscheinungen zeigten, wurde schließlich zum Gegenstand der Kulturrevolution; sie werden jedoch 1956 noch viel geringer gewesen sein als eben 1967. Der Personenkult wiederum um Mao Tse-tung war 1956 auch noch viel geringer als zur Zeit der Kulturrevolution.

Wenn nun in Europa stalinistische Kommunisten meinten, daß Stalin in Peking besonders hoch im Kurs stehe, so irrten sie. Sie stimmten mit Peking lediglich in der — vorläufigen — Ablehnung einer tieferen Auseinandersetzung mit dem Stalinismus überein. Soweit nun Kommunisten der stalinistischen Fraktionen die alten Parteien verlassen und neue gegründet haben, handelt es sich um einen „chinesischen" Einfluß. Es würde diese Parteien ohne die Chinesen wahrscheinlich nicht geben. Aber der gemeinsame Nenner der Chinesen und der „marxistisch-leninistischen" Parteien ist bloß die Ablehnung der von Chruschtschow eingeleiteten Entstalinisierung, ihre Motive sind keineswegs die gleichen. Für die Chinesen ist die Ablehnung einer massiven Kritik an Stalin dadurch motiviert, daß man dem Volk nicht zumuten will, über die UdSSR nachzudenken und durch ein Problem verwirrt zu werden, das auch die Elite noch nicht gelöst hat. Bei den europäischen Stalinisten handelt es sich dagegen um Menschen, die sich nicht ändern wollen, also um Konservative im klassischen Sinn. Diese kleinen europäischen „maoistischen" Splittergruppen sind also psychologisch mehr an Stalin fixiert als an die Chinesen. Aber nachdem sie sich einmal für die „chinesische" Linie entschieden hatten, studierten sie natürlich immer mehr die chinesische Ideologie und lernten so auch immer mehr den chinesischen Standpunkt kennen.

Man wird jedoch auch den Einfluß der Chruschtschowschen Entstalinisierung auf die Chinesen nicht bagatellisieren dürfen. Denn trotz der ungarischen Erfahrungen begann Mao Tse-tung 1957 mit seiner Rede „Über die richtige Behandlung von Widersprüchen im Volk" die Periode der „Hundert Blumen". (Das Gleichnis von den hundert — sehr vielen — Blumen, die blühen sollten, kennen wir im christlichen Rahmen von Clemens von Alexandrien, der es auch als Toleranz- und Produktivitätssymbol verwendete.)

Die „Erziehung" des Volkes durch die Parteielite, die mit einer Abschirmung vor erziehungsinadäquaten Informationen einherging, war eine sehr fragwürdige Methode. Mao hatte gehofft, daß sie schon so tiefgreifende Wurzeln geschlagen hätte, daß die Grundlagen des Kommunismus nicht mehr zur Debatte stünden. Tatsächlich aber waren viele Chinesen schlau genug zu schweigen, statt zu kritisieren. Die Zeit der Hundert Blumen ging bald vorbei, das Steuer wurde wieder herumgeworfen und die Kritiker massiv gedemütigt. Mao

schien es besser, als schlau und hinterhältig angesehen zu werden, als zugeben zu müssen, sich im Hinblick auf das chinesische Volk geirrt zu haben. Tatsächlich aber hatte er sich geirrt. Die echte „Bekehrung“ eines Menschen ist ein sehr schwieriger Prozeß, wenn er eine tiefere, verwurzelte Überzeugung besitzt. Es war einfacher, Kuomintangsoldaten aus einer korrupten Armee, die schon vorher mit Stereotypen propagandistisch bearbeitet waren, umzustimmen als Menschen mit fundierten und differenzierten Überzeugungen. Von der gescheiterten Liberalisierung blieb nicht mehr in Erinnerung als der poetische Ausdruck „Hundert Blumen“.
Hier ist vielleicht der Ort, etwas über die Zahl der von den Kommunisten in China getöteten Personen zu sagen. Getötet wurde schon während der ersten Bauernaufstände in Hunan, für die Mao persönlich verantwortlich war. Getötet wurde im Kampf mit der Kuomintang, getötet wurden nach dem Sieg Grundbesitzer, „Klassenfeinde“ und wohl auch des öfteren einzelne Parteigenossen, die nicht opportune Richtungen vertraten. Da ja die Antikommunisten zunächst oft grauenhaft gegen die Kommunisten gewütet hatten, ist dies kein Wunder.
Nach Maos eigenen Angaben wurden nach dem Krieg etwa 750 000 Menschen liquidiert. Demgegenüber schwanken die Angaben aus gegnerischen Quellen zwischen drei und hundert Millionen Menschen. Die letzte Zahl ist sicherlich außerordentlich übertrieben, aber höher als die Angaben Mao Tse-tungs wird man die Zahl der Toten wohl annehmen müssen. Die genauen Zahlen werden wir wohl nie erfahren.
1957 erklärte sich die Sowjetunion bereit, China bei der Entwicklung der Atombombe zu helfen, doch löste sie dieses Versprechen nie ein. Die Angst, daß dann auch die deutsche Bundesrepublik Atombomben erhalten könnte, war sicherlich ein Motiv dafür. 1957 gelang der Sowjetunion auch der Abschuß des ersten „Sputnik“ und damit der praktische Beweis, daß sie über Interkontinentalraketen verfügte. Dies war de facto ein waffentechnischer Ausbruch aus der amerikanischen Einkreisung. Die Vereinigten Staaten mit ihrem Stützpunktsystem hatten die Sowjetunion „im Griff“, aber die Interkontinentalraketen der Sowjets ermöglichten nötigenfalls einen direkten Schlag gegen die USA. In China dürfte man — wie vielfach auch in der UdSSR — den damit erfolgten waffentechnischen Vorsprung überschätzt haben. „Der Ostwind überflügelt den Westwind“, sagte Mao in Moskau, es scheint dies das letzte Mal gewesen zu sein, daß Mao die Sowjetrussen als Freunde ansah.
Die Entfremdung von Chinesen und Russen nahm von da an immer stärker zu. Das bedeutete jedoch auch, daß China versuchen mußte, sich ökonomisch immer mehr auf eigene Füße zu stellen. Mao versuchte, durch forcierte Anstrengungen China aus seiner Rückständig-

keit herauszuführen. Auch hiefür gibt er ein einprägsames, bildhaftes Schlagwort, das in Europa Eindruck machte: „der Große Sprung". Diese Formel kommt insoferne dem Zeitgeist entgegen, als sie ein Moment der Diskontinuität enthält. Zum Unterschied von den Kontinuitätsvorstellungen der Zeit vor dem Ersten Weltkrieg werden nach dem Zweiten Weltkrieg diskontinuierliche Entwicklungssprünge immer deutlicher.

Hatte man sich im 19. Jahrhundert im Rahmen der Biologie die Evolution so vorgestellt, daß sich Tierformen kaum merklich, also kontinuierlich, veränderten und so langsam von einer Form in die andere übergingen, wurde 1901 von de Vries der Begriff der Mutation eingeführt, der sprunghafte Veränderungen von Erbanlagen bezeichnet. Damit kam in die Entwicklungsvorstellungen ein diskontinuierliches Element.

Die Entdeckung der Möglichkeit der Atomzertrümmerung 1919 — nunmehr Atomumwandlung genannt — gehört ebenso in den Erlebnisbereich der Diskontinuität. Und eine der wesentlichen technischen Auswirkungen dieser Entdeckung — die Atomwaffen — stellte eine sprunghafte Entwicklung der Waffentechnik dar. „Revolution" zum Unterschied von „Evolution" erscheint schließlich auch als eine grundlegende, plötzliche Veränderung zum Unterschied von Änderungen in kleinen Schritten. So hat die Idee eines „Großen Sprunges" etwas sehr Modernes an sich.

Während des „Großen Sprunges" versuchten die Chinesen die Entwicklungsdifferenz zu den Industrieländern drastisch zu verringern. Diesem Zweck diente auch die gleichzeitig begonnene Organisierung der Volkskommunen. Ihre Aufgabe war eine Rationalisierung der Arbeit und damit ein Freiwerden von Arbeitskräften sowie die Dezentralisierung der Produktionsanstrengungen. Die frei gewordenen Arbeitskräfte wurden meist an Ort und Stelle für die Gewinnung von Neuland, Verbesserung der Erträge, den Aufbau kleiner Industrien eingesetzt. Der „Große Sprung" forderte nicht nur den Menschen sehr viele Energien ab, es wurden auch die Maschinen oft überbeansprucht, was zu großen Ausfällen führte. Für den „Großen Sprung" und für die Ungeduld der alt gewordenen Führer der Revolution entwickelte man in Europa Verständnis, dagegen erschienen die Volkskommunen unheimlich, man war beeindruckt vom Schreckbild der „blauen Ameisen". Es kam auch anfangs zu Exzessen, wie die geradezu vollständige Trennung von Kindern, Frauen und Männern in einzelne Kommunen, doch blieb dies nicht die Regel. Dem Prinzip nach stellten die Kommunen wirtschaftlich Einheiten dar, die viele Güter, wie etwa Kleidung und Nahrung, selbst produzierten. Im Kriegsfalle konnten sie mithin weitgehend autark sein und eine Besetzung des Landes sehr erschweren.

Die Volkskommunen stellten gegenüber den russischen Kommunisten einen „ideologischen“ Affront dar. Während nach den sowjetischen Vorstellungen der Verwirklichung des Kommunismus — jeder nach seinen Bedürfnissen — eine Erschließung der Produktionskräfte vorangeht, sollten hier die Volkskommunen der erste Schritt zur Vergrößerung der Produktivität sein. Chruschtschow lehnte sie auch 1959 öffentlich ab, womit er zugleich die Chinesen ideologisch zu diskriminieren trachtete.

Wir erinnern uns, daß Chruschtschow nicht bereit war, den Chinesen im Falle eines Konfliktes mit den USA um Taiwan uneingeschränkte nukleare Unterstützung zuzusagen. Das schließlich erfolgte Ansinnen der Sowjetrussen an die Chinesen, ihre Truppen sowjetischen Kommandos zu unterstellen, wurde entrüstet zurückgewiesen. In diesem Konflikt spielte natürlich die Einschätzung des US-amerikanischen Imperialismus eine große Rolle, und dieser wieder muß im Zusammenhang mit den sowjetischen Vorstellungen von Koexistenz und dem möglichen friedlichen Übergang zum Sozialismus gesehen werden. Die Chinesen schätzten jedenfalls die friedlichen Möglichkeiten einer Auseinandersetzung mit den USA wesentlich schlechter ein als die Sowjets. Ihre Auffassung war Wasser auf die Mühlen jener Radikalen im Westen, die gewaltsame Lösungen einer zähen, unermüdlichen und ebenfalls risikoreichen gewaltlosen Lösung vorzogen. Die sowjetische Führung wollte sich keineswegs zum absoluten Pazifismus bekehren, aber sie wollte die Risken hinsichtlich eines totalen Krieges möglichst gering halten. So brachte sie es immerhin dahin, daß man im Westen linke Aufstandsbewegungen keineswegs mehr als etwas ansieht, was in Moskau „angezettelt“ wurde. Langsam gelang es, den hysterischen Antikommunismus abzubauen. Erheblich länger dauerte es, bis breite Schichten im Westen begriffen, daß auch China, trotz sehr scharfer Reden, keineswegs eine wirklich aggressive Außenpolitik betrieb. Auch die vietnamesische Revolution ist keineswegs ein einfacher Ableger der chinesischen.

Die Chinesen rechneten jedenfalls ab 1959/60 nicht mehr mit einem sowjetischen Atomschirm über China. Als schließlich die Sowjets 1960 alle Berater aus China abzogen, jede technische Hilfe einstellten und mehr als 300 Verträge kündigten, war dies sicherlich ein Versuch, die Chinesen in die Knie zu zwingen und sie der sowjetischen Kuratel zu unterwerfen. Daß dies eine komplett falsche Politik war, ist aus der folgenden Entwicklung abzulesen. Es war auch vom sowjetischen Standpunkt aus ein schwerer psychologischer Fehler. So etwas konnte nur in einem Land seinen Zweck erfüllen, in dem Kommunisten an der Macht waren, die nicht aus eigener Kraft Revolution gemacht, sondern durch die Kraft der Roten Armee an die Macht gekommen waren. Die Chinesen, denen es gelungen war, gegen Demütigungen von mehr als einem Jahrhundert aufzustehen, konnten ihr so schwer errungenes Selbstbewußtsein nicht wieder aufgeben; für

sie mußte der russische Versuch, sie durch Druckausübung zu politischen Zugeständnissen zu zwingen, nur Erinnerungen an vergangene vertragliche Erpressungen erwecken und Verbissenheit erzeugen.
Die Chinesen gerieten durch diese sowjetischen Maßnahmen in ungeheure Schwierigkeiten. Man muß sich vorstellen, was geschieht, wenn plötzlich die leitenden Ingenieure von Großprojekten unter Mitnahme ihrer Pläne die Arbeit einstellen. Dazu kommt, daß Maschinen und Maschinenersatzteile nicht mehr geliefert wurden, mit deren sicherer Lieferung man gerechnet hatte. So konnten die Termine nicht eingehalten werden, alle Pläne gerieten durcheinander. Es war die Zeit des zweiten Fünfjahresplanes (1958—1962), in der hauptsächlich Elektrizitätswerke und Düngemittelfabriken gebaut werden sollten. Weiters waren riesige Dämme begonnen worden, die nicht nur zur Elektrifizierung eines großen Gebietes ausgereicht hätten, sondern auch für 8 Millionen ha ausgesprochenen Trockengebietes das Bewässerungsproblem gelöst hätten.[120]) Diese Projekte blieben 1960 stecken.
Die Chinesen hätten mit diesen Projekten ohne sowjetische Hilfe wahrscheinlich gar nicht begonnen. Tschu En-lai sagte am 4. Dezember 1963: „... daß solche Projekte steckenblieben, da durch den kompletten und plötzlichen Abzug von 1390 sowjetischen Fachkräften und 343 Hilfsverträgen 257 gemeinsame Entwicklungsprojekte zerrissen wurden und seitdem die Lieferung kompletter Anlagen drastisch gekürzt wurde, wodurch der ursprüngliche Plan zur Entwicklung unserer Nationalökonomie hinfällig und unsere Schwierigkeiten außergewöhnlich vertieft wurden.“[121]) Von dieser Zeit an versuchten die Chinesen mit besonderer Hartnäckigkeit, auf eigenen Füßen zu stehen. Da sie damit Erfolg hatten, fühlten sie sich den Sowjets gegenüber immer unabhängiger und gewannen noch ein besonderes Maß an Selbstbewußtsein hinzu.
Der „Große Sprung“ war freilich gescheitert, und in Europa glaubte man wieder einmal, Grund für eine verächtliche Haltung zu haben. Befriedigt stellte man fest, daß nun China und die Sowjetunion auseinandertrieben: Das machte einerseits die rote Gefahr harmloser, andererseits konnte sich in die Betrachtung der Spannung ein rassisches Element mischen. Waren nicht die Russen „Weiße“ und die Chinesen „Gelbe“? Auch in die politischen Hoffnungen und Wünsche der Sowjets mischte sich nicht selten ein rassistisches Element. Sie hofften auf eine Annäherung an Europa und die Vereinigten Staaten.
Dieser „Große Sprung“ Chinas und einige Aspekte der ideologischen Position im chinesisch-sowjetischen Streit mögen aber auch in der Jugend im Westen die ersten intensiveren Sympathiewellen erzeugt haben. Alsbald stellte sich nämlich heraus, daß von der Sowjetunion auf die Orientierung der Linken in den westlichen Industrieländern kein wie immer gearteter revolutionärer Impuls ausging. Nicht nur

war der ideologische Begriffsapparat der Sowjets veraltet — er wirkte weltfremd, da er auf Verhältnisse zugeschneidert war, die längst nicht mehr existierten. Und von der innenpolitischen Praxis der Sowjets erscheint erst recht kaum etwas nachahmenswert.

Von China dagegen geht noch ein revolutionärer Impuls aus. Was dann sein wird, wenn China Ähnliches wie die Sowjetunion erreicht haben wird, bleibt offen. Aber für das letzte Dezennium besteht eben das Faktum, daß China eine ähnliche stimulierende Wirkung ausübte wie die Sowjetunion zwischen 1917 und etwa 1930. Und der „Große Sprung" erweckte Aufmerksamkeit, er war der Auftakt für die Einflußnahme chinesischer politischer Geschehnisse auf die Welt. 1961 hat Chruschtschow auf dem 21. Parteikongreß in Moskau offiziell die Linie Albaniens verurteilt, denn damals schlugen die Russen noch auf Albanien, wenn sie China meinten, und China schlug auf Jugoslawien, wenn es die Sowjetunion meinte. Dies war ein Zugeständnis an das ideologische KP-Dogma von der brüderlichen Einheit, das kleine Außenseiter eher — eben als „kleine Ausnahmen" — als ein Schisma unter den ganz Großen verträgt. 1962 kam es zur Kuba-Krise. Chinas innere Schwierigkeiten wurden durch eine Reihe von Mißernten erhöht. Daraufhin unternahmen die Chinesen große Anstrengungen zur Behebung des Wassermangels auf lange Sicht. So wurden zur Bewässerung oft kilometerlange Zuleitungen geschaffen und viele Brunnen gegraben. Heute dürfte die landwirtschaftliche Produktion gesichert sein, wenn wir auch keine verläßlichen Daten haben. Auch Reiseberichte sind natürlich nicht ausreichend, da Reisende nur Teile des Landes zu sehen bekommen. (Dies gilt auch für die Darstellungen Jan Myrdals.) Aber alle stimmen dahingehend überein, daß das Nahrungsmittelangebot in China, gemessen an früher, ausreichend ist.

Da es 1964 zu einem weitgehenden Abbruch der staatlichen und zwischenparteilichen Beziehungen zwischen China und der Sowjetunion kam, empfiehlt es sich, auf einen ganz wesentlichen Punkt der chinesisch-sowjetischen Kontroverse, den Kampf mit der Vergangenheit, einzugehen. Er beleuchtet gleichzeitig die entscheidende Problematik der Kulturrevolution und dürfte schließlich auch der wichtigste Anziehungspunkt für die Jugend des Westens darstellen. Das Problem klang zwar bereits wiederholt an, doch soll es nunmehr genauer dargestellt werden. Die chinesische Argumentation zeigt dabei Schwächen, die jedoch nicht in ihrer Position, sondern in deren theoretischer Artikulation liegen. Denn jene Phänomene, welche die Chinesen — vor allem Mao Tse-tung — zu bekämpfen trachten, lassen sich mit marxistischer Terminologie nur sehr schlecht erfassen, jedenfalls erheblich schlechter als mit jener der Tiefenpsychologie oder Sozialpsychologie. Genauer formuliert geht es dabei darum, daß alte, historische Wert- und Motivationssysteme, die das Verhalten der Menschen bestimmten, sich nicht einfach durch eine formale Änderung des Gesellschaftssystems mitverändern. Anders ausgedrückt: Durch eine Änderung des Gesellschaftssystems werden Verhaltensweisen und gesellschaftliche Bewertungskriterien noch keineswegs über Nacht anders, ja auch nicht über einen längeren Zeitraum hin. Es ist deshalb etwa durchaus möglich, daß in einer bürgerlichen Leistungsgesellschaft feudale Herkunftswerte weiterhin Gültigkeit haben; etwa das Leitbild „Dame", entsprechende Repräsentationsmechanismen und vieles mehr.

Nun mag in einer sozialistischen Gesellschaft der Theorie nach nicht Eigennutz und Profit des einzelnen die entscheidende Arbeits- und Leistungsmotivation sein, denn da ja die Gesamtheit der Gesellschaft die Produktionsmittel besitzt, müßten theoretisch auch die einzelnen mit den gesellschaftlichen Mitteln primär für das Wohl der Gesellschaft arbeiten. Die tiefgreifende Egalität der Menschen sollte zwar verschiedene Funktionen zulassen, jedoch keine prinzipiellen, sich in hierarchischen Distanzen ausdrückenden gesellschaftlichen Unterschiede. Die Wirklichkeit zeigt uns jedoch, daß alte, vorsozialistische, also feudale und kapitalistisch-bürgerliche Motivationen und Bewertungskriterien sich in einer sozialistischen Gesellschaft nicht nur zu halten, sondern sich vielmehr sogar neu auszubreiten vermögen, daß es also zu einer Art sozialpsychologischen Konterrevolution bei formaler Aufrechterhaltung der neuen Struktur kommt. Es ist dies das bekannte Problem von Milovan Djilas' Buch „Die neue Klasse". Diese Klasse besitzt nach Djilas zwar formal die Produktionsmittel nicht, verfügt jedoch über sie. Sie ist so exklusiv wie die frühere Aristokratie und so habgierig wie die Bourgeoisie. Es setzen sich also in neuem Rahmen alte Motivationen und Leitvorstellungen neuerlich durch und werden dabei, weil inadäquat, erst recht bösartig. In satirisch-witziger Form behandelte George Orwell dieses Problem in seinem Buch „Die Farm der Tiere"[122]), wo alle Tiere gleich sind, jedoch einige — die Elite — „gleicher". Es entsteht dann das, was ich Sekundärtypen nannte — sekundärfeudale und sekundärbourgeoise Kommunisten.[123]) Noch besser als im angeführten Werk hat Djilas in seiner Novelle „Anatomie einer Moral" die Verhaltensweisen der „neuen Klasse" dargestellt.

Nun dürfte Mao wie auch Che Guevara in der Kritik mit Djilas übereinstimmen (wenn auch nicht in den Konsequenzen). Auch Guevara kritisierte die zaristischen Epauletten der sowjetischen Armee und die vielen Orden. Wenn nun in China gesagt wird, daß ein Politiker den „kapitalistischen Weg" einschlagen wollte oder daß die Sowjetrussen wieder den „kapitalistischen Weg eingeschlagen" hätten, so meint man nicht, daß dieser Politiker neuerlich das Privateigentum an den Produktionsmitteln einführen wollte, vielmehr, daß er sich psychologisch also nach Wertpräferenz, Motivation und Verhaltensnormen, als Sekundärkapitalist erweist. Insoferne ist es keineswegs so grotesk, wie es zunächst den Anschein hat, wenn während der Kulturrevolution behauptet wurde, daß chinesische KP-Führer den „kapitalistischen" Weg eingeschlagen hätten, wie etwa Liu Shao-chi. Für höhere oder speziellere Leistungen wollte er z. B. „materielle" Anreize geben, also eigennützige Profitmotive ausnützen, vereinfacht gesagt: mehr bezahlen.

Die Kritik an der Sowjetunion hat hier ihren ideologischen Kern: „Die Sowjetunion versäumte es (nach Errichtung sozialistischer Produktionsbedingungen, das heißt einer sozialistischen Basis), eine ernsthafte proletarische Kulturrevolution durchzuführen. Die Ergreifung und Konsolidierung politischer Macht ist von der Feder ebenso abhängig wie von der Waffe."[124]) Dieser Passus zeigt, daß Mao die Basis-Überbau-Theorie von Marx nicht so mechanisch versteht wie vielfach die Russen, vielmehr den Überbau autonomer und bedeutender sieht. Wir sagten schon, daß die Chinesen überhaupt psychologischer denken als die Russen.
So schrieb Mao auch: „Die ausbeuterischen Klassen wurden entwaffnet — aber ihre reaktionären Ideen bleiben in ihren Köpfen fest verwurzelt. Wir haben ihr Eigentum beschlagnahmt, aber ihre Köpfe können wir nicht von reaktionären Ideen befreien. Sie versuchen in allen Fällen, ihren aus der Vergangenheit herübergeretteten Einfluß zu benützen, um die öffentliche Meinung auf die politische und wirtschaftliche Restauration des Kapitalismus vorzubereiten."[125]) Hier wird selbstverständlich ein ernstes Problem berührt. Aber es wird noch sehr vereinfacht dargestellt. Denn sicherlich hielten die Vertreter der alten Herrenschicht, ausgerichtet auf ihre alte Wertwelt, ihre Entmachtung und Enteignung für ein Unrecht. Sie drängten neuerlich in „gehobene" Positionen, wobei sie sich gerne mit der neuen Führungsschicht oder Elite verbanden. Was Mao jedoch nicht sagt, was aber einen entscheidenden Faktor bei der psychologischen Restauration alter Wertsysteme darstellt, ist die Tatsache, daß auch innerhalb der neuen Elite noch die alten Wert- und Präferenzsysteme existieren und die Angehörigen der Elite dazu neigen, im Rahmen ihrer Führungs- und Lenkungspositionen die Allüren der alten Herrenschicht zu übernehmen. Daher heiraten Männer der neuen Elite auch gerne Frauen der alten Oberschicht. So stammen auch viele Sowjetdiplomaten aus Ehen von russischen KP-Revolutionären mit adeligen Damen. Weil den Kommunisten die psychologischen Mechanismen nicht bewußt sind, haben sie keine Kontrolle über die machtpolitischen Konsequenzen einer solchen Haltung. Man darf dabei nicht vergessen, daß die Kinder der alten Herrenschicht vielfach eine gehobene Bildung aufweisen. Die neue Herrenkaste setzt sich aus Menschen zusammen,

die entweder ohnehin aus denselben Kasten stammen oder sich durch Intellektualisierung über die Unterschicht, aus der sie kommen, hinausgehoben haben. Ihre Verständigung mit den Kindern der alten Oberkaste ist dann relativ leicht. Es wäre jedoch falsch, diese Auswirkungen oder etwa die Verantwortung für den stalinistischen Zuckerbäckerstil den alten Aristokraten zuzuschieben, die es noch in der Sowjetgesellschaft gab. Außerordentlich viele wurden „physisch liquidiert". Der Aristokratismus steckt vielmehr in der Psyche der Proletarierführer, und sie spielten, etwa an der Küste des Schwarzen Meeres, Neoaristokratie. Die neue Klasse wurde zur neuen Kaste. Das psychologische Problem des alten Norm- und Wertsystems läßt sich also keineswegs durch die Liquidierung der alten Oberschicht lösen, da dieses System auch noch in den Köpfen der Revolutionäre existiert. Andererseits darf man die Kraft der alten Herrenschicht nicht unterschätzen. Denn da ihre Angehörigen ihre Degradierung als ein Unrecht ansehen, glauben sie, das Recht zu haben, ihre größere Bildung dazu zu nützen, wieder in einflußreiche Positionen zu gelangen. Teils tun sie dies, weil sie sich mit einem Teil der gegnerischen Argumentation identifizieren, teils um wieder „hinauf" zu gelangen. Für solche Prozesse gibt es genug Beispiele. Man denke an die aristokratischen Offiziere in der französischen und der sowjetischen Revolutionsarmee. Man denke auch an den Wiederaufstieg vieler Nationalsozialisten in Deutschland und Österreich nach dem Zweiten Weltkrieg, denen es gelang, in den verschiedensten Parteien in hohe Stellungen zu gelangen und sich in den Führungsgremien des Staates einzunisten. Sogar in China ergaben Untersuchungen, daß nach 17 Jahren Kommunismus noch immer mehr als 40% der Studenten Abkömmlinge ehemals bürgerlicher, kapitalistischer Familien oder von Grundbesitzern waren, wenn diese auch nur 5% der Bevölkerung ausmachten.[126]) Deshalb konnte Mao mit Recht sagen: „Die ausländischen Imperialisten, allen voran die USA, setzen ihre Hoffnung auf die ‚friedliche Evolution' Chinas durch die Degeneration unserer dritten und vierten Generation. Wer kann eine solche Einstellung schon als völlig grundlos abtun? Solange es Klassen und Klassenkampf gibt, solange ein Konflikt zwischen der sozialistischen und der kapitalistischen Ordnung besteht, während der ganzen Übergangsperiode wird es nie nur einen Weg und nur ein Ziel geben, sondern zwei Wege und zwei Ziele. Wenn wir zulassen, daß die Führung von Partei und Regierung von Leuten unterwandert wird, die von den Ideen der ausbeuterischen Klassen und des Revisionismus erfüllt sind, oder wenn wir Erziehung und Ausbildung vernachlässigen, dann werden unsere revolutionären Nachfahren junge Leute sein, die von bürgerlichen und revisionistischen Ideen korrumpiert sind. Die Revolution wird dann auf halbem Weg steckenbleiben, und der Sozialismus wird sich auf friedlichem Weg in einen Kapitalismus entwickeln, damit wird der Kapitalismus selbst wiedererstehen.“[127])

Außerordentlich interessante Einblicke in die chinesische Situation bieten die beiden Bücher von Jan Myrdal: „Bericht aus einem chinesischen Dorf“[128]) und die Fortsetzung: „Die Revolution geht weiter“[129]). Myrdal beschreibt in seinem ersten Buch die Verhältnisse in dem chinesischen Dorf Liu Ling im Norden der nordwestlich gelegenen Provinz Shensi, also im Raum der roten Basis, von welcher Mao seinen Siegeszug durch China angetreten hatte. In diesem Dorf wohnt auch der Gutsbesitzerssohn Li Hsiu-tang, der drei Jahre auf einer Umschulungsfarm hatte arbeiten müssen. Er lebte nachher wieder im Dorf. Seine Höhle war die einzige, die mit Blumen geschmückt war. Zwei seiner Kinder besuchten die Mittelschule in der Stadt Yenan, und das ganze Dorf Liu Ling hatte zusammengenommen nur vier Kinder in der Mittelschule. Die Frau Li Hsiu-tangs ging oft in schwarzem Samt und goldenem Schmuck durch das Dorf. Und sie beschimpfte arme Bauern, denn um ihretwillen war ihre Familie enteignet worden. Diese Frau, deren Schwiegervater das halbe Tal gehört hatte, deren Bruder den Vater eines der Bauern des Ortes, einen alten kommunistischen Partisanenkämpfer, hatte köpfen lassen — er war nach dem Sieg der Roten Armee dann selbst hingerichtet worden —, demonstrierte mit jedem Schritt ihren Protest. Ihr Mann und ihr Sohn hatten im Frühjahr 1967 die Bauern verflucht: „Fluch über dich und alle armen Bauern! Dieses Land gehört uns!“ Der Sohn sagte: „Zwanzig Jahre, mein ganzes Leben habt ihr mich unterdrückt. Aber das Land gehört mir!“ Nichtsdestoweniger hat sich eine seiner Töchter mit dem Sekretär des Jugendverbandes, dem Buchhalter der Arbeitsgemeinschaft, Lo Han-hung, verlobt, wie Myrdal berichtet: „Man lacht darüber, aber man enthält sich der Kommentare.“[130])

Solche Einzelbeobachtungen zeigen, daß es auch in Maos China die frühere herrschende Klasse zu einem erheblichen Teil noch nicht aufgegeben hat, an ihr „gutes altes Recht“ zu glauben, ähnlich wie ja auch die französischen Feudalherren nach der Französischen Revolution es nicht aufgaben, an ihre alten Geburtsprivilegien zu glauben. Der Kampf gegen die Vergangenheit in der Geschichte, gegen das Weiterbestehen der alten Geburts- und Eigentumsprivilegien und vor allem gegen das Neuaufleben des alten Geistes in neuem Gewande ist der Kern des Gedankens der Kulturrevolution. Nach einem Ausspruch von Han Suyin heißt „in der Vergangenheit wurzeln“ im wesentlichen „das Aufrechterhalten von Privilegien“. Das stimmt nicht zur Gänze, aber zu einem sehr großen Teil. Insoferne bedeutet der Kampf in der Kulturrevolution gegen diese Privilegien und ihre Neuetablierung einen Kampf gegen jahrtausendealte Zustände, gegen den Konfuzianismus und seine Rest-

bestände. Die Sowjetrussen brachten die Vertreter der alten Oberklassen lieber um, statt gegen den feudalen und kapitalistischen Geist und seine Wertwelt zu kämpfen, der ja auch von Proletariern und den Proletarierführern introjiziert wurde. Mao nahm demgegenüber den sogenannten „Überbau“ ungleich ernster als die Russen.
Die Auseinandersetzung zwischen Chinesen und Russen handelt zum guten Teil gerade um den sowjetischen Neofeudalismus, Neozarismus, Neokapitalismus, besser Sekundärfeudalismus und Sekundärkapitalismus. Dies gilt für die sowjetische Innen- wie Außenpolitik: Die chinesische Versicherung, China würde niemals eine Supermacht spielen, ist durchaus ein außenpolitisches Pendant zur Kulturrevolution im Inneren. Die chinesische These, daß Chruschtschow der eigentliche Reaktionär sei, der die sowjetische Revolution verraten habe, zeigt sich in diesem Zusammenhang als Irrtum. Gerade die Wertwelt des Stalinismus ist sekundärzaristisch, und Chruschtschow zeigte demgegenüber echte Ansätze zu einer Kulturrevolution, wenn er auch das Problem nicht so tief erfaßte, wie dies die Chinesen tun.
Die Kulturrevolution gibt in ihren Details einige Rätsel auf. Denn sie richtete sich gegen höchste Parteifunktionäre, die als Träger „kapitalistischer“ Ideen angesehen wurden, also Personen im Rahmen der sozialistischen Ordnung. In ihnen hatte die Vergangenheit über die Gegenwart obsiegt. Normalerweise vollziehen sich Machtkämpfe in einem kommunistischen Land primär in der Partei. Im Falle der chinesischen Kulturrevolution waren jedoch die Speerspitzen die „Roten Garden“, eine Organisation ohne feste Strukturen, die zum Zweck der Kulturrevolution gegründet worden war. Es handelte sich dabei vor allem um junge Leute von den Universitäten und höheren Mittelschulen, jedoch auch um junge Arbeiter und Bauern. Sie richteten ihre Kritik hauptsächlich gegen die Parteibürokratie. Daß gegen diese auch vom kommunistischen Standpunkt etwas vorzubringen war, ist unzweifelhaft, hatten sich doch die Funktionäre daran gewöhnt, privilegierte Positionen in altchinesischem Stil zu besetzen und zu verwalten.
Wie ist es in einem kommunistischen Land überhaupt möglich, gegen die Partei eine so offene Sprache zu führen und gegen sie eine Organisation zu schaffen? Es scheint, daß Mao, dessen spezielle Vertraute die jungen Leute zur Revolte ermunterten, damit rechnen konnte, daß die Armee unter Lin Piao den Roten Garden Flankendeckung geben würde. Nur so versteht man die Ohnmacht der Partei diesen jungen Leuten gegenüber. Es handelt sich um eine von oben geweckte Revolution, obwohl natürlich genug Zündstoff vorhanden war, denn sonst hätte sie sich nicht wecken lassen. Größere Exzesse hat zuletzt die Armee verhindert.
Während der Zeit der Hundert Blumen wurde Kritik von rechts

laut. Chinesischer Nationalismus zeigte sich. Während der Kulturrevolution wurde von links kritisiert. Das Verhalten von Funktionären und Leitern wurde vom Standpunkt kommunistischer Zielsetzungen her unter die Lupe genommen. Die Methode der Roten Garde bestand in Protestmärschen, in Plakatieren von Wandzeitungen, im Eindringen in Fabriken und Ministerien, wobei dann die Arbeiter zur Kritik an ihren Vorgesetzten ermuntert und diese zur Selbstkritik veranlaßt wurden. Ähnlich geschah es in den Dörfern, hatten sich doch hier die Kader der körperlichen Arbeit entwöhnt. Neben dem Kampf gegen die Zeichen der Vergangenheit sollte den jungen Leuten auch ein „Revolutionserlebnis" vermittelt werden. (Hier steckt ein sehr wesentliches Problem, das man auch in linken Parteien des Westens kennt. Manche sozialistische Partei tut sich schwer, den jungen Arbeitern zu erklären, welch schwere Kämpfe nötig waren, um bestimmte soziale Errungenschaften, die heute selbstverständlich scheinen, zu erreichen. Sie erscheinen den Jungen als natürliche Bestandteile der gegenwärtigen Ordnung.) Was jedoch der chinesischen Kulturrevolution etwas Künstliches und auch letztlich Inkonsequentes gibt, ist einerseits die Tatsache, daß sie gleichsam eine erlaubte Eruption war, auch wenn sie sich nicht völlig steuern ließ. Aber die Armee war wohl auch jene Sicherung, die nötigenfalls verhindern konnte, daß sich die Kulturrevolution in eine von Mao nicht gewollte Richtung bewegte. Andererseits entstand und wucherte gleichzeitig mit der Kulturrevolution ein Kult um die Person Mao Tse-tungs, der wiederum im chinesischen Feudalismus wurzelt. Ja, es ist die Frage berechtigt, ob der chinesische Kaiserkult, also die Verehrung des Kaisers als „Sohn des Himmels", je so groß war wie jene Mao Tse-tungs. Und die Formeln und Formen dieser Verehrung entstammen eben doch dem chinesischen Feudalismus, der zwar an anderen psychologischen Fronten zurückgedrängt worden war, hier jedoch wieder auflebte. Es ist äußerst schwer, mit der Vergangenheit fertig zu werden. Nicht nur die Steine, Paläste, Dichtungen, Formen sprechen die Sprache der Vergangenheit, das wichtigste Kommunikationssystem, die Sprache, ist mit alten Traditionen befrachtet und lenkt, wie schon Friedrich Nietzsche ausführlich zeigte, die Gedanken immer wieder in alte Bahnen. Im Deutschen wird etwa Gott „Herr" genannt, ein Wort, das eine feudale Geschichte hat. Nunmehr wird jedoch jeder Mann Herr genannt, so daß diese Wortbedeutung inflationierte und nunmehr den gleichen Begriffsumfang hat wie das Wort „Mann". Im Englischen wird jedoch Gott „The Lord" genannt, also mit einem ausgesprochenen Feudalprädikat versehen. Diese Anrede kanalisiert nun religiöses Denken, auch wenn eine moderne Theologie noch so sehr versucht, die Distanz zu Gott zu verringern, geradewegs in die alte feudale Wertwelt. Und wenn

Revolutionen im Chinesischen wörtlich „Der Himmel ändert den Auftrag“ (des „Himmels“) heißt, so ist es auch sehr naheliegend, einen Führer für einen neuen „Sohn des Himmels“ zu halten. Der Vorwurf gegen die Russen, sie seien „neue Zaren“, mag berechtigt sein, nur dürfte dann auch Mao Tse-tung nicht als neuer „Sohn des Himmels“ gelten. Man sieht, wie schwer es ist, der Vergangenheit zu entgehen. Aus diesem Gesichtspunkt muß die Gesamtproblematik der Kulturrevolution neu durchdacht werden und darf vor allem nicht den Marxisten allein überlassen werden, die von Psychologie wenig verstehen und verstehen wollen.

Für unser Thema besonders interessant ist die Strahlkraft der chinesischen Revolution auf die revolutionären Kräfte in der amerikanischen und westeuropäischen akademischen Jugend. Denn im Gegensatz zu den „marxistisch-leninistischen“ Parteien, die den chinesischen Kommunismus als Stalinismus mißverstanden, hat die linke intellektuelle Jugend das Anliegen der chinesischen Kommunisten offenbar besser begriffen und sich mehr mit ihrem Geist als mit ihren Buchstaben identifiziert.

Die Neue Linke findet in den konkreten westlichen Demokratien eine Menge sekundärfeudaler Hierarchien, also Restbestände des Feudalismus, neben bürgerlicher Eigentumsordnung und Eigentumsabhängigkeit. Wenn auch die Verhältnisse vielfach anders liegen als in China, weil sich ja die Feudaltraditionen unterscheiden, so stellt sich doch das Problem der Kulturrevolution im Westen in analoger Form. Die amerikanische und die Französische Revolution entwickelten einst Zielvorstellungen von freien, gleichen und brüderlichen Menschen. Feudale Kastenbildungen und entsprechender Kastengeist mit seinen Distanzsymbolen sollten ausgeschlossen sein. Der heutige Versuch, Gesellschaften oder Subgesellschaften von feudalen, oft sehr erheblichen Überresten zu befreien, ist im wesentlichen Kulturrevolution. So hat der Autor vor dem Zweiten Vatikanischen Konzil, 1961, bereits Pläne zur „Entfeudalisierung der Kirche“ entwickelt, also zur Ausscheidung feudaler Herrschaftsstrukturen, Emblemebeständen und rechtfertigungsideologischer Ansätze.[131]) Dabei ging es, ohne daß das Wort selbst gebraucht wurde, um ein kulturrevolutionäres Anliegen. Für die Studenten ist es ein ähnliches kulturrevolutionäres Anliegen, die feudalen, oft sehr erheblichen Restbestände an den Hohen Schulen zu beseitigen. Das soll nicht heißen, daß das studentische Aufbegehren an den Universitäten, von Berkeley über Berlin, Paris bis Rom, nur aus diesen kulturrevolutionären Tendenzen zu erklären wäre. Aber die Rolle, die nach der herkömmlichen Tradition die Professoren noch oft zu spielen haben — an geistige Untertanen „gnädig“ Wahrheiten auszuteilen —, entspricht sicherlich nicht den Gesetzen geistiger Entwicklung und macht ein Aufbegehren verständlich.

Man wird jedoch, wenn man die Beziehung der westlichen Studentenbewegung zum China Mao Tse-tungs aufzuzeigen trachtet, auch Herbert Marcuses These von der Integration der Arbeiterschaft in das System der westlichen Industriestaaten in Rechnung stellen müssen. Den Studenten wurden die Paradoxien in den gegenwärtigen Systemen leichter bewußt als anderen Gruppen. So etwa der ungerechte Kampf der USA — der westlichen Führungsmacht — für die „Freiheit" in Vietnam. Die revolutionären Studenten der USA sahen sich dabei festgefügten, mächtigen Institutionen gegenüber, die in ihnen ein Gefühl der Ohnmacht aufkommen ließen. Da sie mit Marcuse an die umgestaltende Kraft des Proletariats nicht glaubten, suchten sie andere revolutionäre Kräfte und glaubten, diese bei den Völkern der Dritten Welt zu finden, die heute das „schwächste Glied" der alten Herrschaftssysteme darstellen. So stießen sie auf Mao Tse-tung, Ho Tschi-min, Fidel Castro und Che Guevara. Die „Erste" Welt sollte von der Dritten her aufgerollt werden. Von der um Moskau zentrierten Welt geht kein revolutionärer Impuls mehr aus. So war es wohl auch die Hoffnung auf Bündnispartner, die Maos China für die linken Studenten interessant machte. Da die Institutionen in der Dritten Welt weniger fundiert und mächtig scheinen als in den westlichen Industriestaaten, glaubte man, sie leichter sturmreif machen zu können.
Trotz verschiedener Determinanten studentischer Aufstände, wozu noch verschiedene lokale Komponenten kommen, ist das kulturrevolutionäre Element der teils anarchistisch und nicht nur sozialistisch im weitesten Sinn geprägten Studenten, vor allem Frankreichs, nicht zu übersehen. Nicht zu Unrecht erschien ein bemerkenswerter Bericht über die „Rebellion in Frankreich" mit dem Untertitel „Die Manifestation der europäischen Kulturrevolution 1968".[132]) Tatsächlich hat Peking in seiner Propaganda die französische studentische Mairevolution des Jahres 1968 als „Triumph der Gedanken Mao Tse-tungs" hingestellt — die natürlich nicht nur ein Konzept der Kulturrevolution umfassen. Die Auseinandersetzungen in Deutschland, vor allem in Berlin, hatten, wie schon das Zitat von Rudi Dutschke — vom „Langen Marsch durch die Institutionen" — zeigte, sicherlich auch chinesische Stimulantia. Die Chinesen wirkten auf die deutschen Studenten als Gegenbeispiel weniger zum sowjetischen Kommunismus als vielmehr zu dem der DDR, der stellvertretend für den sowjetischen stand. Dieser wurde als extrem bürokratisch angesehen. Der DDR gegenüber entwickelten die Studenten oft eine verächtliche Attitüde. Ähnliche Haltungen sind unter den Studenten des Westens der Sowjetunion gegenüber weit verbreitet, die als verzopft und konservativ erscheint, und zwar aufgrund ihres Rückfalls in zaristisch-imperialistische, hierarchische Verhaltensformen. Chruschtschows Leitbild: Gulasch-

Kommunismus, erscheint seiner „materiellen Anreize“ wegen auch als sekundär-kapitalistisch. Gegen ähnliche, aus früheren historischen Schichten stammende Elemente richtet sich die chinesische Kulturrevolution. Es sind nicht die gleichen Inhalte, die von den Studenten einerseits und den Chinesen andererseits bekämpft wurden, aber es waren analoge Elemente.

Es gibt nämlich noch eine relativ konkrete chinesische Vorstellung, die für die Studenten von Paris relevant wurde, nämlich das chinesische Modell für die Volksuniversität.[133]) Dieses sicherlich nicht in allen Einzelheiten durchgereifte Modell wurde in China im Rahmen der Kulturrevolution geschaffen. Han Suyin schreibt hiezu: „Es sieht so aus, als ob von jetzt an die älteren Mittelschüler zuerst ein oder zwei Jahre unter Arbeitern, Bauern und Soldaten in den Kommunen, Fabriken und der Armee verbringen müßten. Hier haben sie sich in den ‚drei revolutionären Bewegungen‘ zu üben — dem Klassenkampf, dem Produktionskampf und dem wissenschaftlichen Experiment. Diese ‚drei revolutionären Bewegungen‘ sind die Kriterien, an denen sich die richtige revolutionäre Haltung ablesen läßt. Kriterium für die Eignung zum Universitätsstudium sind Charakter und Erfolg, Fleiß und Erfindungsgeist, aber nicht Prüfungen, die ‚nur Bücherwürmer hervorbringen‘. Ausgewählt werden diejenigen, die ‚einen festen proletarischen Standpunkt‘ bewiesen haben. Der Nachwuchs an Führungskräften wird sich aus den Roten Garden rekrutieren, und zwar wird man jene wählen, die Vernunft gebrauchen und nicht Gewalt, die Organisationstalent, Initiativen, originelles Denken, Wagemut und die Fähigkeit der Menschenbehandlung bewiesen haben ...“ Am 13. Juni 1966 hatten der Staatsrat und das Zentralkomitee der Kommunistischen Partei Chinas bekanntgegeben, daß das alte System der Aufnahmeprüfungen und Immatrikulierung von Studenten für die höheren Lehranstalten völlig geändert würde. So fand 1966 das während der Tang-Dynastie eingeführte Prüfungssystem als ein „feudaler“ und diskriminierender Vorgang sein Ende. In der Begründung heißt es: „Die Methode der Prüfungen und Immatrikulierung für die höheren Lehranstalten konnte sich nicht von den festgefahrenen Formen des bürgerlichen Prüfungssystems befreien; es ist schädlich für die herrschende Erziehungspolitik und verhindert die Aufnahme einer größeren Anzahl revolutionärer junger Arbeiter, Bauern und Soldaten in die Höheren Lehranstalten.“ Schließlich meint Han Suyin: „In der Vergangenheit legte man das Schwergewicht auf Konformismus, Gehorsam und die Fähigkeit, aus Büchern auswendig zu lernen; in Zukunft wird der Nachdruck auf Spontaneität, Neuerung, Kühnheit und der Weigerung liegen, Traditionen zu befolgen. Diese Tendenz kann nur als weiteres Zeichen für den Eintritt Chinas in das Raumzeitalter willkommen geheißen werden.“[134])

Das klingt sehr überzeugt, wird jedoch in der Praxis keineswegs sehr leicht zu realisieren sein. Es sagt sich leicht „die Universität dem Volk öffnen", und man wird auch mit Sympathie eine grundlegende Veränderung der bisherigen Voraussetzungen für den Beginn eines Hochschulstudiums sehen. Aber wir haben keine zuverlässigen Berichte über die nunmehrige Praxis der chinesischen Hochschulen. Die Studenten, die sich mit dem chinesischen Unbehagen gegen die alten Hochschulformen solidarisieren, besitzen wenig Vorstellungen vom konkreten Funktionieren der neuen chinesischen Hochschulformen. Es ist vielmehr wahrscheinlich, daß zur Zeit in China verschiedene neue Methoden der Aufnahme und der Schulung, aber auch neue Zielsetzungen der Ausbildung — dynamische, spontane, initiative Typen — im Erprobungsstadium sind.

Auch der studentische Widerstand richtet sich gegen oft antiquierte Prüfungssysteme, die nur die Reproduktion des Gelernten zum Gegenstand haben, wobei weder Initiative noch kritische Haltung dem tradierten Wissen gegenüber gewürdigt werden, was für Frankreich Alain Geismar als Vertreter der Hochschullehrerschaft betonte. Auch in Frankreich hat man nur Prinzipien für die neue Universität, doch noch nicht genügend Klarheit über deren Konkretisierung. Man tastet sich vorerst nur an Alternativvorstellungen heran.

Das Interesse an der Dritten Welt stellt auch eine Brücke zwischen der Studentenbewegung und Kontinentalchina dar, wobei der Vietnamkrieg — als „Modell-Krieg" — besonderes Engagement provozierte; doch sind die Motive nur zum Teil miteinander verwandt. Was die Dritte Welt betrifft, so glauben die Chinesen einerseits, ein Kampfkonzept anbieten zu können: die Partisanenstrategie Mao Tse-tungs. Sie glaubten darüber hinaus, mit sehr zukunftsträchtigen politischen Kräften in Kontakt zu kommen, und erwarteten zudem eine Stärkung der eigenen Position gegenüber den Supermächten. Was Vietnam betrifft, so liegt es dazu noch im unmittelbaren Vorfeld Chinas. Von dort könnte dieses direkt angegriffen werden. Daß Vietnam historisch lange zu China gehörte, wenn auch unter fremden Dynastien, bzw. tributpflichtig war, kommt noch dazu.

So begegnen sich ideologische, aber auch staatlich-strategische Interessen Rotchinas mit Interessen linker Studenten und anderer Intellektueller im Westen.

Es ist nicht zu bezweifeln, daß es einen chinesischen Einfluß im Frankreich des Mai 1968 gegeben hat. Dieser Einfluß war von den Chinesen weder konzipiert noch beabsichtigt worden, wenn man von der ganz allgemeinen Tendenz nach größerer Wirkung auf der ganzen Erde absieht. Jedenfalls läßt sich nirgends erkennen, daß die

Chinesen spezielle Anstrengungen machten, um auf die französischen Studenten Einfluß zu gewinnen. Sie waren sicher über diese Wirkung selbst überrascht. Es handelt sich um eine Induktionswirkung ohne spezielle Absicht, wobei die Chinesen sicher auch mißverstanden wurden. De Gaulle war durch die studentische Bewegung und ihre Folgen psychisch schwer getroffen worden. Weniger ihm als Pompidou gelang es, mit Hilfe der von der Sowjetunion inspirierten KP, die studentische Revolution aufzufangen. Die Kommunisten machten aus einem Kampf um Systemänderung einen Lohnkonflikt, wie ihn die USA-Gewerkschaften auch hätten führen können; es ist kennzeichnend, daß die christlichen Gewerkschaften links von der KP standen. Aber de Gaulle hat es nie überwunden, daß ihm junge Studenten so gefährlich werden konnten und ihn nur die KP und die rechtsradikale Armee hatten retten können. De Gaulle stürzte sich ein Jahr später — metaphorisch gesprochen — nach dem Vorbild des Römers Varus ins eigene Schwert. Denn seine provokatorische Erzwingung einer Abstimmung über eine sekundäre Frage hatte wohl das uneingestandene Ziel, seinen Rücktritt herbeizuführen.
Die Kulturrevolution war das letzte innenpolitische Ereignis Chinas, das Auswirkungen auf Europa und die USA hatte. Vor der Aufnahme Chinas in die Vereinten Nationen und wohl im Zusammenhang mit der außenpolitischen Schwenkung zur Verständigung mit den USA dürfte es in China zu einer Auseinandersetzung im Rahmen der chinesischen Führung gekommen sein. Die Ereignisse um Lin Piao 1971 wird man in diesem Zusammenhang sehen müssen. Bis heute verfügen wir jedoch nur über sehr widerspruchsvolle und unklare Informationen. Nach der nunmehr offiziell bestätigten Nachricht hat Lin Piao mit einem Flugzeug einen Fluchtversuch in die Sowjetunion unternommen, wobei er in der Äußeren Mongolei abgestürzt sein soll. Die Sowjets gaben darüber nie offiziell Nachricht. Daß sich die sicherlich dramatischen Auseinandersetzungen zwischen ihm, dem designierten Thronfolger, und Mao sowie anderen Führungskräften um die chinesische USA-Politik drehten, können wir auch nur mit einiger Wahrscheinlichkeit vermuten.
Analysiert man die Enttäuschung, die viele Exponenten der Neuen Linken erfaßte, als sie erkennen mußten, daß die Chinesen dazu tendierten, sich auch mit Nixon und der amerikanischen Rechten über die Köpfe der Vietnamesen hinweg zu verständigen, so sieht man, welches Image sie sich von den Chinesen gemacht hatten. Diese erschienen als letzte prinzipientreue Marxisten, die konsequent die Partei der Unterprivilegierten ergriffen und nicht primär den Vorteil ihrer eigenen Nation im Auge hatten. Die Verständigung mit den USA, die Parteiergreifung für Westpakistan in der Auseinandersetzung um Bangla Desh und ähnliches traf viele schwer, die

in den Chinesen den letzten Hort des wahren Marxismus und so die konsequenten Vertreter der Dritten Welt gesehen hatten.
Der Besuch Richard F. Nixons in Peking ist der letzte Höhepunkt der Entwicklung. Denn die demonstrative Anerkennung der Bedeutung Chinas durch den mächtigsten Staat der Welt — übertragen über die Fernseh- und Rundfunkstationen und so von vielen Millionen Menschen unmittelbar verfolgt — macht das, was bislang geschehen ist, auch all diesen Millionen bewußt: das Auftreten einer Weltmacht im internationalen Konzert der Mächte; zwar nicht mit dem Anspruch, „Reich der Mitte“ zu sein, aber auch unübersehbar alle Ansprüche anderer zurückweisend, die sich als Zentrum der Welt betrachten. Damit ist sicherlich ein Abschnitt der Geschichte zu Ende. Es folgte die Aufnahme Kontinentalchinas in die Vereinten Nationen und der Ausschluß Nationalchinas. Die Anerkennung Rotchinas durch Japan war nur eine konsequente Entwicklung.

D. KONSEQUENZEN

Wir haben von den frühen Anfängen an die Einflüsse Chinas auf Europa und den europäischen Kulturkreis verfolgt, wir fanden technische Errungenschaften, wie Papier, Schießpulver, Kompaß, aber auch Produkte mit stark ästhetischem Akzent, wie Seide, Porzellan, Lackgegenstände, die ihren Weg nach Europa nahmen. Wir verfolgten die künstlerischen Einflüsse auf Barock und Rokoko bis zu Jugendstil und Impressionismus. Und wir verfolgten schließlich auch das Wandern von Ideen zur Zeit der Aufklärung, die nicht unerheblich die Französische Revolution mitbestimmten. Wir erkannten schließlich, wie bereits das ohnmächtige China die politischen Möglichkeiten dieses Landes erahnen ließ und wie das Schreckensbild der „Gelben Gefahr" entstehen konnte. Wir sahen, wie das von äußeren Feinden angegriffene China nach schweren inneren und äußeren Kämpfen schließlich nach dem Zweiten Weltkrieg als Großmacht in den Vereinten Nationen anerkannt wurde. Wir stellten den Bürgerkrieg dar und die Angst, die das kommunistische China erweckte, als es mit seinen riesigen Menschenmassen an die Seite der UdSSR trat. Schließlich die Hoffnungen des Westens auf Grund des Konfliktes mit der Sowjetunion. Und wir setzten uns mit den vielfältigen Einflüssen auseinander, die von dem neuen China ausgingen. Der Platz, den China nun in den Vereinten Nationen und in der Welt einnimmt, entspricht seiner jetzigen und erst recht der künftigen Bedeutung. Dies haben wir realistisch und ohne Hysterie zur Kenntnis zu nehmen. Unsere Untersuchung zeigte, daß die Chinesen schon seit langer Zeit Einfluß ausübten und nach Europa wie Amerika viel stärker wirkten, als dies dem Durchschnittsgebildeten bewußt ist. Erst in der letzten Zeit ist China eine politische Realität geworden, die heute von keinem Staatsmann auf der Welt mehr übersehen werden kann und darf. Deshalb muß man in Rechnung stellen, daß China nicht nur eine der alten Kulturnationen ist, sondern sich auch in enormem Tempo entwickelt hat und weiterentwickelt. Werden die Begabungen und Fähigkeiten dieses 700-Millionen-Volkes nicht verschleudert, sondern sinnvoll in die nationale Entwicklung integriert, wird auch in China eine Bildungsexplosion erfolgen, die zumindest Hunderttausende von Wissenschaftern und Technikern hervorbringen wird.

Es werden wesentliche Errungenschaften von China aus in noch stärkerem Maße in die Welt strömen, als dies bisher geschehen ist. Es kann kein Zweifel darüber bestehen, daß noch immer bei vielen Chinesen nationale Aggressionen existieren, die sich vor allem gegen die weißen Nationen, die sich ihnen gegenüber als Imperialisten erwiesen haben, aber auch gegen die Japaner richten. Sie werden ihre Aggressionen, Ressentiments und Reserven erst dann aufgeben können, wenn sie durch eine längere Zeit hindurch spüren, daß sich die früheren Herrennationen nicht nur damit abgefunden haben, nicht mehr zu herrschen, vielmehr auch den Aufstieg der Chinesen mit Interesse und Achtung betrachten.
Wenn Schichten und Nationen, die bislang an der wissenschaftlich-technischen Entwicklung nicht teilnehmen konnten, in ihrer ganzen Breite an die Entwicklungsfront gelangten, erhielten wir von diesen eine ganze Reihe von neuen Impulsen. Wir erleben schon einen erheblichen Zuwachs an produktiven Elementen durch die Teilnahme der Japaner an internationalen Produktionsprozessen. Wir werden erst recht in zunehmendem Maße die Teilnahme der Chinesen spüren. Je mehr Begabungen sich in Wissenschaft und Technik entfalten, umso größer vermag der Fortschritt aller zu sein.
Wir sollten uns möglichst rasch auf den geistigen Beitrag Chinas vorbereiten und uns für ihn empfangsbereit machen. Zur Zeit ist es noch so, daß es in hochentwickelten Industriestaaten nur sehr wenige Personen gibt, die Chinesisch sprechen — dasselbe gilt übrigens für Japanisch. Das hat zur Folge, daß die neueste wissenschaftliche Literatur dieser Länder gar nicht systematisch verfolgt werden kann, auch wenn sie keineswegs geheim ist. In den USA führte die analoge Lage hinsichtlich der russischen Sprache dazu, daß viele Millionen Dollar für wissenschaftliche Forschungen ausgegeben wurden, deren Ergebnisse bereits längst in frei erhältlichen sowjetischen wissenschaftlichen Berichten gelesen werden konnten. Da die Japaner, aber auch die Chinesen genügend Fremdsprachen sprechen, fließt zur Zeit der Informationsstrom völlig einseitig von Europa und den USA nach Japan und China.
Man mag nun das chinesische Entwicklungstempo sehr verschieden beurteilen. Sicher ist jedoch, daß China politisch, aber auch ökonomisch in 15 Jahren noch ungleich präsenter in der Welt sein wird als heute. Es würde sich daher empfehlen, diese Realität in besonderer Weise ernst zu nehmen und in der Bildungsplanung zu berücksichtigen. Im Rahmen einer langfristigen Bildungsplanung ist nicht von der gegenwärtigen Lage auszugehen, vielmehr von jenen Situationen, die existieren werden, wenn die jetzt beschlossenen Bildungsmaßnahmen zum Tragen kommen. Die Chinesen werden auf lateinische Schrift umstellen. Diese Maßnahme würde das Lernen für Europäer erheblich erleichtern, und es wäre nicht mehr

nötig, allen Chinesisch Lernenden auch die natürlich historisch sehr bedeutsamen Zeichen beizubringen. Jener Teil der Studenten, der sich auch forschend in der chinesischen Kultur zurechtfinden wollte, käme freilich nicht um ein Studium der alten Zeichen herum.

Das Aufgeben des einseitig europäisch orientierten Standpunktes in Geographie, Geschichte und Kulturgeschichte wird den westlichen Geist keineswegs verarmen lassen. Im Gegenteil, er wird bereichert, durch die außereuropäischen Kulturen seine Dimensionen vergrößern und gerade dann weiter eine große Rolle im internationalen Konzert des Fortschrittes spielen können. Bleiben die weißen Völker jedoch arrogant an ihr altes, übersteigertes Selbstgefühl fixiert, wird es ihnen nicht gelingen, die großen Elemente der außereuropäischen Kulturen zu integrieren. Sie würden sich damit selbst an den Rand der Entwicklung begeben und die entscheidenden Fortschrittsimpulse anderen Völkern überlassen.

Nun, auch diese Möglichkeit wäre kein endgültiges Unglück. Es wäre jedoch schade um den europäischen Geist, wenn er sich freiwillig ins geistige Ausgedinge zurückzöge. Wer schöpferische Kraft, geistige Entwicklung und Entfaltung liebt, ja sie als Pflicht und Auftrag an den Menschen auffaßt, wird sie lieben, wo er sie antrifft, aber es auch immer bedauern, wenn er sie irgendwo versanden fühlt, wenn die Ströme lebendigen Wassers, die die Geschichte treiben, irgendwo versiegen.[135])

E. ZEITTAFEL

Europa und USA

~ —1700 bis —750 Bronzezeit
ab ~ —750 Eisenzeit

—470 Sokrates geboren
—356 Alexander d. Große geboren
—264 bis —146 Drei Punische Kriege Roms

—133 Tiberius Gracchus in Rom ermordet
— 58 Caesars Gallienkrieg
— 7 Jesus von Nazareth geboren
+ 70 Jüdischer Aufstand gegen die Römer
161—180 Marc Aurel Kaiser
325 Konstantin der Große römischer Alleinherrscher
451 Römisches Heer schlägt Hunnen unter Attila
552 Mönche schmuggeln Seidenraupeneier nach Byzanz

714 Pippin der Kurze wird König der Franken

800 Krönung Karls des Großen
955 Schlacht auf dem Lechfeld

1152—1190 Kaiser Barbarossa
1273—1291 Rudolf v. Habsburg römischer Kaiser
1276 Papierherstellung kommt nach Italien
1265—1321 Dante Alighieri
1347—1378 Karl IV.
1400—1457 Johannes Gutenberg
1415 Johannes Hus verbrannt
1453 Fall von Konstantinopel
1492 Entdeckung Amerikas
1493—1519 Maximilian I.

China

~ —2000 bis ~ —1550 (legendäre) **Hsia-Dynastie**
~ —1550 bis ~ —1050 **Shang-Dynastie**
~ —1050 bis —256 **Chou-Dynastie**
~ —551 Konfuzius geboren (bis —479)
~ —372 Menzius geboren (bis —289)
—221 bis —207 **Ch'in-Dynastie**
—206 bis +221 **Han-Dynastie**
—138 bis —126 Chang Ch'iens Reise nach Baktrien
—106 Erste direkte Karawane von China nach Persien
~ +100 Papier wird erfunden
221—289 **Zeit der ersten Teilung**

589—618 **Sui-Dynastie**
600 Buchdruck mit geschnittenem Holz
618—906 **Tang-Dynastie**
620 Erste Porzellankeramik
751 Schlacht am Talasfluß (Schlacht bei Samarkand)

907—960 **Zeit der Fünf Dynastien**
960—1279 **Sung-Dynastie**
1275 Dschingis Khan erobert China
1275—1292 Marco Polo in der Mongolei und China
1279—1367 **Yuan-Dynastie** (Mongolen)
1368—1644 **Ming-Dynastie**
1403—1433 See-Expeditionen ins Rote Meer und zum Persischen Golf
1509 Portugiesen in Malakka

Europa und USA	China
1517 Luthers 95 Thesen	1513 Portugiesen in China
1534 Gründung des Jesuitenordens	
1564—1642 Galileo Galilei	1582—1610 Matteo Ricci in China
1618—1648 Dreißigjähriger Krieg	1601 Holländer in China
1683 2. Türkenbelagerung Wiens	
	1625 Briten in China
	1644—1911 **Ch'ing-(Mandschu)-Dynastie**
1687 Jesuiten publizieren in Frankreich: Confucius Sinarum Philosophus	1662 Erste Übersetzung eines Teils des Konfuzius ins Lateinische
1697 Leibniz: Novissima Sinica	
1708 Malebranche: Dialog zwischen einem christlichen und einem chinesischen Philosophen	
1721 Christian Wolffs Universitätsrede: De Sinarum philosophia practica	1724 Vertreibung der Jesuiten
1735 Du Halde: Beschreibung des chinesischen Reiches	
1764 Silhouette: Das chinesische Gleichgewicht	1746—1784 Christenverfolgungen
1767 Quesney: Despotismus in China	
1774—1776 Turgot Finanzminister in Frankreich	
1776 Unabhängigkeitserklärung der Vereinigten Staaten	
1789 Französische Revolution	
1799—1804 Napoleon Konsul	
1804—1814 Napoleon Kaiser	
1815—1848 Heilige Allianz	1839—1842 Opiumkrieg gegen England
1848—1852 Revolutionen in Europa	1850—1866 Taiping Revolution
	1860 Englische und französische Truppen marschieren nach Peking
1866 Preußisch-österreichischer Krieg	1866 Sun Yat-sen in Kuantung geboren
1869 Fertigstellung des Suezkanals	1868 Rußland annektiert Buchara und beginnt mit der Besetzung Chinesisch-Turkestans
1870 Lenin geboren	
1870/71 Deutsch-französischer Krieg	1876 Erste chinesische Vertretung im Ausland
	1883—1885 Französisch-chinesischer Krieg

Europa und USA	China
	1893 Mao Tse-tung geboren
1895 Wilhelm II. entwirft Gelbe-Gefahr-Zeichnung	1894—1895 Chinesisch-japanischer Krieg
	1898 Besetzung Dairens und Port Arthurs durch Rußland
	1900 Boxer-Aufstand
1905 Erste russische Revolution	1904/5 Russisch-japanischer Krieg
	1911/12 Revolution der Kuomintang, Abdankung der Mandschus
	1912 Yuan Shi-kai Diktator
1914—1918 Erster Weltkrieg	1915 Japans 21 Forderungen
1917 Revolution in Rußland	1916 Sturz Yuan Shi-kais
1918—1919 Chinesische Arbeiter und Studenten in Europa, darunter Tschu En-lai	1919 „Bewegung des 4. Mai“
1921 Mussolinis Marsch auf Rom	1921 Gründungskongreß der KPCh
	1923—1927 Einheitsfront zwischen Kuomintang und KPCh
	1926 Einigungsfeldzug Tschiang Kai-scheks
	1927 Staatsstreich Tschiang Kai-scheks
1929 „Schwarzer Freitag“ an der New Yorker Börse Beginn der Weltwirtschaftskrise	1928 Nominelle Zentralregierung Tschiang Kai-scheks
	1931—1934 Vernichtungsfeldzüge Tschiang Kai-scheks gegen kommunistische Basen
1933 Hitler wird Reichskanzler	1934—1935 Langer Marsch
	1936 Sian-Zwischenfall
	1937 Krieg gegen Japan
1938 Besetzung Österreichs	
1941 Angriff Hitlers auf die UdSSR	1940/41 Angriff Tschiang Kai-scheks auf die neue 4. Armee, Ende der Zusammenarbeit Japans Angriff auf Pearl Harbour
1945 Kapitulation Deutschlands	1945 Atombomben auf Japan UdSSR erklärt Japan den Krieg Besetzung der Mandschurei Kapitulation Japans
	1946 Zusammenbruch der Verhandlungen zwischen Kuomintang und KPCh
	1948 Niederlage der Kuomintang in der Mandschurei

	Europa und USA		China
			Rote Armee besetzt Nordchina bis zum Yangtsekiang
		1949	Rote Armee überschreitet den Yangtsekiang. Tschiang Kai-schek flieht nach Taiwan Ausrufung der Volksrepublik China
		1950	Chinesisch-sowjetischer Bündnispakt. Ausbruch des Koreakrieges
		1951—1953	Koreakrieg
		1952	Explosion der ersten Wasserstoffbombe
1953	Tod Stalins	1953	Rückzug sowjetischer Truppen aus chinesischen Territorien
		1954	Chruschtschow in Peking
1955	Österreichischer Staatsvertrag	1955	Bandung-Konferenz
1956	20. Parteitag der KPdSU, Einleitung der Entstalinisierung, Aufstand in Ungarn, Machtwechsel in Polen	1957	Zeit der „Hundert Blumen“ Sowjetunion verspricht Know-how der Atombombe Beginn der Entfremdung zwischen Sowjetunion und China
1957	Erster Sputnik		
1958	Johannes XXIII. Papst Erster Satellit der USA	1958	„Der Große Sprung“ Taiwan-Krise. Peking weigert sich, seine Streitkräfte der Sowjetunion zu unterstellen
1959	Fidel Castro siegt auf Kuba	1959	Chruschtschows These von der möglichen „friedlichen Koexistenz“ wird von den Chinesen verurteilt. Flucht des Dalai Lama nach Indien
		1960	Moskau zieht alle sowjetischen Berater aus China ab und kündigt mehr als 300 Verträge
1961	John F. Kennedy Präsident Chruschtschow verurteilt KP Albaniens, Berliner Mauer		
1962	Kuba-Krise Tod Johannes XXIII.	1962	Chinesisch-indischer Krieg
1963	Ermordung John F. Kennedys	1963	Langsame Erholung Chinas von den Rückschlägen durch den Großen Sprung und den Abzug der sowjetischen Berater
1964	Anerkennung Chinas durch Frankreich und Chruschtschows Sturz	1964	Weitgehender Abbruch staatlicher und Parteibeziehungen zwischen Moskau und Peking

Europa und USA		China	
1965	Präsident Johnson sendet Truppen nach Vietnam	1965	Lin Piao publiziert Thesen von Weltstadt und Weltland Weißer Terror in Indonesien
		1966	Beginn der Kulturrevolution
1967	Israelisch-arabischer 6-Tage-Krieg	1967	Höhepunkt der Kulturrevolution Erste chinesische Wasserstoffbombe
1968	Mairevolution in Paris Nixon Präsident der USA Warschauer-Pakt-Staaten okkupieren CSSR	1968	TET-Offensive in Südvietnam Liu Shao-chi wird aus KPCh ausgestoßen
1969	Rücktritt deGaulles Amerikaner landen auf dem Mond Nixon in Rumänien Regierung Brandt-Scheel	1969	Lin Piao offizieller Nachfolger Maos Grenzkämpfe zwischen chinesischen und russischen Truppen
1970	Italien anerkennt die Chinesische Volksrepublik	1970	Erster chinesischer Satellit
1971	Nixon löst internationale Währungskrise aus Aufnahme der Volksrepublik China in die UNO und Ausschluß Taiwans Berlin Abkommen Errichtung von Bangla Desh	1971	Ankündigung des Besuches Nixons in China Krise um Lin Piao
1972	Großbritannien in EWG	1972	Nixon in Peking

F. ANMERKUNGEN

[1] Needham, Joseph: Science and Civilisation in China, Cambridge University Press Vol 1, 1954, S. 150
[2] ebenda S. 154 f.
[3] ebenda S. 154 f.
[4] ebenda S. 155
[1] Janse, O.: Notes sur quelques Epées Anciennes trouvées en Chine, Bulletin of the Museum of Far Eastern Antiquities, Stockholm 1930, 2, 67
[6] Seligman, C. G.: Bird-Chariots and Socketed Celts in Europe and China. Journal of the Royal Anthropological Institute 1920, 50, S. 153
ds.: The Roman Orient and the Far East, Annual Reports of the Smithsonia Institution 1938, S. 547
ds.: Chinese Socketed Celts. Antiquity, 1938, 12, S. 86
[7] Shiah, N.: Chinese Socketed Celts. Antiquity, 1939, 13, S. 96
[8] Reichwein Adolf: China und Europa, Berlin 1922. Künftig zitiert unter Reichwein
[9] Wasserzieher, Ernst: Woher, 12. Aufl. Bonn 1950, S. 356
[10] Tarn, W. W.: The Greeks in Bactria and India, Cambridge 1951
[11] Franke, Herbert und Trauzettel, Rolf: Das chinesische Kaiserreich, Fischer Weltgeschichte Bd. 19, Frankfurt a. Main 1968, S. 208. Künftig zitiert unter: Franke und Trauzettel
[12] Yule Sir Henry, und Cordier, H.: Cathay and the Way Thither, Hakluyt Society Pubs. (2te Ausg.) 1913—15, Vol 1, S. 93
[13] Zitiert nach Needham Vol 1, S. 157
[14] ebenda S. 157
[15] ebenda S. 158
[16] Embree, Ainslie T. und Wilhelm, Friedrich: Indien, Geschichte des Subkontinents von der Induskultur bis zum Beginn der englischen Herrschaft, Fischer Weltgeschichte Bd. 17, Frankfurt a. Main 1967, S. 20
[17] Hudson, G. F.: Europe and China, A Survey of their Relations from the Earliest Times to 1800, London 1931
Künftig zitiert unter Hudson
[18] Needham Vol 1, S. 175
[19] Eberhard, Wolfram: Chinas Geschichte, Bern 1948
Künftig zitiert unter Eberhard
[20] Charlesworth, M. P.: Some Notes on the Periplus Maris Erythraei, Classical Quaterly 1928, 22, S. 92
[21] Huzzayin, S. A.: Arabia and the Far East; their commercial and

cultural relations in Graeco-Roman and Irano-Arabia times. Soc. Royale de Geogr. Cairo 1942

[22] Hourani, G. S.: Arab Seafaring in the Indian Ocean in Ancient and Early Medieval Times, Univ. Press, Princeton 1951

[23] Ferrand, G.: Relations de Voyages et Textes Geographique Arabes, Persans et Turces relatifs a l'Extrême Orient du 8e au 18e siècles, traduits, revus et annotés etc. 2 vols. Paris 1913

[24] Franke, Wolfgang: China und das Abendland, Göttingen 1962, S 199
Künftig zitiert unter Franke

[25] Needham, Vol 1, S. 181

[26] Hudson S. 86

[27] Hudson S. 79

[28] Needham, Vol 1, S. 184

[29] Hudson S. 121

[30] Hunke, Sigrid: Allahs Sonne über dem Abendland. Unser Arabisches Erbe, Stuttgart 1960
Künftig zitiert unter Hunke

[31] Ein Hinweis darüber findet sich in dem Artikel von Brzezinski, Zbigniew: Gesellschaft und Staatenwelt im technologischen Zeitalter, Europa Archiv, Zeitschr. f. internationale Politik, Bonn 1970/23

[32] Needham, Vol 1 S. 242

[33] Needham, Vol 1 S. 134

[34] Hunke

[35] ebenda S. 35 ff.

[36] ebenda S. 36

[37] Needham, Vol 4 a S. 271

[38] ebenda S. 249

[39] ebenda S. 253

[40] ebenda S. 279

[41] ebenda S. 279 f.

[42] Hunke S. 34 f.

[43] Beuredeley, Michel: Porzellan aus China, „Companie des Indes", München 1962 S. 5

[44] ebenda S. 14

[45] ebenda S. 18

[46] Reichwein S. 42
dazu noch: Schramm, K. Ch.: Abhandlung der Porte-Chaise oder Tragesänften durch Menschen und Thiere, Nürnberg 1737

[47] Reichwein S. 42

[48] Hambley, Garvin: Zentralasien, Fischer Weltgeschichte Bd. 16 Frankfurt a. Main 1966

[49] Winter, Eduard: Rußland und das Papsttum, Teil I. Berlin 1960, S. 97

[50] Risch, F.: Johann de Plano Carpini. Geschichte der Mongolen und Reisebericht 1245—1247, Leipzig 1930 S. 119 f.

[51] Risch, F.: Wilhelm von Rubruck. Reise zu den Mongolen 1253—1255, Leipzig 1934 S. 169 ff. und S. 230 f.

[52] Franke S. 15

[53] ebenda S. 14 f.

[54]) ebenda S. 32
[55]) Needham, Vol 1 S. 148
[56]) Reichwein S. 32 f.
[57]) ebenda S. 35
[58]) ebenda S. 61 f.
[59]) ebenda S. 66 f.
[60]) ebenda S. 71
[61]) ebenda S. 81
[62]) Maverick, Lewis A.: China a Model for Europe, San Antonio, Texas 1946 S. 31
Künftig zitiert unter Maverick
[63]) Reichwein S. 110 f.
[64]) Maverick S. 26
[65]) ebenda S. 30
[66]) Ein Beispiel für eine der ersten Untersuchungen zu diesem Thema ist des Autors: Der Mann, der Hitler die Ideen gab. München 1958
[67]) Bauer, Wolfgang: Chinas Vergangenheit als Trauma und Vorbild, Stuttgart 1968, S. 15 f.
Künftig zitiert unter Bauer
[68]) ebenda S. 57 f.
[69]) zitiert nach Bauer S. 58
[70]) Eberhard S. 307
[71]) Gollwitzer, Heinz: Die Gelbe Gefahr. Geschichte eines Schlagwortes. Studien zum imperialistischen Denken, Göttingen 1962
[72]) Gollwitzer
[73]) Zitiert nach Gollwitzer S. 117
[74]) zitiert nach Gollwitzer S. 208
[75]) zitiert nach: „Osteuropa", Zeitschrift für Gegenwartsfragen des Ostens, 1969, 8, S A 99 f.
[76]) Henle, Hans: Chinas Schatten über Südost-Asien, Hamburg 1964 S. 9
[77]) Franke S. 93
[78]) Hier und zum Folgenden: Payne, Robert: Mao Tse-tung, Hamburg 1950 S. 116 f.
Künftig zitiert unter Payne
[79]) Payne S. 123 f.
[80]) Mao Tse-tung, Ausgewählte Schriften in 5 Bänden, Berlin 1957 Bd 1, S. 23
Künftig zitiert unter Mao
[81]) ebenda S. 23
[82]) ebenda S. 25 f.
[83]) ebenda S. 40 f.
[84]) ebenda S. 22
[85]) Tschiang Kai-schek: Sowjetrußland in China, Bonn 1957 S. 72 f.
Künftig zitiert unter Tschiang
[86]) Payne S. 133
[87]) ebenda S. 136
[88]) Tschiang S. 84
[89]) ebenda S. 85
[90]) ebenda

[91]) Payne S. 171
[92]) Tschiang S. 86
[93]) zitiert nach Payne S. 208
Zum Thema „Langer Marsch“ sowie die Zeit der Roten Basis im Nordwesten Chinas ist sehr wichtig:
Snow, Edgar: Roter Stern über China, deutsch Frankfurt/Main 1970
[94]) Tschiang Kai-schek: Gefangen in Sian. Das Tagebuch des Marschalls und die Niederschriften seiner Gattin, Erlebach-Zürich 1943
[95]) Payne S. 218
[96]) Fuchida, M. und Okumiya, M.: Midway. Die entscheidenste Seeschlacht der Weltgeschichte, München 1960
[97]) Hall, John Whitney: Das japanische Kaiserreich, Fischer Weltgeschichte, Bd. 20, Frankfurt/Main 1968 S. 342
[98]) Payne S. 273
[99]) Tschiang S. 168
[100]) Payne S. 276
[101]) Daim Wilfried: Die kastenlose Gesellschaft, München 1960
[102]) Zitiert nach Bechtoldt, Heinrich: Chinas Revolutionsstrategie, Mit der Dritten Welt gegen Rußland und Amerika, München 1969 S. 45
Künftig zitiert unter Bechtoldt
[103]) ebenda S. 47
[104]) Koch, Erwin Erasmus: Rotchina ist anders, Freiburg i. Breisgau 1964, S. 16
[105]) Bechtoldt S. 130
Hiezu auch Löwy, A. G.: Die Weltgeschichte ist das Weltgericht, Bucharin: Vision des Kommunismus, Wien-Frankfurt-Zürich 1969 S. 309 f.
[106]) ebenda S. 53
[107]) nach Bechtoldt S. 131
[108]) „Die Zeit“, 1971, 36, S. 42
[109]) Morus, Thomas: Utopia in: Der utopische Staat, Hamburg 1962 S. 43
[110]) Leclercq, Jacques: P. Vincent Lebbe, Der Apostel des modernen China, Wien-Freiburg-Basel 1965 S. 81
Künftig zitiert unter Leclercq
[111]) ebenda
[112]) ebenda S. 72
[113]) ebenda S. 97
Für die chinesische Affektivität gegenüber dem Christentum ist noch sehr interessant das Buch des Nationalchinesen Tang Leang-li: China in Aufruhr, Leipzig-Wien 1927
[114]) Leclercq S. 561
[115]) Kathpress Dokumentation, Wien Nr. 231 vom 4. 10. 1965
[116]) Kathpress Wien, Nr. 6 vom 9. 1. 1967 S. 4 f.
[117]) Kathpress Wien, Nr. 9 vom 12. 1. 1967
[118]) Kathpress Wien, Nr. 198 vom 27. 8. 1970
[119]) Kathpress Wien, Nr. 276 vom 27. 11. 1970
[120]) Han Suyin: Das China Mao Tse-tungs, München 1968 S. 87
Künftig zitiert unter Han Suyin

121) ebenda S. 87
122) Orwell, George: The Animal Farm, 1945
123) Daim, Wilfried: Die kastenlose Gesellschaft, München 1961
124) The Great Socialist Cultural Revolution in China, Peking 1966 zitiert nach Han Suyin S. 193
Sehr interessant zur Frage der chinesischen Kulturrevolution sind die Ausführungen von
Masi, Edoarda: Die chinesische Herausforderung, Beiträge zu einer sozialistischen Strategie, Berlin 1970
Material, doch eine konservativ-schwache Analyse bietet Mehnert, Klaus: Peking und die Neue Linke, Stuttgart 1969
125) Han Suyin S. 193
126) ebenda S. 195
127) ebenda S. 203
128) Myrdal, Jan: Bericht aus einem chinesischen Dorf, München 1966
129) Myrdal, Jan: China: Die Revolution geht weiter, München 1970
130) Myrdal, Jan: Bericht aus . . . S. 257
131) Vergleiche hiezu meinen Beitrag — von Otto Schulmeister zensuriert — im Sonderheft von „Wort und Wahrheit“, Oktober 1961. Weiters: Daim, Heer, Knoll: Kirche und Zukunft, Wien 1963, und schließlich: Daim Wilfried: Progressiver Katholizismus Bd. I und II München 1967
132) Claassen, Emil Maria und Peters, Louis-Ferdinand: Rebellion in Frankreich, Die Manifestation der europäischen Kulturrevolution 1968 München 1968
Hiezu noch Sauvageot, Geismar, Cohn-Bendit: Aufstand in Paris oder Ist in Frankreich eine Revolution möglich, Hamburg 1968
134) Han Suyin S. 208 f.
134) ebenda
135) Zu dieser Formulierung: Das Motto von Dostojewski in: Daim Wilfried, Christentum und Revolution, München 1967